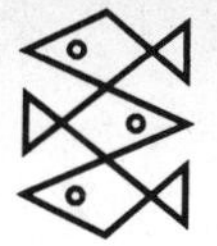

Über dieses Buch Mit dem handlungsreichen, spannenden Roman *Ein Stück meines Herzens* debütierte Richard Ford 1976 zur Begeisterung der amerikanischen Kritiker, die das Buch sofort in den höchsten Tönen lobten.

Ein Stück meines Herzens beginnt mit einem Mord – wir wissen nicht, wer von den Schüssen aus einer Schrotflinte getroffen wird: das Geheimnis wird erst im letzten Absatz des Romans gelüftet, wenn wir die Schüsse noch einmal erleben – aus der Perspektive des Opfers. Dazwischen erstreckt sich die Geschichte zweier Männer, Robard Hewes und Sam Newel, die es auf eine kleine Insel im Mississippi verschlägt – eine verwucherte, sumpfige Insel, die man auf keiner Landkarte finden kann. Sie ist an einen eigenbrödlerischen Mann verpachtet, der sie seit Jahrzehnten mit seiner Frau und einem schwarzen Hausangestellten bewohnt. Die Ereignisse, in die Hewes und Newel verwickelt werden und die sie wie einen unentrinnbaren bösen Traum erleben, erweisen sich am Ende als tödlich. *Ein Stück meines Herzens* hat die beklemmende Intensität des klassischen Südstaatenromans, wie man ihn von William Faulkner oder Flannery O'Connor her kennt. In dem verschlungenen Handlungsgewebe spiegeln sich die Obsessionen und schuldhaften Verstrickungen der Romangestalten; die großen, alten Themen des Südstaatenromans – Leidenschaft und Gewalt – werden in Richard Fords modernem Text überzeugend aufgenommen.

Der Autor Richard Ford, 1944 in Jackson, Mississippi, geboren, lebt heute in dem nordwestlichen Bundesstaat Montana und in Oxford, Mississippi. Er hat bisher vier Romane veröffentlicht sowie Short Stories, die im *New Yorker, Granta* und *Esquire* erschienen. Für seinen ersten Roman *A Piece of My Heart* wurde er 1976 für den »William Faulkner Preis für den besten Erstlingsroman des Jahres« nominiert.

Im Fischer Taschenbuch Verlag ist ebenfalls der Erzählungsband *Rock Springs* (Bd. 10701) erschienen; im S. Fischer Verlag sein Roman *Wildlife*.

Richard Ford

Ein Stück meines Herzens

Roman

Aus dem Amerikanischen von
Martin Hielscher

Fischer
Taschenbuch
Verlag

Veröffentlicht im Fischer Taschenbuch Verlag GmbH,
Frankfurt am Main, Juli 1992

Lizenzausgabe mit freundlicher Genehmigung des
S. Fischer Verlags GmbH, Frankfurt am Main
Die amerikanische Originalausgabe
erschien 1976 unter dem Titel
»A Piece of My Heart« bei Harper & Row, New York

Umschlaggestaltung: Buchholz/Hinsch/Hensinger
Druck und Bindung: Clausen & Bosse, Leck
Printed in Germany
ISBN 3-596-10928-0

Kristina

Prolog

W.W. kam im Regen über den Damm hinunter, sein alter Plymouth schlitterte aus der Fahrspur, und sein Gewehrlauf, noch heiß vom Schießen, ragte gefährlich aus dem Fenster. Er blickte durch die Weiden hinunter auf das Bootscamp, und für einen Augenblick sah er nichts als das Haus und den Anlegeplatz, vom Regen verdeckt, obwohl er aus der Entfernung beobachtet hatte, wie Robards Pickup vor drei Minuten den Damm erklommen hatte und auf der anderen Seite verschwunden war, und er nun hinter ihm her war. Der Regen wurde immer heftiger, und er fuhr langsamer durch die Weiden. Dicke Tropfen liefen den Gewehrlauf hinunter und tröpfelten auf seine Hose, aber er merkte es nicht. Schließlich sah er Robards Pickup, der sich im Schutz der niedrigen Äste duckte und im Regen dampfte und tickte. Er stieg aus, ließ seinen Wagen rollen, bis er in das Heck des Pickup hineinrollte, und schritt, immer noch in seinem Baseball-Dress, vorsichtig auf den Anlegeplatz zu, wo ein blonder Junge am Wasser stand, ein Gewehr mit dem Lauf nach unten hielt und zusah, wie ein leeres Boot den Seearm hinunter- und auf die Untiefen zutrieb.

Als der Junge die Gegenwart eines anderen witterte, wirbelte er herum und riß das Gewehr hoch und zielte damit direkt auf den Bauch des Mannes.

»Wer zum Teufel sind Sie denn?« fragte er, und seine Mundwinkel zitterten, so daß er aussah, als ob er lächeln wollte.

W.W. sah aufs Wasser hinaus, fummelte am warmen Abzugsbügel herum, und überlegte, ob er den Jungen erschießen und dabei auf irgendeine Weise vermeiden könnte, selbst er-

schossen zu werden. Er kam zum Schluß, daß er es nicht könnte, und lächelte.
»Ich bin W.W. Justice aus Helena.«
»Was machen Sie in Ihrem Baseball-Dress und mit 'nem Gewehr, W.W.?« fragte der Junge, wobei er das Fehlen dreier Vorderzähne enthüllte, hinter denen man die Zunge sehen konnte, die sich bemühte, die Lücke auszufüllen.
»Ich bin hinter Robard Hewes her. Du hast ihn nicht zufällig gesehen?«
»Hinter wem?«
»Robard Hewes.«
»Also, W.W.«, sagte der Junge, spielte mit seiner Zunge in den Mundwinkeln und ließ die Gewehrspitze wieder zu seinem Fuß zurücksinken, »von dem hab ich noch nie gehört. Aber eins kann ich Ihnen sagen.«
»Und das wäre?« fragte W.W.
»Ich hab hier gerade einen Mann getötet, nich' mal 'ne Minute, bevor Sie gekommen sind.«
»Wen hast du getötet?« fragte er und sah dem leeren Boot nach, das in Regen und Wind dahintrieb.
»Keine Ahnung! Aber wer immer das war, hatte hier absolut nichts zu suchen. Das kann ich Ihnen sagen. Das kann ich Ihnen aber sagen.«

Teil I
Robard Hewes

1 In der Dunkelheit konnte er die langen Lichtkegel sehen, die den Berg hinunterkamen, auf Bishop zu. Sie durchquerten die Wüste nach Einbruch der Dunkelheit, nachdem sie Reno in der Dämmerung verlassen hatten, und glitten um Mitternacht durch die Wüste nach Indio. Er saß im vorderen Zimmer im Dunkeln und starrte durch den Eingang hinaus, rauchte und hörte zu, wie die Käfer das Fliegengitter hochkrabbelten und die Luft durch das Fenster zog. Irgendwo in der Ferne machte sich ein Lastwagen mühsam auf den Weg über die Wiese zu den Bergen. Von der Stadt her hörte er lange ein Auto hupen, dann Reifen quietschen, bis das Geräusch schwächer wurde und in die Nacht zurücksank. Im Dunkeln stieß er eine Rauchwolke aus und fuhr sich mit den Fingern durchs Haar.

»Also«, hatte sie gesagt, »wie lange willst du wegbleiben?«, während sie das Geschirr auf die Fensterbank stellte und in das violette Licht hinausstarrte. »Wie wird das wohl werden?«

»Es wird schon gutgehen«, sagte er. »Ich komme wieder.«

Und sie hatte sich umgedreht, ihr dickes Haar, schwärzer als seins, über ihren Schultern, und war ohne ein weiteres Wort im Haus verschwunden. Als ob sie sich gerade dabei ertappt hätte, wie sie sich in ein Arrangement hineinziehen ließ, und zurückgewichen wäre, um sich mit einem Instinkt zu retten, dessen Existenz sie ganz vergessen hatte, weil sie acht Jahre lang keinen Grund gehabt hatte, sich zu retten. Er hatte gehört, wie sich die Tür schloß.

Nach einer Weile hatte er sich vom Tisch erhoben, das Licht

ausgeschaltet und war nach vorn gegangen, um zu warten, bis es richtig dunkel war, und er in der Kühle aufbrechen konnte.

Er überlegte, während er dort allein saß, was man da eigentlich tun konnte. Wenn der Ehemann einer Frau plötzlich aufsteht und einfach weggeht aus dem Leben, das sie mit ihm führt, obwohl sie nach acht Jahren sicher zu sein glaubt, daß er nicht auf einmal aufsteht und in die Nacht hinausfährt, ohne zu sagen warum: was macht sie dann? Was ändert sie in ihrem Leben? Er hatte das Gefühl, er müßte sich mit jedem Arrangement abfinden, das sie getroffen hätte, wenn er einmal zurückkehrte. Er versuchte, sich eine andere Möglichkeit vorzustellen, und kam zum Schluß, daß es sie nicht gab.

Er blies seinen Rauch in die Dunkelheit. Ein Wagen kam den Feldweg entlang, seine Scheinwerfer folgten dem Straßenrand, das Radio lief, und es klang, als wäre er ganz in der Nähe. Dann erreichte er das Ende der Straße, bog wieder in die Wüste ein, und die Musik verebbte.

Um neun Uhr ging er zum hinteren Teil des Hauses, schaltete das Licht an, füllte den Wasserkessel und setzte ihn wieder aufs Feuer. Die Küche roch kalt, obwohl es in ihr wärmer war als in den anderen Räumen. Der Herd roch nach Gas. Er spülte die Thermosflasche und stellte sie mit der Öffnung nach unten auf das Spülbecken. Er holte den Pulverkaffee herunter, setzte sich an den Tisch und wartete.

Er dachte daran, wie er in der kleinen Jagdhütte mit zwei Zimmern in Hazen gesessen und am Tisch gewartet hatte, daß die Ärzte aus Memphis kamen. Er hatte die Becher gespült, in jeden einen Löffel getan, sie in einer Reihe auf den hölzernen Tresen gestellt und die Blechdose mit Pulverkaffee dazugestellt. Und dann hatte er angefangen zu warten, daß es ans Schießen ging, vom Gaskocher und dem Licht der Glühbirnen in den Ecken gewärmt, die Schatten in das Hinterzimmer warfen, wo das Feldbett stand. Er wartete in der

Kälte, bis die Ärzte den Fahrweg herunterkamen, wobei ihre schweren Wagen schwankten und schaukelten und die Strahlen ihrer aufgeblendeten Scheinwerfer weit über das Feld bis zum Waldrand warfen, wo er durch die halbverglaste Tür Augen aus rotglühender Kohle aufblitzen und zwischen den Bäumen verschwinden sah.

Er hatte am Fenster gewartet, bis sie hereinkamen, alte Männer in hohen Gummistiefeln und Segeltuchmänteln, und hatte den Topf vom Herd genommen und Kaffee gemacht, während die Stimmen der Männer das Zimmer füllten, die lachten und husteten, bis es warm wurde. Er war dann ins Hinterzimmer geschlüpft, um auf dem Feldbett zu warten, bis er das Fenster mit dem ersten Silberdunst hinter den Baumwipfeln hell werden sah und er die Männer in der Stille über das Feld auf den Wald zutrieb, so daß die Hütte versank, nur noch ein einzelnes Licht war und schließlich in den gleißenden Flocken von Sonnenlicht verschwand. In der Kälte wurden die Männer still und mürbe wie Klumpen weicher Kohle. Sie stapften in den Wald, und ihre Stiefel knatschten, bis sie allmählich ins Wasser gelangten. Er hatte sie in die Boote gesetzt und war in den Strom hinausgewatet, hatte sie zwischen den Bäumen hindurchgezogen, bis er die Enten hören konnte, die sich hundert Meter weiter, wo das Wasser tief wurde, zankten und verbündeten. Hoch oben konnte er ihre Spur sehen, die sich säuberlich auf dem fahlen Himmel abzeichnete. Er setzte die Männer dort aus und hielt die Boote, während sie in das bis zu den Schenkeln reichende Wasser hinausstolperten, und sagte ihnen, in welche Richtung sie nicht gehen sollten: auf die Fahrrinne des Wasserlaufs zu. Dann ließ er sie zurück, während sie lärmend durchs Wasser wateten und in der Dämmerung lachten, bis er sie nicht mehr hören konnte und die Boote wieder auf festen Boden gezogen hatte.

Er war dann übers Feld zurück zum Haus gegangen und

hatte gewartet, unter der Lampe gedöst, bis der Morgen hell und gläsern heraufgezogen war. Dann ging er durch die Bohnenfelder zu den Booten zurück, wo er immer schon einen von ihnen fand, immer nur einen, der zurückgekommen war, im seichten Wasser im Boot schlafend, mit blauen Lippen, eine Strähne blonden Haars über der Schläfe, eingeschlafen, bevor es überhaupt noch hell geworden war. Er zog den Schläfer im Boot zurück in den Wald und durchs schwarze Wasser dahin, wo die anderen schrien und das Wasser aufwühlten und schossen, wo die abgeschossenen Enten auf der sich kräuselnden Wasseroberfläche bluteten und im Kreis zwischen den Bäumen schwammen.

Er hatte dort in dieser Hütte gewartet, daß die Ärzte aus Memphis kamen, oder die Fischhändler aus Gulfport und Pass Christian herüberfuhren, oder die Juden aus Port Arthur, die die ganze Nacht durch Louisiana fuhren und vor Tagesanbruch ankamen, auf dem schlammigen Hof kotzten und in der Nacht herumbrüllten. Er hatte dort morgens gewartet, an nichts gedacht, auf die gewartet, von denen der alte Rudolph Geld nahm (tausend Dollar pro Kopf) und die er hinausschickte; er hatte ihre Löffel abgespült und sich geräuschlos aus dem Licht weggestohlen ins kalte Hinterzimmer, hatte gewartet, um sie zur Entenjagd zu führen.

Bis das zu Ende ging, nach drei Jahren, ohne auch nur ein Wort an den alten Rudolph, oder auch nur eine Nachricht. Er hatte sich mit Jackie davongemacht, unter den nebligen Lichtern, blau und durchscheinend wie Gaze, als ob sich ein kühler Dunst zwischen sie geschoben hätte, war nach Mitternacht durch Little Rock und die ganze Strecke bis Bishop gefahren, wo er das Gefühl hatte, so viel Abstand zwischen sich und der Hütte und den Feldern und dem ganzen Leben dort geschaffen zu haben, daß es zu schwer geworden wäre, zurückzugehen. Als dieser Abstand schließlich geschaffen war, fühlte er sich sicher.

Er löffelte Kaffeepulver in die Thermoskanne und goß Wasser darüber, bis es ihm ins Gesicht dampfte. Er schob den Stöpsel hinein, schüttelte die Kanne und knipste das Licht aus. Er ging zurück ins vordere Zimmer, saß an der Tür und horchte auf Jackie, auf ihren Atem, auf irgendein Zeichen, ein Ächzen in den Bettsprossen, das zeigte, daß sie da war. Denn sie war ohne ein Wort gegangen und hatte sich in ihrem Zimmer eingeschlossen und nicht ein einziges Geräusch gemacht, seit das Licht ausgegangen war. Er saß da, der Stuhl knarrte im Dunkeln, und wartete, horchte auf das leiseste Geräusch. Er konnte fühlen, wie der Luftstrom unter der Tür durchzog, der Duft von Wüstenveilchen, der durchs Haus Richtung Osten in die Wüste zurückzog. Er stand auf und ging zum Fenstersims, griff nach der Papiertüte mit seiner zusammengerollten Kleidung, ging zum Fliegengitter und sah über die Ebene nach Bishop, das schemenhaft in der Nacht lag. Die Straße in die Berge war nicht mehr zu sehen, bis auf eine Stelle, wo ein Paar länglicher Lichtkegel aus dem Tal abdrehte.
Er dachte, wenn das Leben voller Anfänge war – und er hatte gerade heute beschlossen, daß es bei ihm so war – und man sich vorgenommen hatte, am Leben zu bleiben, daß es dann leere Augenblicke geben würde, wo es kein Atmen gab und kein Leben, einen Zeitpunkt, der das, was vergangen war, von dem trennte, was nun begann. Es waren diese leeren Augenblicke, dachte er, an die er sich gewöhnen mußte.
Er hob den Riegel und ging über die Veranda zum Pickup. Jackie hörte im Schlaf, wie er über die Bretter und das feuchte Gras ging, hörte seine Schuhe auf dem Kies und den Nagel, der sich durch sein eigenes Gewicht wieder in die Öse des Riegels senkte, hörte, wie der Pickup sich hob und zischte. Und sie lag ruhig da, erwachte nicht von den Geräuschen, nahm nicht wahr, daß er sie verließ, nahm bloß die

Geräusche wahr und die kühle Luft, die das Laken kräuselte und unter der Tür hinausströmte in das Zimmer, wo sie, wenn sie plötzlich erwacht und aufgeschreckt wäre, ihn vielleicht gerufen hätte, im Glauben, daß er da war und im Dunkeln saß und rauchte, und überzeugt, das dies alles nicht geschehen war.

2 Früh am Morgen hatte er im grauen Licht wach gelegen und es sich alles noch einmal gründlich durch den Kopf gehen lassen. Vor zwölf Jahren hatte er unter der Dachtraufe in Helena in dem kleinen Zimmer mit der Rosentapete gelegen, auf das Ticken durch die Zypressenholzwände gehorcht, das Gewicht auf der Treppe und das plumpe Schlurfen durch die Tür kommen gehört und ihm seinen Kopf zugewandt, aber nichts erkennen können.
»Also gut«, sagte er verdutzt, während ein schwerer süßer Duft durchs Dunkel strömte. »Ich kann nichts erkennen. Wer ist denn da?«
»Ich bin's«, sagte sie und ließ ihre Steppdecke zu Boden sinken. Der Gardeniengeruch breitete sich im ganzen Zimmer aus. »Ich kann nicht länger warten.«
Ihre Knie drückten sich ins Bettzeug ein, während er versuchte, sich aufzurichten, um sie im Dunkeln zu sehen, und bloß ihre Brüste sah, die ihm entgegenquollen und verschwanden, und ihre Arme, die ihn hochnahmen und festhielten, bis er, als er zu sprechen versuchte, nur noch sagen konnte: »Honey, Honey«. Und das war alles.
Am Morgen stand sie da, rieb ihre Augen und wedelte mit ihren Armen im staubigen Licht, und ihre Unterarme waren gleichzeitig bleich und dunkel. Das Bett roch säuerlich.
»Robard«, sagte sie und fuhr mit den Fingern durch ihr feuchtes Haar. »Jetzt wach aber mal auf.« (Obwohl er natürlich wach war.) Sie starrte ihn mit aufgeworfenen Lippen an,

und er bemühte sich, seine Augen Zentimeter für Zentimeter auf das schräg in den Raum fallende und schmerzende Sonnenlicht zu richten.
»Ich weiß ein Rätsel«, sagte sie.
»Ein was?« fragte er und roch die Laken rings um sich.
»Warum singen die Vögel jeden Morgen, wenn sie wach werden?« Sie lächelte und setzte ihre Zähne genau aufeinander.
»Was?« fragte er, weil er es nicht richtig verstanden hatte.
»Weil«, sagte sie, streckte ihren Bauch heraus und lächelte, »sie glücklich sind, noch einen Tag zu leben.« Sie lachte laut auf.
Und ganz plötzlich veränderte sich ihr Gesichtsausdruck, und sie schaute ihn an, als ob sie ihn noch nie vorher gesehen hätte und nun überrascht wäre, daß er da lag. Und er hatte eine Blässe in ihren Augen gesehen, irgendeine Enttäuschung, die er nicht einschätzen konnte, aber aufsteigen fühlte, als ob irgendein toter Bereich in ihr sich ganz plötzlich offenbart hätte. Er dachte, es wäre die Spur von etwas Verlorenem, etwas Unwiederbringlichem, obwohl das alles war, was er wußte, und er doch fühlte, daß es nicht alles sein konnte.
Vor einem Jahr kam ein Brief ohne Anschrift, der einen Monat auf der Post lag, bis eine Karte kam und ihn zum letzten Mal aufforderte, ihn abzuholen. Darin hieß es:

Robard:
Wir sind jetzt in Tulare. W.W. pitcht. Komm bitte und besuch mich. Ich liebe dich immer noch. Deine Kusine, Beuna.

Nach einem Monat im Postfach roch das Luftpostpapier immer noch intensiv und scharf nach Gardenien, so daß es in seinem Nacken kribbelte, als er daran roch, und er beschloß damals, daß er zu ihr fahren müßte, und wenn es nur darum

ging, zu sehen, was ihn dort eigentlich erwartete, und er die passenden Erklärungen auch noch später finden konnte.
Er hatte neben ihr in der stickigen abendlichen Hitze auf dem Rummelplatz von Tulare gesessen und W.W. zugesehen, der auf dem Ziegelmehl unter den Lichtern einen gemeinen Ball nach dem anderen hinausschoß, den keiner treffen oder auch nur halbwegs sehen konnte, und die letzten sechs Batter gingen zurück zur Bank, ohne überhaupt den Versuch gemacht zu haben, nach dem Ball zu schlagen, so daß das Spiel nach eineinhalb Stunden vorbei war.
Beuna hatte einen roten Strandanzug an, bedruckt mit laufenden Elefanten, dessen Oberteil ihre Brüste so hochquetschte, daß er Zweifel hatte, ob sie richtig schlucken konnte. Ihr Bauch hatte sich über ihre Shorts hervorgewölbt, und er dachte damals, daß sie nun, nach zwölf Jahren, viel fülliger war, aber reif wie eine Birne im Pfirsichgarten, und fraulich auf eine Weise, wie er sie nie zuvor an irgendeiner Frau gesehen hatte und von der er auch nie angenommen hatte, daß sie überhaupt möglich war. Sie saß neben ihm und preßte langsam ihren nackten Schenkel gegen seinen, bis er allmählich das Gefühl hatte, als geriete er in eine Zentrifuge. Und sie hatte kein einziges Wort gesagt und kein Geräusch gemacht, und für eineinhalb Stunden hatte er dagesessen, als ob eine heiße Strömung in sein Bein eindringe, eine Runde durch seinen Körper drehe und durch seine Finger wieder hinausfließe, und all seine Stärke und Widerstandskraft mit sich fortnehme.
Als sie von ihm abließ, drehte sie ihren Kopf zur Seite, starrte ihn an und fixierte ihn wie den Nordpol auf einem Kompaß.
»Robard«, sagte sie, und ihre Stimme klang wie eine Luftblase, die aus dem eingeschnürten Innern ihrer Kehle aufstieg. »Ich liebe dich.«
Die erste Scheinwerferreihe an der Haupttribüne wurde ver-

dunkelt und tauchte sie in ein seltsames nachmittägliches Schattenlicht.

»In Ordnung«, sagte er und sah über das schmuddelige Spielfeld nach irgendeinem Zeichen von W.W., denn er wußte, daß er schon durch seine bloße Anwesenheit das Unheil heraufbeschwor.

»Ich bin *so* feucht«, sagte sie. »Mein Gott!« Sie schob ihre Hand in seine Hose und drückte ihn da, bis er einen Ton tief in seiner Kehle spürte, der sich nicht lösen wollte. »Robard?« keuchte sie, hielt ihren Mund ganz dicht an sein Ohr und drückte ihn so fest, wie sie nur konnte. »Liebst du mich?«

»In Ordnung«, sagte er, unfähig, zu Atem zu kommen.

»Ist das alles?« fragte sie, und ihre Augen waren böse zusammengekniffen, und ihr Griff lockerte sich, so daß er Zeit fand zu merken, daß sein Speichel dickflüssig wurde wie Soße.

»Man tut, was man kann«, sagte er, sog Luft durch die Nase ein und versuchte, seine Kehle verschlossen zu halten.

»Also gut«, sagte sie vorwurfsvoll und starrte auf ihre Zehen auf dem Treppenabsatz unter ihnen. Er konnte W.W.s Stimme hören, die aus dem Dunkel über das Feld rief. Hinter ihm lachten andere Stimmen. Auf einmal langte sie wieder zu, zwängte die Hand in seine Hose, als wollte sie einen Nagel hineintreiben, und er hatte das Gefühl, als würde gleich irgendeine schreckliche Vision vor ihm erscheinen. Der letzte Lichtmast erlosch und hüllte sie in eine jämmerliche Dunkelheit. »Da du es nun mal so ausgedrückt hast«, sagte sie langsam, »ist es wohl in Ordnung.«

Auf dem Weg zurück durch die Wüste begann er, die Dinge für sich zu klären. Im allgemeinen, wußte er, endeten Geschichten im Leben nicht, bloß weil sie es, allen vernünftigen Einschätzungen nach, auch tun *sollten*. Oder weil Leute, die beteiligt waren, Dinge taten oder den Ort wechselten, wodurch es dann meistens einfach zu mühsam wurde weiterzumachen. Denn, wenn einmal eine Macht in einem Geltung gewann, dann wuchs sie, nahm Ausmaße an, zeigte Schattierungen und begann, ein Eigenleben zu führen, das manchmal so umfassend und reich war wie das eigene Leben. Und wenn sich ein Mann einmal hinsetzte und sein Leben nüchtern und mit gesundem Menschenverstand betrachtete, dann würde er das sehen – und verstehen, daß nichts in seinem Leben wirklich je endete. Dinge veränderten sich nur und entwickelten sich zu etwas anderem.

Nach drei Wochen kam ein Brief in die Ausgabe für postlagernde Sendungen, der auf Drugstore-Briefpapier geschrieben war. Er lautete:

Robard:
Wir sind im Moment nicht in Tulare, sondern in Tacoma, Washington. Hier ist es überhaupt nicht schön und es regnet dauernd. Er hat gut in Tulare gespielt und in Oakland einmal gepitcht, aber dort haben alle den Ball gekriegt, und am nächsten Tag hat er den Bus hier hoch genommen, und ich bin mit dem Wagen gekommen. Hinter unserm kleinen Haus ist bloß ein riesiger Graben, und ich habe Angst, daß er überflutet wird und mich ertränkt. Ich weiß nicht, was mit mir geschehen wird, aber etwas wird geschehen. Riech mal. Ich liebe dich immer mehr. Beuna.

Er hielt das Papier hoch ans Licht, als er im langen, luftigen Vorraum der Post stand, und roch an den Stellen, die beschrieben waren, nahm den Brief schnell mit hinaus zum Rinnstein und zerriß ihn in tausend Stücke, die er durch den Rost in die trockene Öffnung des Siels flattern ließ.

Nach zwei Wochen kam ein Brief, in Helena, Arkansas, abgestempelt, mit einer Nachricht, die auf Holiday-Inn-Briefpapier geschrieben war. Sie lautete:

Robard:
Ich bin wieder zu Hause. W.W. sagt, er wird wieder in Oakland pit-

chen, und ist immer noch in Tacoma und spielt Kinderspiele. Er wird es sich anders überlegen. Ich liebe dich noch mehr. B.

Er hatte auf den Stufen des Postamtes gesessen und über W.W. nachgedacht, der in einem merkwürdigen kleinen Bungalow in Tacoma festsaß. W.W., der wohl darüber staunte, was in einem Zeitraum von einer Woche alles mit dem Leben eines Mannes geschehen konnte, und der sich fragte, wie er alles wieder ins Lot bringen und Beuna aus dem Haus ihres Stiefvaters wieder heraus- und dorthin zurückholen konnte, wo er war, damit er in Oakland noch einmal eine Chance hätte, daß jemand auf ihn aufmerksam wurde.
Eine Woche später kam ein Brief, in dem es schlicht hieß:

Robard:
W.W. hat's kapiert. Ich wußte es ... Beuna.

Er dachte sich, daß sie mit sich selbst gewettet hatte, sie könnte das Ganze so darstellen, als wäre sie das Opfer und er der Schuldige, weil er hatte bleiben und Baseball pitchen wollen, und nun hatte sie gewonnen.
Und danach kam jede Woche ein Brief aus Helena, in dem sie ihn anflehte zu kommen, auf immer dem gleichen rosenroten Luftpostpapier, mit wilden Versprechungen und allen möglichen Gerüchen, von denen sie glaubte, daß sie für das, worum sie bat, hilfreich seien. Und er war geblieben und geblieben und hatte jeden Brief in den Abfluß geschmissen und versucht, das Ganze zu vergessen.
Obwohl er sich fragte, was er vor Jahren eigentlich genau gesehen hatte, oder oben in Tulare in dem Augenblick, als er »In Ordnung« gesagt hatte, während sie auf etwas Bedeutungsvolleres hoffte, und was es war, das sie dazu brachte, W.W. irgendwo in der Fremde auf dem Trockenen sitzen zu lassen, nur damit er das Einzige aufgab, wovon er wirklich

etwas verstand. Vor zwölf Jahren hätte er vielleicht gedacht, daß es bloß eine mädchenhafte Laune war, die damit zusammenhing, daß es ihr Spaß machte, drei Meter vom Kopfende des Bettes ihrer Mutter entfernt mit ihrem eigenen Cousin herumzuspielen – und daß *das* soviel inneren Wirbel verursacht hatte, daß es glaubhaft erschien, wenn sie Reue zeigte. Und die einzige Art von Reue, die sie sich damals vorstellen konnte, war, so zu tun, als hätte etwas Mysteriöses von ihr Besitz ergriffen, das sie nicht erklären und über das man, bei all der Aufregung um drei Uhr morgens, auch nicht mehr sprechen konnte. Bloß stimmte das alles so nicht. Es war schon zu lange weitergegangen, um bloß eine mädchenhafte Laune zu sein. Und als er sie in Tulare getroffen hatte, hatte sie ihn mit ihren hellen, farblosen Augen fixiert, als machte sie eine Warenprobe, und da hatte wieder die gleiche unglückliche Fehleinschätzung in ihrem Blick gelegen, die er immer bemerkt hatte, ganz als ob sie von einer Leere herrührte, die sie mit aller Macht ausfüllen wollte.

3 Um halb sechs war er aufgestanden, hatte sich angezogen und war die Sierra hoch nach Mammoth gefahren und hatte im Pickup gesessen, während es dunkler wurde und das Licht sich grün färbte, als es durch den Nebel zu regnen begann. Um halb sieben fuhr der Vormann in einem Firmenlaster vor, kletterte in seiner gelben Regenkleidung auf die Ladefläche und verlas eine Erklärung, in der es hieß, daß die Arbeit eingestellt würde, weil der Staat eine Untersuchung machen müßte. Der Vormann sagte, es gebe Arbeit bei Keeler, Rohre verlegen für einen Zufluß zum Aquädukt, und jeder, der dort arbeiten wolle, sollte sich spätestens auf der Mittagsliste eintragen. Er war noch gar nicht fertig, als einzelne Männer sich schon auf den Weg machten. Sie liefen zu ihren Pickups, ängstlich darum bemüht, aus dem Niesel-

regen herauszukommen und zu Keeler hinüber, bevor die Liste voll war und sie um Arbeit betteln mußten. Als der Vormann seine Erklärung zu Ende gelesen hatte, stopfte er sie in die Tasche, kletterte zurück in den Lastwagen und fuhr weg.

Er ging zu seinem Pickup und dachte, er könnte zurückfahren, mit Jackie frühstücken und überlegen, ob er zu Keeler fahren sollte, wenn er geschlafen hatte.

Er fuhr aus Mammoth heraus und zurück zum Highway nach Süden. Weiter oben in den Sierras riß die Regenwand auf und ließ hier und da das Tageslicht durch. Er dachte allmählich, daß es da ein paar Dinge gab, die er nicht verstanden hatte. Von Anfang an, als er vor acht Jahren Hazen verlassen hatte und mit ihr durchs Land gefahren war und begonnen hatte, in den Sierras Arbeit anzunehmen, wo er nur konnte, war er so verzweifelt gewesen wie alle anderen auch und genauso in Panik, wenn Jobs aufhörten, und er war hingefahren, wo immer ein neuer zu haben war. Und er hatte dieselbe Panik in sich aufsteigen gefühlt, als er dem Vormann zuhörte, dasselbe Grauen, mit dem die anderen verschwunden waren, um zu Keeler zu fahren und dort einzuspringen, was es auch immer zu tun gab. Nur daß er nicht wegfahren und anfangen konnte, Gräben auszuheben und Rohre zu teeren, ohne eine Entscheidung getroffen zu haben. Als der erste Job vor acht Jahren in Lone Pine zu Ende war, bei 50 Grad Hitze, war er in Panik ausgebrochen. Und in seiner Erinnerung hatte er dann als erstes Männer gesehen, die wie von der Tarantel gestochen losrannten. Und er war mit ihnen gegangen, weil es ihn genauso erwischt hatte und er sich nicht dagegen wehren konnte. Und das ganze Durcheinander, dachte er, hatte der Panik nur dazu verholfen, sich an etwas abzureagieren. Den Inyo herauf und herunter Jobs zu wechseln, schien mit der Zeit die beste Lösung zu sein, weil es überhaupt eine Lösung war, und das war besser als nichts.

Aber nun dachte er, daß er sich nach acht Jahren doch einmal fragen sollte, ob es immer noch die beste Lösung war und ob sie es wirklich je gewesen war. Wenn er den Job wollte, konnte er am Morgen immer noch hinunterfahren und an der Baustelle stehen, bis irgend jemand in der Hitze zusammenbrach, und ohne weitere Fragen einfach dazustoßen.

Und so war es natürlich Beuna, worüber er wirklich nachdachte. All diese Jahre, in denen er bloß verzweifelt und aufgewühlt gewesen war, sich Jobs besorgt und Angst gehabt hatte, waren vielleicht nichts als ein sinnloses Herumzappeln gewesen, wie ein Mann, der mit seinem Ärmel in einen Mähdrescher gerät. Und was immer sie ihm damals in Helena vor zwölf Jahren eingeimpft hatte, war – angesichts all der Aktivität, die es anscheinend in ihm befördert hatte – nicht eingeschlummert und verborgen gewesen, sondern einfach ein Mißverständnis.

Der Regen hatte sich unter dem Nebel zu einer silbernen Wand ausgebreitet. Der Pickup kam unter den Wolken hervor ans Licht und begann die lange Abfahrt zur Wüste hinunter, auf der die Luft, sechshundertfünfzig Meter über dem Flachland, schon heißer war. Die Straße, die er weiter unten sehen konnte, bog über eine ovale Wiese, die den Fuß der Sierra von der Wüste abgrenzte. Eine Pappelreihe teilte die Wiese entlang des Straßenrandes. Dieser verband den Bergausläufer mit dem Stadtrand von Bishop, das ein Stückchen entfernt, auf der halben Strecke zum Horizont, im purpurroten Dunst lag.

Aber was passiert mit mir, dachte er, und schon machte er sich Sorgen – was passiert, wenn es ihr gelingt, mich mit etwas Gefährlichem anzustecken und es jahrelang mit Hilfe von Gardenienduft und ein paar blumigen Briefen am Leben zu halten? Was passiert, wenn man merkt, daß es wichtig ist – was man getan hat und was sie getan hat und tun würde,

und wann und wie und mit wem, und daß einem nur ein zerstörerisches Verlangen geblieben ist, das bloß durch das Eine zu befriedigen ist?
Er fuhr die weite Kurve hinunter auf die im Schatten liegende Straße zur Stadt. Er machte sich Sorgen, weil er wußte, daß, was einmal begonnen hatte, aus dem Leben nicht mehr verschwand und daß das Leben buchstäblich anschwoll vor lauter Anfängen, die sich Tag für Tag aufhäuften, bis man ein Alter oder eine Verfassung erreichte, in denen man das alles nicht mehr weiterführen und nichts Neues mehr anfangen konnte, und dann mußte man sein Leben, wie es gerade kam, ausklingen lassen. Aber an diesem Punkt war er noch nicht! Und deshalb war auch nicht anzunehmen, daß das, was sie in ihm genährt hatte, irgendwann schon nachlassen würde, sondern daß es sich unbeschränkt in alles und jedes hineinmischen und jedem das Leben schwermachen würde, es sei denn, er traf ernsthafte Anstalten, sie und es in etwas umzuwandeln, mit dem er leben konnte, so wie jeder mit bestimmten Dingen lebte.
Er fuhr in die Stadt und vor das Postamt, hielt an und dachte in der Hitze, daß es nur *eine* Möglichkeit war, Beuna einzuschätzen, wenn man sie als ein Hindernis betrachtete oder als etwas, das man überleben mußte, und daß man ihr so nicht unbedingt auch gerecht wurde. Er ging hinein, und die Luft war kühl und trocken. Die Halle war eine lange, leere Arkade mit drahtumwickelten Oberlichtern, die den Raum in verschwommene Halbschatten tauchten. Er holte den Brief am Postlagerschalter ab, ging zurück ins Sonnenlicht und blickte die Straße hinauf, um festzustellen, ob irgend jemand zu sehen war, den er kannte. Er dachte ans Frühstücken und beschloß, es ausfallen zu lassen.
Er steckte den Brief unter die Sonnenblende und machte sich zurück auf den Weg zu den Bergen. Er fuhr hinaus über die Wiese, bis er die Works-Progress-Brücke am Inyo Creek

überquert hatte, hielt an, stieg aus und ging zurück zum Geländer. Der Wind blies gegen das Blatt, machte es steif oder knickte es, während er die Worte wieder und wieder las, sie studierte und seine Lippen jedes einzelne Wort formten. Und nach einer Weile schritt er hinunter in die gelben und grünen Lichtflecken, ging ins Schilf hinein, legte den Umschlag auf die Wasseroberfläche und sah zu, wie er sich drehte und forttrieb, bis er wie ein Funke ausgelöscht wurde. Er brütete einen Augenblick lang über dem Brief, während das Blatt in seiner Hand flatterte, faltete es plötzlich zusammen und sprang aus dem feuchten Gras zurück. Er kletterte die Böschung hoch, schob das Blatt unter seinen Spann und machte sich auf den Weg zurück zum Pickup.

Er dachte noch einmal, daß es nur eine engstirnige Sichtweise war, wenn man Beuna als eine Hürde betrachtete. Und nicht die einzige Sichtweise. Denn man konnte es auch so sehen, daß er mit diesem Teil seines Lebens noch nicht fertig war, Ehefrau hin oder her, mit diesem Teil, der mit Beuna zu tun hatte und mit Frauen im allgemeinen. Und daß da immer noch so viel drin war, nämlich eine ziemlich gute Chance, die er so nutzen konnte, wie er wollte, und daß vierunddreißig immer noch jung war, wenn man bedachte, daß man nur einmal lebte. Seine Zeit war gekommen. Und zwar jetzt.

4

Er fuhr nach Arizona hinein und schlief am Nachmittag hinter einem Motel in Flagstaff. Er stand um vier Uhr auf, fuhr durch, bis es dunkel war, schlief auf dem Sitz des Pickups außerhalb von Bluewater, New Mexico, wachte im hellen Sonnenschein auf und fuhr nach Grants hinein, um zu frühstücken. In Grants trat er hinaus in den Morgenwind zwischen dem Highway und den Viehbahnhöfen von Santa Fe und beobachtete, wie die Viehwaggons auf die Gleise der

Hauptstrecke rangiert wurden, die von Süd-Texas herführte. In der kühlen, zart getönten Luft schliefen die Rinder im Stehen. Er beobachtete, wie der Zug fertiggemacht wurde und Richtung Osten verschwand, und fuhr dann nach Albuquerque und wieder hoch über den violetten Rand der Manzanos zurück in die Wüste.

Vor Santa Rosa war ein Buick Kabriolett auf den Straßenrand gefahren worden, und eine blonde Frau in weißen Hosen stand daneben in der Sonne, schützte ihre Augen mit der einen Hand und winkte mit der anderen so träge, als ob sie jemandem oben an der Straße Zeichen machte. Das linke Rücklicht des Buick war eingedrückt, und das Warnlicht blinkte matt in der Sonne. Er sah den Highway hinauf, um zu prüfen, ob jemand weiter hinten am Straßenrand stand, aber da war niemand, nur die schwarze Silhouette von Santa Rosa, die auf dem niedrigen Plateau der Wüste flirrte.

Als er anhielt, hörte die Frau auf zu winken und stützte ihre Hand auf die Hüfte, schützte aber weiterhin die Augen mit der anderen Hand. Er stieg aus, ging am Wagen entlang und sah hinunter auf den Rücksitz, auf dem lauter Bierdosen verstreut waren. Aus manchen tropfte Bier.

»Die Sonne ist total schlecht für den Teint, wissen Sie das?« fragte die Frau gleichgültig und nahm ihre Hand weg, so daß er ihr kleines Gesicht sehen konnte.

»Was haben Sie denn damit gemacht?« Er deutete auf den Wagen.

»Er sagt, die Pumpe ist kaputt, aber davon versteh ich nichts. Ich weiß nur, daß er nicht mehr fährt.« Sie zupfte an einem Stück ihrer Bluse und zog es von der Haut weg.

»Wo ist er denn hin?« fragte er.

»Variadero, baut einen Hamburger-Palast.« Sie schützte wieder ihre Augen und musterte ihn, als hätte sie etwas gehört, das ihr nicht gefiel. Er ließ sich in den Wagen gleiten und spielte mit dem Zündschlüssel.

»*Ich* kann da bestimmt nichts dran machen.« Sie trat in den Schatten des Wagens und zupfte an ihrem Haar herum.
Er versuchte es mit dem Schlüssel. Der Motor fing normal an sich zu drehen, hörte aber kurz vorm Anspringen auf. Er hielt das Gaspedal unten, drehte den Schlüssel hin und her und versuchte, den Motor zu zünden, aber er sprang nicht an. Und schließlich hörte er auf und blinzelte zu ihr hinüber, wie sie draußen in der Hitze stand. Sie sah genauso aus wie eine Menge Frauen, für die er sich nicht interessiert hatte, kleine Ohrringe aus blauen Sternen und gerötete Haut, die sie älter aussehen ließ, als sie war. Er hätte sich am liebsten davongemacht. Ihr Mund wurde härter. »Die Hälfte davon sind Larrys«, sagte sie und wandte schnell ihre Augen ab. »Er trinkt sein Frühstück auf dem Weg zur Arbeit, ich trinke meins auf dem Weg nach Hause.« Sie lachte. »Ich nehm aber keine Tramper mit.«
»Das hat ja auch keiner behauptet«, sagte er, starrte auf das große Armaturenbrett und versuchte herauszufinden, ob eine der Anzeigen erkennen ließ, wo der Schaden lag.
»Tu ich auch nicht«, sagte sie.
»Dann ist ja gut«, sagte er und kletterte heraus. »Schauen Sie, ich krieg Ihr Boot nicht wieder flott.« Er wischte sich den Schweiß vom Kinn.
»Was zum Teufel soll ich denn jetzt machen?« fragte sie und starrte ihn an.
»Ich nehm Sie ein Stück mit«, sagte er.
»Nach Curvo«, sagte sie und verzog ihren Mund zu einem Grinsen.
»Wie weit ist das?«
»Ist das nicht egal, wenn's Ihre Richtung ist?« fragte sie.
»Doch«, sagte er und ging zurück zum Pickup.
Sie griff hinein, zog eine aufgerissene Packung Bier heraus und kam hinter ihm her. »Meine Wertsachen hab ich rausgeholt«, sagte sie und lachte.

»Wollen Sie ihn so stehenlassen, mit den Blinkern an?« fragte er und sah unglücklich auf das Bier.
»Zum Teufel damit«, sagte sie und kletterte in den Pickup.
Sie saß hoch auf dem Sitz, ließ eine Hand lässig aus dem Fenster hängen und den Fahrtwind durch die Finger ziehen. Von dem Augenblick an, als sie in den Pickup stieg, war sie anders, dachte er, ein bißchen zarter, als sie draußen neben dem Wagen gewirkt hatte. Sie hatte einen kleinen blauen Fleck unter ihrem Ohr, den sie immer wieder mit den Fingern betastete, und jedesmal, wenn der Wind ihr Haar zurück an ihre Schläfen blies, konnte er einen neuen Blick darauf werfen.
»'ne Klimaanlage macht schon was aus«, sagte sie und sah zu, wie die heiße Luft durch ihre Finger zog. »Sie bauen die in Pickups ein.«
»Wirklich?«
Sie sah ihn an und drehte dann ihr Gesicht in den Wind.
»Was macht denn Ihr Mann?« fragte er.
Sie kurbelte das Fenster hoch und warf ihm einen ernsten Blick zu. »Ziegelträger. Er ist acht Jahre jünger als ich.« Sie griff vor sich, riß die Bierpackung noch etwas weiter auf und setzte eine Dose auf der Klappe des Handschuhfachs ab. »Kalifornien ist in der anderen Richtung, nicht?« fragte sie und zog am Verschluß.
»Wirklich?«
»Sie haben doch was gestohlen, oder?« sagte sie und ließ ihren Kopf gegen den Fensterrahmen sinken.
»Abgehauen.«
»Dann haben Sie eben nichts gestohlen. Ich stehl mich jeden Tag davon, aber das bringt mich auch nicht sehr weit.« Sie lachte. »Finden Sie, daß ich alt aussehe?«
Er sah auf ihren kurzen Hals und versuchte, so zu tun, als ob er ihr Alter abschätzte. »Wie alt sind Sie denn?« fragte er.
»Das ist nicht der Punkt«, sagte sie, nahm noch einen

Schluck Bier und setzte die Dose auf der Lehne ab. »Das ist nicht der verdammte Punkt. Der Punkt ist, wie alt sehe ich *aus*? Alt? Finden Sie, daß ich alt aussehe?« Sie beobachtete ihn aufmerksam, um zu sehen, ob er sie anlügen wollte.

»Nein«, sagte er.

Sie hob leicht den Kopf, und ihre Augen weiteten sich. »Ich bin einunddreißig. Seh ich so aus?«

»Nein«, sagte er und dachte, wenn er von hundert möglichen Altersangaben eine hätte wählen können, dann hätte einunddreißig an zweiter Stelle nach einundvierzig gestanden. »Das bedeutet, dein Macker ist dreiundzwanzig.«

Sie sah ihn überrascht an. »Das beunruhigt mich nicht«, sagte sie.

»Hat ja auch keiner behauptet.«

Sie nahm wieder einen Schluck Bier. »Morgens bringe ich ihn zur Arbeit, und abends hole ich ihn wieder ab. Diese kleinen Miststücke in der Stadt kommen dauernd an und wakkeln mit ihrem Arsch vor seinem Gesicht rum, aber die wissen genau, um sechs fahr ich mit meinem weißen Buick vor, eine Tüte Bier in der einen Hand und was Besseres in der anderen, da braucht er sich seinen Spaß nicht woanders zu holen. Ich bin der verdammte Spaß«, sagte sie.

»Wo leben Sie eigentlich?« fragte er und drückte seine Zigarette aus.

»In Ragland.« Sie zeigte in die Wüste hinaus, wo er wie durch einen Schleier die Hügel im Süden sah, flach wie Eierkuchen.

»Wie weit fahren Sie jeden Tag?«

»Hundertzehn hin, hundert zurück«, sagte sie. »Ich krieg's immer durcheinander.«

Er fing an, Kilometer auszurechnen, und sah zu ihr hin und zählte wieder zusammen und sah hilflos den Highway hinunter. Sie nahm einen letzten großen Schluck Bier, ließ die Dose zwischen ihren Beinen hinunterfallen und kniff ihren Mund

zusammen, bis er klein und hart aussah, so als hätte sie gerade etwas entschieden.
»Das ist 'ne verdammt lange Strecke«, sagte er. »Ich ließe sie ja mit ihren Ärschen wackeln, wenn's nach mir ginge.«
»Kümmern Sie sich um Ihren eigenen Kram«, sagte sie. »Der Buick gehört mir. Und wenn ich damit zum Mond fahren will, dann tu ich's auch.«
Sie drehte sich weg und starrte in die Wüste. Er dachte, daß er sich da besser nicht einmischte, solange er noch eine Chance hatte, und daß er sich wirklich bemühen sollte, seinen Mund zu halten.
»Ich möchte ihn einfach nicht verlieren«, sagte sie langsam und sprach so leise, daß er sie ansehen mußte, um festzustellen, ob sie mit ihm redete. »Ich hab weiß Gott genug Unglück gehabt, mehr könnte ich wirklich nicht ertragen«, sagte sie. »Ich hätte's einfach gern ein bißchen leichter, wissen Sie?«
»Ja«, sagte er.
Sie zog eine neue Bierdose aus der Packung und riß den Verschluß ab. »Wir sind erst vier Monate verheiratet«, sagte sie, nahm einen winzigen Schluck und ließ den Dosenrand an ihrer Lippe kreisen. »Vor sieben Monaten ist mir ein Ehemann weggestorben. Tb im Gehirn.« Sie sah ihn prüfend an. »Wir wußten, daß er's hatte, aber wir dachten nicht, daß es ihn so schnell umbringen würde.« Sie schmatzte mit den Lippen, sah ihn wieder an und zog ihre Nase kraus. »Sein Körper verfiel, und innerhalb von einem Monat war er unter der Erde.«
Sie schien langsam Reize zu entwickeln, die sie vorher nicht gehabt hatte, und er beschloß, die Dinge laufen zu lassen.
»In Salt Lake, sehen Sie?« Sie wurde immer aufgeregter und klopfte mit ihrer Bierdose gegen den Fensterrahmen. »Wir war'n Mormonen, wissen Sie?«
Er nickte.

»Ich war der Inbegriff, wissen Sie, die ganze Zeit, in der wir verheiratet waren.« Ihr Gesicht wurde hart. »Und nachdem er gestorben war, kamen sie alle vorbei und brachten mir Essen und Kuchen und Früchte und sonstwas, wissen Sie. Aber als ich versucht habe, ein bißchen was zu leihen, damit ich mir ein Auto kaufen und arbeiten könnte, da taten sie auf einmal so, als hätte sie gerade jemand zum Essen gerufen. Und ich war immer der Inbegriff dessen, wie man sein soll. Ich ließ sie bei uns im Haus ihre Versammlungen abhalten.« Sie zog ihren Mund fest zusammen. »Raymond wurde als einer geboren – verstehen Sie? Aber ich bin auf 'ner Pferdefarm in der Nähe von Logan aufgewachsen.«

Sie nahm wieder einen Schluck Bier, hielt es vor ihre Zähne und starrte auf die Wüste. Mittag war vorbei. In der Sonne wirkte die ganze Wüste bleich und verschwommen, bis dorthin, wo die Berge aufragten. Er schaute sie an, während sie wegsah, sah auf ihren Busen, der sich hob und senkte, und rückte vor, damit er in die Spalte an der Knopfleiste ihrer Bluse hineinsehen konnte, wo sich die Rundung ihrer Brust abzeichnete. Er fühlte sich ein wenig schäbig und ein bißchen schlecht und mochte sich selber nicht.

Die Frau atmete langsam aus. »Ein Freund von mir hatte so 'nen Buick. Der stand einfach bloß in seiner Garage.« Sie sah weiter in die Wüste hinaus. »Ich sagte ihm, ich würd den Wagen kaufen, wenn ich ihn in kleinen Monatsraten bezahlen könnte. Ich wollte schon immer einen Buick haben, und es sah nie so aus, als ob ich einen bekommen könnte. Es ist merkwürdig, daß es einem erst richtig schlechtgehen muß, bevor die Träume anfangen, wahr zu werden.« Sie sah ihn an, und ihre Nasenlöcher weiteten sich. »Wie auch immer, ich hab mich auf der Stelle von den Mormonen getrennt«, sagte sie, »und bin aus diesem Salt Lake City abgehauen. Ich will Ihnen eins sagen, lassen Sie sich von denen nichts vormachen. Das sind ganz miese Geizhälse, das schwör ich.«

Er sah wieder auf ihre Bluse, um in den kleinen Spalt zu schauen, aber sie hatte sich zur Seite gewendet, und der Spalt war nicht mehr da. Er ließ den Blick langsam wieder zurück auf die Straße wandern.
Sie klopfte mit der Dose gegen ihre Zähne. »Ich denke, jetzt geht's mir besser«, sagte sie. »Ich urteile nicht mehr so schnell. Es ist nicht leicht, immer auf dem Präsentierteller zu sein.« Sie glitt in ihren Sitz zurück und verschränkte die Arme über ihrem Bauch, als ob sie sich besser fühlte. »Wo fahren Sie hin?«
»Arkansas«, sagte er.
»Wo ist denn Ihre Frau? Haben Sie sie zu Hause gelassen, damit sie auf Ihre Babies aufpaßt?«
»Ich hab nicht gesagt, daß ich verheiratet bin«, sagte er und fühlte sich unbehaglich.
»Das weiß ich.« Sie seufzte. »Sie haben mir doch nichts verschwiegen, oder? Sie haben doch bestimmt alles im Griff.« Sie lächelte.
»Ich glaube nicht«, sagte er.
»Ich will Sie nicht bedrängen«, sagte sie.
»Da gibt's nichts zu drängen«, sagte er. »Wie kommt es, daß Sie so schnell wieder geheiratet haben?«
»Pech«, sagte sie, lachte und zuckte mit den Schultern. »Trinken Sie doch auch ein Bier. Ich würde mich besser fühlen, wenn Sie auch eins trinken.«
Er warf einen Blick in den Spiegel, sah aber nur den Mittelstreifen aufblitzen. »Danke nein«, sagte er.
Sie drückte einen Ringverschluß durch das Lüftungsfenster hinaus. »Lassen Sie mich rüberrutschen – in Curvo kennt mich ja sowieso keiner.«
Sie schob sich auf dem Sitz herüber, ließ den Kopf gegen seine Schultern fallen und legte die Füße auf das Armaturenbrett. Sie stellte die Bierdose, durch deren Öffnung sich eine weiche Schaumhaube nach oben drängte, auf ihren Bauch

und umschloß seinen Schenkel mit den Fingern. Und er konnte bloß noch denken, daß er nichts tun würde, um sie zu bremsen. Sie hielt ihm die halbwarme Bierdose an die Stirn und rollte sie hin und her. »Larry mag das«, sagte sie lächelnd. »Das entspannt ihn.«
Er sah auf sie hinunter, wie sie sich an seiner Schulter versteckte und ihn aus ihren grünen Augen mit den kleinen schwarzen Pupillen anblickte, und legte den Arm um sie, so daß ihr Gesicht an seiner Brust lag.
»Sehe ich aus wie zweiunddreißig?« fragte sie, und ihre Augen füllten sich mit Tränen.
»Himmel, nein«, sagte er. »Findest du, daß ich wie vierunddreißig aussehe?«
»Du bist verheiratet«, sagte sie.
»Du auch.«
»Richtig«, sagte sie. »Laß uns jetzt nicht darüber reden.« Eine der Tränen löste sich und fiel auf ihre Lippe hinunter.
»Ich möchte wissen, wie es kam, daß du wieder geheiratet hast«, sagte er und hielt den Pickup in der Spur.
Sie umarmte ihn, so daß die Träne weggewischt wurde, und legte die Arme um seinen Bauch. »Also, ich bin mit meinem Wagen nach Albuquerque gefahren und dann nach Alameda rausgezogen. Weißt du, wo das ist?«
»Ich bin bloß zwei Mal dagewesen«, sagte er und fühlte eine Wärme in sich aufsteigen.
»Es ist nicht weit weg«, sagte sie. »Ich hab mir ein kleines Haus genommen und bin jeden Abend zur Arbeit zu Howard Johnson's gefahren. Ich nenn es Howard's.« Sie strich mit einem Fingernagel an seinem Schenkel hoch und ließ seinen Nacken kalt werden. »Ich bin also einen Abend mit meinem Wagen so 'ne Straße langgefahren, die überhaupt nicht beleuchtet war, und hab Ezra Brooks getrunken. Und irgendwie bin ich von der Fahrbahn abgekommen und hab so 'nen Mann frontal getroffen und getötet, einfach umgemäht

wie Unkraut. Er hat nicht mal mehr gemerkt, was ihn eigentlich getroffen hat. *Rumms* – er ist einfach umgefallen.« Sie ließ ihre Hand andersherum auf seinen Schenkel plumpsen. »Genau so. Ich hatte nicht mal Zeit zu hupen. Ich hab angehalten und bin zurückgegangen und hab gesehn, daß er sich nicht mehr bewegte, und hab sein Herz befühlt, aber es flatterte nicht mal mehr, und ich dachte, daß ich keine Krankenschwester holen mußte, um zu wissen, daß er tot war. Aber es war überhaupt kein Blut an ihm zu sehen. Er war so sauber, als hätte er gerade seinen Anzug angezogen. Also bin ich losgegangen, die Straße runter zur Amoco-Tankstelle, damit einer von den Jungs die Polizei anrief. Und Gottseidank hatte ich mein Ezra in den Graben geschmissen, als ich nämlich die Straße runter ging, hat irgendein Besoffener versucht, langsam von hinten an mich heranzufahren und neben mir zu halten, aber statt dessen hat der Scheißkerl mich angefahren, mich in den Graben geschleudert, und ich hab mir das Bein gebrochen. Das Arschloch ist einfach weitergefahren und hat mich völlig zerschlagen liegengelassen. Erst als die Polizei vorbeigekommen ist und *meinen* Wagen gefunden hat und den Mann, den ich überfahren hatte, haben sie mich im Graben weiter oben entdeckt, wie ich mir die Seele aus dem Leibe geplärrt hab.«

Sie sah ihn hoffnungsvoll an.

»Und wie ist es gekommen, daß du wieder geheiratet hast?« fragte er.

Sie trommelte mit den Fingern auf seinem Bein. »Weil sie uns im St.Dominics-Hospital wegen so einer plötzlichen Überschwemmung in den Bergen zusammengepfercht haben.« Sie spitzte die Lippen und sagte eine Weile gar nichts. »Sie haben all diese Leute ins Krankenhaus gesteckt, und ich mußte mein Zimmer mit einem Mann teilen. Und das war dann Larry. Er ließ sich einen Leistenbruch operieren, den er sich beim Ziegelschleppen geholt hatte. Und sobald er draußen war, hat er angefangen, mir Blumen zu bringen, und als ich rauskam, sind wir hierhin gegangen und dorthin, und dann haben wir uns einfach gut verstanden. Ist das nicht romantisch?« Sie lächelte.

»Und wie lange kanntet ihr euch dann?« fragte er.

»Zwei Monate, eine Woche mehr oder weniger«, sagte sie, »alles in allem.«

»Das ist nicht sehr lang«, sagte er.

»Das Leben ist schnell vorbei«, sagte sie, ließ ihre Hand hochgleiten und machte seine Hose auf. »Ich hab keine Lust mehr, zu reden«, sagte sie und sah auf ihre Hand, die in seiner Hose herumfuhr, als ob sie hinter etwas her wäre, das einfach nicht stillhalten wollte.

5 Curvo lag fünfzehn Kilometer vom Highway entfernt an einer Schotterstraße, die in einer gewaltigen Kurve nach Osten und wieder nach Norden führte und den Ort einschloß, der nur aus einem roten Schindelhaus, zwei Pumpen mit Glasballons und einer Reihe von hingepfuschten Nebengebäuden bestand und sich nach allen Richtungen zur Wüste hin öffnete. Er konnte erkennen, daß die Nebengebäude in Wirklichkeit verschiedene Käfige waren, mit gewelltem Hühnerdraht davor, damit man von außen hineinsehen konnte. An dem größten Verschlag, einem quadratischen verwitterten Schuppen, der aus zersägten zwei-mal-vier Zoll großen Brettern gebaut und dessen Tür entfernt und auch durch neuen Hühnerdraht ersetzt worden war, hing ein frischgemaltes Schild, auf dem »Zoo« stand.

Er hielt zwischen den Pumpen und dem Haus, schaute an der Frau vorbei aus dem Fenster und wartete darauf, daß jemand herauskam. Das Haus war, wie sich herausstellte, ein Laden, und das Schaufenster war vollgestopft mit roten Schwimmern und Leitschnur-Plaketten, und ein Paar selbstgemachte Angelruten lag quer im Fenster. Ein Hahn krähte unten zwischen den Käfigen, und er hörte ihn mit den Flügeln schlagen, als ob er versuchte, vor irgend etwas zu fliehen.

»Wo sind die denn alle?« fragte die Frau und hob ihr Haar im Nacken an. »Irgend so'n junger Typ arbeitet hier – letzte Woche hab ich seine alte Pritsche gesehn. Drück mal auf die Hupe.« Sie griff nach dem Steuer, aber er fing sie ab.

»Ich steige aus«, sagte er und sah wieder nach den Käfigen.

»Wie heißt du eigentlich?« fragte er.

»Jimmye«, sagte sie.

»Jimmye was?«

»Und wie heißt du?« fragte sie und zeigte mit dem Kinn auf ihn.

»Robard.«

»Wie bitte?« fragte sie.

»Robard.«

»Das ist vielleicht 'n armseliger Name.«

»Du bist wirklich reizend«, sagte er und stieß die Tür zu. Er ging an der Käfigreihe entlang und blickte in jeden Käfig hinein, um zu sehen, ob jemand darin hockte und gerade die Tiere versorgte, was auch immer dort eingesperrt war. Im Zoo-Verschlag befanden sich bloß ein paar Fetzen verknitterten Cellophans, und er strömte einen strengen Wildgeruch aus, als ob darin gerade irgend etwas verendet sei. Der zweite Käfig war ein hohes, wie ein Himmelbett geformtes Gestell aus Kreosotpfosten, mit Hühnerdraht überzogen und voller Waschbären, zwei fetten und acht oder neun kleinen, die in einer Ecke auf einem Haufen lagen. Die Waschbären erstarrten, richteten sich auf und blickten zu ihm hin – und fingen dann alle auf einmal wieder an, im Käfig herumzuklettern. Im dritten Käfig hatte sich ein kastanienbraun, schwarz und golden gefärbter Hahn auf den obersten Ast eines Eschenstamms zurückgezogen, der von außen hereingeschleift und an der am weitesten von den Waschbären entfernten Seite in den Boden eingelassen worden war. Es schien ihm, als ob die Waschbären ganz wild darauf seien, sich auf den Hahn zu stürzen, und nur darauf warteten, irgendein kleines Loch in den Maschen zu finden, das ein für alle Mal das Blatt zu ihren Gunsten wenden würde. Der Hahn beäugte alles wachsam, und sein Schnabel-Kopf schnellte von einem kleinen Waschbärengesicht zum anderen, für den Fall, daß sich einer von ihnen durch den Draht quetschte und er einen Haufen Sorgen mehr hätte.

Plötzlich drückte die Frau auf die Hupe und hielt so lange die Hand drauf, bis die Stille im Hof vollkommen zerstört war. Er griff sich ein Stück Erde und warf es nach dem Pickup.

»Was-zum-Teufel!« schrie die Frau im Wagen, und ihr Kopf schnellte heraus. Ihr Mund war weit aufgerissen. »Wer bombardiert mich denn da?«

»Hör auf zu hupen. Das bringt doch nichts.«

»Mir ist verdammt heiß!« schrie sie.

»Uns allen ist heiß«, sagte er niedergeschlagen und runzelte die Stirn.

Sie zog den Kopf in den Pickup zurück und verschwand unterhalb des Rückfensters.

Ein Riegel schnappte am Ende der Käfigreihe hoch, und ein kleines Mädchen in Jeans kam aus dem letzten Käfig heraus und ging auf ihn zu, in der Sonne blinzelnd, als ob er jemand wäre, den sie schon lange kannte. Sie fischte ihre Haare von den Ohren weg und band sie hoch oben mit einem Gummiband zusammen, so daß ihr Gesicht ganz rund aussah.

»Gibt's hier jemanden, der ein Auto reparieren kann?« fragte er und blickte hinter sie, um festzustellen, ob noch jemand aus dem Käfig kam. Das Mädchen trug ein Hemd mit keilförmigen Taschen und Perlmuttknöpfen, das wohl jemandem gehörte, der größer war als sie.

»Was ist denn los?« fragte sie, und ihr Gesicht nahm einen fragenden Ausdruck an.

»Ich weiß es nicht«, sagte er, schaute zurück zum Pickup und hoffte, daß sich die Frau nicht wieder auf die Hupe legen würde. »Sind das deine Tiere hier?«
Das Mädchen blickte prüfend die Käfigreihe hinunter, als versuchte sie, sich zu entscheiden. »Ja«, sagte sie.
»Die sind aber schön«, sagte er. Er schaute wieder nervös zu dem Pickup und überlegte, wie er es zur Sprache bringen sollte, daß ihr Buick repariert werden mußte.
»Wollen Sie Leo sehen?« Das Mädchen hob den Kopf in die Sonne, so daß sie ihn nur noch mit einem Auge anblicken konnte.
»Ich hab ihn schon gesehen, wenn er das ist«, sagte er und zeigte auf den Hahn.
»Das ist er nich'«, sagte sie mit einem listigen Lächeln. »Der is' dahinten.« Sie deutete hinter sich.
Sie ging an zwei leeren Stallverschlägen vorbei zurück zu dem Käfig, aus dem sie gerade herausgekommen war. Vor dem letzten blieb sie stehen und zeigte hinein auf einen großen, fuchsrot gefärbten Luchs, der sich im Staub räkelte und ins Nichts starrte. Das Mädchen sah erst den Luchs an und dann ihn, als ob sie ein Kompliment erwartete. Er betrachtete den Luchs einen Augenblick lang aufmerksam und empfand einen kurzen, kalten Schauder, der mit wilden Tieren zu tun hatte und mit dem Verdacht, was eins von ihnen einem antun könnte, bevor man sich auch nur umgedreht hatte. Auf dem Käfigboden, beinahe vor seinen Füßen, saß ein großer, langknochiger Eselhase, der auf seinen Keulen hockte und die Wildkatze still beäugte. Seine dürren Rippen waren an den Draht gepreßt, so daß sich Fellbüschel in winzigen Sechsecken hindurchgedrückt hatten.
Er schaute das Mädchen an und wartete darauf, daß sie etwas Erklärendes sagte.
Leo begann zu keuchen, und Fäden dicken, klaren Speichels liefen von seiner Zunge in den Staub. Er schien sich für den

Hasen nicht zu interessieren, obwohl der Eselhase sich anscheinend intensiv für ihn interessierte und ihn anstarrte. Seine dünnen Öhrchen zuckten nervös herum, und seine Nase prüfte die Luft, als wollte er den Ernst seiner mißlichen Lage abschätzen.
Er trat zurück, starrte auf den Hasen und sagte nichts, aber einen Augenblick später fiel ihm etwas an Leo auf, das er vorher nicht bemerkt hatte. Die rechte Hinterpfote fehlte vom Gelenk abwärts, und der Stumpf war mit dickem rötlichen Haar verfilzt und so hinter der Vorderpfote plaziert, als ob er die gleiche große, fleischige Pfote besäße.
»Was hat er denn mit seinem Bein gemacht?« fragte er, stützte sich auf seine Knie und starrte auf das verkürzte Bein der Wildkatze.
»Das hat der von Geburt an«, sagte das Mädchen und schaute Leo so an, wie er mal einen Händler auf Gebrauchtwagen hatte schauen sehen. »So'n Hinterwäldler hat ihn Dad in Missouri gegeben. Der hatte ihn halb verhungert in einem hohlen Baumstamm gefunden.« Sie rümpfte die Nase, als wäre daran irgend etwas Ekliges. Sie hockte sich auf die Fersen und bohrte die Finger durch den Draht und rief nach der Katze, die sich auf den Rücken rollte, hin- und herrutschte und die Vorderbeine steif in die Luft streckte. »Komm her, Leo«, sagte sie, und die Katze entspannte sich und sah zu ihr hin, mit verdrehtem Kopf und halb geöffneten, leuchtenden Augen. Der Hase schaute sie unverwandt an und drückte sich, wo sie hockte, in die Ecke.
»Der glaubt, ich rufe ihn.« Sie kicherte. »Hofft er bestimmt.«
»Daran hab ich gar keinen Zweifel«, sagte er.
Der Hase begann wieder, die Entfernung abzuschätzen.
»Haben Sie meine Waschbären gesehen?« fragte sie, stand auf und ging an der Käfigreihe entlang bis dorthin, wo die Waschbären den Draht zierten.

»Die hab ich schon gesehen«, sagte er.
Er blickte zurück zu dem Hasen und hatte den Impuls, die Tür aufzustoßen, aber die Wildkatze irritierte ihn, wie sie sich halb wach im Staub räkelte und darauf wartete, daß irgend jemand genau das versuchte. Er folgte dem Mädchen die Käfigreihe hoch.
»Wir haben uns die zwei Alten besorgt«, sagte sie, »und die anderen kamen dann einfach von alleine.« Sie schaute ihn an, als wollte sie sehen, was er dazu sagte. »Ich verkauf Ihnen die für sechzig Cents das Stück.«
Er konnte die Fäulnis riechen, die der erste Käfig ausströmte. »Glaube nicht«, sagte er.
»Doch, mach ich«, sagte sie und sah ihn geschäftstüchtig an.
»Den Hasen würd ich kaufen«, sagte er.
»Der ist nicht zu verkaufen«, sagte sie, blickte hinaus über die leere Straße und senkte langsam ihren Blick auf den Pickup, der im fahlen Sonnenlicht dastand. »Ist das Ihr Pickup?«
Er musterte den Pickup. Er sah aus, als wäre er aus einem vorbeifliegenden Flugzeug abgeworfen worden. »Ja«, sagte er.
»Können Sie Ihren eigenen Pickup nicht reparieren?«
»Der Wagen der Frau muß repariert werden. Nicht der Pickup.«
»Lonnie kommt erst heute abend wieder zurück«, sagte sie. »Aber dann repariert er bestimmt nichts mehr. Ist dann zu dunkel. Er hätte nicht genug Licht.«
»Wer ist denn sonst noch hier?« fragte er und hatte das Gefühl, hingehalten zu werden.
»Niemand«, sagte sie. »Er ist in Tucumcari. Wird aber total besoffen sein, wenn er zurückkommt. Da repariert er bestimmt nichts mehr.«
Er blickte zur Sonne, die, kirschrot und ganz rund, den

löchrigen Schatten der Waschbären-Käfige über seine Fußspitzen warf und dachte, daß es ungefähr halb drei sein müßte.
»Ist das die Frau da im Pickup?« fragte das Mädchen.
Der Hinterkopf der Frau war im ovalen Fenster aufgetaucht. Sie machte sich im Rückfenster an ihrem Gesicht zu schaffen.
»Ja, das ist sie«, sagte er.
»Sie müssen schon hier übernachten oder nach Tucumcari fahren«, sagte das Mädchen und drehte sich zu den Käfigen um. »Von hier bis Tucumcari gibt's keine Werkstatt. In der Richtung ist gar nichts.« Sie zeigte auf die Straße, die in die Wüste führte. »Morgen früh ist Lonnie wieder fit. Dann kann er's reparieren. Er ist erst zweiundzwanzig, aber er ist kein Idiot.«
»Wo ist dein Daddy?« fragte er und blickte zur heruntergekommenen Rückseite des Hauses hoch. Ein weißer Waschkessel, dessen eines Bein verbogen war, stand davor auf der Erde.
»Weg«, sagte sie und spitzte ihren Mund.
»Sind sie tot?« fragte er.
»Die sind nach Las Vegas gefahr'n. Sind noch nicht wieder zurück.«
»Erwartest du sie denn?«
»Ich denke schon«, sagte sie und sah ihn gleichgültig an.
Langsam wurde er nervös. »Wie spät ist es?« fragte er.
Das Mädchen konsultierte ihre Armbanduhr, ein schmales silbernes Band mit einem Zifferblatt, das so klein wie ihre Hemdknöpfe war. »Drei Uhr«, sagte sie. »Wir haben ein Zimmer. Mit 'nem Ventilator, wenn Lonnie ihn noch nicht verkauft hat.«
Von der Wüste her kam ein Windzug auf, zog durch die Käfige und trug den Fäulnisgeruch der Waschbären zu ihnen zurück.

»Ich muß den leeren Käfig saubermachen«, sagte das Mädchen und rümpfte ihre Nase, um ihm zu zeigen, daß sie es auch roch.
»Was war denn da drin?« fragte er.
»Der Hase da«, sagte sie und strich eine gelbe Haarsträhne von ihrer Schläfe weg, wo der Wind sie hingeweht hatte.
Er blickte zurück auf den Hasen, der sich an den Draht drängte und den Rotluchs seltsam genau musterte. Panik schoß in ihm hoch, als bräche in seinem Innern eine winzige Ader auf.
»Ich möchte den Hasen kaufen«, sagte er.
Sie runzelte die Stirn. »Leo kriegt Hunger, wenn es kühl wird«, sagte sie. »Das weiß der Hase aber nicht.«
»Er hat's bestimmt gemerkt«, sagte er.
Sie kicherte und gab ihm zu verstehen, daß es überhaupt nicht zählte, was ein Hase wußte. Der Wind spielte in den einzelnen, kurzen Haaren über ihrer Stirn und ließ sie erwachsen aussehen.
»Wie heißt du?« fragte er.
»Mona Nell«, sagte sie, wackelte mit den Schultern und zwängte die Hände in die Hosentaschen. »Wie heißt denn die Frau?«
»Ich glaube, Jimmye hat sie gesagt.«
»So heißt mein Daddy«, sagte das Mädchen und lachte.
Er sah auf den Pickup und die Frau, die hoch oben auf dem Sitz saß, ihm den Rücken zuwandte, in den Spiegel schaute und an ihrem Haar herumzupfte. Er dachte, daß er sich eigentlich davonmachen sollte, und fühlte sich gleichzeitig zu hilflos, um es geschickt einzufädeln.
Das Mädchen kicherte wieder, hockte sich hin und begann, die Waschbären zu necken, die in einem Haufen am Draht lagen.
Er ging zurück zum Pickup und hatte die Empfindung, als hätte das Mädchen, ohne daß er wirklich sagen konnte wie,

irgendeinen Druck auf ihn ausgeübt, dem er sich geschlagen geben mußte.
»Wo zum Teufel stecken die denn?« sagte die Frau und blickte böse aus dem Fenster, mit hochtoupiertem Haar und lila geschminkten Augen, als hätte man sie geschlagen.
»Weg«, sagte er sanft. »Wird nicht vor heute abend zurück sein.«
Er stützte sich auf den Fensterrahmen und schaute zurück zu dem Mädchen, das im Staub hockte.
»Das ist vielleicht eine Scheiße«, sagte die Frau. »Was zum Teufel soll ich denn machen, wo ich doch um sechs Larry abholen muß?« Sie verzog den Mund.
»Sieht so aus, als gäb's zwei Möglichkeiten«, sagte er und starrte zu Boden. »Nach Tucumcari fahren. Die Kleine sagte, daß es da eine Werkstatt gibt. Oder hierbleiben und jemanden anrufen. Larry kann dich doch hier abholen.«
Sie sah ihn stirnrunzelnd an, als ob sie es nicht gern hörte, daß er den Namen aussprach. Ihre Augen wurden schmal. »Haben die ein Telefon?«
Er blickte zur Hausecke und sah eine Fernleitung, die zur Straße hinüber gezogen war. »Nehme ich an«, sagte er.
Sie sah auf das Kabel. Schweiß hatte sich an ihren Haarwurzeln gebildet. »Scheißkerl, Larry Crystal«, sagte sie.
Ihm fiel auf, daß sie gerade ihren Nachnamen gesagt hatte.
»Sobald der sieht, daß ich nicht komme, macht er sich doch mit seinem ekelhaften Bruder davon und säuft Bier. Das ist typisch für dieses Aas.« Sie senkte die Stirn, als ob sie alles, was passieren würde, schon vor sich sehe.
Der erste Lastwagen, der an ihnen vorbeifuhr, ein Sattelschlepper, dessen Dieselabgase in die Wüste wehten, zischte durch die Kurven, und die Räder gruben sich in den Schotter. In den Staub und die geronnene Schmiere auf der Seite war in großen Lettern HOL MIR EINEN RUNTER und darunter

NIMM NOCH EIN KLEINES STÜCK MEINES HERZENS gemalt, als ob eine Zeile aus der anderen folgte und das Ganze einen Sinn ergäbe. Er schaute auf die Graffiti, kratzte sich im Nacken und fragte sich, was das wohl heißen sollte. Er überlegte, ob er sie bitten sollte, einen Blick darauf zu werfen, aber sie sah böse aus, und er entschied sich dagegen.
»Wie spät ist es?« fragte sie.
»Kurz vor«, sagte er.
Das Mädchen war am anderen Ende der Käfigreihe, gurrte den Rotluchs an und wiederholte seinen Namen ununterbrochen mit zärtlicher Stimme.
»Laß uns abhauen«, sagte sie.
»Wohin denn?« fragte er.
»Zu 'nem Motel oben in Conchas. Und da bleiben wir zwei. Komm, los.«
Er blickte sie an, um ihr zu zeigen, daß er es sich überlegte. »Und was ist mit dem Wagen?«
»Scheiß drauf. Der Wagen fährt sowieso nicht mehr.«
Er senkte die Stirn auf seine Handgelenke, starrte zu Boden und versuchte zu überlegen, was er jetzt tun sollte. »Ich dachte, du machst dir *Sorgen* deswegen«, sagte er.
»Laß uns bloß abhauen, ja?« sagte sie. »Und die Sorgen mach ich mir dann morgen.«
»Und was ist mit...?«
»Und was ist mit Scheiße!« sagte sie. »Darum kümmer ich mich schon selber. Und wenn ich irgendeinen Rat brauche, frag ich deine kleine Fotze, auf die du so scharf bist.«
»Ich bin nicht scharf auf sie«, sagte er, preßte den Kopf weiter auf seine Handgelenke und spuckte in den Staub.
Sie wurde still, und er beschloß, für eine Weile Stille walten zu lassen.
»Ich warte«, sagte sie.
»Worauf wartest du denn?« fragte er.
Sie schaute ihn durchdringend an, und ihre Pupillen verdun-

kelten sich, und er begriff, daß sie so blickte, wenn sie wütend aussehen wollte.
Sie saß da, starrte hinaus auf die lange Kurve und atmete tief ein. Der Wind drehte sich und wehte jetzt hinter dem Haus hervor. Das Mädchen saß auf ihren Hacken und machte mit hoher Stimme ein Geräusch ähnlich einem Taubenruf. Er dachte, die Frau brauche wohl etwas Zeit, um zu begreifen, daß er sich nicht von jemandem bevormunden lassen würde, der ihm gar nichts bedeutete, gleichgültig, was für eine Belohnung ihm dafür winkte. Und auch dann nicht, wenn es bedeutete, daß die Belohnung ausblieb.
»Es gibt überhaupt keinen Grund, sauer zu sein«, sagte er in seine Armbeuge hinein.
Sie schaute weg.
»Es gibt auch überhaupt keinen Grund, woanders hinzufahr'n.«
»Mir ist jetzt sowieso alles egal«, sagte sie und ließ die Schultern sinken.
»Hier gibt's auch ein Zimmer«, sagte er.
Sie schaute auf das langgestreckte, rote Haus, dann auf ihn und dann wieder auf die Straße hinaus.
»Der Junge kann sich morgen früh um den Wagen kümmern«, sagte er und fühlte, wie die Dinge ihm allmählich entglitten.
Sie kaute auf der Unterlippe herum und trommelte mit den Fingern. »Gibt's hier auch 'ne Klimaanlage?« fragte sie.
»Ventilator«, sagte er.
Während er sie ansah, schien ihr blasses Gesicht noch blasser zu werden, wie ein Stück Sackleinen, das in die Sonne gehalten wurde.
»Warum nicht«, sagte sie und schaute hinaus in die Wüste auf die dunstigen Kaktussilhouetten, die sich wie Stecknadelköpfe am Horizont abzeichneten, und seufzte. »Bei dieser Hitze können wir sowieso keinen draufmachen.«

6 Das Mädchen führte sie ins Haus, in dem es düster und kühl war, und stellte sich hinter einen Ladentresen vor ein altes Hauptbuch. Der Raum wurde nur von dem Licht erhellt, das durch das vollgestellte Fenster fallen konnte, und von einer mintfarbenen Glühbirne in der Kühltruhe hinten im Laden. Er mußte sich tief herunterbeugen, um zu sehen, wo er unterschreiben mußte, und als sie auf die Stelle zeigte, blickte er für einen Augenblick auf das Buch und unterschrieb dann mit »Mr. & Mrs. S. Tim Winder«, wobei er den Kugelschreiber benutzte, der mit einer kleinen Kette an dem Buch befestigt war. Die einzige andere Eintragung war ganz oben auf der Seite und mit Bleistift in Großbuchstaben geschrieben und lautete »RAMONA ANELIDA WHEAT, THE QUEEN«.

Das Mädchen führte sie zwischen zwei Reihen aufgestapelter Wienerwürstchen und Wheat Chex hindurch, durch eine grüne Portiere und zwei Treppen hoch, wo es still war und noch heißer und für sein Empfinden so roch wie in einem Kühlschrank, der verschlossen in der Hitze stehengelassen worden war. Sonnenlicht fiel auf ein grünes Linoleumquadrat, und im Zimmer glühte es wie in einem Backofen. Ein braunes Metallbett stand darin, eine gedrechselte Kommode mit einem Deckchen, ein Stuhl und ein Deckenventilator mit einer Strippe, dem ein Flügel fehlte.

»Machen Sie bloß ein Fenster auf«, sagte das Mädchen, blinzelte in der Hitze und hielt ihren Pferdeschwanz hoch, damit die heiße Luft entwich. »Es wird kühler, wenn die Sonne untergeht. Sie werden noch nach 'ner Decke schreien.«

»Gibt's denn hier keine Toilette?« fragte Jimmye. In der Hitze sah sie verzweifelt aus.

»Der Ventilator da geht.« Das Mädchen stellte sich auf die Zehenspitzen und riß an der Strippe. Der Motor summte, als arbeite er schwer, aber die Flügel rührten sich nicht. »Das Klo ist unten«, sagte sie. »Wir haben zwei.«

Er ging ans Fenster, stemmte es hoch und trat zurück, um Luft hereinzulassen, aber es war völlig windstill. Der Pickup auf dem Hof sah verlassen aus, und auf der Motorhaube spiegelte sich die Sonne. Er versuchte sich klarzumachen, was ihn eigentlich hierher verschlagen hatte, in dieses Zimmer, denn eigentlich hätte er auf dem Highway und schon unterwegs sein sollen. Er konnte es sich einfach nicht erklären.

»Gibt's denn hier kein Waschbecken?« fragte die Frau.

»Im Klo«, sagte das Mädchen. »Ich stell auch ein Glas rein. Lonnie ist heute abend wieder da. Sie werden ihn bestimmt hören. Wenn er kommt, wird's nämlich ziemlich laut. Er läßt sich vollaufen wie ein Loch.«

»Ich kann's kaum erwarten«, sagte die Frau und ließ sich aufs Bett fallen. »Was macht er denn sonst noch?«

»Nichts«, sagte das Mädchen. Ihre Kinnlade fiel herunter, und sie schob sie vor und zurück, während sie die Frau anstarrte. »Checkout ist um halb acht. Sonst müssen Sie noch einen Tag bezahlen.« Sie warf den Schlüssel auf die Frisierkommode und schlug die Tür hinter sich zu, bevor die Frau noch irgend etwas sagen konnte.

»Morgens oder abends?« schrie sie, aber die Worte gingen im Türenschlagen unter. »Du kleine Pussi. 'ne Mini-Puffmutter – ist das nicht zum Kotzen?« sagte sie.

Er stand da und starrte hinunter auf seinen Pickup.

»Ich kenne dich«, sagte sie, lachte und rotierte leicht auf dem Bett. »Du hast ein Auge auf die kleine Fotze geworfen.«

Er kam herüber und stand vor der Kommode, sah sie an und seufzte, die Hände in den Hosentaschen, und überlegte, ob es fair wäre, sie einfach da sitzen zu lassen, eine Cola holen zu gehen und nicht mehr wiederzukommen.

»Wo guckst du denn hin?« fragte sie, ließ sich auf das Bett zurücksinken und musterte ihn böse.

Er schüttelte den Kopf.

»Wieso schüttelst du denn deinen widerlichen Kopf?«
»Wegen nichts«, sagte er und versuchte, nicht mehr zu denken.
»Du denkst wohl, du bist ’n besonders scharfer junger Typ, was?« sagte sie.
»Darüber hab ich mir noch keine Gedanken gemacht«, sagte er.
»Oh doch, das hast du«, sagte sie. »Du dachtest, du wärst zu gut, um’s mit mir zu treiben, aber da hab ich schlechte Nachrichten für dich – du warst es nicht.« Ihre Augen waren wieder ganz rund geworden, und sie sah erschrocken aus. »Du bist genau auf meinem Niveau. Du hast vielleicht ’ne Weile gebraucht, dahin zu kommen, aber jetzt bist du da, kapiert.« Sie ließ sich auf ihre Ellbogen sinken.
»Woher hast du diesen blauen Fleck an deinem Hals?« fragte er.
»Den hat er mir verpaßt«, sagte sie stolz. »Und das is’ auch kein *blauer Fleck*. Weißt du nicht, was ’n Knutschfleck ist, Robert? Hast du gedacht, mich hat einer verdroschen?«
»Ich hab nicht drüber nachgedacht«, sagte er.
»Hast du wohl nicht.« Sie fingerte herum, als glaubte sie, daß sie den Fleck ertasten könnte.
Der Ventilator hatte sich zu drehen begonnen. Er griff sich den Stuhl und stellte ihn neben das Bett. Er setzte sich, die Ellbogen auf die Knie gestützt und sein Gesicht in den Händen verborgen. Sie lächelte ihn an, und er wußte, daß sie alles wußte.
»Willst du weiter wütend auf mich sein?« fragte er leise.
»Ich bin nicht wütend«, sagte sie. »Du bist doch ein Niemand.«
»Das stimmt.« Er horchte auf seinen Atem, der zwischen seinen Fingern hindurchströmte.
»Du verbirgst mir doch nichts – oder, Robert?«
»Nein«, sagte er.

Ihr Lächeln wurde freundlicher, und unter ihrem Kinn bildete sich eine kleine Falte.
»Wieso bist du eigentlich mit mir hier hoch gekommen? Ich bin doch eine verheiratete Frau«, sagte sie. »Bist du etwa nicht verheiratet?«
»Bin ich wohl«, sagte er.
»Hast du denn kein Gefühl für Recht und Unrecht?«
»Hab ich wohl nicht«, sagte er.
»Das hier ist Ehebruch, mein Junge«, sagte sie und lächelte begeistert. »Und wer bezahlt die Rechnung?«
»Der, der als zweiter aufwacht, denke ich«, sagte er.
Sie drängte sich zu ihm hinüber und spreizte ein wenig die Beine. »Du wirst mich sitzenlassen, oder, Robert?« Sie rieb die Waden an seinen Knien, und ihre Hose schob sich über die Knöchel hoch.
»Dein Wie-heißt-er-noch wird dich schon abholen«, sagte er.
»Mit Sicherheit«, sagte sie. »Und paß du bloß auf, daß er dich hier nicht findet, sonst fliegen nämlich die Fetzen.«
Sie lächelte immer noch, und er hatte den Impuls, durch die Tür zu marschieren und nicht mehr anzuhalten, bis er die Grenze nach Texas erreicht hatte.
»Der wird hier außer dir niemanden finden«, sagte er.
Sie stieß sich von den Ellbogen hoch und setzte sich auf ihn. Ihre Hose war an den Knien zusammengeknüllt, und ihre Augen waren weit geöffnet. Er faßte ihre Waden an, zwängte seine Hände unter den Stoff und spürte die angespannten Muskeln ihrer Schenkel. Sie lag auf der Bettdecke, atmete gleichmäßig und bewegte den Kopf hin und her.
»Mich wird er hier nicht finden«, sagte er. Seine Kehle war ausgetrocknet.
Ein Summen kam aus ihrer Kehle, und sie wandte den Kopf und starrte auf die Metallpfosten, die am Fuß des Bettes aufragten.

Er knöpfte ihre Hose auf und schob sie auf ihre Schenkel hinunter. Ihre Haut war bläulich. Sie zog die Luft mit einem Zischen durch die Zähne ein, als bekäme sie Schmerzen. Er legte ihre Hose über den Stuhlrücken und schob die Hände an ihren Beinen hoch. Sie bog ihren Nacken nach hinten und drückte die Ellbogen in die Matratze.
»Robert?« fragte sie mit ausgebreiteten Armen und geballten Fäusten.
»Was?«
»Findest du, daß ich wie dreißig aussehe – ich meine, wenn du mich so anschaust?«
Das Linoleum wellte sich. Er versuchte gleichzeitig, aufs Bett zu kommen und auf das zu achten, was sie sagte.
»Nein, Süße«, sagte er sanft.
Sie zog die Beine an, schob seine Hand sanft weg, drückte das Gesicht in die Bettdecke und lächelte.
»Wo ich jetzt bin, siehst du nicht mal aus wie zwanzig«, sagte er.
»Ich bin überhaupt nicht mehr wütend auf dich«, sagte sie, und ihre Stimme blieb in der Kehle stecken.
»Das ist nett von dir«, sagte er. »Das ist wirklich nett.«

7

Um sieben Uhr war es im Osten schon grau geworden. Die Waschbären lagen am Maschendraht und starrten in die Sonne, die nach und nach sank. Leo hockte still da, beäugte den Hasen, der, als der Tag abkühlte, eingedöst und noch nicht wieder wach geworden war. Der Wind blies leicht gegen den Strich seines Fells und legte sein weißes, weiches Unterfell frei.
Er lag neben der Frau im bräunlichen Licht und fühlte, wie der Wind durch den Raum zog, die Vorhänge bewegte und an der Haut seiner Arme zupfte. Die Tür schlug zu, und er hörte, wie das Mädchen in den Hof hinausging und

gurrend mit den Waschbären sprach. Die Frau zitterte, und er schaute sie an und erwartete, daß sich ihre Augen öffneten, aber sie lag still da und atmete so schwach, als wäre sie kaum noch am Leben. Er roch den Salbei in der Luft, ein schwaches, brennendes Aroma in seinen Nasenlöchern, und hörte die Klauen der Waschbären, die am Draht zu dem Mädchen hinunterkletterten.

»Mit dir mag ich die Welt lieber«, hatte sie gesagt, und er konnte sich das nicht erklären, lag da, mit seinem Kinn im Kissen, und hörte zu.

»Fühlst du dich denn nicht immer so?«

»Nein.« Ihre Lippen waren dicht an seinem Ohr. »Ich lege mich mit den Leuten an, bringe sie in Schwierigkeiten.«

»Sorgt er denn nicht dafür, daß du dich gut fühlst?«

»Larry ja. Manchmal.«

»Und wieso willst du jetzt mit mir rumsauen?«

Sie drehte sich auf die Seite und verschränkte die Arme unter ihrem Kinn. »Ich traue ihm nicht«, sagte sie, als hätte sie das immer schon gewußt, aber sich eben erst klargemacht.

»Aber du fährst doch jeden Tag da hin«, sagte er. »Was für einen Grund gibt's denn dann, ihm nicht zu trauen?«

»Wenn ich *nicht* da wäre, würde er's mit irgend so 'ner Barfotze treiben. Das macht er jetzt nämlich auch gerade.«

»Aber du *bist* doch immer da«, sagte er.

»Und es gibt 'ne Menge Bumslokale zwischen Ragland und Variadero, kapiert?« sagte sie.

Er vergrub sein Kinn im Kissen und versuchte, das Ganze zu verstehen. »Sieht so aus, als ob du ihn ausgetrickst hast.«

»Du bist süß«, sagte sie und gab ihm einen Kuß auf die Schulter. »Ich liebe ihn. Aber ich kann mich nicht darauf verlassen, daß er mich nicht doch reinlegt.«

»Und was heißt das?« fragte er.

»Ich muß ihn betrügen, damit er keine Chance hat, mich zu verlassen, als wäre ich noch in Salt Lake.«

»Das ist doch Unsinn«, sagte er.
Sie lächelte. »Wenn ich ihn *ein bißchen* betrüge, und er weiß, daß er jederzeit damit rechnen muß, dann hab ich gleichgezogen – verstehst du? Er kann nicht mehr denken, daß er mir sowieso nichts antut, weil er genau weiß, daß ich ihm wahrscheinlich auch schon was angetan habe. Es wird gefährlich, wenn man das Gefühl hat, daß man den andern jederzeit reinlegen kann, ohne dafür zu bezahlen. Dann geht alles in die Brüche. Man muß dafür sorgen, daß keiner die Oberhand gewinnt.«
Sie strich mit den Fingern durch die Haare auf seinem Bauch. »Ich will dich«, sagte sie mit einer seltsam hohen Stimme.
»Warte mal«, sagte er und stellte sich Larry vor, wie er in Variadero Ziegel legte und sich, während die Sonne unterging, fragte, wo seine Frau blieb und ob er wohl noch mit ihr rechnen konnte oder nicht, oder ob sie in irgendeinem Bumslokal hängengeblieben war und nicht vor morgen aufkreuzen würde. »Weiß er denn, daß du das so machst?«
»Laß uns doch jetzt nicht reden«, sagte sie und packte ihn mit ihrer festen kleinen Faust und verdrehte die Augen. »Ich brauche es jetzt, verstehst du?«
»Aber nun warte doch mal«, sagte er.
»Nicht warten«, sagte sie. »Nicht warten.«

Als sie eingeschlafen war, lag er da und starrte an die Decke, die mit dem Flittergold von Wasserflecken gesprenkelt war. Wenn es regnete, dachte er, dann regnete es so lange, bis das Holz durchnäßt war und das Wasser die Wände zerfressen hatte und das Haus wie eine Arche davontrieb. Er döste und fühlte sich selbst von einer mächtigen Woge erfaßt, als ob der Himmel in die Käfige stürzte, die Tiere ertränkte, den Pickup unter Wasser setzte und ihn drinnen überspülte, bis er sich an den Bettsprossen festhalten mußte, um sich zu retten.

Im Hof waren Lichter, die durch die Scheiben fielen und auf der Wand in seinem Zimmer aufblitzten, rotierende Rechtecke auf seiner Wand. Er hatte sich erschrocken aufgesetzt und sie betrachtet, das Ächzen irgendeines Pickups gehört, das Schlagen zweier Türen und das sanfte Plätschern von Stimmen im Hof. Er ging hinaus auf die niedrige Holzveranda und blieb bei seiner Mutter stehen, die die zwei Männer wütend musterte, während sie abwechselnd schnell und mit leiser Stimme sprachen und versuchten, ihren Blick zu vermeiden, zu berichten, was sie zu berichten hatten, und wieder zu verschwinden. Sie standen da, Silhouetten im Scheinwerferlicht des Pickups, das die Spinnweben im Gras aufleuchten ließ, und seine Mutter starrte sie, während sie redeten, eine Zeitlang bloß an, musterte sie unverwandt und ließ die Augen vom einen zum andern schnellen, so daß sie sich nicht zu rühren wagten, bis sie schließlich so schnell redeten, daß ihre Worte nur noch Kauderwelsch waren. Und nach einer Weile starrte sie nur noch an ihnen vorbei in die Scheinwerfer, und sie hörten auf zu reden und gingen. Der Darstellung der Frau nach war sein Vater am frühen Abend in die Berge hochgefahren, um zur Messe zu gehen, und hatte sie im Wagen mitgenommen. Nach Dreiviertel des Weges auf einer langen Steigung voller Wurzeln und Schlaglöcher, die sich durch die Bostons zum Mount Skylight hochwand, wo das Zelt auf einem Hügel errichtet werden sollte, war der alte Wagen stehengeblieben, gerade, als sie einen kleinen Fluß überquerten, ein Rinnsal aus Quellwasser, das den Berg zum Illinois River hinunterplätscherte. Die Frau sagte, sie wäre ausgestiegen und in die Büsche gegangen, während sein Vater sitzengeblieben wäre und an den Drähten unterm Armaturenbrett herumgefummelt und versucht hätte, den Wagen wieder in Gang zu bringen, bevor es Nacht wurde. Und als die Frau aus den Büschen wieder hervorkam, hatte es angefangen zu regnen, ein »unglaublicher Regen«, wie sie sagte, der auf die Seiten des Wagens peitschte, und das Wasser stieg bis zu den Türen an, bildete Strudel und schoß am Wagen vorbei, so daß ein starker Mann nicht hätte hindurchwaten können, ohne umgerissen zu werden. Und sie sagte, sie hätte ihn sehen können, wie er sich über das Armaturenbrett beugte, die Drähte und Zünder untersuchte und offenbar, wie sie meinte, nicht bemerkte, daß der Fluß anstieg und es vielleicht nicht so gut wäre, mittendrin zu stehen. Sie selbst, eine plumpe, schieläugige Frau aus Tonitown, sagte, sie hätte nie geahnt, was am Ende geschehen würde. Sie wäre höher geklettert und hätte sich unter einen Pflaumenbusch gehockt, um zu warten, daß der Regen aufhörte und das Wasser wieder ablief, damit sie den Weg zur Kirche fortsetzen konnten. Sie war, wie sich dann herausstellte, auch auf irgendeinem anderen Weg zu erreichen. Und während sie so da hockte, wurde das Wasser dunkler und schaumig und stieg an, und Stücke abgesplitterten Pinienholzes trieben den reißenden Wasserlauf hinab. Sie wurde klatschnaß und schaute zu, wie die Äste gegen den Wagen schlugen und das Wasser bis zu den Türschlössern anstieg. Sie glaube, sagte sie, daß Mr. Hewes gemerkt hatte, daß irgendwas nicht in Ordnung war, denn er hätte das Fenster geöffnet und etwas zu ihr gesagt, das sie nicht verstehen konnte, und hätte versucht, die Tür zu öffnen, aber das Wasser hätte dagegen gedrückt, und die andere Seite wäre schon kaputt gewesen, bevor sie sich kennengelernt hatten. Und sie sagte, daß er das Fenster hochgedreht und hinausgeguckt und gelacht und gegrinst und komische kleine Zeichen mit seinen Händen gemacht habe, Zeichen, sagte sie, die sie ebensowenig verstand wie das, was er gesagt hatte. Sie sagte, sie hätten lange, vielleicht zehn Minuten, so dagesessen und einander angesehen, sie auf der Böschung unter dem Pflaumenbusch, völlig durchnäßt, und er im Wagen eingeschlossen, von dem scheußlichen Wasser, das um ihn herum wütete, lächelnd

und Zeichen machend und ganz im Trockenen. Bis, sagte sie, das Wasser den Wagen auf einmal ganz zu überspülen schien, ohne daß eine Welle oder ein Ast ihn getroffen hätte oder es irgendein Zeichen dafür gegeben hätte, daß der Wagen den Halt verliere. Und ganz plötzlich sei er in Bewegung geraten, zur Seite gekippt, und das Wasser sei darüber hinweggeströmt und habe den Wagen in die Dunkelheit gespült, bis er nicht mehr zu sehen gewesen sei.
Robard empfand nun selbst die lange atemlose Anspannung zwischen den beiden Augenblicken; zwischen dem Augenblick, in dem er weggespült worden war, und dem, wo es ihn – was immer es auch war – schon bewußtlos geschlagen hatte, und es möglich wurde, daß er auf dem Boden seines eigenen Wagens ertrank und das Gefühl haben mußte, daß er nun jederzeit mit der Lähmung und dem langen, allmählichen Wegdämmern rechnen mußte, die den Tod ankündigten.

8 Hinter dem Haus hatten sich Wolken am Himmel aufgetürmt. Die Sonne war untergegangen und hatte den Himmel in ein unbestimmtes Rosa getaucht. Im Osten war es schon seit langem dunkel. Er lag still im dunstigen Licht. Im Zimmer war es ziemlich kühl, und draußen konnte er das Mädchen hören, wie es die Waschbären neckte und auf die Käfigsprossen scheuchte. Er stand leise auf, zog sich in der Ecke an und trat mit seinen Schuhen in der Hand aus der Tür. Draußen hatte das Mädchen eine Decke auf den Boden gelegt, und er trug sie herein, breitete sie über die Frau aus und deckte sie zu, bis sie mit ihren Fingern den Saum faßte, die Decke um sich herumwickelte und weiterschlief. Er ging die Treppe hinunter in den Laden, wo die Kühltruhe leuchtete und der Kompressor im Dunkeln summte. Er nahm ein Mars aus einem Plastikglas, eine Cola aus dem Kühlschrank

und trat auf den Hof hinaus. Die Luft war schwer vom Duft des Salbei.
Das kleine Mädchen blickte auf, als sie die Tür schlagen hörte, und spielte dann weiter mit den Waschbären, als sie sah, daß er es war.
»Haben Sie sich ein Mars genommen?« fragte sie, ohne ihn anzuschauen.
»Und eine Cola«, sagte er, drückte sich Schokolade aus den Zähnen und warf einen Blick auf die Käfige.
»Siebzehn Cents«, sagte sie.
Ihr beinahe weißes Haar war durchsetzt von lauter feinen, goldenen Fäden. »Ich hab Ihnen eine Decke rausgelegt«, sagte sie, ohne aufzusehen. »Es wird bestimmt kalt. Ich habe angeklopft, aber es hat keiner geantwortet.«
»Wir haben wohl gedöst«, sagte er und schaute neugierig zum Käfig der Wildkatze hinüber, zögerte aber hinzugehen.
Die Waschbären knabberten und leckten an den Fingern des Mädchens herum, nachdem sie den Salat aufgegessen hatten. Der Hahn saß auf einem niedrigen Ast und betrachtete die Waschbären neugierig, als ob sie ihm ein absolutes Rätsel wären.
»Was ist mit deinem Hasen?« fragte er und stopfte das Mars-Papier in seine Tasche.
»Was soll mit ihm sein?« fragte sie.
Er blickte die Käfigreihe hinunter. »Jetzt muß seine Zeit doch gekommen sein?«
Sie kicherte, zog einen Cellophanbeutel mit Erdnußschalen aus ihrer Hemdtasche und begann, die Waschbären nacheinander mit den Schalen zu füttern. »Seine Zeit ist gekommen und gegangen«, sagte sie.
Er sah schnell zu dem Mädchen und fühlte sich betrogen. »Du hast doch gesagt, er würde erst nach Sonnenuntergang Hunger kriegen.« Er ging zu Leos Käfig hinüber.

»Ich kann Leo doch nicht vorschreiben, wann er Hunger haben soll«, sagte sie.
»Ich habe aber nichts gehört«, sagte er und sah zum Fenster hoch, aus dem die Chintzvorhänge sanft nach draußen wehten.
»Leo ist dabei mäuschenstill«, sagte sie. »Manchmal macht der Hase 'nen kleinen Piep, wie ein Vogel, aber normalerweise gibt er einfach auf und sagt gar nichts mehr.«
Leo lag hinten am Draht, riß ein Stück von der Hasenkeule ab und begann, sie bedachtsam zu kauen. Er suchte den Boden ab, aber es war kein Zeichen eines Kampfes im Staub zu sehen. Immerhin könnte der Hase einen Haken geschlagen haben, als Leo beschloß, daß seine Zeit gekommen war. Es gab nur zwei Schleifspuren, auf denen Leo den Hasen zurück in sein eigenes Revier gezerrt hatte, und ihm kam der Gedanke, daß der Hase vielleicht vor lauter Angst gestorben war. Nachdem der Hase schon den ganzen Tag in der Sonne gesessen und in Leos Augen gestarrt hatte, waren die letzten Sekunden vielleicht einfach zu viel für ihn geworden. Und als er sah, wie Leo sich erhob, war es vielleicht schon vorbei mit ihm. Die lange Wartezeit mußte ihn erledigt haben. Leo würgte an einer Sehne, tastete mit seinen Vorderpfoten nach ihr und zerrte an ihr, bis sie riß.
Er empfand eine furchtbare Qual und sah das Mädchen an, das ihn beobachtete und auf der Erde hockte. Er hatte das Gefühl, daß jemand sie sich mal vornehmen, mit ihr reden und ihr sagen sollte, daß sie etwas falsch machte, jemand, der ihr einen Begriff davon geben würde, wie es eigentlich sein sollte. Aber es ging ihn nichts an, und es hatte auch bestimmt keinen Sinn, wenn er sich jetzt einmischte. Wenn sie unbedingt Hasen an Wildkatzen verfüttern wollte, dann gab es auch keine Möglichkeit, sie davon abzubringen, denn irgend jemand hatte es ihr wohl so beigebracht. Und daran war jetzt nichts mehr zu ändern.

»Wie spät ist es?« fragte er.
Sie schaute auf ihre Armbanduhr. »Halb acht. Um acht wird's dunkel«, sagte sie.
Er sah, daß der Himmel bis zum Horizont hin stahlgrau geworden war. Eine Fledermaus huschte flatternd durch die Luft und verschwand wieder.
»Lonnie kommt erst spät wieder«, sagte sie.
»Tu mir einen Gefallen.« Er strich sich mit den Fingern durchs Haar.
»Kommt drauf an«, sagte sie.
»Sag der Frau« – er blickte zum Fenster hoch, hinter dem es dunkel war –, »daß ich wegmußte.«
Das Mädchen stand auf, staubte ihre Jeans ab und stopfte das Cellophan in ihre Hemdtasche. »Wer bezahlt?« fragte sie.
Er öffnete sein Portemonnaie und nahm einen Schein heraus.
»Drei Dollar und siebzehn Cents«, sagte sie und blickte auf die leere Colaflasche, die an seinen Fingern baumelte.
»Der Rest ist für den Gefallen«, sagte er.
»Sie ist doch nicht krank, oder?«
»Erzähl ihr, ich hätte gesagt, daß ich wegmußte. Es ist ihr sowieso egal.«
»Es paßt ihr bestimmt nicht«, sagte das Mädchen überzeugt und wippte auf den Hacken.
»Es ist ihr egal.«
»Sagen *Sie*«, sagte das Mädchen und schaute ihn durchdringend an. »Mir können Sie nichts vormachen.«
»Das weiß ich«, sagte er und wandte sich zum Pickup.
Das Mädchen starrte ihn kalt an.
Er konnte die letzten Goldfäden in ihrem Haar sehen. Er warf einen Blick zum Fenster hinauf, sah, wie sich die Vorhänge im Luftzug blähten, und ging auf den Pickup zu. Er warf die Flasche in den Ölkanister neben den Pumpen, und

das Mädchen schaute ihm eine Zeitlang nach und steuerte dann auf das Haus zu. Ihr Pferdeschwanz wippte auf ihren Schultern, als sie im Laden verschwand und die Drahttür zuschmiß. Er hörte, wie sie drinnen die Treppe hochlief. Er schaltete in den Leerlauf und sah auf die Tür, als wartete er darauf, daß die Frau und das Mädchen wie Bluthunde herausstürzten. Aber es kam niemand, und er ließ den Pickup auf die Straße hinausrollen. Er beobachtete das Haus im Rückspiegel, während es langsam verschwand, und war zufrieden bei dem Gedanken, daß die Frau, wenn sie erwachte, die Welt gleich lieber mögen würde und sich selbst und Larry und vielleicht auch ihn.

Um viertel nach acht war es dunkel. Er fuhr durch Tucumcari, eine Straße, an der Milchbars und mit grauem Mörtel verputzte Häuser lagen, mit Lampen, die im Dunkel wie gefroren wirkten. Er musterte die Drive-In-Parkplätze und suchte in den erleuchteten Cafés nach jemandem, der vielleicht der Bruder des Mädchens war, irgendein Junge, der an ein Haus gelehnt dastand und darauf wartete, wieder nüchtern zu werden. Er hielt nach einem Pritschenwagen Ausschau, hinten auf den Schotterparkplätzen, aber er sah nichts, das zu dem Bild, das er sich gemacht hatte, passen wollte: ein Junge, der eine Flasche an ihrem dünnen Hals hielt und mit schielenden Augen zum Himmel starrte, als ob er irgendein Rätsel, das ihn plagte, noch nicht gelöst hätte. Am Stadtrand im Osten hielt er an, aß etwas Mexikanisches und eine Schüssel Pudding, fuhr die fünfzig Kilometer nach Glenrio und von dort vor Mitternacht an den Schildern vorbei nach Texas hinein.

9 In der Nacht war er über die flache Kruste Texas' nach Oklahoma gefahren. Nach zwei Uhr verkrampften sich seine Beine, und seine Augen wurden unzuverlässig und sahen plötzlich am Straßenrand im Licht der Scheinwerfer Gestalten, die verschwanden, wenn der Pickup in sie hineinfuhr. Um halb drei fuhr er den Pickup in eine Pecanplantage, schlief eine Stunde auf einem Holztisch und erwachte im kühlen Duft grüner Pecannüsse, rieb sich Tau in die Augen und fuhr nach Arkansas hinein.
In dem Brief in seinem Schuh stand:

Robard. Ich habe hier ein Beutelchen und weiß, was ich damit mache, wenn ich dich nackt vor mir sehe. Ich kann nicht ewig warten. Du mußt kommen und es dir holen. Das hier bin ich. Beuna.

Unterhalb ihrer Unterschrift war ein Fleck auf dem Papier, wo sie etwas Feuchtes hingepreßt hatte. Sie hatte es dann trocknen lassen, bevor sie es in den Umschlag geschoben hatte, und das Papier war zerknittert und hatte eine fischige gelbe Farbe angenommen, klebte aber nicht zusammen. Sie hatte mit Tinte einen Kreis darum gemalt und einen Pfeil, der von den Worten »Das hier bin ich« herunterzeigte. Ihm wurde heiß. Aber es stimmte auch, daß, nachdem diese Erregung abgeklungen war, alles weitere unklar blieb. Soweit er sich erinnern konnte, war Helena eine unkrautüberwucherte Baumwollplantage am Rande des Delta. Er war 1959 dort in der Gegend gewesen, hatte bei der Missouri-Pacific in Memphis gearbeitet und war immer in Frachtzügen nach Helena zurückgefahren, um Miete zu sparen, hatte zwei Tage in der Woche mit der Kusine seiner Mutter zusammengewohnt und beide Nächte mit Beuna unterm Dach geschlafen. Dann hatte er den ganzen Tag herumgelungert und darauf gewartet, daß es wieder dunkel wurde. Alles in allem waren es vielleicht fünfzehn Tage, die er in Helena, Arkansas, verbracht hatte, was ihn nervös machte, wenn er genauer darüber nachdachte. Denn eine Bekanntschaft von fünfzehn Tagen war vielleicht ein bißchen wenig, um darauf hoffen zu können, daß er nach zwölf Jahren wiederkommen und mitten unter den Leuten das fortsetzen konnte, was er fortsetzen wollte, und alles so regeln konnte, wie er wollte, ohne daß er irgendeinen Schnitzer machte und irgend jemandem etwas Ungewöhnliches auffiel. Und das einzige, dachte er, was er tun konnte, war, schnell und schlau genug zu sein, um rechtzeitig zu verschwinden, bevor die Schießerei losging.

Er hatte sich ein paar Dinge klargemacht, bevor er Bishop verließ, hatte am Fliegendraht gestanden und sich gesagt, daß er, wenn er schlau sein wollte, niemanden ins Vertrauen ziehen durfte, weil es niemanden gab, dem er trauen konnte, und es auch keinen Grund gab, zu glauben, daß der Ort oder irgendeiner der Leute irgendwie besser oder wohlwollender oder verständnisvoller sein würde, als sie es früher gewesen waren. Damals hatte er es auf ehrliche Weise versucht, hatte für den alten Rudolph gearbeitet und war von der althergebrachten Schäbigkeit, die den Ort und jeden darin vergiftete – wie Luft, die man nicht atmen, ohne die man aber auch nicht leben konnte – vertrieben worden. Er hatte sich das einfach immer wieder gesagt, während er an der Tür stand und darauf wartete, daß es richtig dunkel wurde, und als er Bishop schließlich verließ, hatte er es sich fest eingeprägt.

Aber tief im Innern, was auch immer er vorhatte, verließ er sich doch darauf, daß der Ort ihn lange genug unterstützen *würde*, damit er tun konnte, was er sich vorgenommen hatte, und ihn in einem gewissen Sinne dafür belohnen würde, daß er dort geboren war und den gutherzigen Versuch gemacht hatte, dazubleiben, auch als es schon klar war, daß so jemand wie er nicht dableiben *sollte*. Und als ihm klar wurde, daß er sich dieses Zutrauen bewahrt hatte, allem, was er sich eingeredet hatte, zum Trotz, da hatte er das starke und unerschütterliche Gefühl gehabt, daß er irgendwo einen Fehler gemacht hatte und daß er, ohne noch ein Wort zu verlieren, auf der Stelle umdrehen und nach Bishop zurückfahren sollte. Aber da war es schon zu spät, und er konnte nicht mehr umkehren, nicht, nachdem er schon so weit gekommen war. Und nun mußte es die Sache auch wirklich wert sein.

10

Er frühstückte in Little Rock, ging wieder nach draußen und durch die Kälte zur Telefonzelle. Er zog seinen Schuh aus, fischte den Brief heraus und glättete ihn auf dem Brett, wo er sehen konnte. Er bekam Helena, schrieb die Nummer unten auf den Brief direkt unter die Stelle, wo »Das hier bin ich« stand, und wählte die Vermittlung. Weit weg begann das Telefon zu läuten. Langsam tauchten die ersten Autos auf. Er schaute zu, wie zwei Polizisten aus dem Café schlenderten, sich vor seinen Pickup stellten, ihn musterten und so redeten, als ob sie ihn kaufen wollten, dann über irgend etwas lachten und vom Parkplatz des Cafés herunterfuhren.

Eine Stimme meldete sich am Telefon, die ein ganzes Stück vom Hörer entfernt war. »Ja«, sagte die Stimme.

»Beuna?« Er kriegte das Wort kaum heraus.

»Was glaubst du denn?« sagte sie. Er hörte, wie der Hörer gegen etwas Hartes schlug, als versuchte sie, mehr Wörter herauszuhämmern.

»Wer ist denn da?« fragte sie, und ihre Stimme wurde schwächer, dann wieder stärker. »W.W., das ist hoffentlich nicht wieder dein beschissener Trick.«

»Ich bin's«, sagte er und spürte, wie die Worte in seiner Kehle steckenblieben.

»Ich leg auf«, sagte sie. Er konnte hören, wie sie auf der Telefongabel herumschlug. »Vermittlung, rufen Sie den Sheriff«, sagte sie.

»Hier ist Robard«, flüsterte er. Und alles schien zurückzuweichen, als hätte sich die ganze Welt wie ein Panorama in den Hintergrund geschoben und er stünde, einsam und ungeschützt, im schrecklich leeren Zentrum. Ein fischiger Schweiß kroch an seinen Handflächen hoch, und sein kurzes Haar stand zu Berge.

»Wer?«

»Robard.«

»Oh, Scheiße!« sagte sie, als ob dort, wo sie gerade war, irgend etwas Ekelhaftes passiert wäre.

»Beuna?«

»Wo bist du? Mein Gott!«

»In Little Rock«, sagte er, nahm den Hörer in die andere Hand und wischte sein Gesicht ab.

»Ich komme und hol dich ab«, sagte sie, völlig außer Atem.

»Nein«, sagte er. »Ich komme ja. Tu überhaupt nichts.«

»Robard, es ist mir so dreckig gegangen«, sagte sie schluchzend. »Ich krieg das Flattern, wenn ich dich höre.«

»Tu überhaupt nichts«, sagte er. Seine Hände begannen zu zittern.

»Robard?«

»Was?«

»Ich komme gleich am Telefon.«

»Jetzt nicht«, sagte er.

»Aber ich komme gleich, es geht einfach los.«

»Nein, hör jetzt auf damit, verdammt noch mal!«

»Ich kann nichts dafür, bei dir kommt's mir einfach.«

»Nein!« schrie er in den Hörer.

»Robard?«

»Was?«

»Können wir irgendwo hingehen? Es ist doch nicht mehr weit.«

»Wir werden sehen«, sagte er. Seine Stimmung verdüsterte

sich, als hätte ihn eine Erregung gepackt, die er in den Griff bekommen mußte, aber kaum dämpfen konnte.
»Robard?«
»Was?«
»Ich hab meinen kleinen Beutel.«
»Ich weiß.« Er sah den kleinen Beutel vor sich, ohne genau zu wissen, was es damit auf sich hatte.
»Wir müssen schon nach Memphis, um's zu machen. Da im Peabody Hotel gibt's diese Zimmer mit so 'ner Dusche, die acht Düsen hat und einen überall gleichzeitig trifft.«
»In Ordnung«, sagte er keuchend.
»Robard?«
»Was?«
»In so 'nem Ding möchte ich es mir dir machen.«
»Das werden wir auch«, sagte er und überlegte, was man da eigentlich machte. »Ich ruf dich an.«
»W.W. ist tagsüber nicht da. Er arbeitet in der Luftgewehrfabrik und spielt Baseball in Forrest City. Er kommt immer erst spät zurück.«
»In Ordnung«, sagte er und seine Gedanken überschlugen sich. »Heute kann ich nicht kommen.«
»Hast du irgendein Mädchen dabei?«
»Nein«, sagte er, preßte seinen Kopf an das Glas und lehnte sich dagegen, bis die Zelle zu ächzen begann und er sein gesamtes Gewicht nur noch auf eine einzige kalte Stelle des Glases konzentriert hatte.
»Warum kannst du denn nicht?«
»Hör mal, ich ruf dich wieder an«, sagte er.
»Du mußt mir doch nicht den Kopf abreißen«, sagte sie.
»Ich muß weiter.«
»Liebst du mich?«
»Darüber kann ich jetzt nicht reden.«
»Letztes Mal hast du ›In Ordnung‹ gesagt. Das weiß ich noch.«

»Was soll ich denn sonst noch sagen?«
»Ich weiß nicht«, sagte sie mit leiser Stimme. »Sag noch mal ›In Ordnung‹, und das genügt.«
»In Ordnung.«
Stille breitete sich in der Leitung aus.
»Denk einfach dran«, sagte er, »und an diese Duschen.«
»Mein Gott«, stöhnte sie. »Ich komme gleich.«
»Ich bin bald da«, sagte er und wollte hinaus.
»Robard?«
»Hm.«
»Ist irgendwas los mit dir?«
»Nichts ist los«, sagte er. Er faltete den Brief mit einer Hand und stopfte ihn in seine Hemdtasche auf das Mars-Papier.
»Ich dachte, es wär irgendwas los«, sagte sie.
»Alles ist wunderbar«, sagte er.
»Ja«, sagte sie. »Findest du nicht auch, daß alles wunderbar ist?«
»Doch, Süße, finde ich.«
»Ich auch«, sagte sie liebevoll. »Jetzt, wo du da bist, find ich's auch. Es war alles so schrecklich.«
»Ich beeile mich«, sagte er und bekam keine Luft.
»Oh, mein Gott«, sagte sie und legte auf.

11

Er hielt in Hazen, um Zigaretten zu kaufen, und machte sich auf den Weg zur Wohnung des alten Mannes. Hazen war dreißig Kilometer von Little Rock entfernt, eine Reisprairie-Stadt bei Rock Island, die aus einem weißen, steinernen Getreideheber neben den Gleisen, ein paar Käfigen und Hühnerhäusern, die Entenjäger versorgten, und einem Gewirr von Häusern und Wohnwagen zwischen Eichen und Indischem Flieder bestand. Und der ganze Rest mit Ausnahme einer Pecanplantage war dem Reis überlassen worden, lohfarbenen, gefurchten Feldern, die sich

zehn Kilometer in alle Himmelsrichtungen bis zur nächsten Stadt hinzogen.
Als er damals vor elf Jahren von Helena hochgekommen war und angefangen hatte, für Rudolph zu arbeiten, im Sommer auf seine Schleusentore zu achten und im Winter in der kleinen Baracke zu sitzen, die der alte Mann als Jagdhütte für die Entenjäger gebaut hatte, hatten sich Rudolphs Probleme schon erledigt, und für den alten Mann gab es nichts mehr zu tun, als die Nächte durchzuwachen und darüber nachzugrübeln.
Er überquerte die Rock Island-Gleise und marschierte das Bahngelände hinunter durch den Klee und über den Schotterweg, bis er das weiße Holzhaus mit den Zimmern des alten Mannes sehen konnte, die sich in der dunklen Ecke unter der südlichen Dachtraufe verbargen. Er konnte sich an den alten Mann erinnern, wie er auf seiner kaputten Matratze in sich zusammengesunken dasaß und sich das fahle Licht im Zimmer in seinem Unterhemd fing: er hustete und schnaufte und starrte über den leeren Fußboden und versuchte, sich etwas auszudenken, das er ihm als wichtige Anweisung auftragen konnte, bevor er ihn zum Pumpenhaus zurückschickte, damit er sich um die Schleusen kümmerte. Er hörte die Hauswirtin unten, wie sie mit den kleinen Tabletts klapperte, die sie benutzte, wenn sie für den alten Mann Eier kochte, während Rudolphs Bauch auf seinen Schenkeln lag, und er immer wieder eindöste und darauf wartete, daß ihm die richtigen Worte einfielen, die er weitergeben könnte und die vielleicht für irgend jemanden einen Sinn ergeben würden. Schließlich brachte er irgend etwas leise murmelnd aus der Tiefe seiner Brust hervor, irgendeine Schleuse sei zu schließen oder eine Überlaufrinne für eine Stunde aufzudrehen oder ein Graben auf Lecks zu inspizieren, irgend etwas, damit sein Hilfsarbeiter nicht aufhörte, das Wasser in Bewegung zu halten. Der alte Mann hielt dann inne, schnaufte

und blickte hinaus ins Dunkel, und er glitt die Treppe hinunter, durch die heiße Küche, und machte sich über die kalten Felder davon. So ungefähr war es gewesen.

Als er das erste Mal aus Helena hochgekommen war, war da noch, wie er sich erinnerte, ein Mann namens Buck Bennett gewesen, der für den alten Rudolph gearbeitet hatte. Er war eingestellt worden, um die ortsansässigen Fischer von den Stauseen zu vertreiben, auf den Straßen zu patrouillieren und das Gelände zu überwachen, wenn er nicht zu betrunken war, um die Deputy-Dienstmarke zu finden, für die der alte Mann bezahlte, oder zu betrunken, um seinen alten Jeep aus den Abflußkanälen herauszuhalten, wo er, wie der alte Mann schwor, auch bleiben würde, da er bestimmt keinen Abschleppwagen auf seinen Grund und Boden ließe, um ihn wieder herauszuziehen.

Aber Buck, sagte er, könnte ja jederzeit kommen und sich seinen Jeep anschauen, wenn er irgendwelche Zweifel daran hätte, ob er noch da war.

Buck kam immer spät am Abend herunter, trank einen Vierteliter Whiskey, saß auf dem einzigen krummbeinigen Sessel, den das Pumpenhaus besaß, und redete über den alten Mann.

Buck sagte, daß der alte Mann irgendwann im Jahre 1941 aus Republican City, Nebraska, hergekommen war. Er hatte seine Hälfte der väterlichen Schweinefarm an seinen Bruder Wolfgang verkauft, sich mit zwei Überseekoffern in den Zug nach Little Rock gesetzt und sich in einem Hotel für Handlungsreisende am Fuß der Main-Street-Brücke niedergelassen. Dann hatte er sich ein Buick-Coupé gekauft und war durch das ganze Gebiet zwischen Little Rock und Memphis gefahren, um nach billigem Land Ausschau zu halten. Und nach nicht allzulanger Zeit, sagte Buck, kaufte er ein achthundert Morgen großes Sumpfgebiet zehn Kilometer außerhalb von Hazen. Land, bei dem kein Farmer auch nur dran

gedacht hätte, es zu verkaufen, geschweige denn, es zu bebauen. Denn der La-Fourche-Fluß floß mitten hindurch, trat jedes Frühjahr über die Ufer und hinterließ eine feste Decke von Schlamm und fauligem Wasser auf der ganzen Parzelle, so daß sogar die Reisbauern es aufgegeben hatten und das Gelände bloß noch zum Entenjagen benutzten. Buck sagte, daß Rudolph, der in den Dreißigern war und stark wie eine Bulldogge, das Land an sich gebracht hätte und buchstäblich jeden Baum darauf mit seinen eigenen Zähnen zernagt und ein Labyrinth von Abflußkanälen, Wällen und eisernen Schleusentoren angelegt hätte, um das Wasser aus den Niederungen abzuleiten, damit es sich in einer alten Grube voller totem Holz, die er mit drei Schaufeln aus dem Ersten Weltkrieg ausgehoben hatte, sammelte. Nach einem Jahr hatte er das Land so weit kultiviert, daß er eine Farm darauf errichten konnte. Er baute ein zweistöckiges Schindelhaus und eine Windmühle aus Metall, holte einen Österreicher und seine Familie aus Republican City, damit sie dort lebten und die Farm betrieben, zog auf der Stelle aus dem Hotel für Handlungsreisende in das R. E. Lee in der Markham Street und verliebte sich in die Frau, der dieses Hotel und sechs weitere dieser Art in Memphis und Shreveport gehörten und deren Mann ertrunken war, als er aus einem Schlauchboot in den Lake Nimrod gefallen war, und der ihr alles hinterlassen hatte.
Buck sagte, daß Rudolph der Frau nach ziemlich kurzer Zeit seine Gefühle offenbart hätte, einer kleinen, drahtigen, rothaarigen Person namens Edwina, und daß sie Knall auf Fall in der Hotelhalle heirateten und Rudolph auf der Stelle in ihre Suite im elften Stock einzog und anfing, Obstkörbe und Whiskeykartons zu bestellen und die Hotelpagen immer wieder die Fahrstühle herauf und herunter zu jagen, bis Edwina ihm schließlich sagen mußte, daß das Hotel nicht gebaut worden war, um ihn glücklich zu machen.

Als die Farm mehr Geld abwarf, als er zählen konnte (aber nicht mehr, als er zu sparen vermochte), begann Rudolph Edwinas Freunde zur Entenjagd auf dem großen Stausee einzuladen, oder er nahm sie mit in die Wälder, wo er im Winter das Wasser nicht ablaufen ließ. Aber jedesmal, wenn er das tat, sagte Buck, dann schaffte er es, auf alle wütend zu werden und jedem die Hölle heiß zu machen, weil sie angeblich zu schnell auf den Schotterstraßen fuhren, die er mit eigenen Händen planiert hatte, oder Löffelenten statt Stockenten töteten, oder wegen irgendeiner anderen Mißachtung der Regeln, die er sich erst unterwegs ausdachte, und so vertrieb er schließlich all ihre Freunde, einfach weil sie sich nicht so benahmen, wie er es wollte. Aber das, sagte Buck, war auch sehr schwer herauszukriegen. Er fing an, für den Fall, daß er auf jemanden stieß, den er nicht mochte oder den er vertreiben wollte, um mehr Eindruck zu machen, eine alte Stahlzylinder 12-Kaliber auf dem Wagensitz liegen zu haben. Und die ganze Zeit über lebte er in Little Rock wie ein Kalif, wohnte in der Suite, trank Evan Williams, aß Obst und kommandierte Leute herum, einschließlich Edwina, bis jeder sich wünschte, daß er ihn nie auch nur gesehen hätte.
Buck sagte, es ging dann sehr schnell, daß Edwina sich scheiden ließ und einen Italiener namens Tarquini heiratete, der fünfzehn Jahre jünger war als sie und dessen Anzüge ihm die Eier abklemmten und den Rudolph zweimal mit zur Farm hinausgenommen hatte, bis er merkte, was an den Tagen passierte, an denen er allein auf der Farm blieb und Edwina sich selbst überließ. Buck sagte, Tarquini war bloß irgendein Innenarchitekt aus Chicago, den Edwina angestellt hatte, damit er ihren Hotels zu neuer Eleganz verhalf, aber sie hätte nicht widerstehen können, mit ihm in die Federn zu kriechen, da sie mit Rudolph nicht gerade auf gutem Fuß stand.
Bei der Scheidung erreichte Rudolph, daß Edwina ihm ein

Zimmer im R.E. Lee auf Lebenszeit überließ und eine kostenlose Mahlzeit pro Tag bereitstellte, und als es vorbei war, ging er zurück nach Hazen, von wo er zur Farm fahren konnte, wann immer er wollte, mit seiner alten Planierraupe die Wege herunter und an den Abflußkanälen entlang fahren und jeden vertreiben konnte, den er nicht mochte, und genug Zeit hatte, um zu begreifen, was eigentlich passiert war.
Buck sagte, daß der alte Mann die Farm wahrscheinlich dazu benutzte, um sich an Edwina zu rächen. Er lud niemals jemanden zur Jagd ein, den sie gekannt hatte oder den er gekannt hatte, als sie zusammen waren, und bezahlte ihn, Buck, dafür, daß er Leute den ganzen Winter über für tausend Dollar pro Saison zum Jagen mitnahm, und ließ diese Information Edwina über die Kellner im Eßsaal zukommen, wenn er in der Stadt war, um seine Gratis-Mahlzeit zu essen und in seinem Gratis-Zimmer zu wohnen.
Er sagte, daß der alte Mann immer spätabends zur Hütte herunterkam, mit einer Flasche Williams und einem alten R.E. Lee-Hotel-Glas, und daß er Buck dann das Glas vollschenkte und dabei zusah, wie er es austrank, sich dann zurücklehnte und wie ein Kind weinte. Buck sagte, daß er einfach weitertrinken mußte, bis es vorüber war, weil er es nicht ertragen konnte, dem alten Mann zuzuhören, wie er weinte und immer wieder diese Geschichte erzählte. Schließlich, sagte Buck, erzählte er Rudolph immer, es sei einfach ein klarer Fall von falschem Timing, und ging schlafen. Der alte Mann saß dann da, sagte er, starrte aus der Drahttür hinaus auf seine Reisfelder und konnte nicht schlafen, weil er ein Problem hatte, das er nicht verstand. Und Buck sagte, er hätte bestimmt nie so viel getrunken, wenn es nicht all diese Nächte gegeben hätte.

Er ging um das Haus herum zur Seite und klopfte an die Tür und dachte, er könnte fragen, was aus dem alten Mann geworden war, und dann weiterfahren. Die alte Frau kam an den Draht und lächelte, als ob sie ihn erkannte, und sagte, daß Rudolph immer noch sein Zimmer habe.

Er dachte, er sollte es sein lassen und wieder gehen. Er lächelte die Frau an, sie drückte die Tür auf, und dann war er drinnen, ehe er sich versah, sie zeigte auf den schmalen Korridor, der nach oben führte, und er ging hinauf. Er hatte das Gefühl, einen Fehler zu machen, wenn er so tat, als ob er den alten Mann sehen wollte, obwohl das eigentlich gar nicht stimmte und er enttäuscht war, als er hörte, daß der Alte immer noch lebte, obwohl er doch ganz und gar nicht mehr leben sollte. Die Tür am Ende der Treppe war zu, und ein schmaler Lichtstreifen leuchtete über der Türschwelle. Er hörte, wie die Frau in der Küche laut die Zeitung las und ihr Sessel ächzte. Er klopfte, und der alte Mann sagte »herein«.

Er stand mitten im Zimmer unter einer baumelnden Glühbirne, in Popelinhosen und ohne Hemd, und starrte ihn mit wildem Blick an, als wollte er auf ihn losgehen. Er hatte einen kräftigen Brustkorb und war gebeugt, und sein weißes Haar stand in Büscheln über den Ohren ab. Er bereute schon, daß er hereingekommen war.

Das Zimmer war muffig. Der alte Mann sah ihn aufmerksam an, als glaubte er, ihn wiederzuerkennen, wie die alte Frau es getan hatte, aber als ob er sich nicht ganz sicher sei.

»Geh zu Minor«, sagte er plötzlich, »wegen Arbeit. Nicht zu mir.«

»Nein, Sir«, sagte er, drückte sich mit dem Rücken an den Türrahmen und überlegte, wie er wieder herauskam.

»Wer sind Sie?« fragte Rudolph und machte einen Schritt vor unter die Glühbirne.

»Hewes«, sagte er. »Ich hab mal in Nummer Zwei gearbeitet.«

Der alte Mann kam einen Schritt näher. »Und bist abgehauen, ohne einen Piep zu sagen«, brüllte der alte Mann, als wäre es gestern abend passiert. »Eine Woche später komm ich raus, weil ich mich frage, wo zum Teufel du geblieben bist, und da steht mein Haus sperrangelweit offen, Lichter an und die Gasleitung voll aufgedreht!« Er trat einen Schritt zurück und kauerte sich neben seinen Schreibtisch. »Was hast du dazu zu sagen?«

»Ich mußte plötzlich weg«, sagte er und richtete den Blick auf das einzige, verschlossene Fenster hinter dem Kopf des Mannes.

»Also, das Haus gibt's nicht mehr!«

»Was ist damit passiert?« fragte er.

Der alte Mann blinzelte, als hätte er gerade entschieden, daß er in Wirklichkeit jemand anderes wäre. »Erinnerst du dich an Buck Bennett?«

»Ja, Sir.«

»Buck Bennett war ein verrückter Scheißkerl. Erinnerst du dich auch daran?« Der alte Mann lächelte kumpelhaft, als würde er Buck in diesem Augenblick vor sich sehen, wie er betrunken hinfiel.

»Ich denke schon«, sagte er.

»Also, er war ein Säufer.« Der alte Mann faßte nach unten, zerrte seinen weißen Strumpf hoch und popelte in der Nase. »Er hat fünf Kurpfuscher aus New Orleans mit in Nummer Zwei genommen und vergessen, das Gas anzuzünden, nachdem er es aufgedreht hatte. Diese Kurpfuscher haben sich besoffen, sich dann hingesetzt und gewartet, bis es Zeit zum Jagen war, und dann sind sie alle eingeschlafen und keiner ist mehr aufgewacht. Sie haben Mr. Bucks Leiche auf dem Bett gefunden, mit einem Doughnut in der Hand. Er muß gerade den Doughnut gegessen haben und eingeschlafen sein, und alle anderen saßen da und hatten die Köpfe auf den Tisch gelegt. Die haben nicht mal mehr 'nen Doughnut gekriegt.« Der alte Mann betatschte sein Gesicht und glotzte blöde, als sei das besonders ärgerlich gewesen.

»Wann ist das passiert?« fragte er und versuchte, sich Bucks früheres Gesicht vorzustellen, aber es gelang ihm nicht mehr.
»Im Dezember, vor sechs Jahren«, sagte er schnell. »Ich hab den Scheißkerl zwei oder drei Tage lang nicht zu Gesicht bekommen. Er ist nicht vorbeigekommen, um sich meine Anweisungen zu holen. Also hab ich gedacht, daß er besoffen ist, bin zu seinem Haus runtergegangen, und da lagen sie alle sechs, und das Ganze stank grauenhaft. Das war aus den Wänden nicht mehr rauszukriegen. Nachdem man sie weggetragen hatte, bin ich mit vier Liter Benzin hingegangen, hab 'n Streichholz an die ganze Scheiße gehalten, es abgebrannt und dann umgegraben.« Er lächelte. »Und nun gibt's kein Haus mehr. Wo du gewohnt hast, hab ich Sojabohnen hingepflanzt.«
»Und was machen Sie mit den Jägern?« fragte er, während er immer noch versuchte, sich an Bucks Gesicht zu erinnern.
»Ich bring sie in Minors Haus unter. Er ist intelligent genug, um Feuer zu machen. Und Säufer stelle ich nicht mehr ein.«
Der alte Mann schien Tränen in seinen winzigen blauen Augen zu haben.
»Buck sagte, er hätte nicht soviel getrunken, wenn Sie ihm nicht immer den Whiskey gebracht hätten.«
»Er ist ein verdammter Lügner«, brüllte der alte Mann und kam aus seinem Sessel hoch, während seine Augen blitzten. Er griff nach dem Sesselrücken und drückte darauf herum, bis das Peddigrohr krachte. »Buck hing schon an der Flasche, als ich diesen Scheißkerl das erste Mal gesehen habe, und der Sprit hat ihn auch umgebracht. Der hat seinen verdammten Verstand so getrübt, daß er nicht mal mehr dran denken konnte, den Scheißofen anzuzünden.«
»Er meinte, Sie hätten ihm den Sprit gegeben, damit er zu nichts anderem mehr in der Lage wäre und Sie ihm nichts

bezahlen müßten. Er kam nicht dagegen an, Mr. Rudolph, aber er wußte es.«
»Buck ist nach Kalifornien gegangen – das weißt du doch, oder?«
Er schaute auf das Gesicht des alten Mannes, das von einem wütenden Ausdruck in den nächsten zuckte.
»Er ist da runter gegangen und hat gelernt, wie man Säufer wird, und dann ist er zurückgekommen und hat versucht, daraus einen Beruf zu machen«, sagte der alte Mann.
»Manche Leute haben eben kein Glück«, sagte er, sah zu, wie der alte Mann wütender und wütender wurde, und fühlte sich besser.
»Manche Leute wissen einfach nicht, wann sie es gut haben.«
Seine Augen funkelten. »Sie müssen unbedingt Scheiße bauen. Was machen Sie hier eigentlich, Hewes – versuchen Sie auch, irgendwo Scheiße zu bauen?«
»Ich wollte mal einen Blick auf Sie werfen.«
»Warum denn zum Teufel?« Der alte Mann hatte sich unter der Glühbirne zusammengekrümmt und stierte hoch.
»Vielleicht würde mir ja einfallen, daß ich Ihnen den Hals umdrehen möchte.«
Der alte Mann lächelte sofort. »Der alte Buck hat vielleicht nicht allzuviel gewußt, aber er wußte wenigstens, wie man sich anständig umbringt. Du weißt ja nicht mal das, Hewes.«
Rudolphs Lächeln wurde immer breiter, bis er die dunklen Flecken auf seinem Zahnfleisch sehen konnte.
Er blickte auf den alten Mann im schäbigen Lichtkegel, der gehässig zu ihm herüberschielte, bis er den Drang verspürte, wegzugehen, in der Nacht wiederzukommen und das Haus und alles darin niederzubrennen.
Er ging durch die Küche hinaus und zurück zum Pickup, ohne ein einziges Mal stehenzubleiben. Aber als er einstieg, versuchte er, an Buck zu denken, der sich umgebracht hatte;

wie er in dem kleinen, kalten Haus aufwachte, hinausschaute und gar nichts sah und wußte, daß in einer Stunde oder einer halben die Ärzte kämen und es nichts gab, worauf er sich freuen konnte, als mit dem alten Mann zusammenzusitzen, während der auf die Felder starrte und weinte, bis er selbst schlafen ging, und der alte Mann dasaß und im Halbschlaf von Edwina und Tarquini brabbelte und wie es geschehen konnte, daß ihm alles entglitten war. Und er dachte, daß das am Ende vielleicht einfach gereicht hatte, um ihn dazu zu bringen, das Propan aufzudrehen und sich schlafen zu legen, daß es nur eine Art Müdigkeit war, und einzuschlafen das Beste, was man tun konnte. Er saß lange da und horchte auf die Lastwagen, die die Straße nach Memphis herunterzischten, und beschloß, daß diese Geschichte, auch wenn sie ihn deprimierte, nichts mit ihm zu tun hatte und sein Leben überhaupt nicht betraf.

12

Als er an den Rangierbahnhöfen in Helena gearbeitet hatte, sagten die alten Bosse immer, der Fluß wäre einmal da gewesen, wo jetzt die Stadt war, und die Stadt wäre auf dem Kudzu-Felsen erbaut worden, der das heutige Helena überrage und wo jetzt West Helena sei. Sie sagten, eines Nachts hätte der Fluß einfach seinen Lauf geändert, sich fünf Meilen nach Osten verlagert und eine dicke schlammige Ebene hinterlassen, auf die die Bewohner des Felsens hinunterstarrten und die sie beunruhigte. Sie sagten, nach und nach hätten sich die Leute vom Felsen heruntergewagt und begonnen, sich dort niederzulassen, wo der Fluß gewesen war, und Läden und Häuser zu bauen. Nach einer Weile zogen alle nach unten, nannten die alte Stadt West Helena und die neue unten am Fuß des Felsens Helena. Die Männer im Rangierbahnhof nannten diesen Umzug »Den Großen Abstieg« und schworen, daß die Stadt, als sie den Felsen verlassen habe, schlecht beraten gewesen sei und nun Unglück erleiden müsse, weil – und das schien durchaus plausibel – die Stadt nun von der Laune des Flusses abhängig war, und sie glaubten, daß man alles, was man dem Fluß schuldete, auch bezahlen mußte. Und wenn es ans Bezahlen ginge, würde der Preis hoch sein.

Als er Beuna das erzählt hatte, hatte sie ihn mit einem gequälten Gesichtsausdruck angesehen und gesagt: »Ach Scheiße, Robard. Wir sterben doch alle früher oder später. Und diese Arschlöcher glauben, sie wüßten warum. Aber ich find's völlig in Ordnung, daß es keinen besonderen Grund gibt.«

Er erreichte Helena am Mittag und fuhr unter dem bleichen und heißen Himmel direkt vom Felsen hinunter in die Stadt und mitten hindurch, während ein Gefühl der Beklommenheit in ihm aufkam. Auf den Straßen drängten sich Leute vom Land, die zum Mittagessen in die Stadt gekommen waren. Er dachte, daß jeder, der den Pickup bemerkte, auch ihn bemerken würde, und daß jeder, der ihn bemerkte, gefährlich war. Er behielt die Türen und die Straßenmündungen im Auge, für den Fall, daß W.W. plötzlich aus irgendeiner Bar herausstürzte und einfach da stünde und irgend etwas auf der Straße wie im Traum anstarrte, weil er es wiederzuerkennen glaubte, aber nicht wußte woher, daß er es aber erkennen *würde*, wenn er noch eine Minute länger Zeit hätte, darüber nachzugrübeln.

Als er in Tulare aufgetaucht war, hatte sich W.s Laune verfinstert, als brüte er irgendwelche bösen Gedanken aus, die er aber nicht aufkommen lassen wollte, weil solche Sorgen seinen schnellen Würfen schaden konnten. Statt dessen war W. herumgelaufen und hatte Trübsal geblasen, die Stirn gerunzelt und sich so benommen, als hätte er in eine Quitte gebissen und kriegte den Mund nicht auf, war aber die ganze Zeit sehr unruhig gewesen. Er hatte versucht, sich so zu set-

zen, daß W. ihn jederzeit sehen konnte, wenn er wollte, und er hatte gedacht, das könnte vielleicht W.s Verdacht zerstreuen, der irgend etwas herauszubekommen versuchte, was ihm selbst nicht ganz klar war.
Auf der heißen Haupttribüne fragte er sie, ob sie glaubte, daß W. vielleicht etwas gemerkt hätte, und sie lachte so heftig, daß ihr ganzer Körper mächtig zu zucken begann. »Wovon?« fragte sie in ihrem gehässigsten Tonfall. »Der hat nichts als Baseball im Kopf. Und soweit ich weiß, wird ein Baseball nicht mißtrauisch.«
Nur daß W. sich vielleicht als weniger schwerfällig erweisen würde, wenn er erst mal herausbekam, was mit seiner Frau passierte, während er Teile in Luftgewehre einschraubte, dachte er, während er den Leuten zuschaute, die in der Sonne kreuz und quer über die Main Street schlenderten. In all den Jahren, in denen W. einen Haufen Geld hätte machen können, aber statt dessen für acht Mark in der Stunde Luftgewehre bauen und in der Industrial League in Forrest City pitchen mußte, hatte sich bestimmt eine Menge Bosheit in ihm angesammelt, die er gut loswerden konnte, wenn er nur einen erwischte, der es mit seiner Frau trieb, und er eine Gelegenheit fand, ihn abzuknallen.
Die einzige Alternative war deshalb, schlau zu sein und *sich rauszuhalten*. Das war ihm schon seit langem klar. Aber erst jetzt, als er an der Ampel wartete und glaubte, daß jeder, der vorm Pickup vorbeiging, einen kurzen Blick auf sein Nummernschild und einen längeren auf ihn warf, merkte er, daß er Grund genug hatte, sich nicht in der Stadt herumzutreiben. Er mußte schon warten, bis es dunkel war, um in die Stadt zu kommen, Beuna einzusammeln und mit ihr irgendwo hinzufahren, wo sie nicht jedesmal aufspringen mußten, wenn ein Insekt gegen den Fliegendraht flog, oder dauernd nach ihren Kleidern langen, weil sie Angst hatten, daß es W.W. war, der seine Baseballschuhe holen oder seine

Lunchbox abstellen wollte, bevor er zum Training fuhr. Er dachte, er sollte den Pickup abstellen, und zwar rückwärts an eine Wand gefahren, und sich ihm nur nähern, wenn es unbedingt nötig war. Denn jedesmal, wenn er in den Wagen steigen würde, ging er ein Risiko ein, und jedesmal, wenn er mit Beuna einstieg, bettelte er geradezu darum, umgelegt zu werden.

Er fuhr über die Kreuzung, hielt an, beobachtete die Straße im Rückspiegel und dachte, daß er vielleicht jemanden entdecken würde. Aber als er niemanden sah, stieg er aus, ging in den Drugstore, kaufte eine Zeitung und fuhr, wobei er sich ganz auf die Straße konzentrierte, mit Vollgas aus der Stadt.

Zwei Kilometer nach dem letzten Hotel hielt er bei einem Drive-In und parkte auf der der Stadt abgewandten Seite. Das Restaurant war ein kleiner rosa Bau aus Holzziegeln mit einer rot-weiß gestreiften Markise an der Rückseite. Ein Mädchen kam unter die Markise, nahm seine Bestellung auf und verschwand wieder. Von den Feldern wehte eine Brise herüber, wirbelte Staub auf, ließ die Markise ächzen und über die Verstrebung schwingen.

Er schlug die Zeitung auf und starrte auf die Stellenanzeigen. Es gab einen Job in Helena, Linoleum-Fliesen legen, einen weiteren in Helena bei einer Bagger-Crew des Ingenieurkorps, einen Job in San Bernadino – Umzüge –, einen Job in Elaine, das Land von irgend jemandem bewachen, und einen Job, bei dem eine Stanzmaschine in der Luftgewehrfabrik zu bedienen war.

Er legte die Zeitung über das Steuerrad und starrte unter der Markise hindurch auf die Felder, hinter denen er den niedrigen Saum hellgrüner Nadelwälder ausmachen konnte. Dahinter lag der Fluß. Die Markise wölbte sich leicht im Wind, die Sonne trieb hinter den Wolken, und er roch seinen Sandwich, der in der Küche aus Holzziegeln briet. Er versuchte, sich klarzumachen, was er hier eigentlich tat. Obwohl er

sich das gar nicht vorgenommen hatte, hatte er sich gleich nach einem Job umgetan, als wäre es bitter nötig, Arbeit zu finden. Das ärgerte ihn. Denn was sollte aus Jackie werden, die zu Hause in ihrem Zimmer lag und Gott weiß was dachte? Die sich vielleicht vornahm, ihn nie wieder zu sehen, inzwischen schon irgendwohin verschwunden war, wo er sie nie wiederfinden würde? Er hatte immer angenommen, daß, wenn man sich irgendwann trennte und mit seinem bisherigen Leben brach, die Entscheidung dafür schon viel früher gefallen war. Man beurteilte die Situation, erwog die verschiedenen Möglichkeiten und entschied sich für eine, nachdem man alles berücksichtigt hatte. Auf diese Weise, dachte er, regelte man sein Leben, von Überraschungen einmal abgesehen. Als er Hazen verließ, hatte er eine lange Zeit des Grübelns und Herumrätselns hinter sich. Die verschiedenen Argumente wurden gegeneinander abgewogen und die Antwort schließlich gefunden, auch wenn sie ihm mitten in der Nacht aufging und töricht wirkte, obwohl sie es nicht war. Aber nun fragte er sich, ob Entscheidungen nicht in Wirklichkeit umgekehrt getroffen wurden: erst handelte man in bestimmter Weise, und dann dachte man sich einen Grund dafür aus, je nachdem, wie viele Leute man verletzte oder glücklich machte. Und ob es nicht einfach blanke Verkennung war, wenn man glaubte, daß Entscheidungen auf irgendeine andere Weise getroffen wurden. In diesem besonderen Fall schien gar keine Entscheidung nötig zu sein. Es ging nur darum, zu handeln und die passenden Erklärungen später zu liefern, wenn er sah, wie sich alles entwickelte. Deshalb war das einzige, das er wegen Jackie tun konnte, die zu Hause lag und Pläne machte, zu sehen, was passierte, und dann eine Postkarte zu schreiben.
Das Mädchen kam zurück und trug ein Tablett mit einem Bier und einem Sandwich. Sie lächelte, hakte das Tablett ans Fenster und wischte die Hände an ihrer Hose ab.

»Möchten Sie sonst noch was?« fragte sie, riß den Bestellzettel ab und legte ihn auf die Gummimatte. Sie hatte einen schmalen Damenbart an der Lippe, den sie bleichte.
»In welcher Richtung liegt diese Luftgewehrfabrik?« fragte er und versuchte, sie zwischen den Soßenflaschen hindurch anzublicken.
Das Mädchen starrte zur Stadt zurück und hob ihren Finger. »Da lang«, sagte sie und schaute stirnrunzelnd Richtung Memphis.
»Und in welcher Richtung ist dann Elaine?« Er leckte die Mayonnaise vom Rand des Sandwichs ab.
»Da lang«, sagte sie und zeigte den Highway hinunter, der am Drive-In vorbeiführte und in den Nadelwäldern verschwand. Sie hatte viel Rouge aufgetragen, und um ihre Nase herum waren lauter braune Fleckchen, die wie Sommersprossen aussehen sollten. »Zehn Kilometer«, sagte sie. »Das besteht bloß aus einem Laden, einer kaputten Gin* und einem Angellager hinter dem Damm, das so 'nem alten Mann gehört. Ich bin oft dagewesen, als ich noch verheiratet war.«
»Und jetzt sind Sie nicht mehr verheiratet?« fragte er und überlegte, wer so jemanden wie sie überhaupt heiraten würde.
Sie schüttelte den Kopf und sah verärgert aus. »Ich hab ihn verlassen«, sagte sie.
»Weshalb?«
Das Mädchen entfernte eine trockene Haarsträhne von ihrer Wange. »Er hat mir meinen ganzen Lebensstil versaut.«
»Aha. Würden Sie sagen, daß Elaine so weit wie möglich von der Luftgewehrfabrik entfernt ist?«
Sie drehte sich um, schaute einen Augenblick auf das Restaurant und wandte ihm dann wieder ihr Gesicht zu.

* *gin:* Baumwollentkörnungsmaschine.

»Meiner Meinung nach gibt's 'ne ganze Menge Orte, die weiter von der Luftgewehrfabrik entfernt sind als Elaine, Arkansas, aber ich glaube nicht, daß Sie einen mieseren finden.«
»Ich muß 'nen unauffälligen Ort finden, von dem ich aber gut zur Fabrik rauskomme, wenn's nötig ist.«
»Was Unauffälligeres als den werden Sie bestimmt nicht finden«, sagte sie.
»Dann wär's das wohl«, sagte er, lächelte sie an, das Mädchen trommelte mit den Fingernägeln auf das Tablett und ging ins Restaurant.

13

Die River-Road führte zwölf Kilometer an den Telefonleitungen entlang in sumpfige Felder und Pecanplantagen, wand sich dann wieder durch die Zypressen zurück und folgte dem kiesigen Ufer des alten Flusses, der ein langes glitzerndes Hufeisen bildete, das an beiden Enden von grün-orangenen Wassereichensümpfen begrenzt wurde.
Die Straße schlängelte sich schließlich zurück in die Felder, vorbei an abgestellten Baumwollwaggons und silbrigen Ammoniumtanks auf Anhängern, die in der Sonne wie glasiert wirkten. Er musterte den langen grasbewachsenen Damm, der, bernsteinfarben und flach, vom Rand des Sumpfes bis an das eigentliche Schwemmland heranführte, hinter dem das dunkle offene Land lag und vor das der schützende Damm gebaut worden war.
Elaine bestand nur aus einem hölzernen Lebensmittelladen am Highway, umgeben von feuchten, wuchernden Feldern. Die kaputte Gin stand gegenüber im Unkraut, und ihre eingebeulten und verbogenen Metallwände legten die mit einer dicken Oxidationsschicht überzogene Apparatur bloß und die Zypressensparren, die die Überreste stützten. Der Laden war ein fahles, einfaches Rechteck aus Ziegeln, das am Ende

einer Traktorspur lag, die zurück auf den Holzsteg und über den Damm führte. Auf die nach Norden gelegene Hauswand war ein inzwischen verblaßtes, kreisrundes »Voll auf Tour mit *Pure*« gemalt, und ein Schild hing von der Dachtraufe, auf dem GOODENOUGH's stand.

Gegenüber von der Traktorspur parkte ein hellgrünes '57er Oldsmobile im Straßengraben, in dessen Kofferraum ein weißer Servel-Kühlschrank stand. Man hatte den Wagen rückwärts an den Highway herangefahren und auf die Tür ein Schild gemalt, auf dem ERDWÜRMER $1 JE MILCHKARTON stand. Dunkelgrüne Sterne waren auf das Schild gemalt, die Türgriffe des Servels abgesägt und durch ein großes Vorhängeschloß ersetzt worden.

Die Jungen hockten im Staub neben dem Kühlschrank. Er parkte den Pickup neben dem Laden. Einer der Jungen sprang auf, winkte, blieb stehen und beobachtete, wie er über die Straße kam.

»Ja bitte, Sir«, sagte der Junge, rieb die Hände, lächelte und entblößte dabei ein großes Loch im Mund, wo einmal eine Menge Zähne gewesen waren. Beide Jungen hatten weißblondes Haar und rote Gesichter. Sie hatten ihr Haar mit Brillantine eingerieben, und es glänzte in der Sonne. Der Junge, der aufgestanden war, war der ältere, aber der sitzende hatte weit auseinanderliegende Augen und einen großen Mund, was ihn ernst aussehen ließ. Der Jüngere hatte noch seine Zähne, und als er blinzelte, waren sie alle zu sehen. Sie hatten ein Spiel in die Erde geritzt, der Jüngere studierte es und stocherte mit einem Baumwollzweig in zwei leeren Quadraten herum.

»Ich versuche, einen Mann namens P.H. Gaspareau zu finden«, sagte er und schaute die Traktorspur zum Damm hinunter.

Der Größere lächelte, stützte sich auf die Ecke des Kühlschranks und hob den Finger. »Sie fahren den Weg hier über den Damm rüber, immer diesen Weg entlang, und Sie fahren mitten durch sein Haus.« Er warf einen schnellen Blick auf das Spiel, um den anderen Jungen vom Schummeln abzuhalten. »Sind Sie zum Fischen aus Kalifornien gekommen?« fragte der Junge und zuckte wegen etwas Unaussprechlichem zusammen.

Er schaute zurück zum Pickup, dessen Nummernschild er nicht sehen konnte, weil er den Wagen rückwärts an die Ladenwand gefahren hatte. »Wo fischt ihr denn?« fragte er.

Der Junge zeigte mit dem Daumen auf den Damm. »Es bringt überhaupt nichts. Die Reise haben Sie wohl umsonst gemacht.«

»Ich werd schon was finden, was ich tun kann«, sagte er und schaute auf die Kronen der Wassereichen hinter dem Damm.

»Da *gibt's* nichts zu tun«, sagte der Jüngere, ohne aufzuschauen. Er malte eine Null in eines der Kästchen und verwischte sie wieder. »Sie müssen wohl nach New York City fahren.«

»Der hat keine Ahnung«, sagte der größere Junge und lächelte.

»Vielleicht ist er ja auch schlau«, sagte er.

»Vielleicht fliege ich morgen zum Mond, ich muß mir bloß noch meine Flügel kaufen«, sagte der ältere Junge.

Der Kleinere schlug mit dem Zweig nach seinem Bruder, und der Ältere scharrte mit dem Fuß einfach mitten durch das Spiel.

»Du warst doch am Gewinnen, du Blödmann«, kicherte der Jüngere.

»Sie sollten sich 'nen ordentlichen Haufen Würmer kaufen«, sagte der Ältere und schniefte, als sei das das Zeichen, zum geschäftlichen Teil überzugehen.

»Ich fische nicht«, sagte er.

Der kleinere Junge stand auf, klopfte sich den Staub von der

Hose, holte ein großes Geleeglas mit einer roten Flüssigkeit aus dem Kühlschrank und nahm einen Schluck daraus. Mehrere weiße, mit bröckeliger Erde verdreckte Papierkartons und ein grauer Pappkarton mit der Aufschrift »M-80er« waren im Kühlschrank.

»Sind Sie einer von den Leuten, die auf die Insel wollen?« fragte der größere Junge gleichgültig.

»Was für eine Insel?« fragte er.

»Auf der andern Seite des Sees ist eine große Insel. Die liegt auch nicht mehr in Arkansas. Das ist schon Mississippi da.«

»Davon weiß ich gar nichts«, sagte er.

»Ein Mann aus Mississippi lebt da, dem gehört sie. Er ist alt.«

Der Junge fuhr mit der Zunge träge in der großen Zahnlücke herum. »Er hat immer irgendwelche Leute, die da zum Jagen hinkommen. Ich hab mal den Footballtrainer von Ole Mississippi da rübergebracht.«

»Das warst du doch gar nicht«, sagte der Jüngere, gab seinem Bruder noch einen Schlag mit dem Baumwollzweig und stellte das Glas zurück in den Kühlschrank.

»Halt's Maul, du Blödmann«, sagte der Bruder und gab dem anderen einen harten Tritt ins Knie, was dem aber nichts auszumachen schien. »Ich hab die rübergebracht, als sie Gaspareau im Veterans Hospital in Memphis die Kehle aufgeschnitten haben.«

Ein Trailway-Bus tauchte auf der Straße auf, dessen Blinker zum Abbiegen aufblitzte.

»Wie heißt der Mann?« fragte er, warf einen Blick auf den Bus und schaute dann wieder den Jungen an, der vor ihm stand.

»Lamb«, sagte der Junge und sah zum Bus hinüber. »Der Alte ist bösartig wie Leichengift.«

Er ließ sich den Namen durch den Kopf gehen und entschied, daß er nichts bedeutete. Der Bus bremste ab, überquerte den Highway und brummte unter die niedrige Dachtraufe des Ladens. Die Tür klappte auf, und ein großer Mann mit bleichem Gesicht in einem wollenen Jackett und Tennisschuhen stieg aus und schützte die Augen vor der Sonne. Sobald er ausgestiegen war, ächzte der Bus auf den Highway zurück und verlor sich hinter der Gin. Eine alte Frau kam aus dem Laden, stellte sich unter die Dachtraufe und redete mit dem Mann, der ausgestiegen war.

»Was ist denn mit eurer Baumwolle passiert?« fragte er und schaute zurück auf das Wasser, in dem sich überall in den Feldern kleine Himmelsstreifen spiegelten.

»Naß«, sagte der ältere Junge vertraulich. »Im September konnten wir nicht mit den Mähdreschern rein. Wenn die Sonne jetzt nicht bleibt, gibt's keine Baumwolle mehr.« Der Junge starrte wütend in die Sonne, als sollte das eine Drohung sein.

»Und was macht ihr dann?« fragte er.

Die blaugrauen Augen des Jüngeren leuchteten auf, und er begann, mit seinem knotigen Daumen auf das Oldsmobile zu zeigen. »Wir wuchten unsern Arsch in diese Schrottkarre, fahren nach New York City und hören auf, wie die Dorftrottel hier im Dreck rumzuhocken.«

Die Frau ging um die Ladenecke herum unter das »Voll auf Tour mit *Pure*«-Schild und zeigte hinaus auf den Damm. Der Mann beugte sich herunter, um sie zu verstehen. Er sah so aus, als könnte es ihn vielleicht interessieren, was drüben auf der anderen Seite war.

»Der hat keine Ahnung«, sagte der ältere Junge und lächelte mitleidig. »Er denkt, wenn wir uns ins Auto setzen, ist schon alles in Ordnung.«

Ihm dämmerte, daß der Mann vielleicht auch den Job wollte. Und daß er, wenn er noch bei Verstand war, zusehen sollte, daß er wieder auf die Straße kam, denn der andere

Mann würde zu Fuß in der Hitze länger brauchen. Er fing einen großen Schweißtropfen an seiner Schläfe auf.
Der ältere Junge ging mit wichtiger Miene zurück, öffnete den Kühlschrank, nahm einen großen Schluck aus dem Glas und schloß die Tür wieder. »Man muß kein Erwachsener sein, um's besser zu wissen«, sagte er.
»Du wirst sowieso nie erwachsen werden«, sagte sein Bruder. »Von mir aus kannst du glauben, daß du jetzt schon alles besser weißt, auch wenn's nicht stimmt.«
Er ging zurück über die Straße, ohne noch ein Wort zu den Jungen zu sagen. Er hörte, wie die Frau etwas über Gaspareau sagte, und warf dem Mann einen mißtrauischen Blick zu. Ein Bussard segelte draußen im Dunst über den Feldern, und er beobachtete einen Augenblick lang, wie er sich zum Fluß hinunter fallen ließ, dann wieder aufstieg und mit jeder Sekunde kleiner wurde. Der Mann wirkte nicht wie einer, der das Land von jemand anderem bewachen wollte. Er sah eher aus wie ein Bankangestellter. Der Mann ging am Pickup vorbei die Straße hinunter und hielt sich am Straßenrand. Er hatte das Jackett ausgezogen und sein feuchtes Hemd aufgeknöpft, so daß sich sein Bauch über die Gürtelschlaufen wölbte. Er ließ den Pickup in die Straße hinausrollen, bis er auf gleicher Höhe mit dem Mann war. Er öffnete das Fenster und starrte mißtrauisch auf den Mann, der im staubigen Sonnenlicht schwitzte. »Wo wollen Sie hin?« fragte er.
Der Mann lehnte sich mit dem Ellbogen ins Fenster und wischte sein Gesicht mit dem Jackett ab. »Irgend so 'ne beschissene Insel«, sagte er.
»Wegen dem Job?« fragte er, bereit, sofort aufs Gaspedal zu treten.
Der Mann sah aus, als ob ihn der Schweiß auf seinen Wangen ziemlich quälte, und er antwortete, indem er die Stirn runzelte. »Davon weiß ich nichts«, sagte er, trat vom Fenster weg und wollte wieder losgehen.

Er versuchte, den Mann richtig einzuschätzen und was er hier wohl tat in der Hitze, wie ein Bankangestellter gekleidet, aber er konnte es nicht. »Steigen Sie ein«, sagte er kurz angebunden.
»Wieso das denn?« fragte der Mann.
»Ich nehme Sie mit. Sie müssen nicht in der Hitze rumlaufen.«
»Sind Sie sicher, daß ich Ihnen nicht den Job wegnehmen will?« fragte der Mann, öffnete die Tür, blieb aber stehen und schützte die Augen vor der Sonne.
»Nein«, sagte er und schaute trübsinnig weg auf die Felder. »Aber wenn Sie lügen, überfahr ich Sie mit diesem verdammten Pickup.«
»Das ist nicht das schlechteste Angebot, das ich heute bekommen habe«, sagte er und glitt auf den Sitz. »Wenigstens weiß ich, woran ich bin. Newel heiße ich.« Er streckte seine Hand aus.
»Namen sind 'nen Dreck wert«, sagte er.
»Von mir aus, also meiner ist Newel«, sagte er, wischte sich mit derselben Hand wieder den Schweiß ab und ließ sie dann aus dem Fenster hängen.
»Hewes«, sagte er sanft und wünschte, er hätte ihn nicht zu sagen brauchen. »Merken Sie sich ihn erst gar nicht. Alles, was ich dazu noch sagen könnte, wäre sowieso völlig unwichtig.«

Teil II

Sam Newel

1 Im Taxi hatte er begonnen, noch einmal den ersten Tag zu überdenken, und sich für jeden einzelnen Augenblick getadelt. Er hatte ein Zimmer an der Harper Avenue gefunden, aus dem Giebelfenster gespäht, hatte zwischen den Giebeln gestanden und frische Luft reingelassen, die die Atmosphäre veränderte und um seine Taschen und unter dem Bettgestell zirkulierte, während er sich hinauslehnte, die Witterung einsog und versuchte, sich darauf zu konzentrieren, ein Gefühl für die Stadt zu bekommen. Bevor er Columbia verließ, hatte er sich gut zugeredet, daß Chicago, mitten im Land gelegen, ein vortrefflicher Ort sei, um Jura zu studieren. Die Luft roch nach Stapeln von Zeitungen, und die Stadt wirkte niedergedrückt und muffig wie ein Pfandleiher. Am nächsten Morgen war er im dunklen Nebel durch den Jackson Park hinunter zur langen Betonpromenade gestapft und hatte die Sonne des mittleren Westens gemustert, die jenseits der Bojen immer größer wurde und den Himmel maisfarben, kupfer- und magentarot brannte, bis der Tag ganz heraufgezogen war. Und schließlich hatte die Zeit wie eine unendlich wiederholte Beschwörungsformel auf ihn eingewirkt, und die Luft hatte nach dem abkühlenden Brot gerochen, das auf den Straßen ausgefahren wurde, vermischt mit dem Geruch des Nebels. Und er war wieder ins Bett gegangen und hatte sich erhoben gefühlt und voller Elan. Was beweist, dachte er, während das Taxi im Regen den Midway hinunterschoß, daß etwas Gutes nicht von Dauer ist.

Am Bahnhof sprühten die Regentropfen schon funkelnd vom Kopfsteinpflaster hoch. Er ging hinein, kaufte sich eine Fahrkarte, stellte seinen Koffer am Ende einer Bankreihe ab und ging nach draußen unter das Vordach, um an der Luft zu sein. Ein Taxi glitt darunter, entließ einen Fahrgast und schoß wieder auf die Avenue hinaus. Er ging den Bürgersteig im Schutze des Bahnhofs hinunter, bis er die Lichterkette der Michigan Avenue sehen konnte, die sich oberhalb der Randolph Street zum strahlenden Glanz des Wrigley Buildings aufhellte. Er spürte die alte Heiterkeit, die er sich so gern erhalten hätte, damit er es nicht nötig hatte, sich mitten in der Nacht auf eine verrückte Reise zu begeben, deren Sinn und Zweck ihm nicht einmal klar war. Seine ganzen Erwartungen trübten sich, und er fühlte den Drang, Beebe anzurufen und sich von ihrem Taxi abholen zu lassen, was sie, wie er wußte, entzücken würde.

Der Wind drehte wieder. Sein Zug wurde ausgerufen, und er ging durch die Halle zurück in die Arkaden, um seine Tasche zu holen. Eine Gruppe elegant gekleideter Schwarzer stand vor den Schwingtüren zu den Zügen. Sie redeten lautstark und reichten einer dicken Frau, die sich auf die Reise machte, stapelweise Pakete. Alle Männer trugen rote Nelken. Er kam ans Ende der letzten Bankreihe und sah, daß seine Tasche weg war. Ein kleiner Junge mit hängenden Augenlidern, das Kind eines der Schwarzen, saß noch auf der Bank, wo seine Tasche gestanden hatte, und patschte träge mit seinen Händen.

Die Schwarzen redeten nun noch lauter, und ein Mann brüllte plötzlich etwas, das wie »Backwaren« klang, und alle umarmten die Frau mit den Paketen. Der kleine Junge stand auf, schaute beiläufig über seine Schulter, verzog den Mund und wandte sich wieder um, als habe er gesehen, was er erwartet hatte. Die Schwarzen begannen durch die Türen hinauszuschlurfen, und ihre Stimmen wurden leiser und verklangen schließlich ganz, bis nur noch das Geräusch eines Fernschreibers am Ende der Arkaden zu hören war.

Er ging zu dem Kind zurück und schaute es an. »Wo ist die Tasche?« Er starrte die lange Halle hinunter. Der Junge betrachtete ihn, als wäre er unsichtbar, und spitzte wieder seinen Mund. »Wer hat sie genommen?« fragte er und blickte dem Jungen grollend ins Gesicht, bis er die kleinen bernsteinfarbenen Flecken in seinen schläfrigen Augen sehen konnte.

Der kleine Junge lächelte, und ein rosa Kaugummistreifen erschien zwischen seinen Zähnen, den er wie den Klöppel einer unsichtbaren Glocke baumeln ließ. »Hat die Polizei genommen«, sagte er.

Er suchte das weite Mittelschiff nach dem verräterischen Funkeln einer Polizeimedaille im Schatten ab, aber bis auf einen Gepäckträger, der neben den Ausgangstüren eine Zigarette rauchte, war niemand zu sehen. Am Ende des Wartesaals begann ein Radio zu spielen, und er schaute zurück, wo er durchs Glas hindurch die verregneten Scheinwerferlichter der Taxis sehen konnte, die auf der Suche nach Fahrgästen unter das Vordach fuhren. Er war verzweifelt.

»Hast du nicht gesehen, wo zum Teufel er hingegangen ist?«

»Nee«, sagte der Junge, rollte den Kaugummi zwischen seinen Handflächen zusammen und steckte es wieder in den Mund.

Er stolperte durch die leeren Arkaden, ließ das Kind zurück und platzte mit leeren Händen durch die Schwingtüren. Die Schwarzen wurden alle naß, schrien und winkten mit Taschentüchern dem dampfenden Zug hinterher. Er mied sie, hetzte den Bahnsteig hinunter und sprang die silbrigen Treppenstufen zur Vorhalle hoch. Er warf einen vorwurfsvollen Blick auf die Schwarzen, die weinend im Regen standen. Keiner von ihnen hatte seine Tasche. Sie schoben sich langsam in den Bahnhof zurück, und er schaute ihnen nach, wie sie in der Halle kleiner wurden, bis sie verschwunden waren.

2 Er saß trübsinnig in seinem Sitz und sah die Stadt im Regen vorübergleiten, die alten Viertel, die er bei jeder Bahnfahrt uptown sah, wenn er zu Beebe fuhr. Auf der Höhe der 65. Straße schaukelte der Waggon heftig und wurde schneller. Im Vordergrund erkannte er den Umriß einer Baumreihe und weit dahinter den dunklen Midway mit Scheinwerferlichtern, die im Regen am Hyde Park verschwammen.

Der Zug hielt an der 103. Straße, wo niemand ein- oder ausstieg, zischte, hob sich und verschwand aus dem lachsfarbenen Licht und überließ die Stadt ihrer Unterwasser-Dunkelheit.

»Die Stadt steht hier, um unsere Probleme zu lösen«, hatte Beebe gesagt und mit ihren Fingern im Sonnenstrahl gespielt.

»Mein Vater hätte dir zugestimmt«, sagte er.

»Natürlich.« Sie lächelte und fuhr mit ihrem Finger wieder an der eisigen Linie zwischen Schatten und Licht entlang. »Sie hat uns so schön wieder zusammengebracht. Ich bin sicher, daß ihm das gefallen hätte.«

Er rutschte in die dunkle Hälfte ihres Betts hinüber, schaute aus dem Fenster hinaus in die Seitenstraße und dachte an gar nichts.

»Du würdest mir heute besser gefallen, wenn du nicht so bockig wärst«, sagte Beebe.

»Ich kenne mich in der Rechtsprechung aus«, sagte er. »Ich habe keine Zeit für das Komitee für Soziale Gerechtigkeit oder was immer du da unterstützt.«

»Dein Fehler«, sagte sie und hauchte gleichgültig gegen die kalte Scheibe. »Ich habe mir Jane Jacobs angehört. Sie findet, daß wir alle gut daran täten, in den Städten zu leben.«

»Du solltest es mal mit dem Süden versuchen, bevor du dich entscheidest«, sagte er.

»Ich bin ziemlich oft hier«, sagte sie und kratzte mit ihrem

Fingernagel auf der beschlagenen Scheibe herum. »Ich komme sehr gut mit den Negern aus.«
Er schwieg.
»Was hat dein Vater noch mal gemacht?« fragte sie.
»Stärke verkauft.«
»Wurden viele Witze über Stärkehändler und ihre starken Ständer gemacht?«
»Weiß ich nicht.«
»Ich wollte mal ein etwas amüsanteres Thema anschlagen.« Sie war einen Augenblick still und sagte dann: »Ein Mann hat sich heute morgen am Flughafen vor mir entblößt.«
»Warum?«
»Woher soll ich das wissen? Er war ein Taxifahrer an der Haltestelle vor Pan Am. Ich hab mich zu ihm reingelehnt, um ihm zu sagen, daß ich Richtung downtown wollte, und da lag sein Schwanz auf seinem Bein.«
»Hat er dich mitgenommen?«
»Natürlich nicht.«
»Hast du irgendwas zu ihm gesagt?«
»Ich hab gesagt – ›Das sieht ja aus wie ein Penis, nur kleiner.‹ Er las gerade *Time*, hat sie schnell drübergelegt und ist weggefahren. Es war ihm bestimmt peinlich.«
»Die Stadt hat eben seine Probleme noch nicht gelöst. Oder überhäuft sie dich bloß mit Aufmerksamkeiten?«
»Du bist ein Zyniker, nicht?« Sie sah verärgert aus. »Warum hast du heute eigentlich angefangen zu hinken? Das war vielleicht merkwürdig. Wen hast du bloß gesehen?«
»Niemanden.« Er schaute die Gasse hinauf und preßte seine Nase an das Glas, bis die Nasenspitze taub wurde.
»Warum hast du dann angefangen zu hinken?«
»So was ruft bei manchen Leuten Mitleid hervor.«
Sie reckte den Hals und versuchte zu erkennen, wohin er im schwächer werdenden Licht schaute. »Das glaub ich dir leider nicht«, sagte sie.

»Also gut, verdammt noch mal«, sagte er aufgebracht. »Als ich aus dem A&P kam, hab ich einen Mann gesehen, der genauso aussah wie ich und seine beschissene AWOL-Tasche zum Waschsalon trug.«
»Na und?«
»Es hat mir Angst eingejagt. Er sah so aus, als wäre er viel besser drauf als ich. Er wirkte viel strammer, und seine Augen waren nicht so verschwommen. Ich habe extra hingeguckt.«
»Hast du mit ihm geredet?«
»Nein, verdammt noch mal. Was soll ich denn sagen? Was ist, wenn er nicht findet, daß er so aussieht wie ich?«
»Ich verstehe aber nicht, warum du deshalb meinst, du müßtest anfangen zu hinken?«
»Weil ich diese Scheiß-Doppelgänger nicht ausstehen kann.« Er stakte über den Fußboden und schlug gegen die Heizungssprosse, die dumpf erklang. »Dieses beschissene Ding ist keinen Pfifferling wert.«
Sie ließ ihren Kopf aufs Fensterbrett zurücksinken, und im Licht zeichnete sich der Umriß ihres Gesichts vor dem Rahmen ab. »Du kannst Ambiguitäten wohl überhaupt nicht ertragen«, sagte sie, rieb sich mit einem Finger sanft ihre Nase und schaute ihm zu, wie er sich im Schatten herumdrückte.
»Was soll denn das nun wieder heißen?«
»Daß man mit etwas weitermacht, auch wenn nichts klar überschaubar ist«, sagte sie. »Wissenschaftler schöpfen daraus ihr geistiges Stehvermögen. Ich finde, es eignet sich auch gut für andere Leute, zum Beispiel für dich.«
»Wieso, was zum Teufel mache ich denn?« fragte er.
»Du dramatisierst Dinge, wenn sie auch nur ein bißchen verwirrend sind.« Sie lächelte ihn fröhlich an.
»Zum Beispiel?« fragte er.
»Zum Beispiel, wenn du etwas so schrecklich findest, daß du

plötzlich hinken mußt, um allen zu zeigen, daß es mit dir bergab geht.«

»Also jetzt schau mich mal an, verdammt noch mal.« Er wedelte mit ausgebreiteten Armen und stellte seinen Oberkörper im schwachen Licht zur Schau. »Ich sehe doch prometheisch aus«, sagte er, schielte auf seine Brust und fragte sich, ob sie wohl das gleiche sehe wie er.

»Ich kann dich sehr gut sehen«, sagte sie.

»Nun?«

»Nun, was?«

»Was soll mir noch mal fehlen?«

»Die Fähigkeit, Ambiguitäten zu ertragen.« Sie lächelte.

Er hielt seine Arme ausgestreckt wie ein riesiger Vogel, der in der Finsternis schwebt. »Ich glaube, alles, was ich kenne, ist zweideutig«, sagte er. »Eben deswegen breche ich jede Millisekunde einen Kilometer auseinander, was dir auffallen müßte, wenn deine Konzentrationsspanne groß genug wäre.«

»Das glaube ich nicht«, sagte sie. »Du hast übrigens Schuppen in deinen Augenbrauen.« Sie warf ihm einen mißbilligenden Blick zu und begann, ihre Nägel zu untersuchen.

Er kam aus dem Dunkel hervor, verschwand wieder darin, und der Fußboden quietschte.

»Du frierst doch bestimmt ohne Kleider«, sagte sie. »Komm, kriech bei mir mit rein. Ich mach dich schön warm.« Sie lächelte, hob den Arm und zeigte ihm den Platz, den er einnehmen konnte.

Er blickte stirnrunzelnd aus dem Schatten hervor. »Was soll ich also tun mit dem Kram, den ich nicht aushalten kann?«

»Laß die Dinge sich von allein entwickeln«, sagte sie leise.

»Wie du«, sagte er.

»Ein paar Dinge habe ich geklärt«, sagte sie. Sie drehte sich auf den Rücken, und ihre Brüste wurden schlaff. »Wenn es so wunderbar da unten wäre, würde ich doch da leben, oder nicht?«

»Wenn was wunderbar wäre?«

»Mississippi, dieser ganze Schwachsinn.«

»Das weiß ich nicht.«

»Natürlich würde ich das«, sagte sie. »Ich lebe gern da, wo's schön ist. Ich bin launenhaft und etwas übermütig. Ich mag nichts Häßliches denken. Du bist doch stolz darauf, *hier* zu leben, das ist ja nun völlig offenkundig.«

»Natürlich«, sagte er. »Ich habe mein ganzes Leben darauf gewartet, in diesem beschissenen Aussätzigenspital zu leben. Ich finde es ganz wunderbar hier mit den Huren und Perversos und den Morden und dem Schmutz.«

»Kommt es dir manchmal so vor, als würdest du dich klammheimlich an deiner Vergangenheit rächen, wenn du mit mir schläfst?«

»Ich hab schon mal so was gedacht«, sagte er. »Aber dafür ist es nicht gut genug.«

»Ich wollte nur Spaß machen«, sagte sie. »Hat man so was schon mal gehört?«

»Von irgendwoher müssen die Leidenschaften ja kommen«, sagte er.

»Und wo kommen meine dann her?«

»Das weiß ich doch nicht«, sagte er.

»Ich habe für heute abend einen Flug nach Amsterdam ergattert. Würdest du dich freuen, wenn ich dir einen Examens-Anzug mitbrächte? Ich kann Leinen sehr billig einkaufen.«

»Ich nehme nicht dran teil«, sagte er.

»Aber du brauchst einen Anzug. Friert dir dein Hintern nicht langsam ab?«

»Doch.«

»Dann komm und wärm dich auf.« Sie schlug die Pferdedecke zurück, und er konnte ihre Schenkel im Dunkel sehen.

»Ich mache gerade einen Test«, sagte er.
»Und auf was testest du dich, Liebling?«
»Auf Ambiguität. Ich teste meine Fähigkeit, sie zu ertragen.«
»Schön.« Sie war still. »Aber woher willst du wissen, daß du ihn bestanden hast?« Sie verschränkte die Hände hinter ihrem Kopf und lag so da, daß die Ellipsen ihrer Unterarme in der Dunkelheit schimmerten.
»Das ist auch eine gute Frage.«
»Ich finde aber wirklich nicht, daß es wichtig ist, oder?«
»Doch.«
»Also ich finde das nicht. Es ist mir scheißegal. Du bist ein so ernster Junge, Newel, und dabei bist du erst achtundzwanzig.« Sie griff hinter sich und berührte mit den Fingern das kühle Fensterglas, und ihr Körper leuchtete im fahlen Mondlicht hell auf.

3 *1947 hatten sie einen schwarzen Mercury gehabt, und sein Vater hatte einen Herzinfarkt und konnte in den Sommermonaten seine Kunden nicht allein besuchen. Also wurden sie von seiner Mutter gefahren. Und in dem schwarzen heißen Sommer waren sie nach Louisiana hineingefahren und verbrachten einen Julitag auf der anderen Seite des Flusses, in Vidalia, ihren ersten Tag. Und als sie sich bis Ville Platte vorgearbeitet hatten, ging der Mercury kaputt, und sie hatten im Menges Hotel gewohnt, wo es in den Zimmern Deckenventilatoren und Libellen gab. Er erinnerte sich daran, wie er um die Mittagszeit aus dem Hotel in die stille Straße hinausgegangen und mit seinem Vater zum Verkaufsbüro spaziert war, an eine Frau hinter der verglasten Zahlstelle in einem Kleid mit aufgenähten Perlen, mit roten Lippen und kurzem Haar und daran, wie er wieder zurück in ihr Zimmer gegangen war und seinen Vater an der Hand gehalten hatte. Die Decke war mit einer fettigen Schicht überzogen, die aus der unbewegten Luft ausfiel, und darüber mit einer weiteren Schicht von flaumigem Staub*

wie ein Platanenblatt. Und in den neun Tagen, die sie in Ville Platte verbrachten, hatte er die ganze Zeit Angst vor den Libellen und glaubte, sie würden ihn stechen und ihn töten, obwohl seine Mutter ihm immer wieder sagte, daß sie es nicht tun würden.

4 Sie lag an die Fensterwand gelehnt und netzte mit ihren Lippen die Haare auf seinem Bauch.

»Du fühlst dich sehr wohl in deiner Haut«, sagte er.

»Natürlich«, summte sie. »Bist du nicht auch zufrieden?« Sie drehte sich auf den Bauch und lächelte ihn an.

Er schwieg.

»Das genügt schon«, sagte sie sanft und untersuchte seinen Bauch noch genauer, als hätte sie etwas Unnatürliches entdeckt. »Es würde dir nicht schaden, zufrieden zu sein. Ich bestrafe mich nicht mit Sachen, an die ich mich nicht erinnern kann.«

»Was machst du dafür?«

»Ich lasse mir einfach nicht die Stimmung verderben.« Sie lächelte wieder über den Rand seines Bauchs hinweg. »Du hast die Brust eines Ladearbeiters, Newel. Wie hast du es nur geschafft, daß sie so breit geworden ist? Ich hab sie schon von weitem bewundert, als wir noch Kinder waren.« Sie führte ihren Finger an seinen Rippen hoch, bis er eine Gänsehaut bekam.

»Mir ist kalt«, sagte er gereizt.

»Natürlich ist dir kalt.« Sie lachte laut auf. »Du hast ja nicht mal ein bißchen Schmutz am Körper. Komm unter die Decke.«

»Ich möchte dir eine Geschichte erzählen.«

»Wenn du dich aufwärmst. Du brauchst ein bißchen was Schmutziges. Tut mir leid, ich mache solche Witze nicht besonders gut.«

»Willst du sie hören?«

»Natürlich.«
Er richtete sich auf und legte seinen Kopf an das unsichtbare Fenster. »Ich bin einmal, als ich siebzehn war, mit Edgar Boynton auf der anderen Seite von Edwards, Mississippi, in einem Maisfeld, das er kannte, auf Kaninchenjagd gegangen. Wir waren schon ungefähr eine Stunde draußen, hatten kein einziges Kaninchen gesehen, und ich bin dann auf eigene Faust herumgelaufen und hinter einem Heckenzaun heruntergegangen und einfach weitergelaufen, bis ich jemanden schießen hörte. Und in dem Augenblick, als ich es hörte, bin ich zurückgerannt, um den Heckenzaun herum und dorthin, wo Edgar war. Er stand da und blickte auf etwas, das ich erst sehen konnte, als ich dicht bei ihm war. Er sagte überhaupt nichts, stand bloß da und gaffte. Und als ich endlich bei ihm angekommen war, schaute ich ins Gras hinunter, und da war eine große Schleiereule, die sich in den Mais hineindrückte und mich und Edgar aus ihrem großen herzförmigen Gesicht anstarrte, mit einer entsetzlichen Angst in den Augen und entblößten Krallen und geöffnetem Schnabel, als wollte sie uns gleich in Stücke reißen. Und Edgar sagte kein einziges Wort, er starrte einfach die Eule an, als ob sie ihn in ihren Bann gezogen hätte, obwohl er einen ihrer Flügel abgeschossen hatte. Der lag auf dem Boden zwischen uns und ihr, ganz weiß am Ansatz und ohne daß irgendwo Blut zu sehen war. Und sie hatte so einen schrecklichen Blick, ich habe sie bloß angestarrt und konnte meine Augen nicht von ihr abwenden. Es jagte mir furchtbare Angst ein und zog mich gleichzeitig an. Und ich konnte mich überhaupt nicht rühren. Und genau in dem Augenblick kam Edgars Hund herangeschnüffelt, sah die Eule und machte einen Satz auf sie zu. Edgar packte ihn am Ohr und zerrte ihn zurück, weil die Eule den Hund getötet hätte, wenn er ihn nicht zurückgehalten hätte, mit oder ohne Flügel. Und ich konnte nichts tun, ich war wie vom Donner gerührt. Der Hund bellte, und

Edgar brüllte ihn an, schüttelte ihn, und die Eule begann, sich im Mais ein paar Zentimeter zurückzuschieben, und ihre Augen wurden groß und dunkel, als ob sie sich für einen letzten Ausbruch sammelte. Und auf einmal schoß ihr Edgar mit seiner Schrotflinte mitten ins Gesicht, und die Eule war weg, oder zumindest alles, was einen hätte glauben lassen, daß da eine Eule gewesen war, sie löste sich einfach innerhalb von einer halben Sekunde auf und hinterließ eine Riesenschweinerei von Blut und Federn, alles verfilzt und in einem Klumpen zusammengeklebt. Und ich bin wohl einfach irgendwie ohnmächtig geworden, glaube ich, denn in einem Augenblick sah ich die Eule und im nächsten schon, da unten vor mir, etwas völlig anderes. Keiner von uns beiden wußte, was kommen würde, bis es vorüber war, weil Edgar hinter mir stand und ziemlichen Ärger mit dem Hund hatte und sicher dachte, daß die Eule ganz leicht wegzuputzen wäre, weil er ihr schon den Flügel abgeschossen hatte und es einfach hoffnungslos war. Aber für mich ist das alles viel zu schnell passiert, und ich glaube, ich bin ohnmächtig geworden, obwohl ich nicht hingefallen bin. Er hat sie einfach ausgelöscht. Die Eule verlor alles in einem Augenblick.«

Er rutschte unter das Fenster.

»Das ist eine furchtbare Geschichte«, sage sie schlecht gelaunt. »Hättest du sie mir bloß nicht erzählt! Sie ergibt überhaupt keinen Sinn.«

»Das ist doch egal«, sagte er.

Sie kletterte hinaus auf den nackten Fußboden.

»Aber du verstehst sie doch, oder?« fragte er.

»Natürlich. Aber ich bin nicht mehr dafür verantwortlich. Und du auch nicht.«

Sie trat für einen Augenblick hinaus ins Mondlicht und verschwand.

5 Aus dem Doppelfenster sah er, wie Dunst zum höckerigen Mond aufstieg und den Himmel über Illinois mit den weichen Nebelfetzen aus den Maisebenen überflutete, sich nach Osten ausbreitete, den Regen ins Wabash-Tal hinübertrieb und den Himmel klar und starr vor Kälte zurückließ.

Um halb fünf erwachte er im Dunkeln. Der Zug fuhr auf eine lange Eisenbahnbrücke. Die Pfähle dröhnten zwischen ihm und der Ferne. Er konnte die malvenfarbenen Nebel über dem Fluß aufsteigen sehen, die sich wie das Gespenst des Flusses in der Finsternis wanden. Alles übrige lag im Dunkeln.

Er hatte auf dem Bett gesessen und zugesehen, wie sie ihre Uniform anzog.

»Ich hätte's leichter, wenn das Licht an wäre«, sagte sie und tastete in ihrem Reisekoffer herum.

»Im Dunkeln gefällst du mir besser«, sagte er und betrachtete seinen Unterleib, der zwischen seinen Schenkeln ruhte.

»Warum denn das, Newel?« fragte sie und fischte nach einem weiteren Kleidungsstück auf dem Fußboden.

»Ich schaue nicht gerne zu, wenn Frauen sich anziehen«, sagte er. »Ich hab immer zugeguckt, wenn meine Mutter sich anzog, und es war mir peinlich. Es wirkte klinisch auf mich, als würde ich mit ihr über meinen Penis reden.«

»Hat sie dich zugucken lassen, wenn sie sich *aus*gezogen hat?«

»Hat Hollis mit seinem Schwanz vor deinem Gesicht herumgewedelt, als du'n kleines Mädchen warst? Hat er doch bestimmt nicht.«

»Nein«, sagte sie, fuhr flüchtig mit einem Kamm durch ihr Haar und ging ziemlich laut im Dunkeln umher.

Er kreuzte die Füße unter seinen Schenkeln und breitete das Laken über seinen Beinen aus.

»Ich möchte was von dir wissen«, sagte sie, warf ihre Bürste in die Tasche und stieß den Deckel mit dem Zeh an.
»Ich weiß überhaupt nichts. Du bist doch die Weltreisende – du weißt doch alles.«
»Nun benimm dich nicht gleich wie ein Flegel. Ich will doch bloß was über deinen Vater hören.«
»Du hast mich schon mal nach ihm gefragt, weißt du noch? Als ich dir erzählt habe, daß er Stärke verkauft hat, hast du gesagt, es interessiert dich eigentlich nicht.«
»Was ist aus ihm geworden?«
Er stützte sich auf die Ellbogen und ließ das Laken von seinen Beinen gleiten.
»Er ist auf dem Weg nach New Orleans in Bastrop, Louisiana, ums Leben gekommen. Er geriet hinter einen großen, offenen Sattelschlepper, und dann wollte er überholen, nehme ich an, genau weiß ich das nicht. Er war Handelsreisender und fuhr nie schneller als hundert, fuhr nie dicht auf andere Wagen auf. Aber aus irgendeinem Grunde war er hinter diesem Sattelschlepper, und ganz plötzlich hat sich eine Ladung von gewellten Stahlrohren gelöst und ist abgerutscht, direkt auf ihn zu. Hat ihn geköpft. Er ist einfach sitzen geblieben. Er hätte weiterfahren können, wenn er noch einen Kopf gehabt hätte. Die Rohre haben nicht mal den Kompaß auf dem Armaturenbrett eingebeult.«
»Newel! Mußt du es unbedingt noch ausmalen?«
»Es ist das Recht des Sohnes, es auszuschmücken.«
»Wie alt warst du denn?«
»Du weißt verdammt genau, wie alt ich war«, sagte er gereizt. »Ist es nicht egal, wie alt ich war?«
»Ich versuche einfach nur zu verstehen, was dich so quält. Heute hast du vorm A&P angefangen zu hinken und bist, ohne irgendeinen ersichtlichen Grund, weiß wie 'ne Wand geworden. Ich hab mir nur Gedanken gemacht.« Sie hob ihre Bluse vom Fußboden auf.

»Und was hältst du *jetzt* von Mississippi? New York ist was anderes. Dieser Ort ist sicherlich anders als die meisten, die ich kenne.« Sie schaute zur Wand, fuhr fort, ihre Bluse zuzuknöpfen und hielt nach jedem glänzenden Perlmuttknopf inne, um die Atmosphäre im Zimmer neu abzuschätzen.
»Was willst du eigentlich wissen?«
»Ob es dir angst gemacht hat«, sagte sie nüchtern. »Weil dein Vater auf diese verrückte Weise ums Leben gekommen ist.«
»Ich verstehe«, sagte er, lehnte den Kopf ans Fenster, zog das Laken bis zu seiner Brust hinauf und entblößte sich unterhalb der Taille. »Es ist kein bißchen erschreckender, als es da draußen ist.« Er deutete mit seinem Finger auf die Tür. »Mitten in diesem Haus wohnen verdammte Nutten, direkt unter uns. Wenn sie in der Nähe sind, kann's richtig *eigen* werden, gemütlich, könnte man sagen, besonders, wenn's Bimbos sind, was diese Damen zweifellos sind. Das Angebot ist groß genug, wenn man unbedingt Angst kriegen will. Irgendein armer Pakistani hat's geschafft, sich mitten auf der Kenwood Avenue die Kehle durchschneiden zu lassen. Das ist ziemlich irre.« Er sank wieder aufs Bett zurück.
»Und wie steht's mit der andern Sache?« fragte sie.
»Welcher andern Sache?«
»Wie dein Vater ums Leben gekommen ist.«
»Und? Ist dem noch irgendwas hinzuzufügen?«
»Woher soll ich das wissen?« fragte sie. »Ich versuche bloß, dich aus diesem trostlosen Zimmer rauszuholen und durch dein Jurastudium zu bringen und dich dazu zu bewegen, daß du hier nicht mehr wie ein Schaf im Kreise gehst. Aber du bist wohl entschlossen, in diesem Dreck zu versumpfen.«
Sie saß auf der Bettkante und wartete.
»Willst du, daß ich sage, das ist *ihm* passiert, und ich bin mit meiner Vergangenheit nicht klargekommen, weil es so schrecklich war?«

»Ja.«
Er zupfte an seinen Brauen herum. »Himmel. Es gibt wichtigere Dinge. Wie er gestorben ist, war praktisch Slapstick, Himmelnochmal, verglichen mit der Art, wie er gelebt hat.«
»Dann erzähl mal. Ich muß gleich los.«
»Ist dir schon mal aufgefallen, daß du nach Belgien fliegst, wie andere Leute für 'ne verdammte Knackwurst über die Straße gehen?«
»Mir macht das eben Spaß«, sagte sie und lächelte. »Es ist übrigens Holland. Amsterdam ist nicht in Belgien. Eines Tages setz ich mich hin und hör mir deine ganzen Theorien an, aber jetzt hab ich keine Zeit dazu.«
Er schob seine Hand unter ihren Hemdzipfel und berührte sie am Arm und an der Rundung ihrer Schulter.
»*Da*für haben wir auch keine Zeit«, sagte sie. »Wenn du's mir jetzt nicht erzählst, gehe ich. Ich muß einen Bus am Windermere kriegen und ein Taxi nehmen, um den Bus zu erwischen. Es ist ziemlich kompliziert.« Sie stand auf und ging zu ihrem Reisekoffer.
»Es ist nicht wichtig«, sagte er.
»Du sagtest, es wäre wichtiger gewesen als sein Tod«, sagte sie und drückte Fläschchen unter der Kofferkante beiseite. Sie kniete sich hin und versuchte, hineinzusehen.
»Nur für mich«, sagte er.
»Gut«, sagte sie, hob ihre Jacke vom Boden auf und knöpfte sie zu. »Dann hau ich jetzt ab.«
»Es ändert doch überhaupt nichts daran, wenn ich's dir erzähle, verdammt noch mal«, sagte er. »Du gehörst zu diesen Leuten, die glauben, wenn man etwas nur *aussprechen* kann, dann ist es auch schon gut. Das ist doch völliger Quatsch.«
»Dann mach ich mich jetzt auf den Weg«, sagte sie freundlich.
»Aber es bedeutet überhaupt nichts«, sagte er.

»Dann kannst du's mir doch erzählen«, sagte sie sanft.
Er kämpfte sich hoch, stand auf und stellte sich neben die Heizung. Sein Körper wirkte blau in der Dunkelheit.
»Ich setze mich einfach hierhin«, sagte sie und tastete sich zum Bett hinüber.
Einen Augenblick lang konnte er ihre Silhouette im Fenster sehen, dann war sie verschwunden. Er konnte das Licht der Gaslampen sehen, das die Spazierwege im Park diffus erscheinen ließ. Er versuchte sich vorzustellen, wie er sich in seinem Zimmer fühlen würde, sobald sie fort wäre, und er dachte, im ersten Augenblick würde es schrecklich sein und später noch viel schlimmer.
»Newel«, sagte sie geduldig. »Willst du's mir jetzt erzählen?«
»Sicher.« Er rieb sich die Brust. »Aber ich muß mir noch überlegen, wie ich's mache. Man verleiht ja etwas Sinn, das nicht viel Sinn besitzt. Mein Vater ist letztlich unwichtig. Er ist bloß der Bezugspunkt. Ich grüble nur über ihn nach, damit ich jemanden habe, über den ich nachgrübeln kann. Aber ich bleibe immer noch an irgendwelchen Details hängen. Irgend etwas Einfaches an ihnen begreife ich nicht, und ich kriege sie nicht richtig zusammen, um zu kapieren, was es sein könnte. Es ist einfach lächerlich.«
»Hör auf, hier rumzunuscheln, und erzähl mir, was du mir erzählen wolltest, um Himmels willen.«
Er stand an die Heizungssprossen gelehnt da und betrachtete ihren Schatten.
»Ich hab dir schon erzählt, daß er Stärke an Großhändler verkauft hat. Er ist zum Beispiel nach Ville Platte, Louisiana, gefahren, und als ich klein war, bin ich in den Sommermonaten mitgekommen, damit meine Mutter sich erholen konnte. Wir sind dann zu irgendeinem großen Lagerhaus gefahren, er ging hinein und redete mit dem Mann, sie tranken Kaffee, und nach kurzer Zeit holte er dann sein Auftrags-

buch raus und schrieb eine Bestellung auf. Dann ging er wieder. Vielleicht verkaufte er auch nichts. Das war's dann. Dann fuhr er woanders hin. Zweihundertfünfzig Kilometer am Tag, sieben Staaten – Mississippi, Arkansas, Louisiana, Tennessee, Alabama, Florida, ein Teil von Texas, Port Arthur.« Er schob sich auf die Heizung und ließ seine Fersen zwischen den Sprossen baumeln. »Das hat er sechsundzwanzig Jahre lang gemacht. Er arbeitete für eine Firma in St. Louis, die Bankrott gemacht hat. Und nach all den Jahren, in denen er immer das gleiche tat, hatte er Narben. Er hatte Hämorrhoiden, die so groß wie mein Daumen waren und in seine Unterwäsche bluteten. Jahrelang hatte er die. Er ließ sie sich herausschneiden, und dann kamen sie wieder. Er hatte ein elastisches Sitzkissen mit Sprungfedern, aber es nützte nichts. Seine Beine waren schlecht durchblutet, weil das Blut von seiner Taille abwärts nicht weiterfloß. Und dann baute Mercury lange Zeit einen Wagentyp mit einer Tür, in der man sich leicht die Finger einklemmte. Man faßte automatisch dort nach der Tür, wo man sich mit Sicherheit die Hand klemmte, weil man sie nicht schnell genug wieder rauskriegte. Die Firma kaufte Mercurys für die Handlungsreisenden, und sie klemmten sich alle ihre Hände in den Türen. Mein Vater hat sich die Hand drei Mal im Jahr eingequetscht und mußte sich schließlich seine Fingerkuppe abnehmen lassen – er hatte jedes Gefühl darin verloren. Dann bekam er ein Hühnerauge am Fuß von der Kupplung. Ich weiß nicht, wie er das geschafft hat. Es war komisch, ich sah ihn immer im Hotel auf der Waschkommode sitzen, mit einer Rasierklinge an seinem Hühnerauge herumschneiden und dann Dr. Scholl's draufkleben. Es wirkte immer so komisch, weil er so verdammt groß war. Größer, als ich jetzt bin. Wie auch immer, das Hühnerauge entzündete sich, und es wurde schlimmer und schlimmer, bis er hinkte, und nach einer Weile mußte er einen Stock benutzen, weil der Schmerz, nehme ich an, grauenhaft war. Ich glaube, er hat manchmal geweint. Und meine Mutter hat ihn schließlich dazu gebracht, daß er es sich wegoperieren ließ. Aber danach konnte er nicht mehr aufhören zu hinken. Es war, als glaubte er, sein eines Bein wäre kürzer als das andere, obwohl er doch nur ein Hühnerauge gehabt hatte. Findest du das überhaupt so komisch?«

»Nein.«

»Auf einmal kam es mir wieder komisch vor. Es ist komisch, weil er ein Riese war, und all die Dinge, die ihn quälten, waren so klein. Du denkst wahrscheinlich, daß er nicht allzu intelligent war, oder?«

»Vielleicht«, sagte sie. »Hast du nicht langsam genug davon, ohne Kleider auf der Heizung zu sitzen?«

»Nein.«

Sie seufzte.

»Er hatte einen Herzfehler und mußte deswegen nicht am Zweiten Weltkrieg teilnehmen. Ich weiß nicht, was ihm sonst zugestoßen wäre. Nichts Schlimmeres, nehme ich an.«

»Glaube ich auch«, sagte sie.

»Aber das ist der Punkt«, sagte er. »Er tat es so gern, ich glaube, es machte ihm Spaß. Und das war nicht mal das Schlimmste. Das Schlimmste war, *jahrelang* in all diesen beschissenen Zimmern, in denen überhaupt nichts drin stand, zu hocken, in Hammond, Louisiana, und in Tuscaloosa. Man kommt am späten Nachmittag an, trinkt einen Whiskey, geht nach unten und ißt sein Abendessen in irgendeinem fettigen Restaurant voller Fliegendreck, raucht eine King Edward in der Hotellobby, geht wieder aufs Zimmer, liegt im Bett und hört zu, wie die Wasserleitungen furzen, bis es spät genug ist, um zu schlafen. Und das ist alles. Fünf Tage die Woche, sechsundzwanzig Jahre lang. Meine Mutter hat er vielleicht zwei Siebtel der Zeit gesehen. Sie hatten fünfzehn Jahre, bevor ich geboren wurde, geheiratet, und sie waren

Freunde. Sie haben sich geliebt. Aber er ist jeden Montag weggefahren, hat gelächelt und gepfiffen, als wär Weihnachten und als machte es ihm unheimlich viel Spaß, oder er war einfach zu dumm, zu unempfindlich, um zu merken, wie es *wirklich* war.« Er dachte eine Weile darüber nach und horchte auf Beebes Atem.

»Woher weißt du, daß er keine Frau hatte?«

»Sag das nicht.« Er setzte sich ihr gegenüber, damit er sie besser erkennen konnte. »Warum mußt du das unbedingt glauben? Warum mußt du alles auf das Niveau eines Quikkies reduzieren?«

»Woher weißt du, daß er's nicht gemacht hat?« fragte sie kühl. »Irgend 'ne kleine Choctaw-Frau oben in Tupelo war vielleicht ganz hübsch, was anderes in Hammond und noch was in Tuscaloosa? Mein Vater kannte einen Mann, der für Gulf arbeitete, mit einer Frau in Mobile verheiratet war und außerdem eine Familie zu Hause hatte. Irgendwas hielt ihn am Leben. Zwei Siebtel ist einfach nicht genug. Es ist mir egal, wie sehr er sie geliebt hat. Da muß etwas gewesen sein, auch wenn's nichts Wichtigeres war.«

»Das stimmt nicht«, sagte er.

»Also gut. Was war es dann?«

Er stakte zurück über das Parkett. »Das, was ihm Spaß gemacht hat, hat sich auf irgendeine Weise mit seinen Qualen verbunden. Genau das kann einem passieren, wenn man nicht aufpaßt. Sie wachsen zusammen. Und genau das macht mir Sorgen.«

»Das ist doch lächerlich«, sagte sie und trommelte mit den Fingernägeln auf ihrem Reisekoffer. »Das ist bloß irgend so 'ne Vorstellung, die du dir zurechtgebastelt hast.«

»Und wofür hältst du die Dinge dann, verdammt noch mal? Wie zum Teufel soll man auch nur eine Scheißsache verstehen, wenn man nicht irgendeine Erklärung dafür findet?«

»Sie leuchtet mir nur einfach nicht ein«, sagte sie.

»Es ging nicht ums Bumsen, das ist der Punkt. Er wußte einfach nur nicht, was zum Teufel eigentlich los war. Es war bloß etwas, das geschah. Wer weiß, was sonst mit seinem Verstand passiert wäre. Als ich klein war, hatten wir mal eine Reifenpanne mitten auf der Brücke bei Vicksburg, und meine Mutter hat mich gepackt und mich so festgehalten, daß ich keine Luft mehr gekriegt habe, bis er den Reifen gewechselt hatte. Sie sagte, sie hätte Angst gehabt, daß irgendwas passiert.«
»Sie hat gedacht, er wär schon verrückt, richtig?«
»Sie wußte schon über diese Zimmer Bescheid.«
»Hatte sie Angst, daß er plötzlich beschließt, euch einfach alle umzubringen?«
»Ich glaube nicht, daß sie sich so genaue Vorstellungen machte. Aber man kann sehr wohl zum Schluß kommen, daß einige Dinge einfach schrecklich sind, ohne verrückt zu sein. Sie wußte einfach, wo die Grenzen waren. Er hat das nie gemerkt, weil er sich immer nur angepaßt hat.«
»Das ist sehr romantisch, aber was hat das mit dir zu tun?«
»Es macht mir eine Scheißangst.« Er versuchte, ihren Gesichtsausdruck auszumachen, aber es gelang ihm nicht. »Ich will nicht, daß sich alles wiederholt. Die Vergangenheit sollte einem doch irgendeine Richtschnur an die Hand geben, um die Situationen einzuschätzen. Und deshalb hat es auch was mit mir zu tun, weil ich sage, daß es was mit mir zu tun hat.«
»Darauf muß ich gar nicht antworten«, sagte sie.
»Sollte ich nicht wenigstens noch *irgend etwas* anderes haben als die Gewißheit, daß sich im Endeffekt alles wiederholt? Vielleicht sollte ich dich heiraten oder mich umbringen wie dein Alter. In beiden Fällen wäre ich 'ne Menge Sorgen los.«
»Also?« fragte sie und spielte mit dem Griff ihres Koffers.

»Ich bin einsam, das ist alles.«
»Und was tust du jetzt?«
»Was soll das heißen, was tu ich jetzt?«
»Um zu klären, was du klären mußt, was immer das auch sein mag. Wenn das so wichtig ist, dann finde ich, daß du etwas unternehmen mußt.«
»Ich mach mir Sorgen.«
Sie legte sich zurück, mit ihren Ellbogen am Fensterrahmen, und blickte auf die von einem schwachen Hof umgebenen Lichter. Er konnte sie atmen hören, während das Glas in winzigen Ringen beschlug, die sich ausbreiteten und wieder schrumpften. Er spürte, wie sein Körper zusammensackte, als fiele sein Oberkörper langsam auf den Boden zu. Er fühlte sich wie ein Gegenstand in der unbeweglichen Finsternis.
Sie rutschte über die Laken, ihre Zehen berührten den Fußboden, und ihre Gestalt erschien im Fensterrahmen. »Ich weiß nicht, wovon du redest«, sagte sie.
»Es ist einfach kompliziert«, sagte er und wurde traurig.
»Fahr doch auf die Insel«, sagte sie fröhlich, als hätte das die ganze Zeit schon zur Debatte gestanden und als ob sie es bloß noch mal wiederholen wollte.
»Und was soll ich da tun?« fragte er gereizt. »Durch den Wald rennen und rumschreien, während sie auf mich schießen?«
»Ich weiß nicht, *was*«, sagte sie. »Aber für dich gibt's keinen andern Ort, an dem du das klären kannst, was du unglücklicherweise klären mußt, was immer das auch ist, dieser ganze trostlose Müll, über den du so rumgejammert hast. Wenn es dir nicht paßt, woanders hinzuziehen, wo's etwas ordentlicher ist, dann bums mich und sei nett – das ist alles, was ich dir anbieten kann.« Sie lächelte.
»Wenn du nicht bumsen kannst, ist dir alles egal, was?«
»Ich finde, daß ich gezeigt habe, daß es mir nicht egal ist«,

sagte sie, »und du hast mich bloß beleidigt und dich gehen lassen. Ich habe es satt, mich mit dir zu streiten.«
Sie stand auf. Er starrte sie aus dem Schatten heraus an.
»Was soll ich denn da machen?« fragte er.
»Es ist ein sehr guter Ort, wenn man wieder zu sich kommen will oder tun will, was einem Spaß macht. Es ist Mississippi, wo es am prächtigsten und lächerlichsten ist. Du kannst noch heute abend fahren, wenn du willst; ich muß nur beim Bootsschuppen anrufen.« Sie setzte ihren Koffer auf dem Bett ab und schnappte die Verschlüsse auf, um nach der Nummer zu suchen.
»Bleib vom Telefon weg!«
»Erwartest du einen Anruf?« fragte sie und wühlte in ihrem Koffer.
»Irgendein Arschloch ruft mich dauernd an und fragt mich, ob ich weiß, wo meine Frau ist, und legt dann wieder auf.«
»Dann ruf ich morgen an. Morgen bin ich wieder da. Ich erzähl Popo, daß du kommst, aber daß er nicht mit dir rechnen soll, bis er dich vor sich hat. Das ist doch nett.«
»Nett für wen? Warum sagst du nicht einfach, daß ich zur Zeit in einer Anstalt für moralisch Unsichere bin und erst in einer Weile wieder entlassen werde?«
Sie schloß ihren Koffer wieder und schnallte die Riemen fest.
»Du solltest Mr. P. H. Gaspareau in Elaine, Arkansas, anrufen und ihm sagen, wer du bist, und ihn bitten, Mr. Lamb auszurichten, daß du auf meine Einladung kommst.«
»Und was passiert dann?«
Sie lächelte und setzte ihren Koffer schwungvoll auf dem Boden ab.
»Was zum Teufel mach ich dann da unten?« fragte er.
»Du strengst dich an, besser gelaunt wieder zurückzukommen«, sagte sie. »Du mußt dem Busfahrer sagen, daß er in Elaine halten soll, sonst fährt er einfach dran vorbei.«
»Warte mal!«

»Wußtest du«, sagte sie und sah geistesabwesend aus, »daß 1911 ein paar arme Leute in Arkansas schlafen gegangen und in Mississippi aufgewacht sind? Der Fluß hat um drei Uhr morgens seinen Lauf geändert, und alle mußten sich irgendwie darauf einstellen. Popos Farbiger besteht darauf, daß er im Augenblick, als der Fluß den Lauf änderte, in einem Holzkahn auf dem Wasser war, aber das glaube ich nicht.«
»Sie wissen ja gar nicht, wer zum Teufel ich überhaupt bin.«
»Natürlich nicht. Aber du führst einfach ein nettes, langes Gespräch mit Popo, erzählst ihm, wer du bist, und gehst ein paarmal mit ihm im Wald spazieren, und beide werden dich mögen.«
Sie kam auf ihn zu und küßte ihn sanft auf die Wange. »Ich versuche jetzt nicht, dich dazu zu bringen, daß du mit mir schläfst.« Sie lächelte. »Ich habe ja auch noch andere Möglichkeiten. Ich finde sie nicht so gut wie diese, aber ich halte mich gern für anpassungsfähig. Ich hätte nie gedacht, daß du einmal so ernst sein würdest, als wir noch klein waren. So ernst ist doch gar nichts. Früher oder später solltest du das begreifen, und dann wird alles bestens sein.«
»Woher willst du das wissen?« fragte er.
»Weil«, sagte sie überzeugt, »für mich immer alles bestens ist.«
»Was ist eigentlich der Zweck des Ganzen?«
»Ein bißchen Leichtfertigkeit in dein Leben zu bringen. Im Moment ist es ein bißchen zu düster darin. Schau dir doch bloß mal dieses Zimmer an – es ist schrecklich morbide hier drinnen.«
»Mir gefällt es«, sagte er.
»Schön, aber du mußt auf die Insel fahren und ein bißchen leichtfertig sein. Obwohl ich manchmal denke, daß du, wenn du noch leichtfertiger wärst, verloren wärst, Sam.«

»An wen?«
»An mich, natürlich«, sagte sie. »Wer ist denn sonst noch da?«
»Niemand.«
»Das wollte ich hören«, sagte sie liebevoll. »Genau das wollte ich hören.«

Der Zug raste durch einen ländlichen Bahnhof, und die Türen ratterten, während er das einsame rote Warnsignal passierte, hinter dem keine wartenden Autos standen. Er schielte hinunter auf die beleuchteten Straßen und versuchte, den Ortsnamen zu lesen, um abschätzen zu können, ob sie schon aus Kentucky heraus und in Tennessee wären oder gerade erst Illinois verlassen hätten und vor Tagesanbruch noch die Hügel vor sich hätten. Aber er konnte nichts erkennen.

6 *In Thibodaux hatte es einen Mann namens Gallitoix gegeben, dem ein Großhandelslager für Nahrungsmittel gehörte. Und seine Mutter hatte den Mercury in der Sonne geparkt, während sein Vater mit gebeugtem Rücken zur Verladerampe hoch- und in das Büro des Mannes hineingegangen war, um ihm einen Frachtwaggon Stärke zu verkaufen. Er saß mit seiner Mutter im Wagen und sah zu, wie die Lieferwagen in der Hitze von der hohen Rampe abfuhren. Die Bezüge der Sitze waren blau und weiß und fühlten sich an wie altes Stroh und rochen auch so. Sie öffnete die Fenster, und es gab keine kühle Brise, nur den süßen Futtergeruch, der mit der heißen Luft aus dem Lagerhaus und über die winzigen gebleichten Muscheln wehte, die den Hof wie Schotter bedeckten, so daß alles weiß war. Seine Mutter zeichnete ihm mit Bleistift auf, wo die einzelnen Gänge lagen, und dort lernte er, während sie fast erstickten, das Autofahren.*

7 Der Zug erreichte Memphis in der Frühe, und das Morgenlicht stand genau hinter den Buchstaben auf den Lagerhäusern der Baumwollhändler. Zwei Leute stiegen aus und eilten in den Bahnhof. Er suchte den ganzen Bahnsteig nach einem Telefon ab, aber die einzige Zelle am Ende der Überdachung war besetzt, und er beschloß, später zu telefonieren.

Er ging in die Vorhalle und entdeckte den Busbahnhof in dem umgebauten Querschiff der Bahnhofshalle, das abgeteilt und mit Plastikstühlen ausgestattet war. Er kaufte sich eine Fahrkarte nach Elaine, ging an einem Trailways-Bus vorbei, dessen Qualmwolke zum Bahnhofseingang hinüberwehte, und marschierte die Adams Avenue zum Fluß hinunter. Die Straße führte eine Zeitlang unter der Arkansas-Brücke durch, er hörte die Lastwagen, die über die Schwellen schepperten, und sah über das dickflüssige, soßenbraune Wasser nach East Arkansas, das sich flach vorm Himmel abzeichnete.

Er überquerte den Boulevard und hielt auf die gemauerte Böschung zu, die das Flußufer befestigte. Er ging zum Ufer hinunter, hockte sich hin, ließ die Hand ins Wasser baumeln und spürte, wie das Wasser zwischen den Fingern durchfloß, und dachte plötzlich, daß er, obwohl er den Fluß so oft überquerte hatte und mit seinem Vater in den klapprigen, alten Mercurys ins gegenüberliegende Delta gefahren war, nie den Fluß gefühlt, ihn nie an seinen Händen gespürt und das Wasser zwischen seinen Fingern hatte durchlaufen lassen, um herauszufinden, was genau es eigentlich war. In diesem Augenblick kam ihm das wie ein ungeheurer und unübersehbarer Schaden vor, und er hatte das Gefühl, als müßte er's jetzt wissen.

Er zog sein Jackett aus und schaute prüfend den Boulevard hinauf und hinunter. Zwei Männer standen neben einem langen teerfarbenen Lastkahn, der hundert Meter entfernt

aufs Ufer gezogen war, und unterhielten sich, und hinter ihnen gabelte sich der Fluß in ein offenes Y. Lastwagen dröhnten über die Brücke, aber keiner, der drinnen saß, konnte irgend etwas sehen, es sei denn, es befand sich weit draußen auf dem Fluß. Er saß auf den Ziegelsteinen, zog seine Tennisschuhe aus, streifte sein Hemd ab und entblößte seinen Bauch. Er starrte auf die Brücke und erwartete, daß jemand übers Geländer schielte und ihn beobachtete, aber niemand war zu sehen, nur die Tauben, die von den Trägern aus an den Stahlstreben entlangkreisten. Er inspizierte flüchtig seine Beine, während seine Hose ihm in den Kniekehlen hing. Sie waren weiß, wabbelig und übersät mit winzigen Wunden wie von Ameisenbissen. Er schauderte und fühlte sich unwohl, und die plötzliche Aussicht, seinem körperlichen Untergang entgegenzugehen, wühlte ihn auf. Er verschränkte seine Arme und beugte sich in den Wind. Er machte einen Schritt vorwärts, zog die Brauen zusammen und starrte auf die Wasseroberfläche, suchte nach seinem Spiegelbild und erblickte nur seinen auf der Strömung erstarrten Schatten.
Er erkannte, daß er in diesem Augenblick praktisch seine Selbstauslöschung riskierte, ohne daß er das wirklich wollte, und dachte, daß wahrscheinlich ganze Heerscharen von Leuten unter dem Zwang, sich selbst zu vernichten, gedacht hatten, sie nähmen bloß ein harmloses Bad im Fluß oder in der Bucht, oder schlicht beschlossen hatten, daß ein Fensterbrett der einzige Ort war, an dem sie ihre Ruhe haben konnten. Erst hinterher, dachte er, kommt die Wahrheit allmählich ans Licht. Er spürte, wie seine Zehen zuckten. Er schaute den Fluß hinunter und sah, daß die beiden Männer, die neben dem Kahn standen, nicht mehr redeten, sondern zu ihm hinüberstarrten. Von irgendwoher hörte er lautes Hupen, drehte sich um und erblickte den Trailways-Bus, der an der Haltestelle gestanden hatte und nun am Fuß der

Adams Street hielt. Die Tür schwenkte auf, und der Fahrer, ein kleiner Mann in Khakiuniform und einer Baseball-Mütze, sprang heraus und schrie etwas, das sich wie »laßdas laßdas laßdas« anhörte. Er sprang sofort ins Wasser.
Beim Aufprall blieb ihm die Luft weg, und er fühlte, wie er die Kontrolle verlor und träge wurde, während sein Herz zu hämmern begann und sein Bauch wie Feuer brannte. Er dachte sich, daß er zu stark auf der Wasseroberfläche aufgeschlagen war.
Das Wasser war kälter, als er erwartet hatte, und unter Wasser breitete sich fast augenblicklich Taubheit in seinen Füßen aus, die dumpfe Signale zu seinen Fingerspitzen hochsandten. Er schlug eifrig mit den Händen, um seinen Kopf über Wasser zu halten.
Gleichzeitig wurde er mit zwei sehr beunruhigenden Tatsachen konfrontiert. Die eine war, daß er in dem Zeitraum, den er gebraucht hatte, um sein Gleichgewicht und ein Minimum an Atem wiederzuerlangen, sich überraschend weit von seinen Kleidern entfernt hatte, die er gerade noch erkennen konnte. Gut zwanzig Meter entfernt stromaufwärts entdeckte er sie im Kreise verstreut. Die andere Tatsache war, daß er seine Shorts inzwischen verloren hatte und mit seinen baumelnden Eiern in der kalten Strömung trieb, die so für jeden nach Futter suchenden Fisch willkommene Beute waren.
Die Männer mit dem Kahn gingen, anscheinend ohne Eile, den Landungssteg hoch. Der Busfahrer stand am Kantstein und zeigte zur Unterhaltung seiner Fahrgäste auf den Kopf eines Mannes, der mit der Strömung davontrieb.
Wasser sprühte gegen seinen Nacken, und er spürte, daß er kälter wurde, während er einen gleichbleibenden Abstand von drei Metern zum Ufer einhielt, aber nirgends den Boden berühren konnte. Er wollte sich nicht umdrehen, um auf den Fluß zurückzuschauen, da er das Gefühl hatte, daß seine

Unermeßlichkeit ihn schockieren und Panik in ihm auslösen könnte. Dennoch überraschte es ihn, daß er, nachdem er einmal Atem geholt hatte, relativ wenig Angst verspürte, solange er das Ufer vor Augen hatte, und daß er nichts von jener verschlingenden Hysterie merkte, die er befürchtet hatte. Es war nicht schwer, sich über Wasser zu halten, denn die Strömung trug ihn, während sie ihn stetig weitertrieb, und er fühlte sich ungewöhnlich entspannt, obwohl er fror und es ihn immer noch irritierte, daß sein Schwanz jederzeit zum Futter für die Fische werden konnte.

Er konnte die Kahnführer sehen, die einen langen hölzernen Backspier aus dem verdeckten Heck des Boots holten und ihn ins Wasser zerrten, als wollten sie damit gegen die Strömung anstaken. Er schaute zurück zum Bus. Mehrere Kinder rannten jetzt am Ufer entlang, obwohl die meisten Fahrgäste zurück zum Bus hochschlenderten.

Die Kahnführer nahmen Stellung am Bug des Bootes, während sie den Spier im Wasser mitzogen, standen da und schauten ihm unbeteiligt zu. Er schätzte, daß er, um nicht mit dem Bug des Kahns zusammenzustoßen und von der Strömung hinabgerissen zu werden, einige Meter in den Fluß hinaus ausweichen mußte, aber nicht zu weit hinausschwimmen durfte, damit sie ihn noch erreichen konnten. Der Kahn wurde langsam größer, und er krümmte sich, um ihm auszuweichen, und stieß sich kraftvoll weiter vom Ufer weg. Er arbeitete sich vor, bis er sehen konnte, wie er knapp an der bleiernen Kante des Kahns vorbeischwimmen, auf eine Höhe mit dem Spier kommen und ihn mit etwas Glück im Vorbeitreiben packen könnte. Als er aber den Bug des Kahns erreichte, um den sich Berge von gelblichem Schaum gebildet hatten, geriet er plötzlich in einen Strudel, der ihn vom Ende der Stange, das die Kahnführer in seine Richtung geschoben hatten, fortwirbelte. Er wurde gedreht, schaute auf den Fluß und erblickte Arkansas, das flach ausgedehnt in der Ferne lag. Er langte hinter sich und bemühte sich, die Stange wieder ausfindig zu machen. Der Kahn machte ein dumpfes, gurgelndes Geräusch, dessen Vibrationen er unter der Oberfläche fühlen konnte. Er atmete eine Menge Schaum ein. Einer der Kahnführer schrie etwas, und er spürte, wie das abgesägte Ende des Spiers seinen Rücken streifte und ihn dazu verleitete, krampfhaft hinter sich zu greifen, nach allem zu greifen, was er nur fassen konnte, wobei er die Stange aber ganz verfehlte.

Und plötzlich stieg Panik in ihm auf. Seine Ohren fühlten sich an, als ob jemand in nächster Nähe ein Radio angedreht hätte, in dem nichts als ein lautes Rauschen zu hören war. Er drosch in allen Richtungen aufs Wasser ein. Sein Kopf versank für einen Augenblick, und er spürte, daß seine Füße in eine dichtere Zone kalten Wassers gerieten. Seine Haut zog sich zusammen, und er streckte sich, um seine Nase hoch zu kriegen und einen Blick auf den Kahn und die Küste und die Memphis-Skyline zu werfen, bevor er ertrank. Während er sich noch aufbäumte, um seinen Kopf zu heben, schlängelte sich ein schweres Gewicht um seinen Hals und raubte ihm für einen Moment den Atem, so daß er würgte und mit seinen Fäusten schlug, als werde er angegriffen. Er fühlte, wie es, weil die Strömung so stark war, in seine Haut einschnitt. Er schluckte noch einmal eine gewaltige Wassermenge und fühlte, wie er sank. Die Strömung zog ihn weiter, und er versuchte, seinen Kopf zu heben, um aufzusehen, aber die Strömung klatschte Wasser in sein Gesicht, und er begriff, daß er nicht sehen könnte, ohne daß das Wasser direkt in seine Nase lief.

Er fühlte, wie er langsam an die Seite der Strömung geriet, statt einfach gegen sie angeschleift zu werden, und er machte sich steif, schloß die Augen und hoffte auf eine bessere Behandlung. Und dann hörte die Strömung fast ganz auf. Er hob seinen Kopf ein paar Zentimeter über die Wasseroberfläche und sah, daß er in die Flaute hinter den Kahn geschleppt worden war. Die Oberfläche brodelte vom Diesel des Kahns, und das Wasser war schmierig und zähflüssig und schmeckte metallisch, aber das Seil würgte ihn nicht mehr.

Er ließ sich ans Ufer ziehen, ließ das Seil los, beruhigte sich im glucksenden Wasser und versuchte, tief Luft zu holen. Er rülpste, spuckte Wasser, versuchte etwas zu sehen und entdeckte, daß die Männer, die ihn mit dem Seil herausgezogen hatten, inzwischen aus dem Kahn herausgeklettert waren und ihn teilnahmslos beobachteten. Er versuchte, sie zu erkennen, aber die Sonne stand jetzt höher am Himmel und schien ihm fast direkt in die Augen.

»Kein Wunder, daß er fast ertrunken wäre«, bemerkte einer der Männer, »er ist so beschissen groß.«

Der andere Mann begann, das Seil aufzurollen, und zog es über seine Schulter. Ein schwerer Rettungsring aus Segeltuch stieß ihm ans Ohr und schlitterte über die Ziegel auf die Füße der Männer zu.

»Warum haben Sie nicht nach dem Ring gegriffen?« fragte der erste Mann gereizt. »Ich habe den allerbesten Wurf meines Lebens gemacht, und Sie greifen nach dem Seil.«

Er rülpste etwas nach Wild schmeckendes Wasser hoch.

»Sie wären fast erstickt«, sagte der Mann. Es klang melancholisch.

Er blinzelte in die Sonne und sah, daß die beiden Männer Zwillinge waren und ihn anstarrten, als wäre er ein seltener Fisch, den sie an Land gezogen hatten, und als wüßten sie nun nicht, was sie von ihm halten sollten.

»Haben Sie irgendwo 'ne Decke?« fragte er.

»Sie können sich ein Handtuch leihen«, sagte der Zwilling ohne Seil und ging wieder zum Kahn zurück.

Er zog sich ein bißchen weiter die Ziegel hinauf. Auf seiner Schulter war eine große brennende Strieme, auf der sich die Haut abschälte, und sein Ohr fühlte sich an, als wäre es grö-

ßer geworden. In seinen Füßen schwand allmählich die Taubheit, und er begann, wieder seinen ganzen Körper zu fühlen.
Er wollte etwas zu dem Mann mit dem Rettungsring sagen. Aber der Mann starrte ihn einfach nur spöttisch an und sah enttäuscht aus, weil er seinen Wurf an das verschwendet hatte, was er da an Land gezogen hatte.
Der Zwilling kehrte zurück und schlenkerte mit einem verkrusteten Handtuch, auf dem »Peabody Hotel« stand. Das Handtuch war hart von Achsenschmiere und roch nach Diesel. Der Mann warf es ihm zu und stand neben seinem Bruder, als ob er unsicher wäre, was er wohl als nächstes zu sehen bekäme. Er breitete das Handtuch über seinen Unterleib und versuchte schnell, sich etwas einfallen zu lassen, was er zum Dank sagen konnte, ohne allzuviel Zeit damit zu verschwenden. Die Männer waren in den Dreißigern und trugen ölige Jeans und ölige Stiefel. Der Zwilling, der das Handtuch besorgt hatte, trug ein grünes Cowboyhemd, während sein Bruder ein aquamarinblaues T-Shirt mit abgeschnittenen Ärmeln und dem Aufdruck »UCLA Tennis Team« anhatte. Er lag einen Augenblick da und versuchte auf etwas zu kommen, was er sagen konnte, ließ seine Zehen ins Wasser baumeln und blickte abwechselnd in ihre langen unbeweglichen Gesichter.
»Das Handtuch kriegen Sie gleich wieder«, sagte er und starrte hinunter auf den Steinstrand. Er versuchte aufzustehen und fühlte, wie sein Brustkasten absackte und sein Rükken anfing zu brennen, wo die Stange ihn gequetscht hatte. Er sah hoffnungsvoll auf die Männer. Der Bruder, der losgegangen war, um das Handtuch zu holen, lächelte, aber der andere schien zu grollen und hielt den Rettungsring in einer Hand, als ob alle Vernunft ihn verlassen hätte, er aber diesen Mangel noch nicht bemerkt hätte.
»Danke, daß Sie mich gerettet haben«, sagte er.

»Noch mal würde ich's nicht tun«, sagte der Bruder, der nicht lächelte.
Er versuchte, den Ernst der Drohung abzuwägen, gab es dann aber auf, humpelte zurück über die Ziegel und hielt sich das Handtuch um seinen Bauch. Die Sonne begann, auf seinen Schultern zu stechen.
Auf seiner Hose waren mehrere schlammige Fußabdrücke, und eine Socke war bis ans Wasser geschubst worden. Er suchte mit den Augen den Strand und die Straße, auf der ein paar Autos zu sehen waren, ab. Der Bus war verschwunden. Ein paar Autofahrer starrten zu ihm herüber und machten Bemerkungen, die er nicht hören konnte, und er begann, seine Kleider aufzusammeln.
Ein Kombi hielt am Kantstein, ein blauer Chevrolet mit einem Plastikgitter vorm Kühler. Hinter Sonnenbrillen starrten die Insassen auf ihn hinunter, sagten etwas und zeigten höflich auf ihn. Plötzlich ging die Tür auf, und ein winziges Mädchen mit langen roten Haaren und einem rosa Sonntagskleid sprang heraus, preßte eine ebenso winzige Kamera vor ihren Bauch, fotografierte ihn und verschwand wieder im Wageninnern. Die Insassen lächelten und nickten, saßen einen Moment lang da und schauten ihm beim Ankleiden zu, als ob sie eine besondere Geste der Anerkennung erwarteten. Aber als er nicht reagierte, schienen sie auch zufrieden zu sein und fädelten sich langsam wieder in den Verkehr ein.

Vollkommen erschöpft ging er zurück über den Hügel zur Bushaltestelle. Der Fahrkartenverkäufer empfing ihn mit einem schmierigen Lächeln, schaute über seine Schulter auf die Trailways-Uhr und zeigte bedeutungsvoll auf sie.
Er bettete den Kopf an die Rückenlehne seines Stuhls, starrte auf das alte milchige Oberlicht und versuchte, an nichts zu denken. Irgendwo im Bahnhof kam eine Stimme aus einem Lautsprecher und sagte etwas Unverständliches,

und eine Minute später hörte er, wie ein Zug am oberen Bahnsteig scheppernd einfuhr und für einige Minuten, während er darauf horchte, wie die Bremszylinder Druck abließen, hielt, um dann langsam wieder anzufahren und in den Tageslärm zu verschwinden.

»Ich bin«, sagte Beebe, »mit einem Mädchen aus Belzoni auf der Schule gewesen. Sie heiratete einen Typen aus so 'ner Studentenverbindung aus Meridian. Sie war ein wirklich süßes Ding mit dem Teint ihrer Mutter und einem wunderschönen Busen. Sie heiratete diesen Jungen, der Morris Spaulding hieß. Und Morris nahm sie mit nach Meridian und übernahm die Dodgevertretung seines Vaters. Und das erste, was wir dann hörten, war, daß er sie in irgendeiner gräßlichen Zeltshow drüben in Alabama auftreten ließ, während er im Publikum saß und wer weiß was mit sich machte. Und das alles nur, weil sie so ein süßes kleines Ding war und ihm alle Entscheidungen überließ. Ich finde das reichlich daneben, Newel, aber du vielleicht nicht.«
»Ich weiß nicht, wovon du redest«, sagte er. »Wer hat dich das gefragt – wen interessiert das?«

8 *1951 im Sommer waren sie mit dem Mercury seines Vaters von Jackson nach Memphis gefahren, und am ersten Tag hatte er mit seiner Mutter im Chief Chisca Hotel gesessen, auf die Union Avenue hinausgeschaut und geseufzt, während sein Vater in der Hitze davongegangen war, um seine Kunden zu treffen. Und am Abend waren sie mit dem Wagen die Union Avenue hinuntergefahren, bis die Straße aufhörte, und hatten vor einem weißen Haus mit blauen Fensterläden gehalten. Dort kannte sein Vater einen Mann namens Hershel Hoytt, der Rosinen verkaufte. Der Mann war zu Hause, trug Golfshorts und einen Golfschläger und eine schwarzeingefaßte Brille mit dicken Gläsern und hatte ein Gesicht wie ein Storch. Sie setzten sich an den runden*

Tisch in der Küche, tranken Whiskey, lachten und sangen und aßen Spaghetti mit Wiener Würstchen, und er wurde ins Schlafzimmer gebracht, in dem ein breites Bett mit einer weißen Chenilledecke stand, und sie sagten zu ihm, daß er schlafen sollte. Um zwei Uhr schlief er, und das Deckenlicht war an, als sich die Tür öffnete und sein Vater und seine Mutter hereinkamen, sich neben das Bett stellten, ihn anschauten und sagten, daß er hübsch sei (obwohl er da schon wach war). Und sie schoben ihn sanft auf die Kissen, legten sich selbst quer aufs Bett und schliefen ein. Er lag im Bett, während sie alle drei überkreuz im winzigen Zimmer lagen und das Licht immer noch durch den Glasschirm der Lampe auf sie herabfiel, und er roch ihren Atem, horchte darauf, wie sie atmeten, erinnerte sich an ihren Gesang und lauschte, wie sich Stille in dem fremden Haus ausbreitete, bis er zu weinen anfing und das Haus verließ.

9 *Er ging auf der Union Avenue zurück in die Stadt und ging weiter, bis er die kreidigen roten Ziegel erreichte, die direkt zum Fluß hinunterführten, und als er näher ans Wasser kam, herrschte dort ein fürchterlicher Gestank wie nach Öl und altem Kohl, und er ging den Damm wieder hoch, in die Stadt hinüber und zum Peabody Hotel, wo, wie sein Vater gesagt hatte, die reichen Leute wohnten, wenn sie nach Memphis kamen. Und in der oberen Hotelhalle legte er sich zum Schlafen hinter den Tisch des öffentlichen Notars.*

Um sieben Uhr morgens wachte er auf, schaute vom Zwischenstock auf die große Halle hinunter und sah, daß Leute am runden Fischteich in der Mitte des hohen Raumes standen, kleine Schachteln mit Keksen in der Hand hielten und auf die Fahrstühle starrten, die in die Wand eingelassen waren und Türen aus vergoldeten Spiegeln hatten. Und nach einer Weile öffnete sich die Fahrstuhltür, und ein Neger in einer weißen Kellnerjacke trat heraus, gefolgt von sechs Wildenten, die in einer Reihe hinter ihm herwatschelten. Und als der Neger zum Teich gegangen war und sich daneben gestellt hatte, gingen alle Enten ins Wasser und begannen zu schwimmen und zu quaken und die Kekse zu essen,

die die Leute ihnen hinhielten, bis die Leute weggingen und kleine rote und weiße Keksschachteln, die der Neger später entfernte, zusammen mit den Enten auf der Wasseroberfläche schwammen.
Als er sie im Chief Chisca wiedergefunden hatte, wo sie auf ihn warteten, sagte sein Vater, daß sie nie wieder trinken würden und daß der Neger die Enten jeden Tag pünktlich um sieben Uhr hinunterbrachte, pünktlich um fünf Uhr wiederkam und sich neben den Teich stellte und daß die Enten einfach herauswatschelten, in den Fahrstuhl stiegen, damit bis zum Dach hochfuhren, ausstiegen und in ihren Strohnestern saßen und warteten, bis er wiederkam. Einmal, sagte er, kam ein Mann aus Arkansas und fütterte eine Ente mit einem winzigen Zyankalikristall. Und als die Ente kurze Zeit später starb, kamen die anderen einen Monat lang nicht herunter. Der Neger fuhr immer mit dem Fahrstuhl zum Dach hoch und stand neben ihren Nestern und wartete auf sie, aber sie kamen nicht mit. Sie quakten ihm einfach etwas vor, als ob er derjenige wäre, der sie betrogen hatte. Nach einem Monat aber, in dem sie bloß den Neger angequakt hatten, den ganzen Tag in ihren Nestern gesessen hatten und fetter und fetter geworden waren, watschelten sie wieder mit, so wie immer – als der Neger nämlich in einem andersfarbigen Jackett ankam und sich neben ihre Käfige stellte. Und nach nicht allzu langer Zeit, sagte sein Vater, während er aus dem Fenster des Chief Chisca hinunter auf die Union Avenue schaute, trug der Mann wieder sein weißes Jackett, und die Enten konnten sich nicht mehr daran erinnern, daß sie geglaubt hatten, er hätte sie betrogen.

10

»Sie erinnern mich an jemand«, sagte Robard und spuckte aus dem Fenster.
»An wen denn?«
»Das weiß ich nicht, an einen Filmstar, oder irgend so jemand.«
Sie fuhren den Damm hoch, bogen ab und folgten hundert Meter weit einer zweiten Traktorspur, bis der Weg zur anderen Seite hinüberbog. Ein roter Mähdrescher war ins Feld

unterhalb des Dammes eingesunken. Jemand hatte ein Tau daran festgebunden und versucht, ihn mit einem schweren Fordall-Traktor herauszuziehen, aber der Traktor war in derselben Spur eingesunken, und beide Maschinen standen nun einfach in der Sonne da. Die Pflanzen um sie herum waren geschwärzt und reihenweise umgeknickt und vertrocknete Fasern hingen an den Kapseln. Jemand hatte mit Brettern einen Weg durch den Schlamm gelegt, und die Spuren auf den Brettern zeigten, daß Leute zum Damm hinüber und wieder zurück gelaufen waren. Aber keine der Maschinen schien sich je von der Stelle gerührt zu haben, und all die Stöcke und Pappen und Holzklötze und Decken waren schließlich unter den Rädern liegengelassen und das ganze Unternehmen aufgegeben worden.

»Warum fahren die mit ihren Maschinen in Felder rein, die so schlammig sind?« fragte er.

Robard ließ den Pickup die dem Fluß zugewandte Seite des Dammes hinunterschwanken. »Ich denke, sie wollten es abernten.«

»Sie hätten doch bloß hinzugucken brauchen. Warum haben die nicht einfach gesagt, wir scheißen drauf?«

»Das hätte vielleicht ihre Phantasie überfordert«, sagte Robard nachdenklich. »Davon haben sie nämlich nicht allzuviel.«

Der Weg verbreiterte sich und bog zurück zur Innenseite des Dammes, führte dann in nördlicher Richtung durch ein weiteres Baumwollfeld, das gepflügt und trocken war und nun bepflanzt werden sollte. Der Weg stieß vor in ein Gehölz mit Ahornen und Platanen, hinter denen er den See schimmern und das erste niedrige Gebäude des Lagers sehen konnte. Der Weg verlief jetzt ganz gerade und führte unter einem Holzschild durch, auf das in Rot DINKLE LAKE CAMP gemalt war und unter dem die stinkenden Überreste eines Hundes lagen.

Sechzig Meter weiter befand sich das Lager, das in einer Krümmung dalag und aus fünf Hütten bestand, die mit ihren niedrigen, grünen Dächern wie Keksschachteln wirkten, wobei die erste Hütte so aussah, als hätte man zwei der kleineren zusammengenagelt. Die anderen Hütten führten in einem Halbkreis zum See hinunter, und die letzte stand bis zu den Trägern im toten Wasser. Irgend jemand hatte eine Rohrhalterung vor die erste Hütte gesetzt, eine Bombe aus dem Zweiten Weltkrieg an zwei Ketten darangehängt und das ganze Gestell weiß angemalt. Zwischen den Ahornbäumen hinter den kleineren Hütten lagen verstreut umgedrehte Holztische, und zwei alte, wie Schneckenhäuser geformte Wohnwagen mit gewellten Dächern standen da und der Rumpf eines gelben Schulbusses, der von den Achsen abgenommen worden war und im Gras hockte und Vorhänge aus Sackleinen hatte, die an Fenstern hingen, in denen kein Glas mehr war. Der See war dunkel, silbrig schwarz und wie ein Knöchel geformt. Er erstreckte sich nach Norden und Süden, und die Insel war fünfhundert Meter entfernt, eine dichte Befestigung von Wassereichen und Weiden, die so weit reichten, wie er in beiden Richtungen schauen konnte. Auf ihn wirkte das alles wie ein Vorwurf, und er hatte das Gefühl, er sollte umdrehen und versuchen, die ganze Angelegenheit zu vergessen. »Das ist aber nicht gerade viel«, sagte er und blickte auf den See.
»Wir sind noch nicht da«, sagte Robard und fuhr so über den Hundekadaver, daß er zwischen den Reifen lag.

Sechs weitere schwarz-hellbraun gefleckte Jagdhunde kamen unter der ersten Hütte hervor. Sie begannen zu bellen und reichlich Lärm zu machen. Robard fuhr ins Gras und hupte, woraufhin die Hunde noch lauter bellten.
»Die verschlingen einen bei lebendigem Leibe«, sagte Robard und starrte ausdruckslos auf die Hunde.

»Drück noch mal auf die Hupe«, sagte er. Der Bootsanleger war weiter unten am Ufer, ein Floß aus Ölfässern, Autoreifen und darübergebundenen Brettern, das hinter der letzten, im Wasser liegenden Hütte trieb. Ein Aluminiumboot war an dem Anlegeplatz festgezurrt und lag bewegungslos im Wasser.

Ein alter Mann erschien vor der wellblechgedeckten Veranda mit einer Schrotflinte mit doppeltem Lauf und einem gedrehten Eschenstock in der Hand. Die Hunde taten so, als sähen sie ihn nicht, bellten weiter und scharrten im Dreck, bis er hinter ihnen stand. Er wirkte verärgert über den Lärm und gab dem Hund neben ihm einen solchen Hieb auf die Rippen, daß das Tier umfiel. Die anderen verstummten augenblicklich und trotteten zurück hinter das Haus, während der verletzte Hund wegzukriechen versuchte, ohne den Blick von dem Stock abzuwenden. Dem alten Mann gelang es aber, ihn noch einmal am Hinterbein zu erwischen, und der Hund machte einen Satz in die Platanen.

Der alte Mann setzte den Stock ab, packte die Schrotflinte fester an und humpelte zum Pickup. Er schaute zuerst auf die Ladefläche und dann genauer in die Fahrerkabine. Der alte Mann war kahl, trug weite saubere Khakihosen und hatte eine dünne Kette um den Hals, an der eine silberne Scheibe mit einem Loch in der Mitte befestigt war, die wiederum in einem Stöpsel in seiner Kehle steckte. Nachdem er sich hinreichend vom Inhalt des Pickups überzeugt hatte, stützte er sich mit der Hüfte auf den Stock und legte seinen Finger auf die Scheibe. »Na, Jungs?« sagte er und schaukelte die Schrotflinte höher in seine Armbeuge. Seine Stimme machte ein krächzendes Geräusch.

»Ich soll P. H. Gaspareau sprechen«, sagte Robard.

»Das bin ich, worum geht's?« sagte der Mann und tippte mit seinem Finger auf die Scheibe, so daß sich ein Lichtstrahl darauf fing.

Robard hielt die Zeitung ans Fenster, damit der Mann sah, worauf er zeigte.
Der alte Mann überflog die Zeitung, starrte dann über ihren Rand hinweg. »Und was will *der*?« Seine Augen wurden schmaler, als blendete ihn die Sonne.
»Das müssen Sie ihn schon fragen«, sagte Robard. »Ich habe ihn vom Laden mitgenommen.« Er faltete die Zeitung sorgfältig zusammen.
»Ich möchte auf die Insel«, sagte er. »Beebe Henley sollte Sie anrufen. Ich heiße Newel.«
»Vor einem verdammten Monat«, krächzte Gaspareau und schaute ihn weiter durchdringend an.
»Ich wurde aufgehalten.«
»Ich hab ihm erzählt, daß Sie kommen, aber das war vor vier Wochen.«
»Ich bezahle Sie«, sagte er. »Sonst springe ich in den Scheißsee und schwimme rüber.«
Robard blickte ihn unruhig an.
»Mr. Lamb bezahlt mich und nicht Sie.« Gaspareau zeigte mit der Spitze des Gewehrlaufs in Richtung der Insel. »Sie werden hier überhaupt nicht schwimmen.«
»Was ist mit dem Job?« fragte Robard und schnalzte mit den Lippen.
»Wie heißen Sie?«
»Hewes.«
»Wo kommen Sie her? Das ist doch keine Arkansas-Nummer, oder was?« Der alte Mann beugte sich leicht zurück als wollte er zum Heck des Pickup hinüberschauen, ohne sich von der Stelle zu rühren.
»Kalifornien«, sagte Robard und richtete seinen Blick auf einen Punkt vor den Scheinwerfern. »Ich bin in Helena aufgewachsen.«
»Kennen Sie da irgend jemanden?« fragte der alte Mann.
»Nee.«

»Warum wollen Sie dann zurück?« fragte Gaspareau, und seine Stimme schnaufte und zischte oben aus seiner Kehle.
»Ich hab 'ne Zeitlang bei der Missouri-Pacific rangiert.«
»Das ist ein verdammt guter Job«, sagte der alte Mann mürrisch. »Wieso haben Sie den an den Nagel gehängt?«
Robard schaute nachdenklich auf das Steuerrad. »Meine Frau mochte Kalifornien.«
»Und jetzt will sie zurück, richtig?«
»Nicht ganz.«
Der feuchte Mund des alten Mannes öffnete sich zu einem Lächeln, und seine große, geschäftige Zunge wurde sichtbar.
»Sonst sind doch jetzt überall die Nigger am Drücker«, sagte Gaspareau.
Er schaute an Robard vorbei auf Gaspareaus Mund und auf die Metallscheibe, um die herum die Haut ganz verschrumpelt und zerfressen war und wie der Fuß eines Vulkans aussah.
»Ich brauch den Job«, sagte Robard.
»Ist sie mitgekommen?« fragte Gaspareau.
»Nein.«
Gaspareau umfaßte die Schrotflinte fester. »Ich hätte sie auch auf ihrem Arsch sitzen lassen.«
Robard blickte Gaspareau an und lächelte. »Ich bin wegen Ihres Jobs da«, sagte er.
Der alte Mann verlor seine gute Laune. »Aber Sie kennen doch keinen in der Stadt, oder?«
»Ich kann Ihnen den Namen eines Mannes in Hazen sagen«, sagte Robard. »Und wenn das nicht reicht, können Sie den Job ja Newel geben.«
Der alte Mann sah aus, als fühlte er sich verschaukelt. »Und wie heißt der?«
»Rudolph«, sagte Robard.
»Wissen Sie, wie man eine Pistole benutzt?« Der alte Mann

lehnte seine Schrotflinte an den Pickup und schnappte sich den Stock von seiner Hüfte.
»Zielen und abdrücken«, sagte Robard.
Gaspareau sah beleidigt aus. »So schießen Sie sich Ihren Schwanz ab«, sagte er. »Aber ich stelle Sie ja auch nicht ein. Er macht das. Ich weiß, wo ich jemanden herkriege, der schießen kann.«
»Woher denn?« fragte er, lehnte sich über Robard hinweg und steckte den Kopf zum Fenster heraus, um den alten Mann zu ärgern. Gaspareau lächelte und schob seinen Finger an die Kehle. »Haben Sie die blonden Jungen gesehen, die da oben neben diesem Riesenkühlschrank sitzen?«
Er konnte sich nicht daran erinnern, irgend jemanden gesehen zu haben, obwohl Robard bestätigend zu nicken schien.
Der alte Mann schaute sie beide verschlagen an und entblößte einige mahagonifarbene Zähne. »Der größere Junge da hat vor einem Jahr einen Mann getötet. So'n Dreckskerl ist von einer Strafkolonne in Mississippi abgehauen und hat versucht, in eine meiner Hütten einzubrechen.« Der alte Mann schaute sich nach der Hütte um, als wollte er sichergehen, daß sie immer noch da war. »Hat ihn mit seinem zweiundzwanziger Gewehr mausetot geschossen. Ich hab ihn rübergeschickt und ihm 'nen Brief ans T-Shirt geheftet, aber der Alte hat ihn zurückgeschickt.«
»Wollen Sie denn nicht Ihren toten Hund da wegräumen?« sagte er und versuchte, an Robards Kopf vorbeizuschauen.
Gaspareau hörte auf zu grinsen, griff nach der Schrotflinte und schob sie zurück in seine Armbeuge.
»Nee, will ich nicht«, sagte er langsam. »Das ist jetzt schon einen Monat her. Wenn ich da runtergehe und anfange, ihn einzubuddeln, fällt er bloß auseinander. Ich leihe Ihnen aber gern meine Schaufel, wenn er Ihnen so wichtig ist.«

»Ich mag keine Hunde«, sagte er und wandte sich ab.
»Der wird Sie nicht mehr beißen«, schnaubte Gaspareau und dachte dann an etwas anderes. »Parken Sie dahinten neben der letzten Hütte und gehen Sie dann nach unten.« Er zerrte den Lauf der Waffe herum, zeigte auf den Bootsanleger und stapfte fort zu seinem Haus.
Robard fuhr den Pickup rückwärts unter die Weiden zwischen der letzten Hütte und einem kastanienbraunen Continental mit einem Nummernschild aus Mississippi.
»Denken Sie immer noch, daß ich Ihren Job will?«
Robard sah ihn ernst an.
»Mit Ihrem Mundwerk haben Sie sich fast in die Scheiße geritten«, sagte er, griff an ihm vorbei und fummelte im Handschuhfach herum. »Sie dürfen einen Mann wie den nicht so anschnauzen. Der Scheißkerl schießt Sie übern Haufen oder setzt einen der Jungen auf Sie an, und keiner wird je ein Wort davon erfahren.«
»Aber *Sie* wüßten es doch, oder?« fragte er.
Robard nahm einen großen, flachen Schraubenzieher mit einem durchsichtigen, orangenen Griff, kletterte hinaus und begann, das Nummernschild abzuschrauben. »Ich will Ihnen mal was sagen«, sagte er, hielt eine Schraube in der Hand und machte sich gerade an der anderen zu schaffen. »Ich gehe gewissen Dingen gern aus dem Weg. Bei Kugeln und allem in der Art bin ich nicht gern im Weg.« Robard sah vielsagend zu ihm herauf.
»Ich möchte in etwas reingeraten und nie wieder rauskommen«, sagte er und starrte auf die rostigen Löcher in der Rohrhalterung. »Verstehen Sie, was ich meine?«
»Nein«, sagte Robard. »Ich möchte immer wieder rauskommen. Ich kriege sonst ein ekliges Gefühl, als würde gleich was passieren, aber ich weiß nicht, was.«
Er schaute zu, wie Robard das Nummernschild in eine Zeitung einwickelte und es oben unter den Sitz legte.

»Wenn Sie schlau sind, kommen Sie auch drauf.« Robard lächelte und ging zum Bootsanleger hinunter.

11 Er stand da und lauschte auf das Prasseln der Ahornblätter. Er konnte gerade noch die Silhouette eines Hirschs erkennen, der auf der anderen Seite des Sees regungslos vor dem Wall von Wassereichen und Zypressenwipfeln stand. Er suchte das Ufer nach einer erkennbaren Bresche ab, durch die Gaspareau mit dem Boot steuern konnte, aber die Bäume schienen eine kompakte Wand an der langen Krümmung des Sees zu bilden, und er konnte sich nicht vorstellen, wie ein Boot da durchkommen und zum Ufer dahinter gelangen sollte.

Robard hockte rauchend neben der Klampe für die Leine und schnippte die Asche in seinen Hosenaufschlag.

Die Fliegengittertür schlug zu, und Gaspareau kam ohne die Schrotflinte mit seinem schaukelnden Gang über den Hof, hatte aber einen kleinen silbernen Revolver dabei, der in einem nußbraunen Halfter an seinem Gürtel hing. Er trug einen großen Strohhut mit einer breiten grünen Plastikkrempe, die so weit heruntergezogen war, daß sein Gesicht erst von der Nase abwärts sichtbar war. Robard sah ihn vielsagend an, streifte Gaspareaus Pistole mit einem Blick und starrte dann wieder ausdruckslos auf den See hinaus.

Gaspareau stapfte auf den Anleger, kletterte ins Boot und begann, heftig mit dem Fuß gegen die Gaspumpe zu treten.

»Muß noch mal jemand pissen?« fragte er mit verzerrtem Gesichtsausdruck, während ein merkwürdiges kratzendes Geräusch irgendwo unterhalb seiner Kehle entstand.

»Kann ich jetzt die Leine losmachen?« fragte Robard, der neben der Klampe stand.

»Sobald der andere Gentleman eingestiegen ist.«

»Steig ein, Newel«, bellte Robard.

»Wo denn?« fragte er und starrte verständnislos auf das Boot.
Gaspareau hob die Faust fast bis zur Nasenspitze, und seine Stimme schien beinah aus seinem Mund zu kommen. »Setz deinen Arsch in Bewegung und sieh zu, daß du hier reinkommst!« sagte er mit einem wütenden Blick.
»Willst du mit oder willst du dableiben?« fragte Robard und zog am verbrannten Ende der Leine, bis das Boot vom Anleger wegtrudelte. Der alte Mann war im Heck zusammengesunken.
»Laß den Scheißkerl doch einfach da!« brüllte Gaspareau, zog an der Starterschnur, und das Wasser begann zu brodeln. Gaspareau wühlte in seiner Tasche und zerrte eine alte Fliegerbrille aus Gummi hervor, setzte sie auf und seinen Hut obendrauf.
»Newel!« schrie Robard.
»Ich komme.« Er trat ins von der Sonne angewärmte Wasser, kletterte mühsam über das Schanzdeck und fiel Gaspareau genau vor die Füße, der den Motor so laut, wie er nur konnte, aufheulen ließ.
»Mach die Leine los, Hewes!« Gaspareaus Stimme war aus dem Heulen des Motors kaum noch herauszuhören. »Mach die Leine los, verdammt noch mal!«
Robard zog das Boot an den Anleger heran, sprang hinein, und sie fuhren mit rasender Geschwindigkeit auf den See hinaus und auf den Wall regungsloser Bäume zu.

12

Robard kauerte vorn im Boot, zum Schanzdeck hinuntergebeugt, um seine Zigarette vorm Wind zu schützen. Gaspareau drehte voll auf und ließ sich gegen den Motor zurücksacken. Die Pistole lag vor seinem Bauch, der Lauf zeigte zwischen seine Beine. Er saß trübsinnig in der Mitte und beobachtete den Hirsch, den er vor den Bäumen hatte äsen sehen. Beim Aufheulen des Motors hatte der Hirsch einen Augenblick lang herübergestarrt und war dann im Wald verschwunden. Aber als das Boot ablegte und auf den See hinausfuhr, war er, die Nase zum Boot gewandt, wieder aufgetaucht und war in den See getrabt. Sein Kopf ragte kaum über die Wasseroberfläche, während er auf die andere Seite zuschwamm. Er schaute zu, wie der Hirsch mühsam im Wasser vorankam, den Kopf aufrecht hielt und regelmäßig versank und wieder auftauchte, als versuchte er, sich springend in Sicherheit zu bringen. Gaspareau gab ihm einen Stoß in den Rücken und zeigte mit seinem Stock auf den Kopf des Tieres, wobei er etwas aus dem Loch in seinem Hals hervorgurgelte. Einen Augenblick lang dachte er, der alte Mann wollte vorschlagen, Jagd auf den Hirsch zu machen, und so drehte er sich um und schüttelte den Kopf, was Gaspareau nur veranlaßte, noch einmal mit seinem Stock zu zeigen und die Stirn zu runzeln, als sei er nicht verstanden worden. Gaspareau lenkte das Boot näher ans gegenüberliegende Ufer heran in die Fahrrinne zwischen dem Hirsch und den Bäumen, und er kam zum Schluß, daß der alte Mann nicht vorgehabt hatte, den Hirsch zu verfolgen, sondern sie beide bloß auf ihn aufmerksam machen wollte. Er warf Gaspareau einen versöhnlichen Blick zu und schielte zurück zu dem Hirsch. Er war fast bis zur Mitte des Sees hinausgeschwommen, und seine Bewegungen waren regelmäßiger und kräftiger geworden, als hätte er das Gefühl, dem entronnen zu sein, was ihn vom Ufer vertrieben hatte. Robard zeigte mit ausgestrecktem Finger auf den Hirsch, und eine Zeitlang beobachteten sie ihn schweigend, während das Boot tuckerte, hin- und herschaukelte und sich, schon ein gutes Stück hinter dem Hirsch, dem Ufer näherte. Und plötzlich war der Hirsch verschwunden. Gerade, als er mit einem seiner gleichmäßigen Schwimmzüge aus dem Wasser aufgetaucht war, schien er hinabgerissen worden zu sein, als hätte das, was ihn gepackt hatte, mit so furchtbarer Kraft zugeschlagen, daß er nicht einmal mehr nach Luft hatte schnappen können, bevor er unterging. Oder als wäre diese Kraft so unwiderstehlich gewesen, daß er ohne ein Zucken aufgegeben hatte. Die Wasseroberfläche glitzerte, wo er geschwommen war, und wirkte fast unbewegt, bis auf die schwachen Kreise, die von dort über den See liefen. Gaspareau fuhr, ohne anzuhalten, weiter. Er wandte sich der geschlossenen Baumreihe zu, drückte seinen Hut fester auf die Fliegerbrille und schaute weg.

Er starrte an Gaspareau vorbei zu der Stelle zurück, wo der Hirsch geschwommen war, als erwartete er, daß er zwischen den Tentakeln irgendeines Ungeheuers hochschösse und wieder, mit zum Himmel hochgerecktem Kopf, hinabgezogen würde. Aber dort rührte sich nichts, und während er das Wasser absuchte, war er sich immer weniger sicher, wo genau der Hirsch eigentlich gewesen war im Verhältnis zum Anleger, der nun seeabwärts lag und nur noch ein Strich am Ufer war. Langsam wanderte sein Blick von der Stelle, die er wiederzuerkennen glaubte, bis zu einer anderen, weiter entfernten, um die Geschwindigkeit des Bootes einzukalkulieren, aber er konnte nichts sehen oder irgend etwas im See bemerken. Er drehte sich um und starrte an Robard vorbei, der ungerührt schien, sich ins Ankerloch geduckt hatte und sich, vorm Wind geschützt, ein Streichholz an seiner Gürtelschnalle anriß.

Gaspareau drosselte den Motor, richtete den Bug direkt auf die Bäume und ließ das Boot vom Kielwasser zwischen den Stümpfen und Zypressenwurzeln hindurchtreiben, bis es Robard gelang, einen der Baumstämme zu umfassen und das Boot hineinzusteuern. Gaspareau machte den Motor aus, wuchtete ihn aus dem Wasser, hob ein Paddel auf und begann, das Boot mit einer Hand weiterzustaken. Er konnte eine schwach markierte Durchfahrt zwischen den Bäumen erkennen und sah in einiger Entfernung das Heck eines weiteren Arkansas Travelers, der verlassen am Ufer lag und an einen rot markierten Baumstumpf gekettet war. Die Sandbank war zwischen den Bäumen freigehackt und zehn Meter weit bis an den Fuß eines niedrigen Hügels ausgedehnt worden. Oben auf dem Hügel konnte er gerade noch die Windschutzscheibe eines offenen Jeeps erkennen, der am Waldrand stand.

Gaspareau stakte das Boot, und Robard steuerte, bis das Heck auf dem Sand zu schleifen begann und Gaspareau ihm das Ruderblatt in die Rippen stieß. »Zieh uns da rein, Newman – du bist sowieso naß. Das bringt dich nicht um.«

Er kletterte ins Wasser, das kälter und tiefer war als am anderen Ufer, und zog das Boot an die Sandbank heran.

»Das reicht!« kreischte Gaspareau. »Ich muß hier wieder raus.« Der alte Mann nahm seine Fliegerbrille ab und warf ihm einen schrägen Blick zu. »Was mit dem Hirsch passiert ist, was?« sagte Gaspareau. »Das war doch'n Ding, oder nicht?« Er knetete seine Augen mit den Knöcheln.

»Was *ist* denn passiert?«

Gaspareau lächelte. »Ein Hecht«, sagte er. »Ein Hornhecht ist rangeschwommen und hat ihn sich geschnappt. Das seh ich nicht zum ersten Mal.«

»Aber doch nicht runtergeschluckt«, sagte er ungläubig. »Er hat ihn doch nicht runtergeschluckt, oder?«

»Nein, nicht runtergeschluckt, geschnappt!« sagte Gaspareau. »So groß ist sein Maul nun auch wieder nicht. Er hat ihn einfach an einem Vorderbein gepackt und ist auf den Grund gegangen, wie'n Barsch mit 'ner Kaulquappe. Deshalb schwimmen die Hirsche auch hier nicht so gern.«

Er versuchte, sich einen Fisch vorzustellen, der groß genug war, einen hundertfünfzig Pfund schweren Hirsch hinabzuziehen, als wäre er eine Kaulquappe, aber es gelang ihm nicht.

»Als der Fluß sich verlagert hat«, sagte Gaspareau und rieb sich immer noch die Augen, »sind alle Fische gestrandet, und danach sind die großen größer geworden, als sie eigentlich sollten. Die Leute haben keine Langleinen mehr ausgelegt und keinen der großen Hechte gefangen, statt dessen haben sie Wels gegessen, und ziemlich bald gab's 'n paar verdammt große Hechte.«
»Aber einen Hirsch?« sagte er. Er konnte sich das alles nicht vorstellen.
»Ich hab schon gesehen, wie sie 'n Boot umgekippt haben und 'ne Menge Mist angestellt haben«, schnaubte Gaspareau. »Ein Hirsch ist doch gar nichts.«
Er starrte Gaspareau an und versuchte, an seinem Gesicht abzulesen, ob er die Wahrheit sagte.
»Sehen Sie den Jeep da?« fragte Gaspareau und zeigte mit seinem Stock den Hügel hoch.
Er blickte skeptisch zum Jeep hinüber.
»Der gehört dem alten Mann. Der Schlüssel steckt. Wenn Sie's schaffen, ihn zu starten, können Sie damit zu seinem Haus fahren. Wenn nicht, müssen Sie die fünf Kilometer laufen. Hewes, sagen Sie Mr. Lamb, daß Sie der letzte sind, den ich rüberschicke. Er kann Sie auch gleich nehmen.« Robard nickte. »Ich weiß allerdings nicht, was *Sie* ihm erzählen wollen, Newman«, sagte Gaspareau voller Abscheu.
»Newel«, sagte er.
»Ist mir scheißegal. Er hat so seine eigenen Ansichten darüber, wer hierher kommen kann und wann.«
»Wenn er mich nicht mag, kann er mich ja wieder in die Wüste schicken«, sagte er und hatte das Gefühl, daß es ihm jetzt richtig Spaß machen würde, Gaspareau in die Fresse zu treten. »Spritzen Sie bloß wieder ab auf Ihren Teich.«
Gaspareaus Hand fiel auf den Pistolengriff, und er grinste.
Er wandte sich vom alten Mann ab und begann, zum Jeep hochzugehen.

»Schieben Sie mich hier wieder raus, Hewes«, schrie Gaspareau.
Robard schob das Boot mit einem Fuß ins Wasser und ließ den alten Mann, der seine Fliegerbrille wieder unter seinem Hut zurechtrückte, rückwärts herausgleiten. Der Motor sprang an, Gaspareau fuhr mit dem Boot rückwärts an den letzten Stümpfen vorbei, fuhr eine Schleife und jagte auf den See hinaus und auf die Sonne zu.
Vom Jeep aus sah er den Bug des Bootes aus dem Wasser ragen, während das Gewicht des alten Mannes auf dem Heck lastete.
Robard setzte sich, blickte ihn an und fuhr sich mit der Hand durchs Haar. »Eins will ich Ihnen sagen«, sagte Robard müde und legte seinen Kleidersack in den Kofferraum. »Wenn Sie so'n alten Knacker wütend machen, dann bringt er Sie um.«
Er starrte dem alten Mann nach, der wie ein Wasserkäfer davonraste. Der Motor heulte in der Entfernung auf. »Er hat mich behandelt, als wär ich ein beschissener Parvenu.«
»Ich weiß zwar nicht, was das ist«, sagte Robard, machte sich an der Zündung zu schaffen und trat gleichzeitig auf den Anlasserknopf. »Aber wenn die Schießerei losgeht, bin ich weg. Als Leiche rumzulaufen, würde mir einfach nicht stehen.«
»Dann halten Sie sich eben raus. Ist mir auch scheißegal«, sagte er.
»Das werd ich tun«, sagte Robard. »Genau das werd ich tun.«

13

Der Pfad führte zwischen den Weiden hindurch in ein Riedgrasfeld, das auf der anderen Seite wieder an einen Nadelwaldgürtel grenzte. Die Straße war aufgeweicht, die Reifen rutschten ab und schleuderten den Jeep hin und her. Der Dunst hatte sich aufgelöst, der Himmel war hell und wäßrig, einzelne Wolken drängten sich am Himmel, und die schwindende Sonne lugte hinter den Bäumen hervor.

Robard legte seine Arme aufs Steuer und starrte über das Feld auf den Wald. »So eine Sache wie die mit dem Hirsch hab ich schon mal gesehn«, sagte er. »Ich stand draußen an einem See in Lee Vining und hielt Ausschau nach Fischen, stand bloß da und hielt meine Angel, mit einem anderen Typen zusammen. Eine Zeitlang standen wir nur herum und überlegten, ob wir nun fischen sollten oder nicht, und nichts regte sich. Aber eigentlich mußten da Fische rumflitzen. Also hat der Ralph in seinen Beutel gelangt, 'ne Scheibe Weißbrot rausgeholt, sie rausgeschmissen und auf dem Wasser treiben lassen. Und bald schon sahen wir 'n paar kleine Fische auftauchen, die an der Rinde knabberten und nur ganz kleine Wellen machten. Wir saßen bloß da und guckten zu, denn diese kleinen Fische waren nicht groß genug zum Angeln, und wir warteten auf 'nen großen Fisch. Die kleinen werden neugierig, bevor die großen es tun, deshalb werden auch so viele kleine gefangen und so wenige große. Die großen sind schlauer. Wir standen da und guckten und guckten. Und bald danach tauchte ein Fischadler auf und steuerte das Brot an, bloß um einen Blick drauf zu werfen. Dann flog er noch eine Runde und warf noch einen Blick drauf. Und dann stieg er auf, ließ sich mit ausgestreckten Klauen fallen und stürzte sich auf das Brot. Und genau in diesem Augenblick, wo er es erreichte, zisch! da tauchte diese riesengroße Regenbogenforelle auf und schnappte sich das Brot mit einem Biß. Und der Fischadler traf sie mit voller Wucht, senkte beide Klauen in ihren Rücken, krallte sich fest, und dann war der Vogel einfach weg. Denn das war ein Riesenfisch.«

»Hat Ihnen je einer diese Geschichte geglaubt?«

»Was soll's«, sagte Robard und schaute auf den Wald. »Ich

hab's *gesehen.* Das verschafft mir die Genugtuung, die ich brauche. Obwohl ich's gar nicht Genugtuung nennen möchte; es ist bloß eine Erinnerung, die mich befriedigt. Die Situationen gleichen sich sowieso nicht. Dieser Fischadler hat bloß mehr gewollt, als er fressen konnte. Der kleine Hirsch sah mir nicht so aus, als ob er die Wahl hatte. Man kann auch sagen, daß er ein Opfer war.«

»Von wem?« murmelte er und griff nach dem Rahmen der Windschutzscheibe, um sich festzuhalten.

»Von sich selber.« Robard lächelte.

»Und was für 'ne Lehre können Sie nun aus so 'ner Geschichte ziehen?«

Robard nahm seine Arme vom Steuer und rutschte zurück, bis sie ausgestreckt waren. »Das weiß ich nicht«, sagte er bedächtig. »Es war etwas, das geschehen ist, also nehme ich an, ich hab schon was daraus gelernt.«

Er drehte sich um, so daß sie einander anschauten. »Hilft Ihnen das?«

»Wofür?« fragte Robard unglücklich.

»Sich irgendwas klarzumachen.«

»Was zum Beispiel?« fragte Robard und steuerte den Jeep in das Feld, um einem Schlagloch auszuweichen. »Ich hab schon Schwierigkeiten, mich daran zu erinnern, was ich gestern eigentlich gemacht habe«, sagte er, versuchte über die Motorhaube hinwegzuschauen und wieder in die Spur zu kommen.

»Das glaube ich nicht«, sagte er. »Sie tun so, als wär'n Sie ein bißchen beschränkt, damit Sie die Leute in die Pfanne hauen können. Aber mich legen Sie nicht rein.«

»Newel, ich glaube, für heute haben wir genug geredet.«

»Ich weiß nicht«, sagte er, schaute wieder nach vorn und war in Hochstimmung. »Sie sind 'n ganz Schlauer.«

»Meinetwegen, dann will ich's mal so ausdrücken«, sagte Robard. »Wenn ich so scheißschlau bin, warum kutschiere

ich Sie dann wohl in diesem Jeep mitten durch die Pampa, wo ich überhaupt nichts zu suchen hab?«
»Die Frage könnte ich Ihnen auch stellen«, sagte er.
»Warum tun Sie's dann nicht«, fragte Robard, »und lassen mich in Ruhe?«
»Weil«, sagte er, »Sie vielleicht meine Chance sind.«
»Eine Menge Leute würden sofort in den Fluß springen, wenn Sie dächten, ich wäre bei irgendwas Ihre Chance. Manchmal denk ich, ich gehör auch zu denen.«

14

Der Weg führte aus der kleinen Grasprairie heraus, durch Pappelbüsche und junge Kiefern und dann wieder auf eine Wiese. Die Sonne stand niedrig, funkelte zwischen den Pappeln hindurch, färbte die Gräser golden und warf zerstreute Schatten in den Wald. Ein Stück der Wiese nördlich des Weges war gemäht und ein Trapezoid mit Vermessungspfählen und roten Fahrradreflektoren markiert worden. An der ihnen zugewandten Seite zuckte ein Windsack an einer Eisenstange im Wind, und am Ende des Grasstreifens stand ein Schuppen, um den herum das Gras wuchern konnte. Krähen schlugen Krawall, als der Jeep aus dem Wald hervorbrach, und nach und nach flatterten sie aus dem hohen Gras in die Bäume.
Hinter der Landebahn öffnete sich der Wald zu einer größeren Eichenlichtung. Hinten in deren Schatten lag eine längliche, grüne Holzbaracke mit einem Holzschindeldach und quadratischen Fenstern von einem Ende zum anderen. Das Haus stand auf mannshohen, pyramidenförmigen Betonpfeilern, und an jedem Ende führten Holztreppen hinab. Drei Außengebäude lagen neben dem Haus; eines konnte er leicht als Klohäuschen identifizieren, das zwanzig Meter von der nördlichen Treppe entfernt für sich stand. Die zwei anderen waren schwerer einzuordnen, obwohl er vermutete, daß

eins davon eine Unterkunft war mit einer kleinen überdachten Veranda und einem Propantank. Das andere, eine Wellblech-Hütte mit einem Pultdach, sah aus wie ein Werkzeugschuppen.
Der Weg gabelte sich, und die eine Abzweigung führte im Halbkreis nach links, während die andere geradeaus weiterlief und dann wieder zurückbog, so daß beide Abzweigungen neben der Südtreppe wieder aufeinanderstießen. Robard nahm den Weg, auf dem er geradeaus weiterfahren konnte, bremste ab, als der Pfad aufs Haus zuführte, und ließ den Motor so leise wie möglich laufen.
Die Sonne war beinahe untergegangen. Das fahle Licht nahm zwischen den Bäumen eine olivgrüne Färbung an, und nur ein letzter, dünner Strahl fiel auf den Hausvorsprung und färbte die Holzbretter leuchtend grün. Er empfand die Stille fast als unerträglich, als ob die sinkende Sonne das Haus und alles übrige einer üppigen Indifferenz überantwortet hätte, in der sich nichts mehr rühren konnte, bis es dunkel werden würde.
Robard machte den Motor aus und blies seine Backen auf. »Und jetzt sagen Sie mal Bescheid, daß wir da sind«, sagte er und ließ die Luft entweichen.
»Ich bin ’nen beschissenen Monat zu spät«, sagte er. »Glauben Sie, das ist ’n gutes Empfehlungsschreiben? Sie haben hier was zu tun. Ich bin doch bloß ein beschissener Parvenu.«
»Jetzt machen Sie schon, Himmel noch mal. Sie benehmen sich ja wie ein Idiot.«
Er warf Robard einen gekränkten Blick zu und kletterte aus dem Wagen. Eine Stimme, die entschieden völliges Mißfallen zum Ausdruck brachte, erklang auf einmal von irgendwo hinter dem Haus. Mehrere Seidenschwänze begannen, einen Blauhäher oben in den Platanen zu verspotten, und flatterten dann hinter das Haus und davon.

»Nein, T.V.A.«, schrie die Stimme flehend. »Verdammt noch mal, Kerl, du sollst das Ding nicht *so* rum drehen. Dreh's in die Richtung, in die ich gesagt hab.«

Er schaute Robard vorwurfsvoll an und wartete auf die Antwort von demjenigen, der da etwas drehte.

»Geh schon und guck mal, was da los ist«, sagte Robard verärgert, zündete sich eine Zigarette an und schnippte das Streichholz auf die Erde.

Er schielte am Fuß der Treppe vorbei, blieb unter dem Pfeiler stehen und schaute in den Vorgarten.

Ein kleiner alter Mann mit einem Truthahnhals, in Segeltuchhose und Pyjamaoberteil, stand, die Arme in die Hüften gestemmt, neben einem Neger im Overall, der sich auf allen vieren über ein dickes Eisenrohr bückte, das mehrere Zentimeter aus dem Boden herausragte. Neben ihnen schaute ein junges, orangeweißes Pointerhündchen zu. Der Farbige hatte eine riesige schwarze Rohrzange, die er unten am Rohr ansetzte, wobei er sie jedesmal wegnahm, wenn er eine halbe Drehung gemacht hatte, sie neu einstellte und wieder damit zupackte, während der alte Mann danebenstand und den ganzen Vorgang überwachte. Er konnte sehen, daß die beiden einen ungeheuren Teil ihrer Aufmerksamkeit auf dieses Schrauben verwendeten, und jedesmal, wenn der Farbige die Zange weggenommen hatte, um sie neu anzusetzen, murmelte der Weiße unmerklich »Gut« und drängte sich einen halben Zentimeter näher.

Es war der Hund, der zuerst die Anwesenheit eines Fremden registrierte. Er hob den Kopf und starrte für einen Augenblick herüber, wedelte einmal mit dem Schwanz und beobachtete dann wieder die Arbeit an dem Rohr.

Er wäre am liebsten ganz und gar verschwunden, blieb aber weiter still auf seinem Platz, während der Farbige mit der riesigen Zange hantierte und der Weiße sich auf die andere Seite verlagerte, als wollte er, sobald das Loch offen war, als

erster hineinschauen. Als die Zange schließlich abgenommen wurde und das ganze, über einen Meter lange Rohr daran haftete wie an einem Magnet, ließ sich der alte Mann blitzschnell auf die Knie nieder, schob sein Gesicht ins Loch hinein und verharrte so für einige Sekunden, während der Neger einige Meter zurückwich und einen ernsten Blick auf das ganze Geschehen warf.
»Verdammt noch mal«, brüllte der alte Mann, hob den Kopf, wischte sich die Nase mit einem Ärmel und steckte den Kopf zum zweiten Mal ins Loch. Er schien den Kopf ein wenig weiter ins Loch hineinstecken zu wollen, aber dazu war es offensichtlich zu schmal. Plötzlich hockte er sich hin, wischte sich wieder über das Gesicht und schüttelte mitleiderregend den Kopf.
»Wonach riecht's denn?« fragte der Farbige. Er stand nun über den alten Mann gebeugt, und die gesamte Konstruktion von Zange und Rohr baumelte an seiner Hand wie eine Uhrkette, während er mit der anderen Hand in seinem dikken Haar wühlte.
»Nach Scheiße«, sagte der alte Mann. »In meinem Brunnenwasser ist Scheiße, bei Gott! Mrs. Lamb weiß schon, was sie sagt.« Jammervoll schüttelte der Farbige seinen Kopf, beugte sich über das Loch und starrte hinein, als wäre es ein Grab.
»Ich hab damit geprahlt«, sagte der alte Mann, der immer noch in der Hocke kauerte.
»Ja, Sar«, sagte der Farbige.
»Prahl *nie* mit etwas herum, das dir gehört, mein Sohn.«
»Ja, Sar«, stimmte der Farbige zu.
»So was verkorkst einem alles. Vor einem Monat hab ich Gaspareau noch erzählt, was für'n sauguten Brunnen ich hab, daß er seit 1922 gut funktioniert, und als nächstes wird er mir vom Scheißhaus verpestet. Das hat mir Unglück gebracht, und ich hab schuld.«

»Ich hätt's nicht gemerkt«, gab der Farbige zu.
»Aber ich, Himmel noch mal«, sagte er. »Das ist so, wie wenn einem die Pisse am Hosenbein runterläuft. Man merkt einfach, daß man's 'n bißchen eilig gehabt hat.«
Der Farbige drehte sich um, blickte zum Haus herüber, sah ihn dort stehen und warf ihm einen gequälten Blick zu, der besagen sollte, daß er, wenn er noch mal hinschaute, dort niemanden mehr sehen wollte. Er sah kurz zu Mr. Lamb hin, schaute dann wieder zum Haus und fixierte ihn dann mit einem ganz bösen Blick.
»Da ist jemand«, sagte der Farbige.
»Was?« schnauzte der alte Mann zurück.
»Da ist jemand gekommen auf die ...«
»Mr. Lamb«, rief er, stieß sich von der Hauswand ab und bedauerte, überhaupt sprechen zu müssen.
»Wer ist da?« grunzte der alte Mann und wandte sein Gesicht um, damit er sehen konnte.
»Das ist *der* da«, sagte der Farbige, und zeigte hinunter auf den alten Mann, der immer noch im Gras kniete und aufschaute, wobei sich seine ganze Stirn hinter der Brille in Falten legte.
»Das bin ich«, sagte der alte Mann laut, blinzelte und bemühte sich, auf die Beine zu kommen. »Mr. Lamb bin ich hier.«
»Ich bin Sam Newel.« Seine Stimme stockte unerklärlicherweise.
»Wer ist da?« fragte der alte Mann und starrte den Farbigen mit der gleichen Bestürzung an, mit der er sich auf die Pumpe konzentriert hatte.
»Newel«, sagte er, was ihm größere Schwierigkeiten bereitete. »Ich glaube, Beebe Henley hat Sie angerufen.«
»Auf diesem Ohr höre ich nichts«, sagte der alte Mann und schlug sich auf sein rechtes Ohr, als klatschte er nach einem Moskito. »Was hat er gesagt, T.V.A.?«

»Er sagt, er is 'n Freund von Miss Beebe«, brüllte der Farbige direkt ins gute Ohr des alten Mannes.
»Der ist das?« fragte der alte Mann gereizt. »Newel?«
»Ja, Sir.«
»Sie sind wirklich 'n *Riesen*arschloch«, sagte er, hievte sich schließlich mit Hilfe des Farbigen hoch, grabschte nach seiner Hose und starrte ihn heftig und eindringlich an, als wäre er gerade dabei, einen Witz zu machen und kurz vor der Pointe, und als wollte er auf jeden Fall als letzter lachen. »Wir haben gedacht, Sie kämen schon vor 'nem Monat.« Seine Augen schnellten rauf und runter. »Sie sind doch der Rechtsanwalt, oder?«
»Ja, Sir«, sagte er und versuchte, das Problem mit seiner Stimme in Ordnung zu bringen.
»Nun ja, jeder braucht mal 'nen beschissenen Rechtsanwalt. Mein Testament hab ich allerdings schon gemacht.« Der alte Mann schielte unter dem Haus durch und erblickte Robard, der friedlich rauchend im Jeep saß. »Wen zum Teufel haben Sie denn da mitgebracht?«
»Das ist ein Mr. Hewes«, sagte er und versuchte, seine Antwort direkt an das funktionierende Ohr des alten Mannes zu richten. »Ach ja, wirklich? Naja, und wer zum Teufel ist das? Hoffentlich nicht noch ein verdammter Rechtsanwalt.« Der alte Mann griff noch fester in seine Segeltuchhose und zerrte sie hoch, bis die Aufschläge mehrere Zentimeter über dem Spann seiner Hausschuhe waren.
»Nein«, sagte er beklommen, versuchte auch unter dem Haus hindurchzusehen und stellte fest, daß er es nicht so gut konnte wie der alte Mann. »Der ist wegen so 'nem Job hier, glaube ich.«
»Dann wollen wir uns den Scheißkerl mal ansehen«, sagte der alte Mann, torkelte davon und zog seine Hose mit beiden Händen hoch.
Er stand da und blickte den Farbigen voller Hoffnung auf ir-

gendein Zeichen der Verbundenheit an, aber der Farbige mied seinen Blick und trottete hinter Mr. Lamb her.
Als sie auf den Jeep zukamen, zwängte sich Robard heraus, zertrat seine Zigarette im Gras und murmelte etwas Unverständliches.
»Schauen Sie«, sagte der alte Mann und zwinkerte zum Nachdruck in mehrere Richtungen, als hätte er Robard bereits ausreichend vorgewarnt. »Wenn Sie heute noch mit mir reden wollen, müssen Sie schon in das Ohr sprechen, oder Sie können's gleich lassen.«
»Gaspareau hat mich geschickt«, rief Robard und starrte ihn hinter dem alten Mann an, als hätte er den Verdacht, er wäre auf der andern Seite des Hauses verraten worden.
»Weshalb denn, zum Teufel?« fragte Mr. Lamb.
»Wegen des Aufpasserjobs, den Sie in der Zeitung hatten«, schrie Robard.
Der alte Mann blickte ihn anklagend an. »Sie sind doch kein Mörder, oder?«
Robard grimassierte. »Nee, bin ich nicht.«
»Letzte Woche hat mir Gaspareau 'nen *Mörder* rübergeschickt, und ich hab den Scheißkerl wieder weggejagt. Er hat da drüben letztes Jahr irgend 'nen armen Sträfling erschossen, ohne daß der Mistkerl sich überhaupt noch umdrehen konnte.«
Plötzlich nahm Mr. Lamb sein ganzes Gebiß heraus und drückte daran herum, als wollte er irgendeinen störenden Fehler beseitigen. »Ich will hier keine beschissenen Mörder haben, die mir meine Insel zusammenballern«, mümmelte Mr. Lamb und inspizierte sorgfältig seine Zähne. »Der Junge wird bestimmt nicht mal einundzwanzig, das versprech ich Ihnen, dieses kleine Arschgesicht.«
Robard sagte nichts und starrte gequält über die knochige Schulter des alten Mannes zu ihm herüber.
Der Farbige ging zum Haus, lehnte das Rohr und die Zange

an einen der Pfeiler, stellte sich daneben, zündete sich eine Zigarette an und begann, das weitere Geschehen aus einer bequemeren Entfernung zu beobachten. Er schaute böse zu dem Neger hinüber und wartete ab, daß der alte Mann die Untersuchung seiner Zähne beendete.

»Diese Dinger«, sagte er jammervoll, und meinte die rosa und porzellanweißen Zähne. »Selbst für hundert würd' ich keine fünf Pfennige hinlegen. Als ich noch meine Zähne hatte, kriegte ich immer nach zehn Uhr abends WRBC auf meinem zweiten Backenzahn.« Mr. Lambs Augen blitzten an Robard vorbei, und sein Blick begegnete schnell dem des Farbigen, der das Gesicht abwandte und gackerte. Robard lächelte schwach.

»Wie heißen Sie?« fragte der alte Mann.

Robard sprach seinen Namen aus, als hasse er es, ihn zu hören. »Dann will ich Ihnen mal was sagen, Hewes«, sagte der alte Mann, setzte sich schließlich die Zähne wieder ein und schmatzte heftig auf ihnen herum. »Mein Job bringt Ihnen zwölf Dollar pro Tag für eine Woche Truthahnsaison, und zwar von morgen an bis nächsten Donnerstag, plus Essen und Unterkunft. Das ist nicht mal 'ne Woche Arbeit, und ich will, daß Sie von sechs bis sechs arbeiten, es sei denn, wir machen was anderes aus.« Der alte Mann warf Robard einen merkwürdigen Blick zu, als wollte er ihm den Job wieder ausreden. »Ich gebe Ihnen eine Schreckschußpistole, die ich da habe, aber ich möchte nicht, daß Sie sie überhaupt rausholen. Ich möchte nur, daß Sie sie haben, weil einige Bauern von drüben manchmal dreist werden, wenn sie glauben, daß sie damit durchkommen. Gaspareau läßt die hier rüberkommen. Dagegen kann ich überhaupt nichts machen.« Er hielt plötzlich inne und starrte Robard an. »Sie sind nicht mit Gaspareau verwandt, oder?«

»Ich hab ihn vor 'ner Stunde zum ersten Mal gesehen«, sagte Robard und schaute weg.

»Sind Sie sicher?« fragte Mr. Lamb, seine Augen glitten schnell über Robards Gesicht und erforschten gründlich jeden Zug.
»Das hab ich doch gesagt«, schnauzte Robard zurück.
»Na gut«, sagte Mr. Lamb.
»Eine Sache noch. Ich muß an ein paar Abenden nach Helena.«
»Weshalb denn zum Teufel?« schrie der alte Mann und spitzte das brauchbare Ohr, damit er ohne Störung seine Entschuldigung hören konnte.
Robard schaute in den Wald hinaus, der fast dunkel war.
»Ich hab da was zu tun«, sagte er leise.
»Ach ja?«
»Ja, Sir.«
»Na gut, Hewes. Ich werd Sie Hewes nennen. Ich rede meine Angestellten immer mit dem Nachnamen an. Sie kümmern sich um Ihren Kram. Aber wenn die Sonne aufgegangen ist, kümmern Sie sich um meinen.«
»In Ordnung.«
»Nehmen Sie das Boot, aber verbrauchen Sie nicht das ganze Benzin. Es werden Leute hierherkommen, um Truthähne zu jagen, und ich will nicht, daß Sie das ganze Benzin mit Ihren *Geschäftsreisen* verballern.«
»In Ordnung«, sagte Robard und ging langsam weg.
Hinter dem alten Mann kam der kleine Hund aus dem Gras herangesprungen, wo er träge gelegen hatte, setzte sich zu seinen Füßen und starrte Robard an.
»Das hier ist mein Jagdhund«, sagte der alte Mann, schaute den Hund liebevoll an und kniff ihm freundlich ins Ohr. »Sie ist mein langbeiniger Pointer. Ich brauche einen langbeinigen Hund, weil ich nicht mehr allein vom Bett zum Pisspott gehen kann.«
Der farbige Mann fing wieder an zu kichern und verschwand mit dem Rohr und der Zange in der Hand hinterm Haus.

»Haben Sie meinen Jagdhund gesehen, Newel?«
»Ja, Sir«, sagte er, rückte ein kleines Stück vor und dachte an den Hund, der auf Gaspareaus Weg plattgefahren worden war. »Sag ›ich heiße Elinor‹«, belehrte der alte Mann den Hund, bückte sich, griff sich ein dickes Stück Fell hinter seinem Kopf und grinste. Die Adern in seinem Gesicht schwollen gefährlich an, als er sich beugte und am Kopf des Hundes herumspielte. »Haben Sie irgendwelche Kleider?« fragte der alte Mann Robard und starrte hinten auf den Jeep.
»Was in meiner Tüte ist«, sagte Robard.
»Und Sie, Newel?«
»Nein, Sir«, sagte er und dachte trübsinnig an seinen Koffer, der jetzt vielleicht geöffnet und dessen Inhalt verstreut worden war, wie die Wrackteile bei einem Zugunglück. Er hatte plötzlich ein Gefühl, als müßte er sich waschen.
»Ihr seid bloß 'n paar beschissene Obdachlose«, brüllte der alte Mann, reckte sich und zerrte seine Hose ein bißchen höher. »Beebe Henley hat nichts davon gesagt, daß Sie 'n beschissener Obdachloser sind.«
»In Chicago hat jemand meine Tasche geklaut«, murmelte er.
»Diese Halunken«, sagte der alte Mann. »An so 'nem Ort sollten Sie gar nicht leben. Die Scheißkerle klauen einem alles, was man hat.«
»Ein Polizist hat sie genommen«, sagte er.
Der alte Mann schaute ihn einen Augenblick lang erstaunt an.
»Naja, richten Sie sich in der ›Gin Den‹ da ein. Außer mir wohnen da alle Männer. Ich und die Damen schlafen im Haus, damit's kein unautorisiertes Gebumse gibt.« Die Augen des alten Mannes hellten sich beträchtlich auf. »Hewes, Sie fangen morgen an.«
»Ja, Sir«, sagte Robard und wandte sich wieder zum Jeep.

»Gleich gibt's Abendbrot, und dann erzähle ich Ihnen, was Sie zu tun haben. Newel, was zum Teufel wollen Sie eigentlich hier machen?« Der alte Mann blickte ihn oben durch die Brille fragend an. »Sie sind doch nicht gekommen, um Truthähne zu jagen, oder? Sie sehen mir nicht wie der typische Jäger aus.«

»Nein«, sagte er und versuchte, sich etwas Glaubwürdiges auszudenken.

»Ich hab's auch nicht angenommen«, sagte der alte Mann spröde. »Aber ich sag Ihnen mal was, Newel.« Und er hielt inne. »Es ist mir egal, was Sie machen. Beebe hat gesagt, wir sollen Sie tun lassen, was Sie wollen, und das tu ich auch, solange Sie mich nicht erschießen. Sind Sie damit einverstanden?«

»Ja, Sir«, sagte er und war froh, nicht mehr sagen zu müssen.

»Gut«, sagte der alte Mann. »Ich mag hier keine Leute haben, die unzufrieden sind, außer mir, und ich kann verdammt noch mal tun und lassen, was ich will. Das Klo ist da drüben.«

Er zeigte unter dem Haus hindurch dahin, wo nur er die unteren Bretter des Abtritts sehen konnte. »Sie müssen halt 'n paar Schritte gehen, wenn Sie pissen müssen, oder sonst Gottes freie Natur benutzen.« Der alte Mann beugte sich vor und schielte unterm Haus durch. »Haben Sie schon mal die Geschichte von den beiden Bauern gehört, die auf dem Zweier-Scheißhaus sitzen?« fragte der alte Mann, der sich freute, wieder einen Witz erzählen zu können.

Robard schüttelte ernst den Kopf und hörte auf, im Jeep herumzukramen.

Der alte Mann schaute sie beide vorsichtig an. »Also«, sagte er, »diese beiden alten Bauern sitzen nebeneinander im Scheißhaus, und der eine steht auf und fängt an, nach seinen Hosenträgern zu langen, und sein ganzes Kleingeld fällt raus

und ins Loch. Sofort greift er in die Tasche, holt sein Portemonnaie raus und schmeißt ’nen Zwanzig-Dollar-Schein hinterher. Und der andere fragt: ›Mensch, Walter, warum um Gottes willen hast du das denn getan?‹ Und der erste alte Bauer sagt: ›Wilbur, wenn du glaubst, daß ich wegen fünfunddreißig Cents in das Loch steige, dann hast du ’ne Vollklatsche.‹ Hahahaha.« Der alte Mann bog sich so sehr vor Lachen, daß der Hund ein ganzes Stück zurückwich.
Er bemühte sich so gut wie möglich, ein Lächeln zustandezubringen, aber Robard schien den Witz komisch zu finden und lachte.
Der alte Mann nahm seine Brille ab, wischte sich die Augen mit seinem Ärmel, betrachtete ihn nachdenklich und hielt die Hose locker an der Taille fest. »Wissen Sie«, sagte der alte Mann, »Sie sehen aber nicht gut aus. Vielleicht können Sie’n Abführmittel gebrauchen. Mrs. Lamb hat’n paar Dulcolax. Sie sehen aus, als ob Sie’n ordentlichen Abgang gebrauchen könnten.«
»Das kann ich nun gar nicht finden«, sagte er. Es war ihm peinlich, und am liebsten wäre er weit weg gewesen.
»Aber *ich* kann das!« schrie der alte Mann. »Passen Sie bloß auf, daß Sie Hewes nicht aufwecken, wenn Sie über den Hof gehen. Der Mann muß morgen arbeiten.«
Er überlegte, ob es nicht gleich eine Gelegenheit gäbe, zurück über den See zu kommen, bevor der nächste Bus fuhr. Er schaute übers Feld zurück. Das olivgrüne Licht war völlig erloschen, überm Horizont hingen bleierne Wolken am Himmel, und Finsternis sammelte sich zwischen den Bäumen. Er versuchte sich vorzustellen, wie die Luft in Meigs Field in diesem Augenblick wohl war: Weit draußen auf dem See, hinter den Lichtreflexen, konnte man die winzigen, stecknadelgroßen Positionslampen der Erzboote sehen, weiter im Dunkeln, als man selber war, während einen die Luft wie eine süße Flüssigkeit einhüllte und man Lust bekam, noch

einen Spaziergang am schimmernden Ufer des Sees zu machen, bevor man aus der Dunkelheit wieder nach Hause kam. Er fühlte sich wund. Bis zu diesem Augenblick hatte er nie geglaubt, daß er sich einmal danach sehnen könnte und sich den wie auch immer irrigen Trost, den es besaß, wünschen könnte: daß es ihn unsichtbar machte. Und einen Augenblick lang fühlte er sich übergroß und gebrechlich, fehl am Platze in der natürlichen Ordnung der Dinge und in ein quälendes Licht versetzt, so daß er sich am liebsten zurück in die Dunkelheit davongestohlen hätte.
Der alte Mann starrte ihn seltsam besorgt an.
»Ich hab das Gefühl, wir haben Newel zugesetzt«, sagte Mr. Lamb zu Robard. »Jetzt seien Sie bloß nicht eingeschnappt, Newel. Hier unten nehmen wir uns selber nicht so ernst – nicht so wie die da oben, oder, Hewes?«
»Denk ich doch«, sagte Robard, sah ihn einen Augenblick an und wandte sich dann der Blechhütte zu, die der alte Mann ihnen angewiesen hatte.
»Ich muß den verdammten Brunnen zumachen, bevor es stockdunkel wird, oder Mrs. Lamb tritt da rein und bricht sich ein Bein. Haben Sie das gehört, Hewes? Der Abtritt hat mir den Brunnen versaut. Ich muß einen neuen ausheben.«
»Ich hab's gehört«, sagte Robard und machte sich auf den Weg zum Blechhaus.
»T.V.A. Landrieu läutet in 'ner Weile zum Abendessen, und dann essen wir und versuchen den alten Miesepeter hier aufzuheitern. Oder wir schmeißen ihn mit seinem fetten Arsch in den Fluß.«
Der alte Mann zockelte zum Haus hinüber, umklammerte seine Hose mit der Faust und schrie dem Farbigen zu, daß er ihm folgen sollte.

Von der Tür des Blechhauses aus beobachtete Robard, wie er vom Jeep herunterkam. »Sie haben's gehört«, sagte Robard und ließ die Fliegentür zwischen seinen Fingern hin- und herschwenken.
»Dieser alte Mistkerl«, sagte er. »Morgen früh gehe ich in seinen Scheißwald, reiße ein paar Bäume mitsamt der Wurzeln raus und jage jedes Tier, das noch Verstand hat, in den See. Sollen die doch mal ihr Glück mit den Hechten versuchen, oder was das da draußen war.«
Robard wirkte amüsiert, stand am Eingang und betrachtete das verlöschende Licht, während er sich auf das Bett fallen ließ.
»Wenn ich Sie sehe, laufe ich in die andere Richtung.«
»Jetzt sagen Sie mir mal was.« Er legte seine Füße auf den Türriegel der Hütte.
»Es geht doch hoffentlich nicht wieder um so was, woraus ich meine Erinnerungen schöpfe, oder was immer Sie da gemeint haben, oder?«
»Nein«, sagte er und verschränkte die Arme hinter seinem Kopf.
Robard zündete sich eine Zigarette an, blies den Rauch durch die Nase, der durch den Fliegendraht abzog. Er zog seine Wangen bis zu den Tränensäcken hoch, als leuchtete ihm jemand ins Gesicht. »Werden Sie denn nie müde und wollen bloß noch über das nachdenken, was Ihnen gerade in den Kopf kommt?«
»Ich muß mal jemand anderen fragen«, sagte er. »Sie haben wahrscheinlich sowieso die besseren Antworten.« Er beobachtete Robard und versuchte einzuschätzen, was der sich wohl dabei dachte.
»Ich hab keinen blassen Schimmer«, murmelte Robard und schaute wieder weg.
»Erzählen Sie mir was von Ihrer Familie«, sagte er.
Robard pflückte sich einen Tabakkrümel von der Zunge und

schaute in der Finsternis umher, als wollte er nach draußen gehen.
»Mein Daddy ist tot«, sagte er plötzlich. »Er ist ertrunken, und meine Mutter hat einen Indianer in Sallisaw, Oklahoma, geheiratet. Sie leben unten in Anadarko. Was sonst noch?« Er schnalzte mit den Lippen.
»Warum hat sie einen Indianer geheiratet?«
»Sie ist ein Halbblut«, sagte Robard. »Ihr Vater war einer der Osagen, die durchs Öl reich geworden sind. Er hat sich einen großen Maxwell-Wagen gekauft, und dann mußten sie eines Tages mit dem Auto durch den Wald bis nach Arkansas fahren, um ihn vor den Gläubigern in Oklahoma wegzuschaffen.«
Draußen im Hof zirpten Laubheuschrecken. Er suchte nach irgend etwas, das er sagen könnte, aber ihm fiel nichts ein.
»Ich hab ein altes Bild von ihnen«, sagte Robard, »wie sie in einem Maultierkarren sitzen, nachdem sie den Wagen verkauft hatten. Danach ist sie in Nordarkansas geblieben, bis mein eigener Vater gestorben ist, oder um's genau zu sagen, bis ich angefangen habe, bei der Eisenbahn zu arbeiten. Sie hat in einer BH-Fabrik in Fort Smith gearbeitet. Und kaum war ich weg, hat sie diesen Indianer geheiratet, der eine Reinigung in Anadarko hatte.« Robard schaute auf seine Zehen, als könnte er das, was er da erzählte, vor sich in der Dunkelheit sehen, die ihn vom Boden trennte.
»Ihr Vater war kein Indianer, oder?«
»Er war Deutscher«, sagte Robard und zertrat den Zigarettenstummel mit den Hacken. »Während des Krieges wollten sie ihn sogar oben in Cane Hill ins Gefängnis stecken, zusammen mit 'nem Haufen Japsen, die sie in Fort Chaffee hatten.«
»Und haben Sie gar keinen Kontakt mehr zu Ihrer Mutter?«
»Ich will Ihnen mal was sagen«, sagte Robard und schaute

eine Weile auf seine Hacken. Er war nur noch eine Silhouette in der offenen Tür. »Sie hatte ihre paar Sachen, um die sie sich kümmern mußte, und ich hatte meine. Sie ist lieb.« Er schmatzte mit den Lippen. »Ich glaube, es würde sie nur nervös machen, wenn ich plötzlich da auftauche. Für mich wäre da kein Platz. Das könnte mich unglücklich machen, und das will ich nicht. Ich versuche lieber, meinen Kram im Griff zu behalten.« Robard drehte sich um und kam wieder zurück in die Hütte hinein.

»Wieso beantworte *ich* eigentlich immer die Fragen?«

»Damit wir die gleiche Ausgangsposition haben«, sagte er. »Ich bin der einzige, der mich je ernst nimmt.«

»Das müßte Ihnen doch zu denken geben«, sagte Robard leise. »Aber ich glaube, mich hat auch nie jemand in seinem Leben ernst genommen.«

15

Mr. Lamb saß brütend am Kopfende eines kurzen Kiefernholztisches, blickte finster durch die Küchentür auf Landrieu und fingerte an einem Glas Whiskey herum. Die mit Fliegendraht umspannte Veranda führte direkt in eine kleine Küche. Es roch nach Bohnen, die in Sirup kochten. Der Farbige stand in der Küche und schaute stirnrunzelnd auf verschiedene flackernde Öffnungen auf einem großen, mit Holz geheizten Herd, tauschte flink Töpfe und Kessel aus und behielt Mr. Lamb im Auge, der da saß und drohend über seinem Whiskey hochschaute. Ein großes Wohnzimmer mit Kieferparkett und einem großen Kamin war weiter unten an der Stirnseite des Hauses gelegen, und durch zwei offene verglaste Korridortüren sah er Mrs. Lamb, die neben dem Kamin saß, an den Knöpfen eines großen silbernen Radios drehte und auf die beleuchteten Einstellskalen schaute, als ob sie hinter jedem winzigen Fensterchen den Horizont eines weitentfernten Landes sähe.

Mr. Lambs Augen schnellten hoch, und ein Lächeln machte sich auf seinem Gesicht breit. Er hatte ein rotes Flanellhemd angezogen, dessen Ärmel über seine Hände fielen. Auf jeder Kragenspitze war von Hand das Bild einer Wildente, die gerade landete, aufgemalt. Er hatte ein Paar rot und gelb gestreifte Hosenträger angeknöpft und sein widerspenstiges Haar feucht an den Kopf gekämmt, so daß er aussah wie der Ehrengast bei einer Geburtstagsparty.

Der erste Eindruck, den der alte Mann vermittelte, war, daß er auf die Hälfte der Größe geschrumpft war, die er noch vor einer Stunde gehabt zu haben schien. Sein Gesicht war an den Schläfen eingesunken, und seine Augen wirkten gebrochen und bläßlich.

»Setzen Sie sich hin, um Himmels willen«, sagte der alte Mann laut zur Küche hinüber. »Bring noch zwei Gläser rein, T.V.A.«

Mrs. Lamb schaute stirnrunzelnd von ihren Radioknöpfen auf und warf ihnen beiden einen mißbilligenden Blick zu. Sie war eine große Frau mit scharlachrotem Haar, einem breiten und dehnbaren Mund und dunkler Haut, die sie mit einem dunklen Lippenstift betonte, was sie südländisch und halsstarrig erscheinen ließ. Er versuchte, ihr durch die Korridortüren zuzulächeln. Mrs. Lamb lauschte Eddie Arnold, der »Cattle Call« sang, und ein großes, majestätisches Lächeln breitete sich auf ihrem Mund aus, als ob sie einen Augenblick wiedererlebte, in dem das Lied ein unbeschreibliches Glück ausgedrückt hatte. Er überlegte zerstreut, ob sie nicht in Wirklichkeit eine alte Dirne war, die Mr. Lamb irgendwo aufgegabelt hatte und nun zu seinem Vergnügen auf der Insel behielt, und für die er das riesige Radio besorgt hatte, damit sie Hörkontakt mit dem Rest der Welt pflegen konnte.

Der Farbige, der nun eine weiße Kellnerjacke trug, auf deren Tasche »Illinois Central Railroad« aufgestickt war und deren

Ärmel mehrere goldene Streifen schmückten, kam mit zwei geschliffenen Gläsern aus der Küche, stellte sie auf den Tisch und verzog sich wieder in die Küche.
Mr. Lamb griff nach einer Literflasche »Wild Turkey«, die auf dem Fußboden stand, und stellte sie entschieden vor Robard. »Mrs. Lamb zwingt mich dazu, daß ich meinen Whiskey unter die Spüle stelle«, klagte er, grinste und zog den Kopf ein, als erwarte er einen Schlag.
»Zusammen mit den anderen Putzmitteln«, warf Mrs. Lamb vom anderen Ende des Hauses ein.
»Sie duldet ihn auch nicht auf dem Tisch«, sagte der alte Mann, immer noch grinsend.
Robard goß sich etwas Whiskey ins Glas und schob die Flasche über den Tisch. Er goß sich eine ansehnliche Menge in sein eigenes Glas und stellte die Flasche auf den Fußboden neben Mr. Lambs Fuß.
»Das ist gut«, sagte Mr. Lamb, zufrieden mit den Gläsern der anderen und mit seinem eigenen, das halb voll war. »Ich finde, wir sollten uns alle schön besaufen.«
Der Farbige wieherte in der Küche.
»Das ist Marks einziger Trinkspruch«, sagte Mrs. Lamb. Er hatte das Gefühl, als ziele ihre Antwort direkt auf ihn.
»Ma'am?« fragte er.
Sie lächelte ihn würdevoll an und drehte das Radio leiser. »›Wir sollten uns alle schön besaufen‹ ist der einzige Trinkspruch, den Mark kennt.«
Mr. Lambs Gesicht hellte sich auf. Er drehte sich in seinem Stuhl um, prostete ihr zu und nahm einen großzügigen Schluck Whiskey.
»Mrs. Lamb ist eine liebe, sanfte Frau«, sagte der alte Mann mit gerötetem Gesicht zu ihnen beiden. Seine kleinen Augen waren feucht vom Whiskey. Er leckte sich voller Abscheu die Lippen, als hätte er gerade Pisse getrunken. »Ich habe sie seit fünfzig Jahren, und wir haben uns nie gestritten. Wenn

sie bloß endlich herkäme«, sagte er und schrie lauter, als seine Stimme eigentlich erlaubte.
»Wenn du mich bloß in Ruhe Radio hören lassen würdest«, sagte sie gereizt.
»Ich möchte, daß du diese beiden Gentlemen kennenlernst, Mr. Hewes und Mr. Newel. Mr. Newel ist der Liebhaber von deiner Enkeltochter, nicht wahr?« sagte er.
»Ihr Freund«, sagte er und ließ den Whiskey durch seine Kehle sickern.
»Also dann ihr Freund. Er sagte, er ist ihr Freund. Hah. Könntest du nicht mal herkommen, damit ich dich vorstelle!«
Sie starrte ihren Mann an, lächelte fast gleichzeitig ihn und Robard an und drehte ihr Radio lauter, um die letzten verklingenden Noten von »Cattle Call« zu hören.
»Ich hab Mrs. Lamb das Radio Weihnachten vor zehn Jahren gekauft«, sagte Mr. Lamb finster und umklammerte sein Glas mit den Händen. »Wir haben kein Telefon, und sie fühlte sich immer so einsam, weil bloß Männer um sie rum waren, die tranken und logen. Also hab ich ihr das da, dem wir nun alle lauschen, gekauft, und jetzt krieg ich sie nicht mehr davon weg. Gleich hört sie sich den Memphis-Polizeifunk an. Sie hört sich den größten Scheiß an. Ich weiß nicht, was mit Memphis los ist – Vergewaltigung und Mord und Raubüberfälle. Ich kannte die Stadt, als Crump Bürgermeister war, und damals ist *nichts* dergleichen passiert.«
»Das stimmt nicht«, sagte er. Seine Kehle wurde langsam vom Whiskey betäubt. »Es war einfach schlau, nicht drüber zu reden.«
»Das ist nicht wahr, zum Teufel!« schnauzte Mr. Lamb zurück. »Es *stimmt* sehr wohl!« Der alte Mann schaute ihn böse an und runzelte seine Brauen, und seine Brille reflektierte das Licht in alle Richtungen. »Was haben Sie noch gesagt, sind Sie, ein Rechtsanwalt?«
»Ja, Sir.«

»Sie reden jedenfalls wie ein beschissener Rechtsanwalt, was, Hewes?«
»Ich hab keine Ahnung von Rechtsanwälten«, sagte Robard, fuhr mit dem Daumen an seiner Kinnkante entlang und starrte kalt zurück.
»Hat er doch auch nicht«, sagte Mr. Lamb und grinste. »Er redet bloß so, als ob er Ahnung hätte. Ich bin früher jeden Oktober ins King Cotton Hotel zu den Ole Miss- und Arkansas-Spielen gefahren, und da gab's niemals irgendwas Unerfreuliches. Memphis war eine *wunderbare* Stadt, und ich bin öfter da gewesen, als Sie in Ihre Hosen gepißt haben.«
»Vielleicht«, sagte er.
»Hat er 'ne Meise?« fragte der alte Mann und schaute Robard an.
Robard schüttelte verständnislos seinen Kopf.
»Scheiße«, sagte der alte Mann. »Mir braucht keiner was zu erzählen.« Er trank den letzten Schluck Whiskey aus und starrte prüfend zur Küchentür. »Was zum Teufel, T.V.A.! Wohnst du jetzt schon in unserm Abendessen?«
»Ich kann nicht schneller kochen als der Herd«, erwiderte der Neger, steckte seinen Kopf durch die Tür und warf dem alten Mann einen haßerfüllten Blick zu.
Mr. Lamb griff nach der Flasche, schenkte sich selbst noch einen Schluck Whiskey ein und stellte die Flasche auf den Fußboden. »Ein Rechtsanwalt.« Er schnaubte, als erinnere ihn das an einen dreckigen Witz.
»Fast«, sagte er.
Der alte Mann betrachtete ihn kampflustig. »Also, Mr. Fast, was wissen Sie zum Teufel vom Recht? Ich bin ein blödes altes Arschloch, ich hab von nichts 'ne Ahnung. Ich und Hewes, wir sind uns da ganz ähnlich. Wir sind blöd wie zwei Nigger.«
Er nahm einen Schluck Whiskey, holte einmal Luft und schaute dann Mr. Lamb direkt ins Gesicht. »Ich denke, das

Recht ist immer schon die Alternative dazu gewesen, seinen jüngsten Sohn zu erwürgen«, sagte er.
»Das weiß doch jeder Schwachkopf«, schnaubte Mr. Lamb. »Das ist doch nicht das Recht. Das ist Moses, Himmel Arsch. Wenn Sie die Bibel lesen wollen, gehen Sie auf den Abtritt. Da hängt nämlich ein Exemplar an der Wand an 'nem Bindfaden, damit Sie sie nicht mitgehen lassen. Die Bibel kenn ich, Himmel noch mal.«
Er ließ noch einen Tropfen Whiskey an seiner Zunge vorbeilaufen und schaute dem alten Mann gelassen ins Gesicht, das, wie ihm schien, auf die Tischplatte herabgesunken war, als wäre der alte Mann nun auf seinen Knien.
»Was weißt du denn sonst noch, du Trottel? Du hast mir bis jetzt noch nichts erzählt, was ich nicht schon wüßte«, sagte der alte Mann.
Mrs. Lamb drehte sich plötzlich um und knickte die Radioantenne. Das Radio reagierte mit einem dünnen, hohen, knisternden Geräusch, das sich anhörte, als würde jemand Cellophan in seiner Faust zusammenknüllen. Zwei kurzen Ausbrüchen einer unverständlichen männlichen Stimme folgte noch mehr Geknister, dann die Stimme eines anderen Mannes, dann wieder Rauschen.
»Scheiße!« brüllte der alte Mann und wirbelte herum, damit er hinter sich schauen konnte. »Kannst du nicht was anderes suchen? Ist das nicht bloß das beschissene Clarksdale Taxi?«
»Ich suche die Polizei«, sagte sie ungerührt, musterte stirnrunzelnd die kleinen beleuchteten Einstellskalen und drehte, ohne irgendeine spürbare Verbesserung, an dem dicken Chromknopf herum. »Die sind noch nicht auf Sendung. Ich weiß nicht, warum.«
»Ich auch nicht«, sagte er, »aber ich möchte, daß du's ausstellst, bevor ich rüberkomme und den Sender mit meiner Methode einstelle.«

Sie machte das Radio aus, kippte ein wenig mit ihrem Stuhl zurück und starrte unbewegt auf den unbeleuchteten Kasten. Nun war nur noch das zu hören, was auf dem Herd briet – was immer es auch war –, und T.V.A., der mit seinen Füßen scharrte.

»In Ordnung«, sagte Mr. Lamb, beugte sich drohend vor, mit roten und flackernden Augen. »Was noch?«

»Das Gesetz des Zentimeters«, sagte er. »Das hat mit dem Verbrechen der Sodomie zu tun.«

Mr. Lambs Gesicht wurde schnell aschfahl.

»Es besagt, daß der genitale *und* orale Verkehr zwischen zwei Männern, oder zwischen einem Mann und einer Frau, absolut verboten ist.« Er warf dem alten Mann einen anmaßenden Blick zu. »Aber oraler Verkehr zwischen zwei Frauen ist kein Verbrechen aufgrund der fehlenden Penetration des Geschlechtsorgans . . .«

»Mehr will ich davon nicht hören«, sagte der alte Mann, bäumte sich in seinem Stuhl auf, schlug mit seiner harten, kleinen Faust auf den Tisch und starrte gleichzeitig alle an. »Das ist doch unnatürlich, Herrgott noch mal.«

»Im antiken Kirchenrecht wurden Männer dafür gesteinigt«, sagte er. »Aber Frauen wurden bloß ausgepeitscht, was eine tiefe Ungleichheit ist. Was dem einen recht ist, sollte dem anderen doch sozusagen billig sein. Ich bin sicher, Sie werden dem zustimmen.«

»Den Deibel werd ich tun«, kochte der alte Mann. »Das hier ist mein Tisch, und ich entscheide, wem ich zustimme. T.V.A., bring jetzt endlich das beschissene Essen rein, oder ich komme rüber und steck dich in die Pfanne, dann haben wir alle was Besseres zu beißen.«

Landrieu erschien auf der Stelle mit einer Steingutplatte voll geschmorter Eichhörnchen, mehreren Schüsseln mit neuen Kartoffeln, Bohnen und Okra, einer Soßenterrine und einem bernsteinfarbenen Krug Tee. Mr. Lamb beobachtete finster, wie das Essen hereingetragen wurde, als suchte er nach einem belanglosen Vergehen, für das er jeden außer sich verantwortlich machen könne. Mrs. Lamb erschien und setzte sich ans andere Ende des Tisches, während sie alle aufstanden. Landrieu kam zurück mit vier Gläsern voll Eis und beobachtete dann Mrs. Lamb, die den Tisch prüfend anschaute und langsam nickte, woraufhin Landrieu prompt wieder in der Küche verschwand.

»Wo kommen Sie her?« fragte Mrs. Lamb und wandte sich wieder an Robard.

Er beobachtete Robard genüßlich. Robard legte seine Gabel ab, nahm sich Zeit zu schlucken, saß dann da und suchte nach einer möglichen Antwort. Mrs. Lamb roch nach verwelktem Flieder.

»Hewes ist kein großer Redner«, spuckte Mr. Lamb aus, den Mund voller Bohnen und Kartoffeln, »aber der hier ist einer«, und wedelte mit seiner Gabel.

»Aus Cane Hill, Arkansas«, sagte Robard und schaute mißtrauisch in die Runde.

»Was hat er gesagt?« schrie Mr. Lamb. »Auf dieser Seite hab ich mein schlechtes Ohr.« Er verpaßte seinem Ohr einen ordentlichen Schlag und drehte sein funktionsfähiges Ohr dem Gespräch zu.

»Wenn du nicht immer so auf dein Ohr hämmern würdest, Mark, dann würdest du besser hören«, sagte Mrs. Lamb.

»Auf dem hör ich gar nichts mehr«, sagte der alte Mann und sah verdutzt aus. »Vor zwei Jahren hatten wir einen Wirbelsturm, der zwei von Gaspareaus kleinen Baracken weggeblasen hat. Der war so stark, daß ich oben ins Gestrüpp kriechen mußte, damit ich nicht weggeblasen wurde. Und als es vorüber war, konnte ich auf dem Ohr nichts mehr hören.« Er zeigte auf sein Ohr wie auf etwas, das er nie ergründen würde.

»Also, ich glaube«, sagte Mrs. Lamb gebieterisch und schüttete sich Bohnen auf ihren Teller, »daß Mark sein Leben lang alles Mögliche ins sein Ohr gesteckt hat, bis er es kaputtgemacht hat. Es ist doch gar nicht einzusehen, daß ein starker Wind einen taub macht.«

»Außer wenn er's tut, verdammt noch mal.«

Mr. Lamb runzelte die Stirn und klapperte mit den Zähnen. »Du und Newel, ihr zwei solltet zusammen in die Kirche gehen.«

T.V.A. erschien, sammelte die Whiskeygläser ein und trug sie in die Küche.

»Wissen Sie was?« fragte Mr. Lamb und lehnte sich über sein Essen vor.

»Nein«, sagte er und beobachtete, wie der alte Mann kochte.

»In Arkansas drüben«, – Mr. Lamb gestikulierte mit seinem Daumen – »wissen Sie, was man da tun muß, um Rechtsanwalt zu werden?«

»Nein«, sagte er, löffelte Zucker in sein Teeglas und schaute zu, wie er zwischen den Eiswürfeln hinuntersickerte.

Ein Grinsen stahl sich über den Gummimund des alten Mannes, und er zog sich näher an den Tisch, als ob er zwischen ihnen eine Vertrautheit schaffen wollte. »Sie zwingen einen dazu, zwei Tage in einer Irrenanstalt zuzubringen, bevor sie einem die Zulassung erteilen. Hahaha.« Der Mund des alten Mannes brach auf, sein Gesicht wurde rot, und seine Augen wurden so feucht, daß er den Zipfel seiner Serviette nehmen mußte, um sie zu trocknen. »Wußten Sie das nicht?«

Er nahm einen Bissen vom Eichhörnchen und kaute. »Warum machen die das?« fragte er.

»Scheiße!« sagte der alte Mann. »Weil die denken, daß es irgendwie gut für die Anwälte ist, nehme ich doch an. Sie müssen glauben, sie alle könnten's gebrauchen, sonst würden sie's doch nicht machen.«

Mrs. Lamb schaute Mr. Lamb gequält an. »Die Anwaltsprü-

fung *wird* in der Irrenanstalt in Little Rock abgehalten«, sagte sie leise.
»Und all die Verrückten schreien und toben rundherum, wie die Natur sie geschaffen hat«, sagte Mr. Lamb hämisch. »Es sollte Gesetz sein, daß jeder Rechtsanwalt ein Jahr in einer Irrenanstalt verbringt, bevor er anfängt, nur um ganz sicherzugehen. Was meinen Sie dazu, Newel?«
»Ich finde, das wäre 'ne gute Idee«, sagte er. »Wir könnten dann ein paar von den gesunden Leuten freilassen und anfangen, die Verrückten da reinzustecken, wo sie hingehören.«
Der alte Mann lächelte spitzbübisch. »Ich glaube, ich und Newel haben uns schließlich doch auf was geeinigt«, sagte er und schaute jeden prüfend an, um zu sehen, ob er zustimmte. »Wo, sagten Sie noch, sind Sie her, Hewes?« fragte er.
»Arkansas«, sagte Robard entschieden.
»Hewes ist mein Aufpasser«, sagte Mr. Lamb zu Mrs. Lamb, die Robard prompt skeptisch anblickte. »Und er ist kein Mörder«, sagte er. »*Das* haben wir schon mal geklärt.«
Robard warf Mr. Lamb einen merkwürdigen Blick zu.
»Hewes, jetzt hören Sie mir mal zu«, begann Mr. Lamb und lehnte sich in seinem Stuhl zurück, bis die Sprossen krachten und es so aussah, als würde der Stuhl gleich zusammenbrechen. »Das einzige, was Sie zu tun haben, ist, sich in Ihren Jeep zu setzen und die Straßen auf der Insel abzufahren. Es ist völlig egal, welche Sie nehmen oder wo Sie anfangen, Sie sollen bloß aufpassen, wo Sie langfahren, niemanden erschießen, von niemandem erschossen werden und keinen dieser Scheißkerle von drüben hier eindringen lassen, damit sie mir meine Truthähne abknallen. Alle Straßen führen letztlich wieder hierher.«
Robard hielt seine Augen fest auf seinen Teller gerichtet und beobachtete alle aus seinen Augenwinkeln, als paßte es ihm nicht, vor allen anderen Befehle erteilt zu bekommen. »In Ordnung«, sagte er.

»Aber wenn Sie den ollen Gaspareau vor die Flinte kriegen, sollten Sie vielleicht abdrücken.« Mr. Lambs Augen blitzten auf. »Mrs. Lamb würde sich vor Dankbarkeit gar nicht wieder einkriegen.«
»Das genügt, Mark«, sagte Mrs. Lamb. »Wir alle sind Mr. Gaspareau dankbar für seine Dienste.«
»Mrs. Lamb hätte nichts gegen 'ne kurze Gaspareau-Jagdsaison, wenn das Forstamt sie ließe.« Mr. Lamb bebte leise.
Er versuchte sich vorzustellen, was für eine Art von Gemeinheit Gaspareau begangen haben könnte, daß er sich Mrs. Lambs Zuneigung verscherzt hatte. Es schien allerdings so, als ob fast jede von Mr. Gaspareaus persönlichen Angewohnheiten sie gegen ihn aufgebracht haben könnte, obwohl Mr. Lamb offensichtlich mit jeder dieser Gewohnheiten gleichzuziehen vermochte.
»Ich werd Sie mit jedem bekanntmachen, der hier mit meiner Erlaubnis herkommt«, fuhr Mr. Lamb gebieterisch fort, »damit Sie *die* nicht vertreiben. Andererseits, wenn Sie 'n Außenbordmotor hören, gehen Sie dem Geräusch nach, denn das ist dann bestimmt eins von diesen Arschgesichtern, die hier reingekrochen kommen, um sich 'n Truthahn zu schießen, ohne daß ich es merke. Wissen Sie, wo der Fluß ist?«
Robard kniff seine Augen zusammen, bis sein Gesicht wie ein Rasiermesser aussah. »Nein«, sagte er und fummelte am Heft seines Besteckmessers herum.
»In der Richtung«, sagte der alte Mann laut, zeigte mit seinem linken Arm auf die Rückseite des Hauses und auf die andere Seite der Insel. »Wenn noch jemand, außer Gaspareau oder einem seiner Mörder, rüberkommt, dann kommt er vom Fluß her. Da sollen Sie deshalb auch die Hälfte Ihrer Arbeitszeit verbringen.«
»In Ordnung«, sagte Robard.
Mrs. Lamb aß ihren Teller leer, läutete mit einer winzigen

Tischglocke, und T.V.A. machte gewaltigen Lärm, als er aufstand und aus der Küche kam. Er erschien mit einer Serviette im Kragen und den Mund voller Eichhörnchenfleisch in der Tür, wobei einiges davon noch in seinen Mundwinkeln hing. Er schaute mit einem ziemlich gequälten Gesichtsausdruck auf den Tisch, aber weder Mr. Lamb noch Mrs. Lamb bemerkten es. Er nahm Mrs. Lambs Teller und trug ihn zurück in die Küche.

»Sehen Sie die Karten?« fragte der alte Mann, lenkte die Aufmerksamkeit aller auf die Wand hinter sich und lehnte sich arrogant in seinem Stuhl zurück.

Alle, außer Mrs. Lamb, starrten stumpf auf zwei Landkarten, die auf die Wandbretter aus Sperrholz genagelt waren. Die eine war eine mattierte Luftaufnahme einer riesigen unscharfen Masse in Tränenform, wobei die untere Spitze des Tropfens nach innen gebogen war. Die andere Karte war die Arbeit eines Kartographen, zeigte einen Teil des Flusses auf der Höhe von Elaine und ließ erkennen, daß der Fluß gerade wie ein Senkblei an dem Stadtgebiet vorbeiführte, das von zwei konzentrischen Kreisen auf der Karte bezeichnet wurde. Die Karte zeigte aber keine Moräne oder irgendeine Erdformation an, die auf eine Insel verweisen würde. Der Fluß führte gerade an Elaine vorbei, ohne irgendeine Einbuchtung in der einen oder anderen Richtung. Die Karte war vom Ingenieurscorps der Armee angefertigt worden, dessen kleines Kolophon in der rechten unteren Ecke eingeprägt war.

»Sehen Sie irgendwas Ungewöhnliches?« schnaubte der alte Mann.

Robard vergrub sein Kinn in der Hand.

»Was meinen Sie, Sie Schlauberger?« fragte Mr. Lamb. »Sie sehen nichts Ungewöhnliches, oder?«

»Nur daß die Insel nicht dort auf der Karte ist, wo sie die Luftaufnahme zeigt.«

Der alte Mann schaute ihn giftig an und redete weiter, als hätte er ihn nicht gehört. »Diese Insel gibt es auf der beschissenen Karte der Ingenieure nicht«, sagte er triumphierend, während ein verwegenes Lächeln sein altes faltiges Gesicht belebte. Mrs. Lamb erhob sich geziert, ging ins Wohnzimmer und setzte sich neben ihr Radio. Sie saß einen Augenblick lang da und starrte auf das Feuer im steinernen Kamin, dann drehte sie die kalten Röhren an. Mr. Lamb musterte sie mit einem merkwürdigen Blick, dann veränderte sich sein Gesichtsausdruck, und er fuhr fort zu erzählen. »Diese verdammten Scheißkerle von der Armee glauben, daß sie furchtbar schlau sind, weil sie rumlaufen, mit allem rummachen und in jedem Graben, der auch nur 'nen Zentimeter hoch Wasser trägt, einen Damm ziehen, bis man die Arschlöcher um 'n bißchen Badewasser bitten muß. Naja, die hab ich fertiggemacht, Himmel noch mal.« Seine Augen schnellten wild zwischen den beiden hin und her, und er wartete darauf, daß sie endlich eine Frage stellten, aber keiner sagte irgend etwas. »Eines Tages war ich unten am Fluß, muß vor ungefähr zehn Jahren gewesen sein, und schnüffelte da unten rum, ohne irgendwas Bestimmtes vorzuhaben, als ich plötzlich zwei so fette Hirschkühe sah, die über eine kleine Kuppe auf den Fluß zu liefen, und ich bin hinter ihnen hergegangen, weil ich sehen wollte, was sie da unten machen wollten. Also fing ich an, den Hügel hoch zu laufen – damals konnte ich noch einen Fuß vor den andern setzen, ohne auf die Fresse zu fallen – und plötzlich, kurze Zeit später, hör ich so ein *Bumm-Bumm-Bumm* von der Stelle, wo die Hirsche hingerannt waren. Ich hab mich auf die beschissene Erde geworfen, weil man ja nie wissen kann, was da drüben los ist. Ich bin da ein oder zwei Minuten liegengeblieben und hab nichts mehr gehört, kein Schießen oder Schreien oder sonstwas. Ich bin dann ganz vorsichtig den Hügel hochgekrochen, bis ich auf den Fluß runterschauen konnte, und da waren diese beiden

Typen in 'nem Motorboot, die gerade am Ufer anlegen wollten. Sie hatten den Motor hochgewuchtet und stakten ins Wasser rein. Einer von denen hatte zwei Gewehre – zwei von diesen kleinen kurzen Armeegewehren –, und der andere stakte das Boot mit einem langstieligen Paddel. Beide waren Armeetypen, das konnte ich sehen, weil sie Uniformjacken anhatten, diese idiotischen Torfköpfe. Und natürlich, genau da am Ufer waren auch die beiden Hirschkühe, mausetot, mitten durch'n Hals geschossen, obwohl sie die eine sogar zweimal totgeschossen hatten. Ich konnte genau sehen, was sich da abspielte, und als sie aus dem Boot stiegen und jeder einen Hirsch packte, kam ich mit meinem Hirschgewehr brüllend über den Hügel gerannt und schnappte sie mir: wegen unbefugten Betretens, wegen Hirschjagd vom Boot aus, wegen Hirschjagd mit einer nicht zugelassenen Waffe, wegen Jagd ohne Lizenz, wegen unerlaubten Schießens eines Hirsches, wegen unerlaubten Schießens eines zweiten Hirsches und wegen Jagd außerhalb der Saison. Ich hatte die beiden Scheißer sowieso voll in der Hand, weil die beiden sofort anfingen, sich in die Hosen zu machen, als ich ihnen ihre Vergehen aufzählte. Sie waren beide Majore, hatten ihre Uniformen an, also wär vielleicht noch 'ne ganze Latte weiterer Verbrechen dazugekommen, die man zu der, die ich schon kannte, noch zufügen konnte. Also hab ich die beiden Arschlöcher verhaftet. Ich habe ihnen erzählt, sie wär'n auf dem besten Weg ins Gefängnis, und die Arschgesichter wurden weiß wie 'ne Wand, fingen an, sich anzuschauen, als suchten sie nach irgendeinem Weg, mich zu beschwichtigen, und einer von ihnen fragte dann, ob sie nicht irgendwas tun könnten, damit ich sie laufen lassen würde, ohne sie dem Sheriff zu übergeben. Und ich sagte: ›Tja, ich weiß nicht.‹ Und dann stellte sich raus, daß sie gerade aus Memphis kamen und die Feldarbeit für eine neue Karte vom Fluß machten, denn das Ingenieurscorps kontrolliert den Fluß, weil sie gerade keinen Krieg haben, wo sie ordentlich was zu bauen hätten. Und als sie mich fragten, ob sie mir nicht irgend 'nen Gefallen tun könnten, um all die Verbrechen wiedergutzumachen, die sie genau vor meinen Augen begangen hatten, sagte ich: ›Scheiße, ja. Ihr könnt diese Insel von eurer verdammten Karte streichen, damit keiner sie findet, der sie nicht finden soll.‹ Und diese armen Hunde sagten, klar, das machen sie, weil es für 'n Haufen Arschlöcher wie das Ingenieurscorps völlig egal ist, was auf die Karte kommt und was nicht, weil sie alle so beschissene Krüppel sind, daß sie sich jeden Abend ins Bett heben lassen müssen und die Hälfte von ihnen sowieso völlig korrupt ist. Also, so ist das gekommen, daß wir nicht auf der Karte sind. Und so ist es gekommen, daß es schwer ist, diesen Ort hier zu finden, denn mir ist das gerade recht. Wenn ich hierherzieh, dann will ich nicht, daß hier überall Schwachköpfe rumrennen, in der Gegend rumballern und mir meine Hirsche und Truthähne, und was sonst noch hier ist, abknallen.«

»Und was ist mit den Hirschen passiert?« fragte er.

»Mit welchen Hirschen?«

»Den Hirschen, die die Majore geschossen haben. Haben Sie ihnen erlaubt, die Hirsche mitzunehmen, weil sie Ihnen diesen Gefallen getan haben?«

»Teufel noch, nein. Was zum Teufel glauben Sie, hab *ich* da draußen um sechs Uhr morgens getan? Ich wollte die Hirschkühe selber. Ich hab da draußen 'ne Malzlecke hingesetzt. Wohin, glauben Sie, wollten diese Hirsche wohl, als diese Trottel sie abgeknallt haben? Die wollten zu meiner Lecke, genau dahin wollten sie.«

»Ich dachte, Sie hätten gesagt, es war keine Hirschsaison.«

Der alte Mann schaute ihn bösartig an. »Das hier ist *mein* Land. Hier herrscht Jagdsaison für alles, was ich zu schießen gedenke. Ich scheiße auf Hirschsaison oder irgendeine andere Saison. Ich schieße, was ich schießen will. Ich hab da

im Moment 'nen Schwarm von Wachteln draußen zwischen dem Haus und meiner Landebahn.« Er zeigte mit seinem Finger aufs nächstgelegene Fenster. »Ich schnappe mir Ellinor, gehe da rüber und schieße mir zwei Wachteln zum Abendessen, wenn ich will. Und da soll mir keiner erzählen, es wäre keine Wachtelsaison, weil es Saison *ist*. Diese Wachteln sind immer in Saison – in *meiner* Saison.«
»Ich war ja bloß neugierig.«
»Na bitte, und hier hast du deine Antwort, Mister Neugierig. Das hier ist *meine* Insel, und ich nehme auf niemanden Rücksicht außer auf mich selber, Himmel noch mal, und auf mich nehme ich auch keine Rücksicht. Ich kann's nicht ändern, wenn auf dem Land von diesen armen Scheißkerlen hier in der Gegend keine Hirsche oder Wachteln oder sonst irgendwelches Wild mehr ist. Ich schütze das, was ich habe. Ich habe Hewes angestellt, damit er diese Arschlöcher hier nicht rauflläßt. Sie haben die Bestände auf ihrem eigenen Land ruiniert, und jetzt wollen sie sie auf meinem ruinieren. Aber das werden sie nicht tun. Hewes hier paßt da schon auf, oder nicht, mein Sohn?«
Robard sah von seinem Teller auf, schmatzte mit den Lippen und weigerte sich, am Gespräch teilzunehmen. Der alte Mann lehnte sich zurück und musterte sie beide arrogant. Er war, während er seine Geschichte erzählte, bis zur Kante seines Stuhls vorgerutscht, und nun schob er die Finger unter seine Hosenträger und warf ihnen beiden einen dreisten Blick zu, als wollte er sie provozieren, auch nur einem einzigen Wort, das er geäußert hatte, zu widersprechen.
Mrs. Lamb begann, durch prasselndes Rauschen hindurch an den Radioknöpfen zu drehen.
»Stell die Nachrichten ein, Fidelia«, sagte Mr. Lamb nüchtern und wandte sich so weit um, daß er in den nächsten Raum sehen konnte.
»Ich suche das Wetter«, sagte sie, starrte auf die kleinen,

leuchtenden Fensterchen und stöpselte ein Paar uralter Kopfhörer ein, wonach die Geräusche abbrachen. Bis auf den Farbigen, der in der Küche herumhantierte, war es im ganzen Haus still.
»Mrs. Lamb richtet sich nach dem Wetter«, sagte Mr. Lamb und drehte sich leicht verwirrt wieder um. »Es ist ihr völlig egal, wie spät es ist, Hauptsache, sie weiß, wie das Wetter ist.«
»Wenigstens macht es ihr nichts aus, daß sie älter wird«, sagte er.
»Wem zum Teufel macht das was aus?« schnauzte der alte Mann, schob seinen Stuhl zurück und scharrte dabei lärmend über den Fußboden. »Machst du dir Sorgen darüber, daß du alt wirst, T.V.A.?«
»Nein, Sar«, sagte der unsichtbare T.V.A. aus der Küche. Er konnte die vollgespritzten Schuhspitzen des Farbigen sehen, der sich hinter der Tür hingesetzt hatte.
»Warum nicht?« fragte der alte Mann.
»Sar?« fragte T.V.A.
»Warum machst du dir keine Sorgen darüber, daß du alt wirst, mein Sohn? Newel da macht sich darüber Sorgen. Wir aber nicht, oder?«
»Nein, Sar.«
»Warum nicht?« fragte der alte Mann ungeduldig und neigte seinen Kopf, um jedes Wort genau zu verstehen.
»Weil ich tot wär, wenn ich nicht älter werden würde.«
»Hahahahaha.« Der alte Mann brach in erstickendes Gelächter aus. T.V.A. rührte sich hinter der Tür überhaupt nicht. Mr. Lamb schlug mit seiner Faust auf den Tisch, alle Gläser erzitterten, und Tee schäumte an beiden Seiten des Kruges hoch. »Sie wär'n tot, Newel, wenn Sie nicht älter werden würden«, winselte der alte Mann, der gerade noch die paar Worte herauskriegte. »Sie auch, Hewes, Sie wär'n auch tot. Wir wären *alle* tot.«

Mr. Lamb holte wieder seine Zähne aus dem Mund, tauchte sie in sein Eisteeglas, schwenkte sie mit den Fingern hin und her und ließ sie dann langsam auf den Boden des Glases sinken. Er schaute auf, seine Wangen waren über dem Gaumen eingesunken, und sein Mund flatterte wie die Düse eines schlaffen rosa Luftballons, was ihn eher wie eine alte Frau als wie einen alten Mann aussehen ließ.

»Ich will Ihnen mal was erzählen, was Sie *nicht* wissen, Newman«, sagte der alte Mann undeutlich und faltete seine Hände adrett vor seinem Körper.

»Früher war dasch so:« nuschelte er, während seine Zähne nutzlos am Boden des Teeglases herumtrieben, »wenn ein Mann ins Gefängnis kam, dann kamen die großen Knastexperten und zogen ihm alle Zähne, weil sie sich damals 'ne Theorie zurechtgebastelt hatten, daß schlechte Zähne an allen Verbrechen schuld sind. Es war nicht die Kindheit, oder ob die Mutter mal von 'nem Ziegenbock erschreckt worden ist, oder in was für 'ner Nachbarschaft man lebte, oder ob die Mutter einen wie ein Mädchen angezogen hat – nichts von diesem Quatsch. Es war'n die *Zähne*. Wenn man schlechte Zähne hatte, war man ein Verbrecher. Also sind sie in alle Gefängnisse gegangen, haben angefangen, jedem die Zähne rauszureißen, und haben sie dann einfach laufen lassen. Also ich finde, das ist 'ne ziemlich gute Idee, finden Sie nicht? Das wußten Sie doch bestimmt nicht.«

Er beobachtete, wie die zahnlosen Kiefer des alten Mannes aufeinandermahlten. »Hat man Ihnen da Ihre ganzen Zähne gezogen?«

Der alte Mann lächelte finster, und seine Hände blieben wie festgeklebt auf dem Tisch liegen. »Nein, die haben sie mir in Memphis gezogen«, sagte er.

»Haben Sie seitdem irgendwelche Verbrechen begangen?«

»Nur eins«, sagte der alte Mann.

»Und was für eins?«

Die Augen des alten Mannes blitzten auf, er wischte sich die Lippen mit dem Ärmel und entblößte ein breites, leeres Grinsen. »Ich mußte eines Tages so 'nem Klugscheißer die Fresse polieren. Aber das war der einzige, den ich kennengelernt hab, und seither mußte ich's nicht wieder tun.« Mr. Lambs blaue Augen flackerten gefährlich, und er fixierte ihn mit einem langen, angespannten Lächeln. »Kennen Sie den Witz über den Nigger, den man beim Klauen von Axtstielen erwischt hatte und der nun vor den Richter gerufen wurde?« Mr. Lamb erhob sich und stützte sich auf den Stuhlrücken. »Der Richter schaut sich den Neger sehr gründlich an und fragt dann: ›Rufus, mußtest du schon einmal vor mir aufstehen?‹ Und der Nigger schaut den Richter sehr ernst an und sagt: ›Also, das weiß ich wirklich nicht genau, Herr Richter. Wann stehn Sie denn auf?‹« Die Augen des alten Mannes sprangen vor und zurück, während er auf eine Reaktion wartete. T.V.A. begann zu kichern und knallte mit den Töpfen. Der alte Mann schaute sie noch einen Augenblick an, bis sein Lächeln vollkommen verschwand. »*Eins* fehlt euch Scheißkerlen ja nun wirklich«, sagte er verwirrt. »Humor. Ihr jungen Leute, alle wie ihr da seid, wißt doch überhaupt nicht, was komisch und was nicht komisch ist, zum Teufel noch mal. Letzte Woche habe ich, bloß um mit ihm zu reden, ohne jeden Hintergedanken, so'n kleinen Hosenscheißer in Helena gefragt, nur um freundlich zu sein, hab ich ihn gefragt: ›Wo zum Teufel kommt ihr Kinder eigentlich alle her?‹ Und der Mistkerl guckte mich an, als wär ich 'n Haufen Scheiße, und sagte ›Das müssen Sie mir mal erklären. Ihr habt uns doch die letzten dreißig Jahre gekriegt.‹« Der alte Mann warf ihnen einen schwachen finsteren Blick zu und humpelte in das andere Zimmer.

16 Er stand da und schaute durch die Tür auf den Wald hinaus, wo der Mond einen dünnen, glänzenden Nebelstreifen zwischen den Baumkronen entzündet hatte. Er hörte, wie der Farbige die Treppe herunterkam, durch den Vorhof trampelte und die andere Hütte betrat. Er hörte, wie drinnen das Licht angedreht wurde, konnte aber weder das Haus erkennen, noch Licht durch den Eingang schimmern sehen, obwohl er die Füße des Farbigen auf dem nackten Kiefernboden hörte. Über dem Dunstschleier war der Himmel klar. Ein paar kleine Wolkenfleckchen zogen vor die Mondscheibe. Er hörte Elinor, die eine letzte Inspektion des ganzen Hofes vornahm, in den feuchten Blättern herumschnüffeln und im Gras herumscharren. Dann lief sie weiter, wobei ihre Leine leise bimmelte.

Er atmete durch die Fliegentür und leerte seine Lungen, bis er sich wohl fühlte. Ganze Tage hatte er so am nebelverhangenen Fenster gestanden und auf den Park geschaut, während der Abend wie Dunst heraufzog, und hatte versucht, sich zu beruhigen. Spät nachts kamen dann die Qualen, seine Augen brannten, und seine Sehnen zuckten. Es waren unvermeidliche Reflexe, wie ein Korb voller Bienen, die durcheinanderwirbelten, um herauszukommen.

Robard, der vor ihm heruntergekommen und sofort ins Bett gegangen war, drehte sich im Schlaf um, stieß einen langen Seufzer aus und scharrte mit seiner Hand an der noppigen Wand.

Er stand am Fliegendraht, zeichnete sich in seiner Unterhose massig gegen das Leuchten des Mondes ab, holte ganz tief Luft, atmete durch das Drahtgeflecht wieder aus und ließ sich völlig von der Leere ausfüllen, die seinen Kopf einen flüchtigen Augenblick lang für alles frei machte.

17 Im Sommer, im winzigen Motelzimmer in Angola, hatte er mit seinem Vater zusammengesessen und aus der Tür auf das Gefängnis gestarrt, ein breites, mit Stacheldraht versehenes Lager, das tagsüber gut zu sehen war und nur ein Ring von winzigen Lichtern bei Nacht. Am Tag zuvor war ein brauner Lieferwagen von Shreveport mit dem elektrischen Stuhl heruntergekommen und durch das Zentrum des Ortes gefahren, so daß jeder in der Sonne stehenblieb und hinschaute. Der Staat besaß nur einen einzigen elektrischen Stuhl und ließ ihn jeweils dorthin schaffen, wo er gerade gebraucht wurde, im ganzen Staat, von Gericht zu Gericht, wo immer jemand hinzurichten war. Um Mitternacht hatten alle in der Stadt das Licht angemacht, standen am Fenster und warteten, und als der Stuhl angestellt wurde, wurden alle Lichter für eine Zeitlang schwächer, alle schimmernden Lichter im Gefängnis wurden schwächer, und in dem Motelzimmer, das er mit seinem Vater teilte, lag er im Bett und sah, wie der Deckenventilator langsamer und langsamer wurde, bis er stehenblieb. Am Morgen war er mit seinem Vater in dessen altem Mercury ans Gefängnistor und hindurchgefahren und weiter auf der gut angelegten Schotterstraße bis zum Lager aus langen, weißen Baracken, die wie Hühnerhäuser aussahen. Im Hof war sein Vater ausgestiegen und in ein Büro gegangen, um dem Mann Stärke für die Gefängniswäscherei zu verkaufen, und er hatte in der feuchten Hitze des frühen Morgens friedlich im Auto gesessen, die lange Reihe von gekalkten Baracken hinuntergestarrt und sich gefragt, wo der tote Mann wohl war, und überlegt, ob er und der tote Mann, ein unversöhnlicher Mörder namens Walter L. Magee, dort zusammen eingesperrt waren, oder ob sie ihn in der Nacht heimlich aus dem Stuhl gehoben, in die Stadt transportiert und in ein Zimmer gelegt hatten, damit er über Nacht abkühlte.

Teil III
Robard Hewes

1 Am Morgen erwachte er, bevor es hell war. Regen fiel auf die Hütte. Newel lag wie ein Berg auf seinem Feldbett, atmete schnaufend, seine Nase an der noppigen Wand. Er starrte eine Weile vor sich hin, schlief ein, wachte wieder auf und wußte nicht, wie spät es war. Er stand zwischendurch einmal auf, trat in den Regen hinaus, wandte seinen Kopf zu Landrieus Hütte und zum Haus hoch. Aber überall war es dunkel. Ein Scheinwerfer leuchtete oben an der Treppe, und der Regen schoß durch das dampfende Licht. Er ging wieder nach drinnen. »Schauen Sie mal«, hatte der alte Mann gesagt, sein Kinn in den lappigen Falten seines Halses vergraben und in den Augen immer noch Whiskey. »Ein blindes Huhn findet auch ein Korn.« Die Augen des alten Mannes weiteten sich, als er die Waffe übergab.
»Ja, Sir«, hatte er gesagt.
»Wissen Sie, was das bedeutet?« Der alte Mann hielt den Kopf schräg, um besser sehen zu können.
»Nehm ich doch an«, sagte er und dachte nach.
Mr. Lamb trat zurück und rückte seine Schultern gerade. »Ich glaube nicht«, sagte er, tat so, als wollte er weggehen, blieb aber dann stehen. »Es bedeutet, daß jeder Blödmann, der 'ne Waffe hat, auch 'nen Weg findet, jemanden damit zu erschießen.« Die Augen des alten Mannes weiteten sich wieder, als ob er nach einer Schwäche bei ihm suchte, um sich nicht von der Pistole trennen zu müssen. »Ich will nicht, daß Sie die Waffe abfeuern, verstehen Sie?«
»Ja, Sir«, sagte er, schob die Fußspitze an den Spann des anderen Fußes und schaute weg.

»Himmel noch mal, das hier ist ein Symbol *meiner* Autorität«, verkündete der alte Mann. »Sie tragen die bloß für mich herum, weil ich zu beschissen alt bin, um die Leute selber von meinem Land runterzujagen. Aber, auch wenn ich's nicht wäre, würde ich nicht rumlaufen und auf Leute schießen, kapiert?«
»Ja, Sir«, sagte er. Er starrte auf die Zehen des alten Mannes, die in seine Segeltuchhose verwickelt waren.
»Also Hewes«, knurrte der alte Mann. »Sie tun so, als wäre diese Waffe Ihr Schwanz, und behalten sie in der Hose.«

Er lag auf dem feuchten Laken und lauschte auf den Regen, der auf das Dach prasselte. Newel sagte etwas im Schlaf, reckte seine Faust in die Luft und ballte sie, als bedrohe er einen Eindringling im Schlaf, öffnete sie dann wie eine Blüte und ließ sie wieder sinken.

2 Er erwachte wieder im Tageslicht, der alte Mann drosch auf die Glocke an der Veranda ein, und die Angst vor W.W. hing über ihm wie eine zweite, große Glocke ohne Klöppel. Er lag ruhig da und horchte auf das Fluchen des alten Mannes. Newel lag unter dem Laken, tief in irgendeinem schrecklichen Traum.
Er mußte nun einige strenge Vorsichtsmaßnahmen treffen. Er konnte nicht einfach bei ihr zu Hause vorfahren, auf die Hupe drücken und sich mit ihr im Arm davonmachen, ohne daß alle im Umkreis von hundert Kilometern die Telefonleitungen heiß laufen ließen, um W.W. darüber zu informieren, daß irgendein Finsterling in einem Pickup gerade seine Frau abgeholt hatte und mit ihr sonstwohin fuhr, wobei sie aus seiner Armbeuge hervorlugte wie ein Wurm, der trockenere Luft sucht. Er mußte sich schon was Besseres einfallen lassen, oder W. könnte drastische Maßnahmen ergreifen.

Der alte Mann begann wieder, auf die Glocke zu hämmern. Er hörte Landrieus Tür schlagen, seine Füße auf den nassen Stufen und das Brüllen des alten Mannes.
Newel rollte sich auf den Rücken, starrte auf die Spinnweben und ließ die Decke auf den Fußboden gleiten. Newels Körper war weiß wie ein Aspirin, und einer seiner Arme war so dick wie seine beiden Arme zusammen. Sein eigener Bauch war so hart wie ein Klafter Holz und Newels war eine große Masse von Haar und Brust und Fett, die wie ein Teighaufen auf dem Laken ruhte.
Newel rutschte auf seine Seite hinüber und starrte ihn an. »Sie sind fit wie'n Flitzebogen, nicht? Sie hätten mal solchen Raubbau mit sich betreiben sollen, wie ich's getan hab. Dann gäb's auch was, worüber wir reden könnten.«
Er stand da und starrte Newel an, ohne daß er etwas sagen konnte, und begann, in seine Hose zu schlüpfen. Newel zog die Decke wieder bis zu seinem Kinn hoch, streckte seine Beine aus und schien wieder einschlafen zu wollen.
Er sollte sie so schnell wie möglich anrufen und ein Treffen mit ihr arrangieren, bei dem er sie in den Pickup schmuggeln konnte, und niemand würde mehr bemerken als einen Pickup, der auf dem Highway irgendwohin fuhr, was sowieso niemanden einen Dreck interessierte. Nur, daß die Zeit jetzt gegen ihn zu arbeiten schien. Er blickte Newel mißtrauisch an, als läge der da und überlegte, wie er sich einmischen könnte.
Der alte Mann stürmte plötzlich wieder auf die Veranda und drosch noch einmal auf die alte Glocke ein, so hart, wie er nur konnte. »Verdammt noch mal, Hewes«, fauchte er. »Arbeiten Sie für mich oder machen Sie Ihren eigenen Kram, Sie Scheißkerl?« Lange herrschte Schweigen, dann hämmerte der alte Mann wieder auf die Glocke und stürmte zurück ins Haus, unfähig, die Stille noch einen Augenblick länger zu ertragen.

Newel setzte sich an die kalte Wand und rieb sich die Augen. »Erklären Sie mir mal was«, sagte er.
»Was denn?« fragte er und wollte hinausgehen.
»Was zum Teufel machen Sie hier unten? Ich habe wachgelegen und versucht, auf irgendwas zu kommen. Ein vernünftiger Mensch würde mit dem, was Sie da machen, doch nicht seine Zeit verschwenden, wenn's nicht was Wichtiges wäre.«
»Niemand hat behauptet, daß es das nicht ist.« Er konnte Newels Gesicht in der Finsternis nicht genau erkennen.
»In Ordnung«, sagte Newel, popelte mit seinem Finger in der Nase und sank zurück aufs Bett. »Ich hoffe nicht, daß es bloß so eine heiße, superjunge Nummer ist, die hier irgendwo in Pflege ist, so daß Sie jetzt herumschleichen und Ihr Nummernschild abschrauben müssen, um an sie ranzukommen.«
»Warum nicht?« fragte er.
»Weil es wichtigere Dinge im Leben gibt.«
»Dann nennen Sie mir mal eins«, sagte er.
Newels Körper wurde heller im Licht. »Das ist doch völliger Blödsinn, wenn ich Ihnen jetzt irgendwas erzähle.«
»Scheiße.« Er griff mit den Fingern nach dem Riegel. »Ich hatte gehofft, daß Sie ›eine andere‹ sagen.«
»Eine andere was?«
»Eine andere Nummer«, sagte er. »Das ist das einzige, das ich wichtiger finde als 'ne Nummer. Ich hatte gehofft, daß Sie das sagen, *dann* hätten wir was, worüber wir reden können. Ich hätte 'ne ganze Menge mehr von Ihnen gehalten, als ich's jetzt tue.«
»Das glauben Sie doch selber nicht«, sagte Newel.
»Sie wissen, daß ich das glaube«, sagte er und lachte. »Sie sollten sich langsam mal ein bißchen schlauer machen, mein Junge. Soviel Zeit haben Sie nämlich auch nicht mehr.«

3 Mr. Lamb saß an seinem Platz am Kopfende des Tisches, als er aus dem Regen hereinkam. Der Farbige trug eine eingebeulte Kochmütze aus Chintz und eine Schürze, die bis unter seine Achseln reichte, und schaute ihn nicht an, als er durch die Küche kam. Das Zimmer roch nach heißem Haferbrei.

Er setzte sich hin und griff nach seiner Serviette, während Mr. Lamb ihn lange schweigend anstarrte. Der alte Mann trug dieselben rot-gelben Hosenträger und dieselbe Segeltuchhose wie am Vorabend und darunter eine gelbe Pyjamajacke, die er bis zum Hals zugeknöpft hatte.

»Wenn es nicht regnen würde, hätt ich Sie schon in die Wüste geschickt«, sagte der alte Mann und kniff die Augen hinter der Brille zu kleinen Schlitzen zusammen.

»Warum denn das?« fragte er.

»Die Sonne ist aufgegangen«, sagte Mr. Lamb und warf einen schnellen Blick zum Fenster hinüber, damit auch jeder wußte, daß er wußte, daß es regnete. »Jeder Dreckskerl, der sich auf die Insel schleichen will, hat das schon getan, bevor Sie Ihren Arsch aus dem Bett gewuchtet haben. Wenn es nicht regnen würde, hätt ich Sie schon wieder ins Boot gesetzt.«

»Wenn es nicht regnen würde, hätt ich nichts dagegen gehabt«, sagte er ruhig.

Der alte Mann runzelte die Stirn und fummelte an seinem Löffel herum. »Bring ihm seinen Haferschleim!« rief er, schob sich mehrere Löffel Haferbrei in den Mund und begann kräftig zu kauen. »Wo steckt Newel?« fragte er.

»Im Bett.«

»Scheißkerl«, gluckste der alte Mann, nahm einen kleinen Schluck Kaffee aus seiner Untertasse und verschüttete noch mehr darauf.

»Heute abend muß ich in die Stadt«, sagte er.

Der alte Mann sah ihn entsetzt an. »Wollen Sie denn *über-*

haupt nicht arbeiten?« fragte er. »Sie kommen erst nach sechs Uhr hier an, und jetzt wollen Sie schon wieder weg. Scheiße.«
»Ich habe gesagt, daß ich ab und zu mal weg müßte«, sagte er.
»Weshalb denn, zum Teufel?«
»Ich habe was zu tun.«
Der alte Mann schaute ihn verärgert an, weil er nicht in das Geheimnis eingeweiht wurde. »Was haben Sie denn zu tun?«
»Wir haben das Thema schon diskutiert«, sagte er und spülte etwas Kaffeesatz in seinem Mund weg.
»Haben wir das?« fragte der alte Mann laut. »Sie planen doch keinen Raubüberfall in Helena, oder?«
»Nein, Sir.« Er versuchte den Haferbrei zu bewegen und merkte, daß es nicht ging.
Der Mann nahm sich noch eine große Portion und musterte ihn von oben bis unten. »Haben Sie Verwandte in Helena?«
»Die sind alle weggezogen«, sagte er.
»Ich kenne *niemanden* in Helena«, sagte der alte Mann. »Ich bin aus Marks, Mississippi, und wenn ich nicht über die Helena-Brücke hätte gehen müssen, um auf diese Insel zu kommen, wär ich da nie hingekommen. Ich kann's nicht ausstehen. Diese Insel gehört zu Mississippi. Mit Arkansas hab ich absolut nichts im Sinn. In Arkansas gibt's bloß Schwachköpfe und Kriminelle, wie der alte Idiot, der am anderen Ufer wohnt. Wenn Sie die kleine Bank of Dixie drüben in Helena ausrauben wollen, machen Sie's ruhig, da hab ich nämlich keinen Cent drin.«
»In Ordnung«, sagte er und wollte aufbrechen.
»Was halten Sie von Newel?« fragte der alte Mann erbittert.
»Er stellte eine Menge Fragen.«

»Ich glaube nicht, daß er genug Verstand besitzt, um beim Pissen den Schlitz aufzumachen, oder was meinen Sie?« Der alte Mann grinste, und sein Gebiß löste sich langsam von seinem weichen Zahnfleisch.
Er dachte an Newel, der in der Kühle da lag, halb wach und halb im Schlaf, während er sich bei dem alten Mann anbiedern mußte, bloß um sich einen Abend frei zu betteln. Newel schien die Dinge im Augenblick wesentlich besser im Griff zu haben als er. »Er wird schon 'n guter Anwalt werden.«
»Scheiße«, schnaubte der alte Mann. »Diese Scheißkerle sind allesamt falsch wie die Schlangen. Sie dürfen mein Testament machen, aber das ist alles, gütiger Gott, was ich mit ihnen zu tun haben will.« Das Gesicht des alten Mannes nahm einen beflissenen Ausdruck an. »Haben Sie schon Ihr Testament gemacht?«
»Ich hab noch nicht dran gedacht.«
»Das sollten Sie aber«, sagte der alte Mann und neigte vertraulich das Kinn. »Ich hab meins gemacht, und seitdem fühle ich mich viel besser.« Er betrachtete seine Finger, als wären die Wohltaten dort abzulesen. »Man kann nie wissen, wann man umfällt wie 'ne Schaufel. Sie sind verheiratet, oder?«
»Bin ich wohl«, sagte er.
»Na dann«, sagte der alte Mann, kippte mit seinem Stuhl zurück und ließ seine Mundwinkel erschlaffen. »Sie wissen doch, warum die Vögel morgens singen, wenn sie wach werden, oder?«
Er brachte seinen Kopf auf gleiche Höhe mit den Augen des alten Mannes und versuchte, sich an einen Vogel zu erinnern, der in den feuchten Ästen gesungen hatte, aber er konnte sich nur an das monotone Murmeln des Regens erinnern und an das Gespenst von W., das zwischen den Bäumen stand.
»Nein, Sir«, sagte er.

Die Lippen des alten Mannes verzogen sich zu einem listigen Lächeln. »Weil«, sagte er, »sie glücklich sind, daß sie noch 'nen Tag zu leben haben. Darauf können Sie sich nämlich nicht verlassen, Hewes. Die kleinen Vögelchen wissen das auch. Deshalb singen sie da draußen die ganze Zeit. Sie versuchen uns etwas zu sagen. ›Tschilp, tschilp, du lebst noch, du dummer Scheißkerl.‹«

Seine Augen rundeten sich, er krächzte ein rauhes Lachen hervor und stand auf. »T.V.A.«

Landrieu erschien in der Tür.

»Geh zum Schloß und wärm den Thron vor.«

Der Farbige ging über die Veranda und die Treppe davon.

»Ich kann's nicht leiden, auf einem kalten Sitz zu hocken«, sagte der alte Mann und zog seine Hosenträger von den Schultern.

Er schaute in das Wohnzimmer, um zu sehen, ob Mrs. Lamb da war, aber das Zimmer war leer, und das Haus wirkte vollkommen betäubt. Der Regen hatte aufgehört, und er konnte hören, wie das Wasser in die Pfützen unter der Dachtraufe tropfte. Er horchte auf einen Vogel in den Bäumen und dachte an Newel in seinem kühlen Bett und an W., der mit einem merkwürdigen Blick die hohle Kammer eines Luftgewehres musterte und sich fragte, warum er nicht Basebälle warf, nicht Autogramme gab, nicht der gefeierte Star irgendeiner Stadt war, statt das zu tun, was er jetzt tat. Und das alles vermittelte ihm ein seltsames Gefühl, als ob er etwas, das ganz in seiner Nähe geschah, nicht mitkriegen würde, weil er es aufgrund irgendeines Defektes nicht sehen konnte. Er horchte auf den süßen Vogellärm, aber nur das Wasser war zu hören, das in langsamen, unregelmäßigen Tropfen vom Dach lief, und irgendwo in der Ferne das Geräusch vom Zuschnappen der Klotür.

»Verpiß dich und fang an zu arbeiten«, rief der alte Mann von den Doppeltüren aus. Sein Reißverschluß war herunter-

gezogen, und er hielt seine Hose an den leeren Gürtelschlaufen fest. »Wenn Sie Mr. Newel da draußen irgendwo sehen, erzählen Sie ihm, daß er sein Frühstück verpaßt hat.« Der alte Mann eilte hinaus.
Er trat auf die Veranda hinaus, atmete den kühlen Duft des Regens ein und horchte, hörte aber nichts als das Schlagen der Klotür und das Wasser, das von den hohen Bäumen ins Gras tropfte.

4 Um fünf Uhr fuhr er mit dem Jeep zum See und nahm das Boot zu Gaspareau hinüber. Das Licht hatte sich in Streifen ausgefächert, die sich im Dunst vor Helena aufhellten.
Zwei von Gaspareaus Hunden kamen herbeigelaufen, standen da und blinzelten, als er das Boot festmachte und zu den Zürgelbäumen hinüberging. Sie bellten nicht, als ob sie meinten, daß jemand, der von der Insel kam, kein Grund zur Aufregung wäre, und einen Augenblick später liefen sie wieder zurück unters Haus. Er wartete auf ein Zeichen von Gaspareau, aber von ihm war nichts zu sehen oder zu hören. Mr. Lambs Continental stand da, wo er vorher gestanden hatte, und Zürgelbaumbeeren sammelten sich darauf, die der Regen hinuntergewaschen hatte. Laubheuschrecken zirpten in den Bäumen am See, und Stille lag über dem Lager und den Hütten, die sich in einem Bogen bis ins Wasser hinein erstreckten. Gaspareaus Bombe war die letzte Stelle, auf die das Sonnenlicht direkt fiel.
Er fuhr die Traktorspur hoch und über den Damm hinüber in die feuchten Felder. Das Wasser stand unbewegt in den Furchen und schimmerte in schwarz-weißen Lichtreflexen wie silberne Pfeile, die das Himmelsgewölbe spiegelten.
Er hielt bei Goodenough's. Mrs. Goodenough stand hinter dem Postschalter, trug eine grüne Sonnenblende und beob-

achtete, wie die Sonne langsam hinterm Windschutz verschwand und der Himmel sich am Horizont purpurrot färbte.
Er zwängte sich hinter die Backwaren, holte das Blatt aus seinem Schuh und wählte.
»Ich bin's«, sagte er und hielt den Hörer dicht an seinen Körper, damit niemand mithören konnte.
»Du Scheißkerl«, sagte sie. Ihre Stimme war leise.
»Was ist denn los?«
»Warum bist du nicht gekommen?«
»Ich hab's dir doch gesagt«, flüsterte er und warf einen verstohlenen Blick den Gang hinunter auf Mrs. Goodenough, die nun Briefe sortierte und jeden Umschlag genau von allen Seiten betrachtete, bevor sie ihn in einen Segeltuchsack auf dem Tresen steckte.
»Ich bin schon unterwegs«, sagte er und hielt den Hörer vor seinen Mund.
In der Leitung entstand ein langes Schweigen. »In Ordnung«, sagte sie.
»Willst du denn nicht, daß ich komme?«
»Doch«, sagte sie kalt. »*Gestern* abend wollte ich, daß du kommst.«
»Ich komme heute abend«, sagte er.
»In Ordnung.«
»Wo kann ich dich abholen?« fragte er und hielt den Hörer vor seine Brust.
»Hol mich hier ab«, sagte sie nonchalant.
»Wenn mich irgend jemand sieht, bin ich weg vom Fenster.«
»Dann hol mich hinter der Post ab.«
»Sieht dich denn da keiner?«
»Nein. Aber es ist völlig egal, wenn's einer tut. Ich muß es niemandem recht machen.«
»Und wo ist *er*?«

»Was glaubst du wohl, wo er ist? Er spielt Baseball in Humnoke. W. hat aus sich 'nen Baseball gemacht. Wo bist du?«
»In Elaine.«
»Da unten gibt's bloß Schlangen und Mosquitos, richtig? Allzuoft bin ich allerdings nicht da unten.«
»Ich komme gleich.«
»Nicht am Telefon, das tust du nicht«, sagte sie. »Du hast mir gesagt, ich dürfte das nicht, also darfst du's auch nicht.«
Er schaute zu Mrs. Goodenoughs hinüber, die nun wieder auf den Sonnenuntergang starrte. Er konnte die sympathische Linie ihrer Brauen hinter der Sonnenblende sehen, die sich gegen das Fensterglas abzeichnete. Er war ungeheuer aufgewühlt, und er schien in eine Einsamkeit gehüllt zu sein, die nichts auf der Welt je stören könnte. Sie wandte ihren Kopf, sah ihn an und lächelte.
»Wo fahren wir hin?« fragte Beuna laut.
»Wo kein anderer ist«, sagte er und versuchte, nicht zu Mrs. Goodenough hinzuschauen.
»Wollen wir uns ein Motel nehmen?«
»Komm du erst mal zur Post«, sagte er.
Sie legte auf.
Er ging zur Tür und war verärgert. Mrs. Goodenough lächelte und schob eine Haarlocke unter das Gummiband ihrer Sonnenblende. »Fahren Sie in die Stadt?« fragte sie.
»Hoff ich doch«, sagte er. »Wenn ich nicht irgendwo Mist gebaut habe.«
Sie schaute ihn freundlich an, als ob sie genau wüßte, was er meinte. »Junger Mann« – sie lächelte – »wir machen Fehler, aber wir sind immer noch da.«
Im Laden waren nur noch ihre Atemgeräusche zu hören, deren Rhythmen nicht übereinstimmten. Sie warteten darauf, daß ihre Worte irgend etwas auslösten oder verklangen.
»Ja, Ma'am«, sagte er. »Ich hoffe bloß, daß ich morgen wieder hier bin.«

Sie griff nach einem Brief und untersuchte ihn oberflächlich, und er trat in den Abend hinaus und schaute die schnurgerade River Road hoch, die nach Helena führte. Die Lichter über der Stadt bildeten einen schäbigen Schmutzfleck am Himmel.

5 Das Postamt war ein braungelbes Backsteingebäude gegenüber dem Rangierbahnhof. Er fuhr den ungepflasterten Teil der Straße am Rangierbahnhof hoch und an der Stelle vorbei, wo das Haus von Beunas Vater gestanden hatte, und entdeckte, daß das Haus nicht mehr stand und das Grundstück nun ein Lager für Hydranten war. Die Hydranten lagerten, in alle denkbaren Richtungen geneigt, in einem Zyklonschuppen, auf einem kegelförmigen Haufen in einer Ecke hinten am Zaun. Dahinter standen einige Seifenbäume, an die er sich noch erinnern konnte. Die Stadt lag hinter dem Grundstück, dem Highway zugewandt, so daß sich das Postamt am dunklen Ackerrand der Stadt befand, beinahe in den Bohnenfeldern.

Er überquerte die Schienen am Haus des Rangiermeisters, in dem Licht hinter den Jalousien brannte. Er spürte Diesel auf seinen Lippen und in der Luft. Er drehte wieder, bis er parallel aufs Postamt zufuhr, und hatte das Gefühl, als hätte er Hummeln im Bauch.

Er hielt am Straßenrand und versuchte nachzudenken. Er wollte sich zusammenreißen, damit er sich, wenn er sie zu Gesicht bekäme, so zusammengeballt hatte, daß er sich völlig in der Hand hatte und kein Körperteil außer Kontrolle war.

Er wurde ruhig, starrte hinunter in den Rangierbahnhof und betrachtete die harten, kleinen, roten und grünen Rampenlichter und die Plattformwaggons, die mit Pinienholz beladen waren, horchte auf die Zugmaschinen, die sich im Dun-

keln hoben, atmete gleichmäßig und konzentrierte sich bloß noch auf einen Gedanken.
Im Hause des Rangiermeisters, wo der Rangiermeister gerade die Memphiszeitung las, gab es ein winziges Büro mit bemalten Fenstern und einer großen, schwarzen Tafel mit roten, gelben und grünen Lämpchen, die vor einem Mann mit Strohhut und durchbrochenem Baumwollhemd aufleuchteten und aufblitzten. Er drückte Knöpfe, drehte Schalter und redete mit Zügen draußen auf der Strecke, indem er mit langsamer, schleppender Stimme in ein Funkgerät sprach. Sieben Stunden hintereinander saß er ungestört in dem Raum und dirigierte jeden Zug und jedes Zugpersonal auf den Gleisen zwischen Memphis und Lake Village, und es hing allein von ihm ab, daß kein Zug in den anderen fuhr und daß der eine Personenzug, der die Strecke benutzte, nicht mit hundertzwanzig Stundenkilometern auf ein Abstellgleis raste und wie eine Reihe Mülleimer zusammenkrachte. Spät am Abend war er in den Raum geschlüpft und hatte dem Mann, der Wheeler hieß, zugesehen, ihn und sein weißes Hemd gemustert, das sich in den winzigen Lichtreflexen rosa und hellgrün färbte, und sich erstaunt gefragt, wie Wheeler es schaffte, wenn die Lichter schneller aufleuchteten und aufblitzten und die Züge begannen, mit schrecklicher Geschwindigkeit aufeinander zuzurasen und Schaffner Drohungen durchs Funkgerät heulten, immer noch mit der gleichen sanften, bäuerlichen Stimme mit ihnen zu reden. Er richtete bloß seine Hutkrempe, drehte an einem Schalter, etwa um ein Gleis zu öffnen, das ein grünes Lämpchen auf der Tafel war, und sagte niemals ein Wort zu demjenigen, der hinter ihm saß – denn es war immer jemand dort, der völlig erstaunt zuschaute –, und ließ sich nie ablenken. Er hatte lange dagesessen und war verzweifelt bei der Vorstellung, allein im Dunkeln mit all den Zügen, Schaltern, Ingenieuren, Schaffnern und Fahrgästen da zu sitzen, die einen durch ein winzi-

ges Lämpchen nach dem anderen forderten, bis der Druck zu groß wurde und man eines Nachts in Versuchung geriet, alles ineinanderlaufen zu lassen, an jedem Schalter zu drehen und zuzuschauen, wie Lichter in einer langsamen Folge von Blinken und Blitzen zusammenflossen, bis sie ununterscheidbar waren und es nichts mehr abzufertigen gab.

Er hatte am Morgen auf der Bank am Haus des Rangiermeisters gewartet, bis die Ablösung kam und Wheeler mit seinem Hut in der Hand und einer St. Louis Cardinals-Kappe auf dem Kopf nach draußen kam und in das stahlgraue Licht blinzelte. Er stand schnell auf und schaute Wheeler an, der ihn, trotz all der Stunden, die sie gemeinsam damit verbracht hatten, blinkenden Lämpchen auf der dunklen, schweigenden Tafel zuzuschauen, nie gesehen hatte, und fragte laut: »Wie schaffen Sie's bloß, die Züge die ganze Nacht in dem winzigen Zimmer zu rangieren, ohne daß sie irgendwann alle zusammenstoßen?«

Und Wheeler schaute ihn an, als hätte er sich diese Frage selbst schon hundertmal gestellt und wäre nun nicht erstaunt, sie von jemand anderem zu hören. »Ich denk nur noch Mond«, sagte er gelassen, nahm seine Cardinals-Kappe ab und fuhr sich durchs dünne, spärliche Haar. »Wenn man lange genug in den Mond starrt, sieht man nur noch den Mond, und man will nur noch den Mond sehen. Ich komme schon klar.«

Er saß im Pickup und starrte auf das Haus des Rangiermeisters im Rückspiegel, ein gelbes Licht über den schmalen Fensterflügeln, und auf die bemalte Fensterfront. Der Mond war aufgegangen, stand über dem Postamt und wurde wieder von einem Dunstschleier verborgen. Jetzt war es soweit, dachte er, die Zeit war gekommen, es gab keinen Aufschub mehr, die Stunde der Wahrheit war da, und er wollte keine halben Sachen, denn halbe Sachen waren so gut wie gar nichts.

Er gab Gas, bog in den schmalen Lastwagenkorridor zwischen dem Postamt und dem Lager des Baumwollmaklers und fuhr ihn in der falschen Richtung hinunter. Am Ende ging die Straße linker Hand direkt in die Zufahrt hinterm Postamt über. Er streifte mit seinem Pickup beinahe die Hausecke, und machte einen Satz auf die Zufahrt, die Räder griffen nicht richtig, und er rutschte auf die hintere Hauswand zu. Er kämpfte mit dem Steuerrad und war überrascht, daß er auf so kleinem Raum eine solche Geschwindigkeit entwickeln konnte, und dann stand plötzlich Beuna im Scheinwerferlicht, und er trat auf die Bremse, damit er sie nicht einfach überfuhr und auf die Straße hinausrollte.

Beuna zuckte nicht ein einziges Mal. Als der Pickup mit Vollgas an der hinteren Hausecke vorbeischoß, schlitterte und in zwei Richtungen gleichzeitig zu wollen schien, stand sie bloß ungerührt im Scheinwerferlicht, die eine Hüfte etwas höhergeschoben als die andere, und lächelte, als ob sie von einer Macht besessen wäre, die auch Pickups nicht aufhalten konnten.

Der Pickup hielt, er schaute sie flüchtig durch die von Fliegendreck übersäte Scheibe an, und sein Herz machte Sprünge, wie eine Maschine, die vom Sockel gefallen war. Sie trug winzige Frottee-Shorts, die in ihrem Schritt einschnitten, so daß ihre Schenkel praller wirkten, als sie sein konnten, und es schnürte ihm die Kehle ein, er fühlte sich wie gelähmt, als wollte er gleichzeitig im Pickup sein und weit entfernt an einem ganz anderen Ort. Sie hatte ihr Haar zu kleinen Bleistiftlöckchen aufgedreht, die ihren Kopf rahmten und ihr Gesicht rund erscheinen ließen. Sie drehte sich ein wenig im Licht und lächelte ihn an oder dorthin, wo sie ihn im Pickup vermutete, ihre Augen rundeten sich, und sie knöpfte ihre kleine, ärmellose Bluse auf, bis sie sich öffnete und ein gutes Stück ihres Busens im Ausschnitt auftauchte.

Er hatte das Gefühl, keine Luft mehr zu kriegen, und die einzige Bewegung, zu der er fähig war, war, auf den Hebel fürs Fernlicht zu treten und sie in einen jähen Schauer knisternden Scheinwerferlichts zu tauchen. Ihre Gesichtszüge fielen sofort zusammen und verzogen sich zu einem bösen Ausdruck. Ihre Hüften knickten ein, als versuchte sie, aus dem Licht zu entkommen, sie hielt ihren nackten Arm vor die Augen hoch, so daß beide Brüste aus ihrer Bluse hervorkullerten und, da sie sich vorbeugte, vorm Bund ihrer Shorts schaukelten.
»Verdammt!« schrie sie und duckte sich tiefer unter ihren Arm. Sie krümmte sich und versuchte, sich mit beiden Armen vor dem Licht zu schützen. Er versuchte, sich zu rühren, aber er konnte seine Arme nicht bewegen. »Robard!« kreischte sie.
Plötzlich trat er mit der Hacke gegen den Lichthebel, sank in den Sitz zurück und hörte, wie sein Name in der Dunkelheit verklang.
Die Zufahrt war verschwunden. Eine Pause trat ein, während der er gar nichts sehen konnte, dann tauchte Beunas Gesicht am Fenster auf und starrte ihn durch die Dunkelheit hindurch an.
»Arschloch!« sagte sie, und ihr Kinn war auf ihr Schlüsselbein gepreßt, damit sie sehen konnte, welcher Knopf in welches Loch gehörte. »Was soll denn der Schwachsinn?«
»Ich hab's verbockt«, sagte er, schüttelte den Kopf, behielt aber die Mündung der Zufahrt im Blick, um sich davon zu überzeugen, daß keiner um die Ecke kam, der nachsehen wollte, was der Lärm bedeutete.
»Damit hast du *verdammt recht*«, sagte sie, kümmerte sich um ihre Knöpfe, schnellte aber plötzlich wütend mit ihrem Kinn zu ihm hoch. »Ich wär ja fast erblindet, und mir hingen vor aller Augen meine Wertsachen raus.«
»Steig ein«, sagte er. »Sonst sind gleich die Bullen hier.«

»Das ist mir scheißegal«, sagte sie, drosch auf die Knöpfe ein, riß die Tür auf und warf sich in den Wagen.
Sie verströmte den gleichen süßen Blütengeruch, von dem er in jener Nacht in Bishop erwacht war und den er dann überall wahrgenommen hatte, irgendein feiner Duft aus der Wüste, dem er sich nur ausliefern konnte, und er hatte sie dann vor sich gesehen, kilometerweit von ihm entfernt in jenem Augenblick. Er berührte den Stoff ihrer Bluse, um das Gewicht ihrer Brüste zu spüren, und sie schlug ihm auf die Hand und verschränkte die Arme.
»Finger weg!« sagte sie.
»Ich bin fünftausend Kilometer wegen ihnen gefahren«, sagte er verwundert. »Willst du, daß ich jetzt auf sie verzichte?«
»Genau das«, sagte sie. »Ich will nicht, daß du an mir herumgrabbelst.«
»Scheiße«, sagte er und versuchte, sie im Dunkeln zu erkennen. »Wieso stehst du dann da draußen rum und wackelst mit ihnen rum wie bei 'ner Hundeschau?«
»Das ist doch meine Sache«, sagte sie und senkte ihr Kinn, so daß die weiche Haut auf der Unterseite nicht mehr zu sehen war.
»Und ich mach's jetzt zu meiner Sache«, sagte er, faßte sie am Ellbogen, schlängelte seine Hand in ihre Bluse und ließ einen Knopf nach dem anderen aufspringen.
»Robard?« fragte sie, und ihre Beine waren steif wie Stöcke.
»Was«, sagte er und knetete ihre Brüste.
»Ich möchte, daß du mich fertigmachst«, sagte sie. Ihre kleinen, blauen Augen waren stumpf wie Kiesel.
»Das werde ich«, sagte er. Er bekam keine Luft mehr.
»Ich möchte, daß nichts mehr übrig ist, wenn du fertig bist.«
»Wird auch nicht«, sagte er.

»Robard?«
»Was?«
»Ich möchte es hinten auf dem Pickup mitten im Dreck, den Steinen und dem Schmutz machen.«
Er nahm seine Hand weg und fühlte sich plötzlich wie in einem Tornado. »Das werden wir, Süße«, sagte er. »Das werden wir.«

Er fuhr die Steigung zur Main Street hoch und verließ die Stadt Richtung Memphis. Er fuhr an einem Drive-In-Kino vorbei, in dessen gläserner Kasse die Neonröhren leuchteten, dann an zwei Motels, dem langen, eingezäunten Gelände der Luftgewehrfabrik und an einer Bar am Rande der Felder. Dann verschwand die Stadt, und die Straße führte nach Westen und dann nach Norden in das Delta hinein.
Beuna rückte sich in seinem Arm zurecht, starrte auf den Highway und schlang die Arme um ihre Knie. »Weißt du, was ich gemacht habe, als ich in der Highschool war?« fragte sie und schaute zu ihm hoch, als wollte sie sich im voraus entschuldigen.
»Keine Ahnung«, sagte er.
Sie starrte wieder auf den Highway. »Also«, sagte sie und zupfte an ihrem Ohrläppchen. »Wir hatten so 'nen Lehrer namens Fisher. Mr. M. B. Fisher. Er war nur ein kleiner, mickriger Typ und hatte die ganze Zeit Kopfschmerzen, die ihn fast umbrachten. Ich bin immer unter dem Vorwand, für die Schülerzeitung zu arbeiten, zu ihm nach Hause gegangen, und er holte seine kleine Polaroid raus, ich legte mich nackt auf den Teppich und posierte, und er machte Fotos.« Sie schaute ihn an, um zu taxieren, wie er das wohl fand. »Und nach ein oder zwei Minuten hatten wir dann die Bilder, saßen auf dem Fußboden und lachten und lachten. Ich sagte immer zu ihm: ›Mr. Fisher, ich dachte, mit diesen Kameras macht man nur Geländeaufnahmen‹. Und er lachte

und lachte. Wir hatten 'ne Menge Spaß.« Sie ließ ihren Blick wieder auf den Highway zurückwandern.
»Wie kommt's, daß ihr zwei nie übers Aktfotostadium rausgekommen seid?«
»Das sind wir«, sagte sie. »Aber das war nicht so komisch.«
»War's wohl nicht«, sagte er und dachte an ein Motel.
»Ich finde Ficken nicht komisch«, sagte sie ernsthaft. »Du vielleicht?«
»Eher nicht.«
»Wo fahren wir hin?« fragte sie.
»Uns ein Zimmer besorgen.«
»Das will ich aber nicht!« sagte sie.
Er schaute sie an, um zu sehen, ob sie wütend geworden war, ohne daß er es gemerkt hatte. »Warum nicht?«
»Weil es dann wie immer ist«, sagte sie, wandte ihren Kopf ab und richtete sich in ihrem Sitz auf. »Man geht ins Bett, macht den Fernseher an, fickt, glotzt dann weiter und hofft, daß man nichts verpaßt hat.«
»Wir müssen ja nicht den Fernseher anmachen«, sagte er.
»Ich hab's dir doch gesagt, Robard«, sagte sie. »Ich will mich im Dreck und im Sand und in dem, was du da hinten sonst noch hast, wälzen und dich ficken, bis du blau bist. Kapiert?« Sie schob ihre Hand in seine Hose und griff fest zu.
»In Ordnung«, sagte er. »Und was ist mit Memphis?«
»Das ist eine Ausnahme. Ich möchte da hin und will, daß wir uns eine von diesen Duschen nehmen, und meinen kleinen Beutel rausholen. Ich kann's kaum noch erwarten.«
»Was willst du da eigentlich machen?«, fragte er.
»Das sage ich nicht«, sagte sie. »Wenn ich es dir erzählen würde, dann sagst du vielleicht, du willst nicht. Aber wenn ich dich in so'n nobles Zwanzig-Dollar-Zimmer mit diesen Duschen reinkriege und dich zu fassen kriege, dann machst

du alles, was ich sage.« Sie drückte ihn, damit er merkte, daß sie das könnte. »Das macht dich scharf, was?«
Sein ganzes Blut strömte nach unten, und sein übriger Körper wurde matt. Er fuhr an den Straßenrand und bog in eine Schotterstraße ab, die im rechten Winkel zum Highway lag. Beuna begann an seinem Gürtel zu zerren, sobald die Scheinwerfer auf die Schotterstraße fielen.
»Was hast du eigentlich Jackie erzählt?« fragte sie.
»Ich hab ihr gar nichts erzählt.«
»Weißt du, wozu ich W. W. gebracht habe?«
»Nein, wozu?«
»Daß er bei sich 'ne Vasektopie hat machen lassen, so 'ne Operation«, sagte sie.
»Warum hast du das gemacht?« fragte er, und dachte an W., der dauernd zu etwas gezwungen wurde, was er nicht wollte.
»Weil dieser Mensch keine Kinder haben *darf*«, sagte sie. »Da würde ja doch nur 'n Baseball bei rauskommen. Ich kann sowieso keine Kinder gebrauchen.«
Er ließ den Pickup ins Feld ausrollen. Die Luft roch nach Pflanzenschutzmittel, das sich mit dem süßen Geruch von Beuna vermischte.
»Warum nicht?« fragte er.
»Weil ich sie nicht gebrauchen kann«, sagte sie. »Findest du, ich sollte noch jemand aufziehen, der so ist wie ich? Ich will bloß meinen Spaß haben, und die nächste Generation soll sich um sich selbst kümmern. Ich will das Elend nicht noch vergrößern.« Sie starrte aus dem Fenster und umschlang wieder ihre Knie. »Ich hab mal 'ne Frage«, sagte sie.
Er schaute in den Rückspiegel, weil auf dem Highway in zwei Kilometer Entfernung Scheinwerfer aufgetaucht waren. »In Ordnung.«
»Was für Röhren sind die Fallopischen Röhren?« Sie sah ihn streng an, um ihn davor zu warnen, sich über sie lustig zu machen.

»Die sind in deinem Körper«, sagte er und rieb sich den Bauch. »Das sind deine Eileiter.«
»Ich dachte, das wären so kleine Röhren im Ohr.«
»Ist irgendwas nicht in Ordnung bei dir?« fragte er.
»Ich habe in so 'ner Zeitschrift für Geburtenregelung, die sie W. gegeben haben, was über sie gelesen. Da stand, daß man mir die auch abbinden könnte, statt bei ihm den Samenleiter durchzutrennen, aber ich hätte ins Krankenhaus gemußt, und er mußte bloß nüchtern in die Sprechstunde kommen, *eine* Nacht früh ins Bett gehen und durfte sein Ding zwei Wochen lang nicht benutzen. Er wußte sowieso nie, wofür er das Ding eigentlich hat.«
»Das ist aber traurig«, sagte er, rutschte den Sitz herunter und preßte sein Gesicht zwischen ihre Brüste.
»Du magst meine Wertsachen, was?« sagte sie, öffnete ihre Bluse und hob ihr Kinn im Dunkeln, so daß sich ihre Brüste strafften.
»Man könnte meinen, ich hätte noch nie welche gesehen«, sagte er, schmeckte die salzigen Unterseiten ihrer Brüste und schob sich zwischen sie.
»Laß uns nach hinten gehen«, sagte sie.
Er drückte die Tür mit dem Ellbogen auf und hielt ihre Hand, während sie hinauskletterte. Die Straße war an dieser Stelle nur noch feuchter Klee und Gras, das staubig roch. Auf dem Highway bewegten sich Scheinwerfer nach Norden auf Memphis zu, und die Autos zischten in die Nacht davon. Der Gestank verfaulender Pflanzen wurde vom Wind herangetragen und überlagerte den Duft, der von Beuna ausging. Er versuchte, im Mondlicht zu erkennen, wo das Wasser stand, aber er konnte nichts als den fahlen Widerschein von Helena am Himmel sehen. Sie kletterte auf den Pickup, stand auf der Ladefläche, zog ihre Bluse aus und streckte die Arme in die Luft, und ihr Körper war massig und blaß. Sie schaute auf die Felder hinaus, das Licht fiel von hinten auf

sie, und er konnte die kleinen Härchen an ihrem Rückgrat erkennen.
»Robard?«
»Was?«
»Ich hab W. gesagt, daß ich dich geheiratet hätte, wenn ich ihn nicht geheiratet hätte.« Sie blickte ihn ernst an. »Und jetzt will ich, daß du hier raufkommst«, sagte sie, öffnete den Druckknopf ihrer Shorts, zwängte sich hüftwackelnd aus ihnen heraus und betrachtete die kleinen Haarlöckchen zwischen ihren Schenkeln, als hätte sie erwartet, daß sie diesmal nicht da wären.
Er musterte sie und dachte, daß es vielleicht das beste wäre, wenn er sich wieder in den Pickup setzte, auf der Stelle abhaute und keine Zeit mehr verschwendete. Nur daß das, was sie ausstrahlte, Schlechtigkeit oder Enttäuschung oder Gemeinheit, genau das war, was er jetzt unbedingt brauchte, und er wollte in sie eindringen, in die Unendlichkeit davonsegeln und einfach alles loslassen.
Er setzte sich auf die Seitenverkleidung, knöpfte seine Hose auf und ließ den Brief aus seinem Schuh fallen, ohne sich darum zu scheren. Sie nahm ihn sofort mit Daumen und Zeigefinger, wie eine Bogensehne, stützte seinen Nacken und zog ihn an der Seitenwand des Pickups hinunter. Sie bearbeitete ihn, und ihre Mundwinkel waren ganz starr, ihre Brüste drückten sich gegen seine Rippen, sie streckte die Kinnlade vor, preßte ihre Füße auf seine Füße und packte zu, als wollte sie den Knochen abschleifen. Plötzlich brach ihm der Schweiß aus, er spürte seinen Puls in der Kehle und kriegte keine Luft mehr. Er griff nach ihren Oberschenkeln, merkte, wie sich sein Körper aufbäumte, und spreizte seine Füße, um irgendwo Halt zu finden. Ein Stöhnen erklang, sein Rücken fing an zu zittern, die Luft an seinem Nacken kühlte ab, und sie begann ihn hin und her zu schaukeln, und er spürte, wie ihre Kehle an seinen Lippen vibrierte, während ihre Laute

an seinem Ohr vorbei in die Luft entströmten. Er ließ sich von ihr schaukeln, ihre Füße stützten seine Füße wie Steigbügel, und nach jedem Stoß rutschte er auf ihre Knie, als zerrte ihn eine Schwerkraft zurück, und eine neue Kontraktion rieselte an seinem Rückgrat hoch, bis sie ihn wieder einführte und ihn wieder zwischen ihren gespreizten Schenkeln hielt.

Und nach einer Weile ließ sie ihn auf die Ladefläche rutschen und erschlaffte, spreizte die Füße, reckte ihre Arme hinter sich in die Höhe, griff nach dem Fuß des Wagenhebers unter dem Fenster, stieß einen leisen Summton aus, wurde ruhig und atmete nur noch ganz schwach. Ihre Arme waren kühl und trocken.

Er bewegte seine Hände, die sich in den Kies gegraben hatten, hockte sich hin und schaute Beuna an, die im Schatten der Fahrerkabine vor sich hin starrte. Ihr Bauch war feucht und ihre Brüste in den Brustkasten eingesunken. Er leckte seine Knöchel ab, wischte sich den Schweiß von den Stellen, wo er sich gesammelt hatte, und ließ seine Stirn vom Wind trocknen. Er hatte das Gefühl, als wäre er durch ein Blitzlichtgewitter gestoßen worden, könnte aber nun keines der Bilder sehen.

Sie trommelte mit ihren Fingern auf dem Wagenheber und starrte ihn über ihren Körper hinweg an. Die Flügel eines großen Vogels flatterten auf in die Nacht, als koste es ihn sehr viel Kraft, sich in die Luft zu erheben.

»Was war denn das?« fragte sie und schaute nach oben.

»Die Seele von jemandem hat die Flucht ergriffen.«

»Scheiße«, schnaubte sie. »Was zum Teufel war das?«

»Ein Bussard«, sagte er.

»Und was macht er?«

»Fliegt weg, ich weiß es nicht«, sagte er und starrte in die Luft.

»Uaaah«, sagte sie, verschränkte die Arme und ließ ihren

Kopf zurücksinken, so daß sie hochstarrte. »Ich habe überall Kratzer.«
»Du mußtest sie dir ja nicht holen«, sagte er leise und wünschte, er wäre woanders. »Wir hätten uns ein Motel in Marianna oder woanders nehmen können.«
»Ich wollte aber keins«, sagte sie. »Ich wollte diese ganzen Kratzer.«
»Was wirst du denn W. erzählen?«
»Ich erzähl ihm, daß ich auf'm Nagelbett geschlafen hab. Der merkt sowieso nichts, der ist so saudumm.« Sie biß ein wenig an ihrem Daumennagel herum.
»Was ist denn aus seinem Baseballspielen geworden?«
»Es hat mir nicht gepaßt«, sagte sie. »Ich konnte dieses ganze Herumsitzen nicht leiden. Ich bin wieder hergekommen und hab mir 'nen kleinen Wohnwagen gemietet. Und Ende August, als er da oben in Tacoma fertig war, ist er zurückgekommen und hat in der Luftgewehrfabrik angefangen zu arbeiten. Nach Weihnachten haben sie ihm einen Vertrag geschickt, aber ich hab ihm gesagt, ich würde weder nach Tulare, Kalifornien, noch nach Tacoma, Washington, mitkommen. Darauf hat er ihn einfach zerrissen, und das ist das letzte, was ich davon gehört habe. Irgendein Typ aus Arizona hat ihn vor zwei Monaten angerufen und ihn gefragt, warum er nicht schon da wäre, und er hat gesagt, er käme nicht. Er hat auch nie wieder was von denen gehört. Das war's wohl mit seiner Baseballkarierre. Er hat sechs Jahre lang versucht, aufgestellt zu werden, und die eine Chance, die er hatte, hat er versaut.«
»Und glaubst du, daß ihn das glücklich macht?«
»Es macht *mich* glücklich«, sagte sie. »Und das ist das einzige, was mich interessiert. Um sein Befinden kümmert er sich schon selber.«
Von den Feldern her kam eine Brise auf und zog durch die Gräser, und er bekam eine Gänsehaut am Arm.

»Was machst du in Elaine?« fragte sie.
»Verjage Leute von der Insel eines alten Mannes. Nicht viel zu tun.«
»Wie lange willst du bleiben?«
»Truthahnsaison. Eine Woche.«
»Und mit Jackie bist du fertig?«
»Ich weiß es nicht«, sagte er und überlegte. »Ich glaube nicht.«
»Du bist genauso wie ich, Robard«, sagte sie und lächelte, als hätte sie gerade von irgend etwas einen vollkommenen Eindruck gewonnen.
»Wieso?« fragte er.
Sie lachte und rutschte nach hinten, so daß ihr nacktes Rückgrat an die gerippte Rückwand des Pickups stieß und sie ihn direkt ansehen konnte. »Du willst jede bumsen, die du bumsen willst. Aber es gibt auch einen Unterschied zwischen uns.«
»Und der wäre?«
»Mir macht es nichts aus«, sagte sie.
»Wie kommst du darauf, daß es mir was ausmacht?«
»Weil du wie'n getretener Hund aussiehst, als hättest du vor irgendwas Angst«, sagte sie und lächelte.
»Ich habe vor gar nichts Angst«, sagte er und ärgerte sich.
»Da ist aber trotzdem was«, sagte sie. »Ich hab's schon am Telefon gemerkt, und jetzt sag ich dir noch was.«
»Und das wäre?«
»Es ist mir scheißegal.« Ihr Gesicht straffte sich, als hätte irgend etwas es erstarren lassen. Aber als sie die Stirn zu runzeln begann, löste sich die Erstarrung langsam, ihre Lippen schoben sich etwas vor, und sie seufzte in die Brise hinein. »Robard«, sagte sie mit schwacher Stimme.
»Was?«
»Ich bräuchte nichts anderes, um glücklich zu sein.«
Sie rutschte auf Händen und Knien vor, bis ihr Kopf an seinem Bein lag und ihr Körper sich um seine Füße rollte. »Be-

sorg mir eine Scheidung«, sagte sie, schaute zu ihm hoch und lächelte so lange, bis sie hübsch aussah.
»Schau mal«, sagte er.
»Vergiß es.« Sie griff zu, faßte ihn und zog an ihm. »Wann können wir nach Memphis fahren?«
»Wenn ich mit der Arbeit fertig bin.«
»In Ordnung«, sagte sie und begann, den Muskel auf seinem Oberschenkel abzuküssen. »Ich liebe es, Robard, ich liebe das so sehr.«
Irgendwo in der Luft setzte der Bussard zu einem Sturzflug auf die Baumreihe am Rande des Feldes an, wo die Luft dichter war, und schrie, und Beuna schaute auf, als ob sie selbst kurz vorm Verschwinden wäre.

6 Nach Mitternacht fuhr er zurück, stellte den Pickup ab und fuhr mit dem Boot hinüber. Ein langer, körniger Dunststreifen lag über dem Wasser, und das Boot glitt sanft unter der nebligen Schicht hindurch. An der Insel zog er das Boot aufs Ufer, drehte es um, blieb auf dem Kies stehen und blickte durch die Weiden in den Dunst zurück. Er hörte, wie einer von Gaspareaus Hunden im Wald ein Kaninchen verbellte und wie alle anderen einfielen, bis sie plötzlich von einem scharfen »Peng«-Geräusch zum Schweigen gebracht wurden, und dann breitete sich Stille auf der langen Biegung des Sees aus, hüllte alles ein und hielt es in der Schwebe.
Er versuchte zu ergründen, was sie zerstört hatte. Sie schien ihr Leben bis zu dem Punkt gesteuert zu haben, an dem sie völlige Kontrolle über sich erlangt hatte, was zugleich der Punkt völliger Verzweiflung war, und danach war ihr alles entglitten, und sie litt, als wäre ihr etwas Unentbehrliches so plötzlich entrissen worden, daß sie nun gar nicht mehr wußte, ob sie es überhaupt besessen hatte oder es hätte beherrschen können. Und das hatte sie zerstört.

Der Gedanke gefiel ihm gar nicht, daß das, was ihr Leben in einen Hurrikan verwandelt hatte, auch sein eigenes dazu gemacht hatte und daß ihm ein Teil seiner eigenen Existenz entglitten und in den Sumpf des Unkontrollierbaren gesunken war. Auch wenn sonst nichts klar war, dachte er jetzt, das wenigstens *war* klar. Durch Emsigkeit oder Intuition oder einfach schieres Glück hatte er wieder Ordnung in sein Leben gebracht. Und es befriedigte ihn, daß dazu nicht mehr nötig gewesen war, als sein eigener gesunder Menschenverstand.

Sie hatte ihn die Straße nach Marvell, auf Little Rock zu, nehmen lassen, und dann zeigte sie auf eine kleine Schotterabzweigung an der Straße, die zwischen den Bäumen verschwand, und ließ ihn anhalten. Am Ende des Weges, der ins Dunkel führte, erblickte er einen Unterstand aus Pinienholz, der zum Highway hin offen war. Sie sagte, daß sie einen Quarter wollte, stieg aus, ging hinunter, blieb unter dem Häuschen stehen, und er hörte, wie die Münze in eine Blechbüchse fiel, und dann tauchte sie zwischen den Bäumen wieder auf.

»Was war das?« fragte er, als sie wieder drinnen war.

»Die Gospel-Nische«, sagte sie, als ob sie annähme, daß er wissen müßte, was das sei.

»Und was zum Teufel ist das?«

»Man geht da hin, um für irgendwas zu beten«, sagte sie. »Wann immer man will. Deshalb haben sie's im Freien aufgestellt.«

»Und wofür hast du gebetet?« fragte er. Die ganze Sache amüsierte ihn. Er warf noch einmal einen Blick auf den Unterstand und fand, daß die Form an ein Toilettenhäuschen erinnerte.

»Für meine Seele«, sagte sie.

»Was fehlt ihr denn?« Er drehte mit dem Pickup, fuhr auf die Straße zurück und schlug die Richtung zur Stadt ein.

»Nichts«, sagte sie. »Aber sollte ich eine haben, dann möchte ich auch, daß sie in guten Händen ist.«
»Warum hast du nicht für Robard gebetet?« fragte er, fühlte sich gut und strich mit der Hand an der weichen Innenseite ihrer Beine hoch.
»Ich habe für ihn gebetet«, sagte sie. »Ich habe für St. Jude einen Quarter gespendet.«
»Wer ist das?« fragte er.
»Der für die hoffnungslosen Fälle«, sagte sie. »An der Wand hängt 'ne Liste mit den Heiligen. Ich habe keinen blassen Schimmer von ihnen. Spielt das irgendeine Rolle für dich, welchen ich genommen hab?«
»Überhaupt keine«, sagte er.
»Deshalb hab ich's ja auch getan«, sagte sie.

Teil IV
Sam Newel

1 Er hörte, wie Robard die Treppe hinunterging, zur Gin Den kam, die Waffe und die Patronenschachtel nahm und wieder verschwand. Irgendwo hinter dem Haus schrie Mr. Lamb nach dem Farbigen, der den anderen Jeep starten sollte, und wenige Minuten später hörte er Robard, der eilig auf dem Weg davonfuhr.
Er lag da und lauschte den Tropfen, die vor der Hütte aufschlugen. Kurze Zeit später kam der andere Jeep scheppernd ums Haus, und der alte Mann schrie Landrieu etwas zu, auf das Landrieu nicht antwortete. Als der Jeep auf Höhe der Hütte war, hielt der alte Mann an, saß eine Zeitlang still da und brüllte schließlich: »Stehen Sie endlich auf, Sie fetter Sack, oder ich laß Landrieu ein Grab für Sie schaufeln, verdammt noch mal!« Mr. Lamb startete wieder und raste zum See hinunter. Und er lag im Bett, starrte ins metallische Licht hinauf und dachte an Robard und an gar nichts. Nach einer Weile hörte er, wie Robard langsam durch den Hof zurückkam und in die andere Richtung weiterfuhr, und bei jedem dritten Kolbenhub knallte der Motor. Elinor kam an die Tür und blieb stehen, schaute hinein und schnüffelte und ging dann weiter. Und er lag still da und war zufrieden, mit allem nur durch die Geräusche verbunden zu sein, nackt in der Kühle zu liegen und nicht in Mr. Lambs geschwollene, alte Augenhöhlen glotzen und sich für jeden Atemzug rechtfertigen zu müssen.
Robard hatte seine Decken wieder so sorgfältig auf dem Feldbett zusammengelegt, als halte er sich für mehr als einen Tagesarbeiter, der sein Geld bar auf die Hand bekam, und

der Gedanke, daß Robard seine Lage falsch einschätzte, ärgerte ihn, und er dachte, daß sich hinter Robards verkniffenem Mund ein Anflug von Sturheit verbarg: er wußte genau, was er wollte, und würde keine Ruhe geben, bis er es auch so hatte. Und er mußte immer wieder denken, daß Robard ihn eines Tages deswegen hängen lassen würde, aus reiner Pingeligkeit, meinte er. Obwohl er ihn gerade deshalb bewunderte, weil er sich eine Art abgegrenztes, privates Leben erhalten hatte, etwas, was ihm selber nie gelungen war, weshalb er alles, was er dachte, immer gleich laut sagen mußte.

Plötzlich tauchte Landrieu in der Tür auf, schlug mit seinem Spachtel gegen das Blech und kniff die Augen zusammen, um hineinschauen zu können, ohne die Tür aufzumachen. »Stehen Sie endlich auf!« rief er und verzog sein Gesicht zu einer finsteren Grimasse. Er hatte seine Kochmütze aus Chintz auf.

»Wer sagt das?« Bloß um Landrieu zu ärgern, blieb er auf dem Laken liegen.

»Sie sitzt da drinnen und wartet«, sagte Landrieu und verschwand. Er hörte, wie Landrieu die Treppe wieder hochstapfte.

Die Aussicht, sich hinsetzen und essen zu können, ohne daß der alte Mann ihn ins Gebet nahm, gefiel ihm. Er kletterte aus dem Bett auf den schäbigen Betonfußboden und stand da und sah hinaus auf die Bäume, zwischen denen das Morgenlicht wächsern hindurchschien. Er fragte sich, wie es wohl sein würde, wenn Robard ihn hängen ließ, und ob es wohl je irgendeine Rolle für sie spielen würde, ganz gleich welche.

Er zog sich an und sprang über den nassen Hof und die Treppe hoch ins Haus. Landrieu stand in der Küche und wachte über vier Streifen Speck in einer riesigen Bratpfanne voller Fett und weigerte sich aufzusehen.

Mrs. Lamb saß am unteren Ende des Tisches und trug ein

kariertes rotes Männerhemd, das nicht zu dem rötlichen Ton ihrer Haare paßte. Sie blickte kurz zu ihm auf und nahm ihre Lesebrille ab, die an einem Stück Bindfaden um ihren Hals hing. Sie saß mit dem Rücken zur Küche und las in einem *Farmer's Almanac.*

»Es sagt für heute Regen vorher«, sagte sie genüßlich, als ob sie einen amüsanten Fehler in der Akuratesse des Buchs gefunden hätte. Sie verströmte einen frischen Fliederduft und hatte ein altes Duftkissen vorn in ihr Jägerhemd gestopft.

»Da können sie nicht mehr allzuviel falsch machen«, sagte er und lächelte beim Versuch, liebenswürdig zu erscheinen.

Landrieu erschien mit einem Glas Orangensaft, stellte es vor ihn auf den Tisch und verschwand wieder.

»Es heißt außerdem«, sagte sie und setzte sich wieder ihre Brille auf die Nase, »daß es heute vor hundert Jahren auch geregnet hat, und daß der Regen zu einem schlimmen Hochwasser in Mississippi geführt hat – genau wo diese Insel liegt – und daß zweihundert Baumwollpflücker aus ihren Häusern gespült wurden.« Sie schob ihre Brille hoch und blickte über den Rand zu ihm herüber, als ob in dem, was sie erzählte, ein Ernst liege, den jeder im Umkreis von hundert Kilometern begreifen müßte.

Mrs. Lambs rechtes Auge war, obwohl es die gleiche gelblich hellbraune Farbe hatte wie ihr linkes, keins, das im gewöhnlichen Sinn funktionierte, und war seltsam starr auf ihn gerichtet.

»Glauben Sie, daß die Geschichte zyklisch verläuft?« fragte sie und beobachtete ihn mit der gleichen Gespanntheit, die er an Mr. Lamb bemerkt hatte, als er sich an seinem verpesteten Brunnen zu schaffen machte.

»Nein.«

»Ich auch nicht«, sagte sie gebieterisch. »Ich meine, was geschehen ist, ist geschehen. Mark Lamb fällt es schwer, das zu begreifen.«

»Es ist immer schwer, das aufzugeben, woran man hängt«, sagte er.
Mrs. Lamb blickte wieder stirnrunzelnd auf den Almanach, als ob er eine Quelle von lauter Falschinformationen wäre.
»Wo ist Mr. Lamb hin?« fragte er.
»Er hat seinen Willys genommen und ist rübergefahren«, sagte sie, und ihr breiter, rotgeschminkter Mund verzog sich, als ob sie gerade der flüchtige Gedanke an Gaspareau durchzuckt hätte. »Eigentlich sollten heute morgen Leute zur Truthahnjagd kommen, aber niemand ist aufgetaucht. Mark glaubt, sie kommen nicht mehr. Er meint immer, daß es furchtbar schwer ist, die Insel zu *finden«*, sagte sie ernst und legte ihren Almanach weg. »Er macht sich Sorgen, wenn Leute nicht dann kommen, wenn sie kommen wollten, deswegen ist er jetzt rübergefahren und ruft in Oxford an, weil er Angst hat, daß sie sich verfahren haben. Er denkt, Arkansas wäre Ausland, wo die Leute seine persönliche Anleitung brauchen, um sich zurechtzufinden.«
»Ich dachte, er wollte gar nicht, daß man die Insel findet.«
»Nein«, sagte sie ruhig. Landrieu stellte einen Teller mit Rührei und zwei Brötchen vor sie hin und eine ovale Platte mit dem Speck in die Mitte des Tisches. »Mark möchte nur nicht, daß die falschen Leute sie finden. Er möchte, daß Coach Wright sie findet, und er möchte auch, daß Julius Henley, der Onkel Ihrer Freundin Beebe, sie findet. Aber weil die Insel nicht auf der Karte des Ingenieurscorps auftaucht, hat er die Vorstellung entwickelt, daß sie für den Rest der Welt nicht mehr existiert.«
T.V.A. erschien mit einem zweiten Teller Rührei und Brötchen, stellte ihn auf den Tisch und stand da, während Mrs. Lamb den Tisch nach irgendeiner Spur von Unordnung absuchte, nickte und ihn wieder entließ.
Im Haus war es still, und er konnte hören, wie Mrs. Lambs Gabel auf ihrem Teller klirrte.

»Gefällt es Ihnen hier unten, Mr. Newel?« fragte sie.
»Ja, Ma'am«, sagte er.
Sie nahm sich ein Brötchen und untersuchte das weiche Innere, als ob sie erwartete, auf etwas zu stoßen, das jemand darin versteckt hatte. Nachdenklich schaute sie auf. »Was haben Sie für Pläne, Mr. Newel?« fragte sie.
»Welche Pläne meinen Sie?«
»Dann sind Sie also jemand, der eine Reihe von Plänen hat«, sagte sie und neigte ihm freundlich den Kopf zu.
Er lächelte und versuchte zu erraten, ob sie wohl Verständnis für ihn haben würde.
»Sie laufen alle auseinander«, sagte er.
Sie seufzte. »Heutzutage laufen bei allen die Pläne auseinander. Warum sollten Ihre Pläne da anders sein? Beebe Henleys laufen schon auseinander, wenn man sie bloß erwähnt.« Sie legte ihr Brötchen wieder auf den Teller. »Und Sie sind Rechtsanwalt?«
»Nächsten Monat, hoffe ich doch.«
Sie nickte, riß einen Fettstreifen von der Speckschwarte ab und steckte ihn in den Mund. »Und was für Pläne haben Sie für Beebe Henley?« fragte sie in demselben unaufdringlichen Tonfall.
»Ich weiß es nicht«, sagte er und fragte sich, was er eigentlich für Pläne für sie hatte. »Kann sein, daß ich gar keine habe.« Er sah verlegen auf.
Mrs. Lamb begann, ihr sauberes Besteck sorgfältig zurechtzurücken, so daß es genau an der Tischkante lag, sie schluckte den letzten Bissen Speck und ließ den Blick auf ihm ruhen. »Was machen Sie hier auf meiner Insel?« fragte sie kühl.
Er erinnerte sich an den harten, verurteilenden Blick, den die alte Dame ihnen zugeworfen hatte und der jedes Molekül zwischen ihm und Robard hatte gerinnen lassen, als wären sie zwei Verrückte, die Mr. Lamb gerade Anteile an der He-

lena-Bridge verkaufen wollten. Mrs. Lambs gesundes hellbraunes Auge wurde erheblich kleiner und dunkler, und sie stützte das Kinn auf ihre Daumenspitze und starrte ihn an, bis er krampfhaft nach etwas anderem zu suchen begann, worauf er *seinen* Blick heften konnte. Er schaute nach oben und dann flüchtig auf die zwei Landkarten, die eine mit der Luftaufnahme der Insel und die, auf der die Insel gar nicht abgebildet war.

»Gewöhnlich kommen die Leute hierher«, sagte sie gelassen, »um zu jagen oder zu fischen oder einfach, um ein bißchen Landleben zu genießen. Einige kommen auch nur, um die Lambs zu besuchen.« Sie machte eine Pause. »Unter welche Kategorie darf ich Sie einordnen?« Sie behielt ihr Kinn auf der Daumenspitze und bewegte sich keinen Deut.

»Das ist schwer zu sagen«, meinte er, versuchte, seinen Blick von den Landkarten nach unten zu lenken und sich wieder der unmittelbaren Gegenwart der alten Dame zu stellen. »Es würde eine Menge Geduld erfordern«, sagte er.

Er konnte hören, wie der kleine Jeep mit rasender Geschwindigkeit in den Hof hereindonnerte.

»Ich habe eine Menge Reserven«, sagte sie und sah verärgert aus. »Als ich fünfundvierzig Jahre alt war, lebten Mark und ich auch schon auf dieser Insel, und ich bekam eine Tuberkulose wegen der Feuchtigkeit und mußte dann ganz schnell nach Memphis gebracht werden. Und damals wurde Tuberkulose so behandelt, daß die befallene Lunge mit Murmeln gefüllt wurde, und dann mußte man einige Monate so dableiben, bis die Lunge sich einfach durch geduldiges Ausharren wieder regenerierte.«

»Ja, Ma'am«, sagte er.

»Es war unangenehm«, sagte sie kühl. »Aber ich habe sehr viel Geduld entwickelt. Und ich glaube, ich besitze Geduld genug, um mir alles anzuhören, was Sie mir je in Ihrem Leben erzählen könnten.« Sie betrachtete ihn unfreundlich.

Jemand kam die Außentreppe heraufgestapft und trat gegen jede Tür, die ihm im Weg war. Mrs. Lambs Augenbrauen zogen sich aristokratisch in die Höhe, und sie hob leicht ihr Kinn und senkte den Kopf in der Erwartung, daß plötzlich jemand eintreten würde. Er richtete die Augen fest auf seinen Teller und begann, so hingebungsvoll, wie er nur konnte, sein Rührei zu essen.
Auf einmal platzte Mr. Lamb, rot wie eine Tomate, durch die Tür des Vorraums, ging durch das Zimmer direkt ins Wohnzimmer und verschwand um die Ecke, ohne ein Wort zu sagen. Er trug Gummistiefel, die ihm bis unter die Knie reichten, und einen langen Regenmantel, der bis an die Stiefel herunterhing, so daß er aussah wie eine kleine Glocke mit einem langen Klöppel. »Scheiße!« brüllte er von irgendwoher. »Verdammtes Arschloch.«
Mrs. Lambs Augenbrauen zogen sich wieder fest zusammen, sie schob die Unterlippe vor und legte die Hände auf den Tisch und wartete, daß Mr. Lamb wieder von dort auftauchte, wo er wütete und fluchte und herumpolterte. Er hatte in diesem Augenblick das Gefühl, daß er nichts lieber täte, als sofort zu verschwinden, und hoffte nur, daß ihn der alte Mann, als er vorbeiging, nicht bemerkt hatte. Mrs. Lamb jedoch nahm alles mit Schweigen auf und in der Erwartung, daß Mr. Lamb gleich zurückkommen und es ihm nicht passen würde, wenn irgend etwas anders war, als er es gerade gesehen hatte. Er legte seine Gabel so unauffällig wie möglich hin, zog seine Beine an und legte die Hände in den Schoß.
»Arschlöcher, Arschlöcher«, gurgelte Mr. Lamb und kam dann plötzlich in Socken und ohne den Mantel um die Ecke. Er trug eine Segeltuchhose mit Hosenträgern und dasselbe rote Hemd mit den Wildenten auf dem Kragen. Er starrte sie beide zornig an und umklammerte die Rückenlehne seines Stuhls, und sein Gesicht war hochrot.

»Was ist passiert, Mark?« fragte Mrs. Lamb geduldig.
»Die Mistkerle kommen nicht«, sagte der alte Mann schäumend vor Wut. »Ich hab sie beide angerufen. Und beide haben gesagt, sie kämen nicht. Sagten, sie wär'n zu verdammt beschäftigt oder irgend so 'n Quatsch. Julius sagte, er hätte 'ne Gerichtsverhandlung, und Lonnie Wright sagte, er müßte nach Pennsylvania fliegen, um irgend so 'nem Nigger Geld rüberzuschieben, damit er bei den Ole Miss spielt. Wenn das nicht alles in den Schatten stellt, was ich je gehört habe! Weder der eine noch der andere hat vorher auch nur *ein* Wort gesagt. Diese Arschlöcher hatten nicht mal vor, mich anzurufen.« Sein Gesicht wurde finster.
»Hatten sie gesagt, daß sie kommen?« fragte Mrs. Lamb.
»Verdammt noch mal, ja. Sie kommen doch jedes Jahr, oder?« Mr. Lamb schaute sie an, als wittere er Verrat. »Sie müssen nicht extra sagen, daß sie kommen, sie kommen doch sonst immer, verdammt noch mal. Nur jetzt auf einmal kommen die Scheißer nicht, Gott verdammt.« Die Augen des alten Mannes schnellten plötzlich zu ihm herüber, als wäre er unzweifelhaft an allem schuld, aber einfach zu verachtenswert, als daß man ihn länger als immer nur einen kurzen Augenblick anschauen könnte.
»Setz dich doch erst mal hin, Mark«, sagte Mrs. Lamb sanft.
»Wozu denn, zum Teufel?« knurrte der alte Mann. »Wo sind bloß Anstand und gutes Benehmen hin? Das möchte ich wirklich mal wissen.« Er blickte wütend im Zimmer umher, als wären Anstand und gutes Benehmen irgendwo dort, wollten sich aber nicht sehen lassen. »Und wieso zum Teufel kann einem in der Truthahnsaison plötzlich irgendwelche Arbeit dazwischenkommen? Das möchte ich auch gern mal wissen!« Zwei winzige, weiße Speicheltropfen sprossen in den Mundwinkeln des alten Mannes und drohten hinabzufließen.
»Wisch dir den Mund ab, Mark«, sagte Mrs. Lamb.

Der alte Mann schrubbte mit dem Hemdsärmel wild über seinen Mund, schmiß sich auf seinen Stuhl am Kopfende des Tisches und schaute sie beide vorwurfsvoll an. Seine Haare standen in zwei widerspenstigen Büscheln ab, die ihm ein wildes Aussehen gaben, während er am Kopfende des Tisches grollte wie ein betrogener Teufel.

Im Zimmer wurde es plötzlich ganz still, und er dachte, jetzt wär's vielleicht ein günstiger Augenblick. Aber der alte Mann ließ sie beide nicht los und war nicht bereit, auch nur einen Satz zu wechseln, ohne vorher eine schreckliche Strafe zu verhängen.

Mrs. Lamb seufzte und schaute ihren Mann teilnahmsvoll an, während Mr. Lamb allmählich in eine noch tiefere Schwermut verfiel. Der alte Mann biß sich ein ansehnliches Stück seines Daumennagels ab und zerkaute es.

»Mark«, sagte Mrs. Lamb, »du solltest nicht an deinen Nägeln kauen. Alle diese kleinen Nägel sammeln sich in deinem Blinddarm, und dann mußt du ihn dir irgendwann rausnehmen lassen. Als sie mir meinen rausgenommen haben, war er bis obenhin voll mit so kleinen, sichelförmigen Splittern, und seitdem kaue ich nicht mehr an meinen Nägeln.«

»Das versteh ich gar nicht«, brummte er. »Wenn du keinen Blinddarm mehr hast, dann kannst du doch kauen, was du willst.«

Sie schaute Mr. Lamb gelassen an, und dem alten Mann schien es ein gewisses Vergnügen zu bereiten, sie zu verspotten, aber das war schnell wieder vorbei, und er versank erneut in seiner schlechten Laune. Landrieu, der in der Küche saß und gekochte Eier in Scheiben schnitt, stieß gerade entschlossen durch die Schale eines Eis und ließ Eiweiß und Eigelb in zwei Schüsseln plumpsen.

»Ich weiß nicht, ich weiß nicht«, sagte der alte Mann, preßte seine kleinen Hände fest zusammen und begann, einen Daumen um den anderen kreisen zu lassen, was ihn für einen

Moment stark in Anspruch nahm, als wäre es gar keine leichte Aufgabe, sie beide gleichzeitig in Gang zu halten. »Erst wird mir der Brunnen versaut, was in den letzten fünfzig Jahren nie vorgekommen ist. Dann geht die Truthahnsaison den Bach runter, und jetzt steht die verdammte Pacht an.« Der alte Mann blinzelte ihn an, als überlege er, ob er ihn noch als vierte Plage dazurechnen sollte. »Da stimmt doch was nicht, was, Newel?«

»Ich weiß es nicht«, sagte er und hoffte, er müßte es nicht noch mal sagen.

»Aber ich weiß es«, sagte Mr. Lamb, kochend vor Wut. »Ich weiß nur nicht, was zum Teufel da nicht stimmt. Aber alles geht mächtig schief.«

Der alte Mann versank noch tiefer in seinem Stuhl, bis sein Gesicht nur noch zwanzig Zentimeter über der Tischplatte hing, und im ganzen Haus war es still, bis auf die tropfenden Dachtraufen und das Quietschen von Landrieus Stuhl, der näher an seine Schüsseln heranrückte. Die Luft war warm und schwer und lastete mit ungeheurem Druck auf allem.

Mrs. Lamb stand auf, schaltete das Deckenlicht aus, schlenderte ins Wohnzimmer und ließ sie in einem grauen Licht zurück. Sie schob ihren Stuhl neben das Radio und begann, sich mit einem Kirchenfächer aus Pappe, der mit einem sepiafarbenen Bild der Niagara-Fälle verziert war, Luft zuzufächeln. Er spürte einen heißen Schweißtropfen an seiner Schläfe, während der alte Mann grimmig in die Gegend starrte.

»Ich wußte nicht, daß Sie's gepachtet haben«, sagte er, weil er seinen Mund nicht halten konnte.

»Ich hätte es nicht tun sollen«, jammerte Mr. Lamb. Mrs. Lamb fächerte sich Luft zu und strich sich einzelne Härchen aus der Stirn. »Diese verdammte Insel sollte mir gehören«, sagte er. »In diesem August habe ich sie seit fünfzig Jahren. Ich habe sie Mrs. Lamb geschenkt« – er ließ seinen Daumen hervorschnellen und zeigte in ihre Richtung – »als Geburtstags- und Hochzeitsgeschenk zusammen. Ich habe nicht gedacht, daß ich noch fünfzig Jahre leben würde, und bei ihr auch nicht.«

»Und wem gehört die Insel?«

Der alte Mann kniff seinen Mund mit den Fingern und schloß die Augen beinahe ganz. »Die Chicago Pulp und Paper besitzt die Übertragungsurkunde«, sagte er schnell.

»Aber werden die denn nicht verlängern?«

»Doch, das denke ich schon«, sagte der alte Mann ernst.

»Dann werden die Sie ja auch nicht zwingen, die Insel zu verlassen.«

»Ich denke nicht.« Mr. Lamb saß da und starrte abwesend auf die offene Küchentür. Landrieu schien sich beobachtet zu fühlen und rückte mit seinem Stuhl weg, bis er nicht mehr zu sehen war.

»Dann ist's gar nicht so schlimm«, sagte er.

Der alte Mann blinzelte aufgeregt. »Derjenige, der hier feststellt, was schlimm ist und was nicht, bin ich! Und es gefällt mir gar nicht, daß diese schmierigen Kanaken in ihren klapprigen Flugzeugen hierherkommen, und ich muß sie dann durch die Gegend kutschieren, als wär ich 'n Busfahrer. Es ist einfach erniedrigend.« Seine Augen funkelten wieder zornig. »Die kommen hier alle fünf Jahre runtergeflogen, hängen hier rum, mischen sich in alles ein und markieren meine Bäume, als wäre ich nicht seit fünfzig Jahren hier. Kein einziger von denen war da, als ich das Land gerodet habe, die sind alle neu. Und ich habe nicht übel Lust, diese Landebahn, die sie sich da gebaut haben, umzupflügen, und dann sollen sie mit ihrem Flugzeug im Wald landen, und ich bin sie endgültig los.« Der alte Mann rieb sich die Hände, als wären sie zwei warzige Rindenstücke.

»Es scheint aber doch wichtiger zu sein, daß Sie das Land behalten«, sagte er im Versuch, überlegt zu erscheinen. »Sie könnten sich doch einen Rechtsanwalt nehmen, der die Leute herumführt, und Sie und Mrs. Lamb müßten nicht einmal da sein.«

»Ein Rechtsanwalt«, sagte er aufgebracht. »Ich habe doch gesagt, daß ich mein Testament schon gemacht hab. Sie wollen doch bloß schon mal 'nen kleinen Vorschuß rausschlagen, oder, Newel?«

»Ich bin kein Rechtsanwalt«, sagte er.

»Na klar sind Sie kein Rechtsanwalt«, sagte der alte Mann und schlug mit der Faust auf den Tisch, und seine Stimme wurde mit jedem Wort lauter, so daß die feinen Äderchen in seinem Gesicht anschwollen und sich blau färbten. »Aber das will ich Ihnen mal sagen. Ich werde da sein, wenn diese Kanaken aus dem Flugzeug steigen, und ich brauche auch keinen bezahlten Kasper, der meine Angelegenheiten nur vernebelt.«

»Dann ist ja gut«, sagte er, stand auf und ging langsam zur Küche hinüber.

Mr. Lamb grinste ihn boshaft an. »Das verstehen Sie nicht, oder, Newel?« sagte er. »Warum es mir nicht paßt, daß diese Itaker mit ihren Flugzeugen hier runterkommen und auf meinem Land rumschnüffeln, auch wenn es ihnen gehört?«

»Ich glaube, das versteh ich schon«, sagte er und blieb an der Tür zum Vorraum stehen.

»Nein, das verstehen Sie nicht!« schrie der alte Mann. »Es ist entwürdigend, ihre Anwesenheit auf dieser Insel erdulden zu müssen, als wäre das hier ein Stadtteil von Detroit oder einer dieser anderen gottverfluchten Städte. Es ist entwürdigend, das erdulden zu müssen. Das ist etwas, das sie euch nicht mehr beibringen. Sie wissen überhaupt nichts von Würde. Sie haben doch keine Ahnung!«

»Ich hatte nur versucht, über Prioritäten zu reden«, sagte er leise. »Aber vielleicht haben Sie recht.«

»Gottverfluchte Prioritäten«, brüllte Mr. Lamb, hieb mit beiden Fäusten auf das Wachstuch und starrte ihn außer sich vor Wut an. »Ich scheiße auf Prioritäten und diesen ganzen Quatsch. Wir reden hier über Würde und über Mrs. Lambs Hochzeitsgeschenk, zum Teufel!«

»Ich habe Sie mißverstanden«, sagte er und verschwand durch die Tür.

»Das nehm ich an«, brüllte der alte Mann. »Das nehm ich an.«

2 *Als er zwölf war, war er mit seinem Vater und seiner Mutter nach Biloxi gefahren, und sie hatten am Strand in einem großen weißen Hotel gewohnt, das »Buena Vista« hieß und tiefe schattige Veranden besaß und Reihen weißer Cottages hinter dem Hotel unter den Bananenbäumen. Sein Vater ging tagsüber weg und kam abends wieder, bis zum Samstag, als sie einen Mann besuchten, den sein Vater aus New Orleans kannte und der Peewee McMorris hieß und auf Öltürmen gearbeitet hatte, bis einmal ein anderer Mann von der Spitze des Ölturms aus Versehen eine Orange auf seinen Kopf hatte fallen lassen. Und danach hatte er nie wieder gearbeitet und hatte ein steifes linkes Bein und lag immer nur im Bett in seiner schäbigen rosa Hütte in den Palmettos hinter der Keesler Luftwaffenbasis in der Nähe des Militärkrankenhauses. Seine Frau hieß Josephine, und als sie ankamen, bot sie allen große Drinks an und nahm sie mit zu Peewee, der auf einem Liegestuhl im Garten saß und Kunstgrasfäden von seinem Sitz pflückte, mit denen ein Pfirsichkorb ausgelegt war, der neben ihm stand. Peewee war ein kleiner Mann mit knochigen Fingern und einem langezogenen italienischen Kiefer und war sehr froh über einen Drink am heißen Nachmittag. Nachdem er seinen ersten großen Schluck Whiskey genommen hatte, lächelte er ihn an und fragte, ob er einen Trick sehen wollte. Und als er sagte, daß er das gern wollte, stemmte Peewee sich von der Chaiselongue hoch und legte seine Hand auf die Schulter des Jungen und ging steifbeinig zur Hausecke, wo Josephine*

Azaleen und Hortensien gepflanzt hatte, um den Wasserzähler zu verstecken. Im größten Azaleenbusch, der in leuchtend rosa Blättern blühte, fand Peewee ein großes Wespennest und zeigte es ihm. Er hatte Angst vor Wespen, und wenn das der Trick sein sollte, dann mochte er ihn nicht, und er trat zurück. Peewee lachte, und als die letzte Wespe auf dem breiten krustigen Nest gelandet war und er keine mehr irgendwo herumfliegen sah, steckte er seine Hand vorsichtig in das Nest und ließ die Wespen sich darauf niederlassen und auf seiner höckrigen Haut herumkrabbeln und ihre Stacheln an seiner Haut erproben, bis es so aussah, als würden sie bis auf den Knochen durchstoßen. Und Peewee, der nicht zuckte, lachte und lachte und sagte, daß er, seit dieser Mann diese Orange auf seinen Kopf hatte fallen lassen, in vielen Körperteilen keinen Schmerz mehr fühlen konnte und daß seine Hand einer der Körperteile war und daß eine Wespe ihn stechen konnte, bis er blau im Gesicht war, und es trotzdem nicht wehtat. Er zog seine Hand weg, und eine Wespe klebte immer noch an seinem Mittelfinger, und ihr Stachel stak in Peewees Fleisch. Und Peewee lachte und schnippte die Wespe weg, wie er ein Streichholz wegschnippen würde, und ließ den Stachel einfach in seiner Hand. Nachdem er lange auf Peewees Hand gestarrt hatte, die neben seinem Highballglas auf der Matte aus Kunstgras baumelte, sagte er zu seiner Mutter, daß er gern noch einmal im Golf schwimmen würde, bevor er ins Bett ging. Und als er lange im braunen, brackigen Golfwasser gestanden und auf dem weißgewaschenen Pier des Hotels die alten Männer beobachtet hatte, die Krabbennetze ins seichte Wasser tauchten, konnte er die blauen Röhrenquallen sehen, die mit der Flut hereintrieben und auf dem sanften Wellenkamm zum Strand schwammen, und er überlegte, ob sie ihn wohl stechen würden, wenn er mit seinen Beinen zwischen ihre zottigen Tentakel geriet.

3 Er verbrachte den Tag schlechtgelaunt im Bett und dachte über Beebes Vater nach, der der Rechtsanwalt für die Stadt Jackson gewesen war und in dem Augenblick begonnen hatte, wirklich ernsthaft Whiskey zu trinken, als

ihn das Schicksal auf den besten Weg zum Obersten Gericht des Staates gebracht hatte, und der dann eine Menge Energie darauf verwendet hatte, betrunken im Gerichtssaal zu erscheinen, alberne Unterlagen einzureichen, unbesonnene Kommentare abzugeben und sich schließlich auf Kosten der Richter und Geschworenen in ganz Mississippi allgemein verhaßt zu machen.

Er konnte sich noch genau daran erinnern, wie er auf der Veranda von Beebes altem gelben Haus im Kolonialstil gesessen hatte, während eine Horde von Impalas und Town Wagons auf der Einfahrt stand und Hollis auf und ab ging und die Rechtsprechung von Mississippi mit dem Napoleonischen Code Louisianas verglich und versuchte, ganz genau auf den Punkt zu bringen, was es bedeutete, im Staate von Mississippi Anwalt zu sein.

Hollis war ein kleiner, impulsiver Mann mit rabenschwarzem Haar und kurzen Armen, der in Augenblicken besonderer Überspanntheit Senator Theodore G. Bilbo feierte. Während er sprach, schritt Hollis gewöhnlich von der Veranda ins Wohnzimmer, ohne sich zu unterbrechen, machte eine Runde durch das Zimmer, nahm irgendeinen belanglosen Gegenstand vom Tisch und brachte ihn mit auf die Veranda hinaus, um ihn bei der nächsten Runde schließlich wieder zurückzustellen und dafür mit etwas anderem zu erscheinen, einem Feuerzeug oder einer Perlmuttfigurine oder der gerahmten Fotografie von irgend jemandem, alles, womit er nur gut herumspielen konnte, während er weiterredete. Er hatte dann begriffen, daß dies Hollis' höchster Kunstgriff im Gerichtssaal war, ein Schachzug, um die Aufmerksamkeit der Geschworenen von dem, was er sagte, abzulenken und auf den Gegenstand zu richten, den er gerade mit sich herumtrug. Damit lullte er sie ein, so daß sie dem, was er sagte, nur noch unaufmerksam folgten, weil er sie mit dem, was er da in der Hand hielt, viel stärker zu fesseln vermochte. Und auf diese Weise hatte er ihnen die Überzeugung eingeimpft, daß er offenbar etwas sagte, dem zuzuhören sich lohnte, sonst würden sie ihm ja nicht alle so gebannt folgen.

Auf der Ole Miss hatte Hollis einen quälenden nervösen Tic entwickelt. Am Schluß jedes längeren Satzes, der absichtlich in einem Schwall von kurzen, harten konsonantischen Lauten endete, die in einem ansteigenden Tremolo der Stimme kulminierten, als stellte er gerade eine Frage, zerrte Hollis seinen linken Mundwinkel herunter und wild zur Seite und machte einen Ruck mit seinem Körper, als hätte ihn ein Pferd getreten, und zwar so, daß es aussah, als hätte er bloß versucht, sich mit seinem Kinn an der Schulter zu kratzen. Er drehte sich dann sofort auf dem Absatz herum und schritt in der Richtung davon, in die der Tic ihn getrieben hatte, und wenn der Zuhörer nicht genau hingesehen oder gerade weggeschaut hatte, dann konnten die Schnelligkeit dieses Rucks und das Ausweichmanöver der Drehung den Tic gänzlich kaschieren, so daß der Zuhörer, der vielleicht ohnehin schon von dem gefesselt war, was Hollis in der Hand hielt, gar nichts bemerkte, aber überzeugt war, daß etwas Herzzerreißendes geäußert worden war, auch wenn er es selber nicht gehört hatte.

An dem Nachmittag hatte Hollis begonnen, einen kleinen Porzellanvogel mit sich herumzutragen, der wie eine stilisierte Nachbildung eines Fregattvogels aussah. Er hatte ihn regelmäßig mit ins Wohnzimmer getragen, war aber immer wieder mit demselben Vogel zurückgekehrt, den er mit den Fingern umsponnen hielt, als ob seine These jedesmal, wenn er sie wieder mit dem Vogel vereinte, zu immer noch größerer Bedeutsamkeit anschwoll.

Zum Dreh- und Angelpunkt seines Vergleichs wurde schließlich das Argument, daß in Louisiana Urkunden und juristische Dokumente nicht in einem zentralen Archiv gesammelt,

sondern zusammen mit anderen Unterlagen von den Kreis-Friedensrichtern aufbewahrt wurden, die für die Bewilligung von Kopien und die Einleitung von Nachforschungen nicht festgesetzte Gebühren erhoben und durch diese Einnahmen über einen großen Geldtopf verfügen konnten, dessen Überschüsse ihnen und dem Gouverneur zugute kamen. Ein Beispiel für besonderen Einfallsreichtum sei Gouverneur Long, der Ernennungen als Gegenleistung für jegliche Beschuldigung und Blamage aussprach, die die Ernannten gegen irgendeinen Feind des Gouverneurs vorbringen konnten, wie etwa das Gerücht durchsickern zu lassen, daß bekannte Politiker Teilhaber von Bordellen in Bossier City seien, und dann nicht im Kreis zu sein, wenn Anwälte eintrafen, um die Urkunden zu prüfen.
»In Mississippi«, erklärte Hollis mit raunender Stimme und warf einen nüchternen Blick auf den Fregattvogel, als verdiente er ein ganz besonderes Maß an Aufmerksamkeit, »ist das System wesentlich einfacher, oft zu einfach für meine Begriffe. Es wird den Leuten manchmal viel zu leicht gemacht, Prozesse zu führen. Aber unsere Urkunden und das Staatsarchiv befinden sich immerhin im Regierungsgebäude« – und er zeigte mit dem Vogel in die ungefähre Richtung des Gebäudes, das mehrere Kilometer entfernt in der Stadt lag – »und ein Gerichtsverfahren unterliegt bei uns nicht dem System, das drüben, auf der anderen Seite des Flusses, soviel Bestechung fördert.« Er runzelte die Stirn, schaute verwirrt nach Louisiana hinüber und endete mit einem hohen Tremolo in der Stimme, dem das Zucken seines Mundes folgte, woraufhin er sich sofort ins Wohnzimmer entfernte, aber gleich darauf wiederkehrte und den Vogel mit einem geistesabwesenden Blick in der Hand hielt, als sei sein Exempel doch nicht ganz aufgegangen. »Ich will aber nicht behaupten«, sagte er wehleidig, »daß die Rechtssprechung in Mississippi interessant oder auch nur im geringsten unterhaltsam wäre, weshalb ich

auch vor dem N.L.R.B. und dem I.C.C. praktiziere, wo das Geld zu holen ist, aber kein Ruhm.« Er warf einen Blick ins Wohnzimmer, das mit klobigen Ohrensesseln, stinkenden geblümten Sesselschonern und nicht zusammenpassenden Beistelltischen vollgestopft war, den einzigen Überresten von der Mitgift seiner Frau. »Das State Court von Mississippi ist eine zwanglose Angelegenheit – die brauchen einen Staatsanwalt, der die Menschheit ein wenig mehr liebt als das Recht, Empfindungen, die ich weniger hege, als die Liebe zum Geld.« Und prompt entfernte er sich, wanderte durchs Wohnzimmer, schaute kurz in den Eßraum, als ziehe er schon einen zukünftigen Ausflug dorthin in Erwägung, und kehrte wieder mit dem Vogel zurück.

Er selbst war inzwischen tief in die Couch gesunken, hypnotisiert von dem Vogel, und nickte immer bloß, wenn Hollis' Stimme sich wie zu einer Frage erhob, auf die sich eine Antwort erübrigte.

»Ich glaube, so kann ich das am besten erklären«, sagte Hollis und hielt den Vogel etwas höher, als wollte er ihn für sich selbst sprechen lassen. »Als ich Staatsanwalt war, wurde ich einmal aufgerufen, die Verhandlung über drei Neger zu führen, denen man vorwarf, das Haus von dem Land eines anderen Mannes gestohlen zu haben. Wir haben nie herausgekriegt, wie es ihnen genau gelungen war, das Haus *fortzuschaffen*, aber sie hatten es getan, und zwar in nur wenigen Stunden. Und kurz bevor ihr Verfahren eröffnet werden sollte, wurden sie in den Gerichtssaal geführt, gerade als ein anderer Fall abgeschlossen wurde. Die Geschworenen waren entlassen worden, und die Staatsanwälte unterhielten sich, und um den Tisch der Verteidigung herum war alles voll mit Unterlagen und Dokumenten, und der Amtsdiener führte sie einfach zur Geschworenenbank, setzte sie da hin, kettete sie mit Handschellen an die Balustrade und verließ wieder den Raum. Die Männer hatten schon auf die Klage wegen Unterschlagung mit nicht schuldig plädiert«, sagte er, »und sollten sofort und ohne Geschworene vor Gericht gestellt werden. Die Zeit verging, und die anderen Staatsanwälte gingen, und mein Vertreter und ich und der Anwalt der Neger kamen rein, mit einer Reihe von Zeugen, und schließlich der Richter und der Protokollführer. Der Amtsdiener kam überhaupt nicht wieder. Und wir nahmen alle Platz, und ich sah, daß die drei Neger ganz für sich auf der Geschworenenbank saßen und in die Gegend guckten, als hätten sie den absoluten Durchblick. Und der alte Richter nahm Platz und schaute zur Verteidigung und fragte: ›Ist die Verteidigung bereit?‹ Und sie sagten, sie wären soweit. ›Und ist die Staatsanwaltschaft bereit?‹ Und ich sagte, wir wären auch soweit. Und dann wanderten die Augen des Richters zur Geschworenenbank rüber, wo die drei Neger saßen, als würden ihnen die ganzen Stühle gehören. ›Und wer sind Sie?‹ fragte der Richter, ziemlich unfreundlich, da Neger damals nicht als Geschworene zugelassen wurden. Und der eine große Neger, der einen Kiefer wie eine Schaufel hatte, sprang auf, riß sich die Mütze ab, griff nach der Balustrade und sagte: ›Na, wir sind doch die Diebe.‹«

Hollis hielt inne und starrte ihn vielsagend an, als erwäge er seine tiefe Faszination durch den Vogel. »Da haben Sie's«, sagte er angeekelt. »Sofort hat man die Einstellung des Verfahrens wegen Verfahrensmängeln beantragt, und das ging durch, und alle drei kamen frei, obwohl ich später einen nach Parchman geschickt habe, weil er den armen Idioten, der gestanden hatte, erstochen hat.« Sein Kinn zuckte zu seiner Schulter hinüber, und er torkelte ins Wohnzimmer und kam nicht wieder.

Und er hatte sich gemerkt, daß die Rechtsprechung in Mississippi wahrscheinlich eine Mischung aus Schwachsinn und einer vornehmen Übergenauigkeit war, die keinen anderen Ausweg zuließ, als sich zu betrinken und nie wieder nüchtern zu werden.

Drei Jahre später fuhr Hollis eines Tages mit seinem Cadillac nach New Orleans, um einen Fall vor einem Arbeitsgericht zu vertreten, und fuhr in der Mittagspause auf die Huey P. Long-Brücke, stieg aus und sprang in den Fluß. Die Leute, die anhielten, um noch einen Blick auf den Mann zu werfen, der sich da im trüben Wasser abzappelte, sagten, das Hollis durch eines dieser berüchtigten Mißgeschicke nicht im Wasser, sondern wie ein Sack voll Nägel auf dem Betonpfeiler gelandet war. Aber mit großer Mühe sei es ihm gelungen, herunterzukriechen und sich ins Wasser zu stürzen, bevor irgend jemand die Leiter runterklettern konnte, um ihn zurückzuhalten, und er sei dann sofort untergegangen.
Beebe sagte, daß jeder begreifen konnte, warum er von der Brücke gesprungen war. Einige Leute hatten sich tatsächlich gefragt, warum er so lange damit gewartet hatte. Aber keiner, sagte sie, konnte verstehen, wie er's dann noch vom Beton runter geschafft hätte.
Und er hatte in seiner Wohnung an der 118. Straße oberhalb von Columbia gesessen und beschlossen, daß alles unter dreitausend Kilometern nicht sicher genug wäre, um ihn vor der Brücke zu bewahren. Oder schlimmer, daß er sich mit der Zeit an den Schwachsinn und die Langeweile und übertriebene Vornehmheit anpassen könnte, so wie jeder es dort tat, ohne daß es irgend jemanden besonders kümmerte.

4 Früh am Abend kehrte Robard zurück, zog sich sein grünes Rodeohemd an und ging wieder, wobei er murmelte, daß er noch was zu erledigen hätte. Er saß auf der Bettkante und fragte, was er denn vorhätte, und Robard lächelte bloß und verschwand aus der Tür.
Er legte sich hin und dachte über seine Pläne mit Beebe nach, da er Mrs. Lamb erzählt hatte, daß es keine gab, und versuchte herauszukriegen, was denn nun eigentlich stimmte.

Er dachte an das Vergnügen, das es ihm bereitete, am Nachmittag mit der Stadtbahn hochzufahren, in Randolph auszusteigen, den Bus nach Goethe zu nehmen und dann noch zwei Blocks zu Fuß zu gehen. Um Mitternacht flog sie dann nach Tokio oder Addis Abeba, und er dachte nicht mehr an sie und fuhr wieder nach Hause. Und das gab ihm ein Gefühl der Zufriedenheit.

Einmal hatte sie einen Freund namens Ray Blier, in den sie verliebt war und der nach Annapolis gegangen war. Fast jedes Frühjahr im College hatte sie nur in der Erwartung gelebt, Nächte mit Ray Blier zu verbringen, und wann immer sich eine Gelegenheit bot, war sie nach New York geflogen und hatte sich so amüsiert, wie manche Frauen sich amüsieren, die sich bis an den Rand des Grabes bringen. Und es kam ihm merkwürdig vor, als sie damit aufhörte. Sie sagte, daß Ray Blier sich im War College mächtig ins Zeug legte und es kaum erwarten konnte, zur Ole Miss Law School zurückzukommen, wo er sich sicher fühlte. Und sie sagte, daß das Gift wäre für eine Beziehung und daß sie es nicht wollte. Es gab Augenblicke, wo sie kam und nicht anrief. Und es gab Augenblicke, wo er das Telefon klingeln hörte und beschloß, daß sie es war, und nicht ranging. Und nie gab es Spannungen zwischen ihnen. Alles beruhte auf einer Unverbindlichkeit, die *Pläne* in irgendeinem gewöhnlichen Sinne nicht einbezog. Obwohl das alles etwas an sich hatte, was ihn mürbe machte und ihm die Gewißheit gab, daß es zu etwas Bitterem führen und ihn eines Tages überrollen würde, ohne daß er überhaupt merkte, wie es geschah.

5

»Haben Sie schon überlegt, was wohl mit meinem Auge ist?« fragte Mrs. Lamb, setzte ihre Tasse auf dem Wachstuch ab und betrachtete ihn durch einen Duft von Flieder, der noch intensiver war als gewöhnlich. Sie hatte erklärt, daß Mr. Lamb mit Fieber zu Bett gegangen war, sich mit seinem guten Ohr aufs Kissen gelegt hatte und sofort eingeschlafen war. Er empfand ein wenig Reue darüber, daß der alte Mann sich seinetwegen wutentbrannt ins Bett gelegt hatte, und es kam ihm in den Sinn, daß es wohl das beste wäre, nach dem Abendessen den Bus zu nehmen und den Morgenzug nach Chicago zu erreichen.

»Tut mir leid«, sagte er und tat so, als hätte er nichts an ihrem Augapfel bemerkt.

»Mein linkes Auge ist künstlich«, sagte sie, konzentrierte sich darauf, ihr Besteck wieder an die Tischkante zu rücken, und machte keinerlei Anstalten, ihr Auge in irgendeiner Weise vorzuführen. »Bevor Mark und ich 1919 heirateten«, sagte sie und lächelte in sich hinein, »hatte ich einen Job in einer Besenfabrik in Clarksdale, Mississippi. Mark versuchte, sich als Farmer niederzulassen, und ich schlug einfach nur die Zeit tot, bis wir endlich heiraten konnten. Es war lange vor dem Verbot der Kinderarbeit, wenigstens in Mississippi, und ich dachte, es wäre gut, wenn ich einen Job hätte, um etwas dazuzuverdienen. Mein Vater war um einiges älter, als er hätte sein sollen, um 1919 eine fünfzehnjährige Tochter zu haben. Und er arbeitete nur gelegentlich, als Baumwollschätzer, und verdiente gut, wenn man bedachte, wie wenig Zeit er damit verbrachte. Also bin ich gegen seinen Willen nach Clarksdale gegangen und habe einen Job bei den Choctaw Besenwerken angenommen und Besenenden mit roter Schnur umwickelt. Und eines Tages, als ich herauskam, um mich in den Schatten zu setzen, flog ein Besenstiel aus einer Kreissäge und traf mich direkt ins Auge, und deswegen hab ich's verloren.«

Sie lächelte, und er versuchte, auf irgend etwas Einfühlsames zu kommen, das er ihr nun sagen könnte, mußte aber dagegen ankämpfen, nicht schnurgerade auf das Auge zu starren.

»Ich hatte furchtbare Angst, daß Mark mich mit meinem kleinen Glasauge sehen und mich dann verschmähen würde«, sagte sie nachdenklich und spielte mit dem Henkel ihrer Tasse, »und mich nicht mehr heiraten wollte. Und so habe ich ihn eine Zeitlang nicht getroffen.«
»Aber ihm hat's nichts ausgemacht, oder?« fragte er und vermied, noch einmal auf das Auge zu schauen.
»Nein«, sagte sie. »Es hat ihn nicht gestört. Mark war damals ein begeisterter Farmer. Er hatte mehrere hundert Morgen Land zu bestellen, als er zweiundzwanzig Jahre alt war. Und so kam es, daß er mich erst, als wir schon vier Jahre verheiratet waren, eines Nachmittags anschaute, als wir auf der Veranda unseres Hauses in Marks saßen und Bohnen schälten, und zu mir sagte: ›Fidelia, hast du irgendwas im Auge?‹ Ich sagte: ›Nein, Mark.‹ Ich hatte nicht mehr solche Angst, wie Sie sich vorstellen können. Und er sagte: ›Ich glaube doch.‹ Und da habe ich ihm dann die Geschichte mit dem Besen erzählt.«
»Was hat er gesagt?«
»Er sagte ... mal sehen, ob ich's noch zusammenkriege. Er sagte: ›Nun, ein Auge weniger, um auf mich aufzupassen.‹ Er hielt sich damals für einen großen Herzensbrecher, aber ich fand immer, daß er dafür zu klein war.«
»Das hat er vielleicht durch Begeisterung wettgemacht«, sagte er.
»Das nehme ich beinahe an«, sagte sie und strich sich über ihre Augenbrauen.
Draußen lagen die letzten Strahlen des Tageslichts wie ein Schmutzfilm auf den Bäumen. Landrieu kam herein, räumte den Tisch ab und ging wieder in die Küche und begann, Wasser aus einem Blecheimer in eine Abwaschschüssel zu schütten.
»Im ersten Frühling, den wir hier hatten«, sagte sie und starrte versonnen auf den Türsturz über dem Durchgang

zum Korridor, als werde die Jahreszeit dort von einem Fries dargestellt, »ist der Fluß über die Ufer getreten, und Mark und ich mußten auf die Veranda gehen und die Mokassinschlangen, wenn sie aus dem Wasser hochkrochen, mit Hakken totschlagen. Wir hatten Angst, daß das ganze Haus weggerissen würde und wir ertrinken müßten. Ich war schwanger mit Lydia, und Mark hatte Angst, daß ihr irgend etwas Furchtbares zustoßen könnte, weil ich diese ganzen Schlangen totschlagen mußte. Aber ich sagte, ich hätte keine Angst vor Schlangen, und solange ich nicht gebissen würde, könnte dem Baby nichts passieren, und das schien Mark zu genügen, der einfach nur wollte, daß ihm jemand sagte, er hätte unrecht. Und wie sich dann herausstellte, hatte Lydia niemals Angst vor Schlangen, obwohl sie aus irgendeinem albernen Grund schreckliche Angst vor dem Fluß hatte.«

»Ich glaub, das kann ich verstehen«, sagte er grimmig.

Sie schaute ihn neugierig an und legte ihre Hände auf den Rand des Wachstuchs. »Wir sind hier sehr vom Wasserstand abhängig«, sagte sie gewissenhaft. »Viel mehr als von der Uhr und dem Kalender. Obwohl sich der Fluß nicht mehr so oft verändert, seit sie den T.V.A. fertig gebaut haben und vom Tennessee nichts mehr dazufließt.«

Landrieu steckte seinen Kopf um die Ecke, warf ihnen einen merkwürdigen Blick zu und verschwand.

»Mark hat das Haus auf Betonpfeiler gestellt, damit wir uns keine Sorgen zu machen brauchten, daß wir überflutet und weggespült werden, aber der Boden ist porös und sehr feucht. Es würde mich nicht überraschen, wenn die Pfeiler langsam verrotten, fünfeinhalb Meter unter der Erde, mit dem breiten Ende nach unten.«

Er hob den Blick und sah der alten Frau ins glänzende Gesicht. Ihre Augen schienen größer und dunkler geworden zu sein und blickten eindringlich in sein Gesicht.

Er wollte ihr eine persönliche Geste der Anerkennung und Ergebenheit erweisen, aber die alte Dame stand ganz unerwartet auf.
»Es ist doch hedonistisch von uns, zu meinen, wir sollten die Welt damit verblüffen, daß wir ewig auf ihr bleiben – so ist es doch, meinen Sie nicht?« Ihr Lächeln wurde immer offener.
»Doch, Ma'am«, flüsterte er.
»Gut«, sagte sie und ging geradewegs durch die Korridortür, blieb für einen Augenblick am Fenster stehen, um ihr Radio zu inspizieren, und verschwand dann im Dunkeln, wo Mr. Lamb schlief.

6

Er ging durch die Küche und die Treppe hinunter und an Landrieu vorbei, der breitbeinig auf einer Holzkiste saß und genüßlich eine Zigarette rauchte. Der Himmel sah immer noch so aus, als würde das Wetter umschlagen und es anfangen zu regnen. Sehr weit oben war der Mond zu sehen, aber wie Schorfstückchen wirkende Fetzen von Aschenwolken glitten daran vorbei und wurden immer dichter, als hätten sie sich aus einer großen, lichtlosen Gruft drüben in Arkansas gelöst.
Elinor streckte sich unter der Treppe, und ihr Schwanz klatschte an die Stufen, und sie trottete in die Dunkelheit davon, wo er ihr Halsband in der Stille klimpern hörte.
Er berührte eine Betonsäule in seiner Nähe und versetzte dem Rumpf einen dumpfen, echolosen Schlag. Er schlurfte ins trübe Dunkel, wo die Luft kühler war und gleichzeitig nach Limonen roch. Er konnte mehrere an den Querbalken aufgereihte Angelruten erkennen, einige zerbrochene und rostige Gartenwerkzeuge und irgend etwas, das die halbe Länge des Balkenbrettes einnahm und in der öligen Dunkelheit wie kleine, dreizackige Pflanzenheber aussah, sich beim zweiten

Blick aber als kleine knorpelige Vogelkrallen entpuppte, Truthahnfüße, nahm er an, vielleicht ein gutes Hundert davon und mit Dachzapfen ans Holz genagelt, die im Dunkeln kaum zu erkennen waren. Er langte durch die Spinnweben hindurch und fummelte an einer Kralle herum, so daß sie gegen den Sparren schlug und in seiner Hand abzubrechen drohte. Es schien völlig einleuchtend, daß diese Füße hier waren, ans Haus gepflockt, und darauf warteten, daß ihre Leichname kamen und sie wieder abpflückten und schnell in den Wald zurückhuschten. Er konnte diese Totenbeschwörung nicht ganz begreifen, aber die Idee gefiel ihm, und er fühlte sich allein schon dadurch irgendwie bestärkt, daß er sich im Bereich des Zaubers aufhielt.
Er hörte, wie Landrieu, ohne ihn zu bemerken, die Treppe herunterkam und über den feuchten Hof zu seinem Haus ging, wobei die glimmende Zigarette seinen Weg durch die Dunkelheit anzeigte. Der Limonengeruch schien zur Mitte des Hauses hin stärker zu werden, und er dachte kurz daran, eine Kralle für sich abzubrechen und damit zu verschwinden, aber das schien ihm dann doch irgendwie falsch. Er bückte sich statt dessen und kam wieder aus dem kühlen Dunkel hervor, wobei er versuchte, die Rohrleitungen zu umgehen, damit er sich nicht stieß. Er richtete sich im Mondlicht ganz auf, so daß er deutlich zu erkennen war, und beobachtete, wie sich die Tür von Landrieus Haus schloß und das Licht den Schatten übermalte. Ein fahles Licht brannte immer noch in der Gin Den, das zwischen den Spalten hindurchsickerte und die Hütte im Dunkel wie ihr eigenes Skelett erscheinen ließ. Elinor kam schlenkernd durch den Vorgarten zurück und schaute ihn schwermütig an und verschwand hinten unter der Treppe. Sehnsüchtig dachte er, wenn er nur den richtigen Gesprächsstoff fände, könnte er zu Landrieu gehen und den Abend mit Reden verbringen. Nur daß ihm nichts einfiel, worüber Landrieu nur halb so gern

reden würde, wie er allein gelassen werden wollte, und er gab die Idee wieder auf.
Mehrere Wege, die dem ähnelten, auf dem sie gekommen waren, liefen vor dem Haus zusammen und teilten sich auf komplizierte Weise, durch verschiedene Rangierspuren, wieder, so daß man jeden Punkt auf der Insel erreichen konnte. Während des Frühstücks hatte er eine Route zum Fluß ausgetüftelt, indem er die Luftbildkarte benutzte. Er war den Straßen gefolgt, wie sie sich zum Haus zurückwanden und andere Routen kreuzten, die wiederum näher und näher an den Rand der Insel führten. Es war, wie ihm schien, der einfachste Weg, und nachdem er ihn sich gut eingeprägt hatte, bahnte er sich an Landrieus Haus vorbei einen Weg durch den Eichenwald und über einen seltsamen Fleck verbrannter Erde, den er zum ersten Mal sah, und erreichte den Waldrand, wo er die süße Schafgarbe riechen konnte und den Liguster tief im Unterholz. Er konnte eine graue Hundefährte erkennen, die ins Dunkel und in östlicher Richtung von der Lichtung ums Haus wegführte. Er war überzeugt, daß er genau auf den Fluß zu marschierte.
Als er fünfzig Meter weit gegangen war, endete der Buschpfad an einer der zweispurigen Jeepstraßen, und er folgte ihr einfach in, wie er meinte, südlicher Richtung. Er schaute zurück zur Lichtung, wo die drei Gebäude mit ihren hell erleuchteten Fenstern gestanden hatten und wo nun nichts mehr zu sehen war als der graue Pfad, der vom Unterholz und den Baumwollbüschen verschluckt wurde.
Wasser stand in beiden Reifenspuren, und er ging auf dem Buckel zwischen ihnen entlang, wo der Boden weich, aber nicht so durchnäßt war. Zwischen den Bäumen konnte er Schatten erkennen, wo sich das Land hinter größeren Eichen und vereinzelten Büschen und Dornsträuchern zu senken schien, aber dahinter sah er nichts. Er vermutete, daß sich parallel zum Fluß kleine Buchten gebildet hatten, hinter denen

eine erhöhte Sandbank lag und dahinter der Fluß. Die Straße führte, seiner Einschätzung nach, nah an den Fluß heran, während sie der ersten breiten Ausbuchtung der Insel folgte, und verlief schließlich nur zwanzig Meter von der Hauptfahrrinne des Flusses entfernt am Ufer entlang, so daß eine Route durch das Tiefland nicht erforderlich war. Er dachte, daß er fast schon dort angelangt war, wo Mr. Lamb seine Salzlecke aufgestellt hatte.

Die Grillen hatten begonnen zu zirpen, und die Wolken, die sich drohend am Himmel gesammelt hatten, hatten sich aufgelöst. Über dem Ende der Straße schwebte der Mond, so daß sein Licht den Weg und die vorderen Bäume auf beiden Seiten erleuchtete.

Er dachte, daß er sich kräftiger fühlte, als er es seit August getan hatte. Damals hatten er und Beebe die Fähre von Waukegan hinübergenommen und Labor Day in den Dünen verbracht. Er wußte noch, wie gut er sich gefühlt hatte. Beebe war nach Bangkok geflogen, und er hatte in ihrer Wohnung gewohnt und war zweimal in der Woche zur Universität gegangen und hatte im *Law Review*-Keller herumgehangen und die Schlagzeilen der *Washington Post* gelesen. Am Abend war er essen gegangen und am Betonufer zurück zur North Avenue geschlendert und hatte den Tag mit Fernsehen beschlossen.

Nach einem Monat hatten wieder die Seminare begonnen, und er zog zurück in die Kenwood Street, wo Fremde die ganze Nacht im Park mit Drogen handelten und die Dinge langsam brenzlig wurden. An Halloween hatten seine Kniebänder angefangen zu knirschen, und kleine stechende Schmerzen begannen um sein Ohr herum aufzutreten und sich in seinen Kopf zu bohren. Alles, was so schön aussortiert worden war, verwirrte sich nun wieder in Obsessionen darüber, daß man die Zukunft nur mit einer geordneten Vergangenheit beginnen konnte.

Zu Weihnachten besaß er schon ein ganzes Inventar von Gebrechen und verschwendete eine Menge Zeit damit, sich ihretwegen Sorgen zu machen, und vergaß seinen Aufsatz für den *Review*, der längst fällig war. Er rief den Herausgeber einige Male an, um ihn zu beschwichtigen, und der warf ihm vor, daß er bloß in der Lounge rumsitze und Kaffee trinke und Prestige absahne, während die Redakteure in der Bibliothek herumstöberten und Fallnotizen durchgingen und hofften, daß ihnen das einen Job als Assistent bei irgendeinem Gericht einbringen würde. Schließlich entwickelte er einen Widerwillen gegen den Herausgeber, einen Juden aus Ohio namens Ira Lubitsch, und machte laute, zornige Bemerkungen am Telefon und erklärte sich einverstanden, den Artikel im Mai abzugeben. Im Februar verteilten sich seine Gebrechen und wurden bösartig. Er entdeckte eine gelbliche Verfärbung in den Sklera seiner Augen, obwohl es keine dazupassenden Symptome gab. Seine Bänder waren straff. Im März hörte er auf, zur Universität zu gehen, und verbrachte jeden Tag damit, grimmig aus dem Fenster auf die Negerinnen, die Kinder im Park ausführten, und auf die Säufer, die in die Büsche pißten, zu starren. Am Ende des Monats hatte er eine Auseinandersetzung mit Mrs. Antonopoulos, die ihn am Treppenaufgang anpöbelte, während zwei ihrer Neffen um den Pfosten herumlungerten wie zwei Ladendiebe. Sie sagte, daß sie die Miete für Februar noch nicht bekommen hätte und daß er, wenn er nichts überweisen würde, die Folgen selbst zu tragen hätte. Sie warf ihren Neffen einen langen und dunkel prophetischen Blick zu. Am nächsten Tag fand er eine Leinentasche mit Zimmererwerkzeug in der Diele und Löcher in der Tür und kleine Häufchen von Sägemehl auf dem Teppich. Die Zimmerer waren ins Café heruntergegangen, wo er sie sehen konnte, wie sie Milch tranken und Käseblintzes aßen. Er ging ins Zimmer, verschloß die Tür, und als die Tischler wiederkamen, riß er sie auf und drohte, die Polizei zu rufen und sie verhaften zu lassen. Die Zimmerleute waren verwirrt, packten ihre Bohrer zusammen und verschwanden. Er hatte dann die Tür geschlossen und war einen Monat lang nicht mehr hinausgegangen, erneut gequält von den kleinen, stechenden Schmerzen hinter dem Ohr, einer Versteifung in seinen Knien und einem Unvermögen, richtig zu gähnen, als ob ein Regler in seinen Gähnmechanismus eingebaut worden wäre, was ihn immer unruhiger machte, als wenn er niesen wollte, aber nicht die Kraft hatte, um den Nieser loszuwerden.

Der mittlere Pfad bog zur Linken steil ab, und eine neue Hundefährte führte geradewegs in wucherndes Unkraut, hinter dem sich eine Schneise mit Gestrüpp befand, die die Spur vollkommen zu verschlucken schien. Hinter sich, in Richtung des Hauses, hörte er die Grillen und in entgegengesetzter Richtung ein Geräusch wie ein leises, dumpf dröhnendes Zischen, das mehr wie das Rauschen der Stille als ein Laut wirkte, als ob das Zischen bloß eine Reaktion in seinem Kopf auf die Stille wäre. Es war wie das Geräusch des Windes, aber es war nicht der Wind, sondern das Geräusch, das eine große, leere Fläche in der Entfernung macht. Er schloß daraus, daß es der Fluß war, hinter der nächsten Baumreihe und über den Hügel, wo der Sand in einen lehmigen Uferstreifen übergehen würde, der direkt zum Wasser abfiel. Und dann wäre er da.

Er trat auf den Pfad hinaus und ging auf das Zischen zu, und der Boden vibrierte, als hätte man ihn über Gelee gespannt. Seine Schritte erzeugten ein saugendes Geräusch, das als leichte Erschütterung bis in den Sumpf zurückbebte. Während er mit einer Hand die Augen schützte, stieß er mit der anderen ins Gehölz vor, das aus jungen Buchen und Pflaumenbüschen zu bestehen schien, bis er nicht mehr erkennen konnte, wie die Fährte vor ihm das Dickicht zerteilte, und er konnte die süßen Pflaumen riechen, und mit dem nächsten Schritt sank er tief ins Wasser hinein.

Sein Atem blieb ihm im Halse stecken, und aus seiner Kehle kam kein Laut. Er begriff, daß er versank, und er warf sich, seiner Fallrichtung folgend, nach vorn auf den nächsten Baumstamm zu, so daß er weiter in das Wasser hinaus geriet und um sich schlug, um nicht unterzugehen. Er hielt sich am Baum fest, während sich das kalte Wasser um seine Taille schlang und an seinem Bauch entlanglief und hartnäckig an ihm zerrte. Er atmete aus und schnappte wieder nach Luft und hielt den Atem an und schmeckte das süße, fruchtbare Aroma des Flusses auf der Zunge. Sein Gewicht schien den Baum nicht zu belasten, und der Gedanke durchzuckte ihn, daß er nicht in diesem Moment ertrinken würde. Die Tatsache, daß er in dem gleichen Wasser vor sechsunddreißig Stunden schon einmal dahingetrieben war, stieß ihm auf und schien einigermaßen belanglos, da die Situation jetzt gänzlich außer Kontrolle war und auch niemand da war, um zu sehen, ob er für immer unten blieb.

Er krallte sich noch fester an die Buchenrinde und tastete mit seinem Fuß unten an den Wurzeln entlang. Er probierte, den Baum Stück für Stück loszulassen und einen Fuß in Richtung auf das auszustrecken, was wie der Boden wirkte, aber das Wasser riß seinen Fuß sofort mit sich stromabwärts, und er hatte kein Gefühl dafür, wie tief das Wasser einen halben Meter unter der Stelle, wo er sich festhielt, wirklich war.

Seine Zähne begannen zu klappern, und er versuchte stromaufwärts zu schauen. Es schien noch weitere Bäume zwischen ihm und der Stelle zu geben, an der er abgerutscht war, und er dachte, daß er sich vielleicht, wenn er sich von Baumstamm zu Baumstamm und von Wurzel zu Wurzel in einem mühsamen, tarzanähnlichen Stil vorarbeitete, am Fluß wieder hochmanövrieren und näher an festen Boden gelangen könnte.

Er veränderte seinen Griff an der Rinde und hing nun, dem Fluß zugewandt, unsicher am Baum. Das stinkende Wasser

schwappte gegen ihn, und ihm wurde schwindelig, und er hatte das Gefühl, daß er sich nicht mehr ganz unter Kontrolle habe.
Vom ersten Buchenstamm aus machte er einen umständlichen Ausfall zur nächsten greifbaren Stelle stromaufwärts, was ein Eichenstrunk war, an dem er, von Wurzel zu Wurzel gleitend, vorbeischlüpfen mußte, um dorthin zu gelangen, wo die Bäume dichter wuchsen und er sich eher zum Ufer vorbeugen konnte. Schritt für Schritt watete er durch Schaumbüschel hindurch über die Wurzeln und das weggleitende Geröll des Flußbetts bis zu dem Landvorsprung, von dem er abgerutscht und mehrere Meter stromabwärts getrieben war.
Er robbte aus dem Wasser und hörte, wie irgendwo weiter oben am Ufer etwas laut auf dem Wasser aufklatschte und es schäumend aufrührte, und dann hörte er das Geräusch von Gliedmaßen, die aus dem Wasser schossen, und Geröll, das auf die Wasseroberfläche prasselte, und das schwächere Geräusch von irgendeinem Tier, das keuchte und schnaubte und in die Lichtung davontrottete. Er saß zitternd da mit untergezogenen Beinen und den Schuhen voller Schlick, aus denen kleine Bäche rannen, und überlegte, ob irgendein Tier den Fluß durchschwommen hatte und – wenn dem tatsächlich so war – was es wohl dazu getrieben hatte. Er blies die Backen auf und ließ die Luft langsam wieder raus und dachte an Beebes Theorie, daß Tiere ihrem eigenen armseligen und wenig verheißungsvollen Territorium die Treue hielten – selbst wenn ihnen die Nahrung ausgegangen war und sie ausgehungert waren und ihren Feinden zum Opfer fielen. »Es ist der stärkste Trieb, den sie haben«, sagte sie und knabberte genauso an ihrem Daumen, wie er ihren Großvater nach dem Frühstück an seinem Daumen hatte herumnagen sehen. »Und ihr dümmster«, sagte sie.

7 In New Orleans nahm seine Mutter den Zug nach Jackson, und er ging in der Sonne mit seinem Vater die Canal Street hoch zum Monteleone, wo sie Austern aßen und Root Beer tranken, und anschließend machte er ein langes Nickerchen im schattigen Zimmer. Um sechs Uhr schlief sein Vater noch, und er zog sich im Dämmerlicht an und schlüpfte in seine Schuhe und ging den ganzen langen Flur hinunter, der nach warmem Brot und frischer Wäsche roch. Am Ende des Korridors blieb er unter dem dreieckigen »Ausgang«-Schild stehen und schaute hinunter in die tiefe Schlucht der Royal Street, wo die Leute klein und still aussahen, bis der Wind, der den langen, grünen Korridor durchwehte, die Tür neben ihm ein wenig öffnete, und er zwei Frauen sah, die Seite an Seite auf dem Bett lagen und in den schmalen Spalt der geöffneten Eingangstür lächelten. Sie lagen nackt auf den frischen weißen Laken, mit einem halbgeleerten halben Liter Whiskey zwischen sich, und ihre Haare waren naß und tropften, als wären sie gerade aus der Badewanne gekommen und hätten das Bett gewählt, um sich abzutrocknen. Er stand da und schaute lange zu den Frauen hinüber, während sie ihn anschauten und lächelnd und flüsternd Bemerkungen machten, die er nicht hören konnte. Nach einer Weile kam ein dicker Mann vorbei mit weißen Haaren und einem glänzenden, blauen Anzug und schaute in das offene Zimmer und sah die Frauen und sagte zu ihnen, daß sie dahin verschwinden sollten, wo sie hingehörten, weil er sonst jemanden holen würde. Er ging wieder in sein Zimmer, wo sein Vater immer noch schlief. Und nach einer Weile ging er ins Bett und schlief, bis es dunkel war. Als sein Vater aufwachte, sagte er, daß er zwei nackte Frauen zusammen im Bett gesehen habe, die Whiskey tranken. Sein Vater sagte, er würde mal nachfragen, und in der Hotelhalle ging er zu dem dicken Mann und fragte nach den Frauen, und der dicke Mann sagte, sie seien Frauen, deren Männer Plantagen östlich von Baton Rouge besäßen und deren Söhne in der Landesregierung seien und deren Töchter in die Gesellschaft eingeführt wurden und die dort, wo sie wohnten, einen Ruf hätten, auf den sie Rücksicht nehmen müßten. Er sagte, daß die Frauen in die Stadt kamen, um Kleider für eine Reise nach Los Angeles zu kaufen, und daß sie, nachdem sie einen

Tag bei Godchaux's verbrachten, die nächsten beiden damit zubrachten, sich zu betrinken und Radau zu machen, und daß es ihm leid tat, er aber trotzdem die Polizei rief und sie zur Wache an der Broad Street bringen ließ.

Er machte mit seinem Vater einen Spaziergang zur Fähre hinunter, die nach Algiers übersetzte, und fragte ihn, warum die Frauen so etwas getan hätten. Und sein Vater sagte, daß einem ab und zu mal die Dinge entglitten und man es nicht mehr im Griff habe, was passierte, und daß die Damen, obwohl sie ihm wahrscheinlich wie Schlampen vorgekommen seien, es wahrscheinlich nicht waren, sonst hätten sie keine Söhne aufziehen können, die jetzt in der Landesregierung waren.

Teil V
Robard Hewes

1 Er parkte hinten unter den Weiden, wickelte die Pistole in sein Taschentuch und schob sie unter den Sitz, und nahm den Traveler hinüber zum Lager und fuhr zu Goodenough's.

Die beiden flachsköpfigen Jungen waren an der Kreuzung, saßen im Schatten des Servel-Kühlschranks und scharrten mit ihren Absätzen auf der Erde. Sie starrten zu ihm herüber und schienen sich nicht an ihn zu erinnern. Aus den Augenwinkeln sah er zu dem einen Jungen hin, als er in den Laden ging, dem großen Jungen mit den langen Armen und den schmalen türkisen Augen. Er blieb stehen und tat so, als hätte er etwas vergessen, während er beobachtete, wie der Junge mit seinem Absatz auf der Erde herumkratzte, als wolle er etwas zuschütten. Er betrachtete das breite, gutmütige Gesicht des Jungen, das sich im Schatten des Kühlschranks bewegte, während sein Bruder etwas sagte, das ihn zum Lachen brachte, und er fragte sich, ob sie wohl irgendwie mit Gaspareau verwandt wären.

»Wo bist du?« fragte Beuna, als ob sie ihn überall gesucht und es dann verzweifelt aufgegeben hätte.

»In Elaine. Ich muß wieder zurück«, sagte er mit gedämpfter Stimme.

»Ich bin ganz angeschwollen«, sagte sie. Ihre Stimme schien aus einem langen, schmalen Rohr zu kommen. »Ich dachte, du würdest heute hierher kommen.«

»Ich muß arbeiten!« sagte er. »Wenn der alte Mann mich hier drüben erwischt, dann platzt er vor Wut!«

Der Laden wurde von einer fahlen Röhre beleuchtet, die an der Decke festgeklammert war, und das Licht verlosch schon, bevor es den Boden erreichte, was den Laden in lange, rechteckige Schatten tauchte. Mrs. Goodenough fegte das Hinterzimmer aus und sang dabei mit dünner, hoher Stimme.

»Heute abend kommst du besser nicht vorbei«, sagte Beuna drohend.

»Warum nicht?«

»W.W. wird da sein«, sagte sie. »Er hat Spätschicht und kann dann nicht mehr herumhuren, wie er's sonst immer tut, also meint er, er kommt nach Hause und treibt's mit mir. Aber diesmal hab ich 'ne Überraschung für ihn.«

Er fragte sich, ob W. nicht vielleicht in Liebeslaune nach Hause käme, sich Beuna von hinten schnappen würde und mitten auf eine ganze Weltkarte von Kratzern und Bissen starren würde. Die Vorstellung stürzte ihn in eine finstere Laune.

»Robard?«

»Was?«

»Wir fahren doch nach Memphis, oder?«

»Nehm ich doch an«, sagte er, starrte auf das Regal mit glasierten Doughnuts und versuchte, sich W. aus allem wegzudenken.

»Was soll das heißen, ›nehm ich doch an‹?«

»Ich meine, ich nehme an, daß wir fahren«, sagte er.

»Du hast doch keine Hure dabei, oder?«

»Nein«, sagte er und wünschte, er hätte es hinter sich.

»Was ist dann los mit dir?«

»Nichts ist los mit mir, dem nicht dadurch abzuhelfen wäre, daß er deinen Arsch nicht zu sehen kriegt.«

»Ach, Scheiße!«

»Ich meine es ernst.«

»Ich hab auch noch die ganzen blauen Flecken als Beweis.«

Sie ließ den Hörer fallen, und er hörte ein schwaches Klingeln. »Schau mal«, begann sie weit entfernt, und im nächsten Augenblick schon schrie sie ihn beinahe an. »Der wird absolut nichts merken, außer wenn ich ihm was sage, und ich werd ihm nichts sagen, weil ich solange, wie ich nur denken kann, auf das hier gewartet hab.«
»Ich will, daß es keinen Ärger gibt«, sagte er, »und daß niemand in die Scheiße gerät.«
»Wer denn zum Beispiel?«
»Ich zum Beispiel«, sagte er.
Dann herrschte Schweigen, und er konnte hören, wie ihre Finger auf der Sprechmuschel trommelten. »Irgend etwas stimmt hier nicht«, sagte sie.
»Es ist doch gar nichts los«, sagte er.
»Irgendwas kommt dir wohl komisch vor, oder?« Er konnte den Hohn in ihrer Stimme hören. Irgendwie gelang es ihr, gleichzeitig auf die Muschel zu trommeln und weiterzusprechen.
»Schau mal«, sagte er. »Das einzige, das ich nicht komisch find, wär, wenn er's rauskriegt. Ich will nicht, daß er irgendwie dazwischenfunkt und die Sache versaut. Wenn er nichts merkt, bin ich wunschlos glücklich.«
Wieder herrschte Schweigen. Allmählich begann sein Ohr zu schmerzen.
»Du schämst dich doch wohl nicht etwa für mich, oder? – Weil du 'n schlechtes Gewissen hast, weil du W. lächerlich machst?«
»Ich mache W. nicht lächerlich«, sagte er. »Ein Mann macht sich höchstens selber lächerlich. Dazu braucht er keinen anderen.« Er hielt das Telefon an sein anderes Ohr, bis irgend etwas darin klickte und sein Ohr sich anfühlte, als wäre es aus Metall.
»Robard?«
»Was?«

»Wann kann ich dich sehen?« Ihre Stimme war kindisch.
»Morgen abend?«
Mrs. Goodenough kam mit dem Besen herein und warf einen erschreckten Blick in die Ecke, wo er sich mit dem eingeklemmten Hörer hingekauert hatte. Sie bedeckte ihr rechtes Ohr mit einer Hand und verschwand wieder in den hinteren Teil des Hauses.
»Morgen geht nicht«, sagte sie. »Einmal im Monat essen wir bei seinem Daddy, und Donnerstag isses wieder soweit. Sein Daddy würde mich nicht mal angucken, wenn ich'n Handspiegel wär.«
»Warum?« fragte er und dachte, daß er sich schon denken könnte, warum.
»Er glaubt, daß ich W.s Baseball-Karriere ruiniert habe, aber W. macht's mehr Spaß, in Forrest City zu spielen, als es ihm in Tacoma, Washington, gemacht hat. Das habe ich ihm auch erzählt, und er hat bloß W. angeguckt, ist aufgestanden und weggegangen. W. zwingt mich, immer wieder mit hinzukommen, aber keiner von denen kriegt irgendwas runter oder guckt mich an.«
»Also Freitag dann«, sagte er.
»Da ist er in Jonesboro, und Samstag auch. Wir können die ganze Nacht wegbleiben und den halben nächsten Tag und es die ganze Zeit treiben. Ist das nicht toll?«
»Um wieviel Uhr?« fragte er kühl.
»Er fährt um neun weg. Komm und hol mich 'ne Minute später ab.«
»Wir müssen uns 'ne neue Stelle suchen«, sagte er und dachte, daß alle, die Beuna sähen, wie sie sich hinten an der Post mit ihm davonmachte, schon an der Strippe wären, bevor sie überhaupt ihre Briefe bekämen.
»Ich sag's dir«, flüsterte sie. »Fahr um zehn die Main Street hoch und guck immer nach rechts. Du siehst mich dann schon.«

»Da kann ich dich auch gleich am First Base in Jonesboro abholen«, sagte er.
»Nein!« sagte sie. »Hol mich ab. So finde ich's gut. Du wirst sowieso nie 'nen gewöhnlicheren Menschen treffen als mich. Du kannst doch einfach so tun, als hättest du mich noch nie gesehen und mich da an der Straße entdeckt und beschlossen, mit mir mal 'ne Nummer zu schieben.«
Auch nachdem sie es ihm erklärt hatte, hörte es sich kein bißchen schlauer an, aber er hatte das Gefühl, daß er es jetzt nicht mit ihr verderben sollte, weil er sie ja erst in zwei Tagen holen sollte, und es jetzt wohl klüger wäre, ihr keinen Anlaß zu geben, die Geduld zu verlieren, und sie sollte ruhig weiter an dem festhalten, was immer sie sich ausgedacht hatte, wie sie abgeholt werden wollte, als wäre sie irgendeine Hure.
»In Ordnung«, sagte er leise. »Mach keine Varieténummer daraus, wie du in den Pickup kommst. Sobald du mich siehst, setzt du deinen Arsch in Bewegung und steigst ein.«
Er schaute im Laden umher, um zu sehen, ob Mrs. Goodenough irgendwo in Hörweite war. Er konnte ihren Schatten sehen, der sich hinter der grünen Perlenportiere hin- und herbewegte, und hörte sie singen, mit feiner, hoher Stimme.
»Robard?«
»Was?«
»Wir fahren doch nach Memphis, oder? Du fährst mich nicht bloß nach Clarksdale oder zu irgendso'nem kleinen, scheußlichen Drecksmotel, oder?«
»Nein, Süße«, sagte er. »Ich sagte doch, wir fahren.«
»Dann kann ich's kaum noch erwarten«, sagte sie. Ihr wurde ganz schwindlig. »Ich bin schon ganz scharf aufs Peabody und diese Duschen.«
»Nur bummel nicht rum«, sagte er.
»Ich bummel schon nicht«, sagte sie und senkte ihre Stimme. »Aber ich bumse vielleicht 'n bißchen.« Und sie legte auf.

Er ging den Gang hinunter, und sein Ohr schmerzte so, daß er es nicht anfassen konnte, und er hoffte die ganze Zeit, daß er aus dem Laden käme, ohne Mrs. Goodenough zu sehen. Aber sie tauchte auf, sobald er aufgelegt hatte, wischte sich die Hände an ihrer Schürze ab und roch nach Gurken.

»Das Telefon hat Ihnen wohl ganz schön das Ohr zerdrückt«, sagte sie einfühlsam, als wäre es ihr peinlich, daß es sich so benommen hatte.

»Es geht schon wieder weg«, sagte er und griff nach dem Türknauf. »Wollen Sie vielleicht eine Postkarte kaufen?« fragte sie, lächelte und demonstrierte einen Anflug von Geschäftstüchtigkeit. Er warf einen Blick nach draußen und drehte einmal überflüssigerweise am Knauf.

»Warum nicht?« sagte er und schaute durchs Glas hinaus.

Mrs. Goodenough glitt hinter den Metallkäfig und drückte das Metallgitter hoch.

»Und hier sind wir im Postamt«, sagte sie und holte eine Roi-Tan-Schachtel unter dem Tresen hervor und stellte sie zwischen sie. Sie schnippte den Deckel ab und hielt ihm die Schachtel hin und stupste ein paar Karten in ihrer Nähe mit dem Finger an.

Die Karten rochen, als hätte sie sie in einem Brunnen aufbewahrt. Mrs. Goodenough runzelte die Stirn, und der muffige Geruch zog in den Raum ab.

»Ich kann die beschriebenen mit Pattex in Ordnung bringen«, sagte sie, ging die Schachtel an ihrer Seite durch, nahm gelegentlich eine Postkarte heraus und betrachtete sie entzückt.

Er blätterte sie durch, stieß auf ein Bild von Präsident Truman und eins von Präsident Hoover und grub in der Schachtel herum, bis sein Finger auf Grund stieß, und hoffte, er könnte endlich gehen. Er nahm sich einen großen Haufen heraus und ging sie schnell durch.

»Ich hab 'ne Menge Präsidenten«, meinte Mrs. Goodenough

und schaute zu, wie die Karten vorbeiflitzten. Sie hatte das Kinn auf die Handballen gestützt. Eine Postkarte von Präsident Roosevelt, der vor einem Kamin saß und einen Hund tätschelte, huschte vorbei. Mrs. Goodenough sah verblüfft aus. »Es gibt Leute, die sagen, es war nicht der Bürgerkrieg, der das Land ruiniert hat, es war der Krüppel.«

»Ich weiß nicht, was schuld dran war«, sagte er.

»Naja, ein einzelner Mann allein hat sowieso nie schuld an irgendwas«, sagte sie engagiert.

»Ja, Ma'am«, sagte er.

Sein Blick fiel auf eine Fotografie, ein müder Mann, der mitten auf einem Acker stand und eine Hacke in der Hand hielt und ein Häckselmesser. Der Mann trug einen schlammigen Overall und verdreckte Schuhe. Sein Haar glänzte, und er hatte seinen Mund zu einem breiten Lächeln verzogen. Das Foto war retuschiert worden, damit es alt aussah, und unten am Rand waren die Worte aufgedruckt: »Herausragend auf seinem Feld«. Er starrte die Karte lange an und nahm sie aus der Schachtel und legte sie auf ein Bild von der Liberty Bell.

»Die will ich«, sagte er.

Mrs. Goodenough versuchte, über die Karte zu schielen, und hielt den Stapel mit ihren Favoriten zwischen ihren Fingern.

Er wedelte mit der Karte. »Diese hier«, sagte er.

Das Lächeln schwand aus ihrem Gesicht, und sie bot ihm den Stapel in ihrer Hand an. »*Die* sind komisch«, sagte sie und versuchte, die Flüchtlinge wieder einzusammeln. »Die könnten Ihnen auch gefallen.«

Er prüfte den Platz zum Schreiben auf der Rückseite der Karte. »Mir gefällt diese hier«, sagte er. »Der sieht so aus, als hätte er seinen großen Tag gehabt.«

»Er sieht wirklich so aus«, sagte Mrs. Goodenough steif. Sie tätschelte ihre eigene Auswahl hingebungsvoll. »Ich nenne sie *Geschenkartikel*«, sagte sie.

»Sie *sind* zum Verschenken«, sagte er und drehte die Karte

um und schaute den Mann mit seinem fröhlichen Gesicht wieder an. Das Lächeln und die Müdigkeit waren beide bloß aufgesetzt, dachte er, und sobald das Foto geschossen war, hatte der Kerl seine Hacke hingeschmissen, sich in irgendeinen Wagen gesetzt und war mit demjenigen, dem die Kamera gehörte, davongefahren und hatte sich in irgendeiner Bar betrunken, und sie hatten darüber gelacht, diese Postkarten zu verscherbeln, nachdem sie es einmal so hingebogen hatten, daß sie echt aussahen, wie ein Mann, der etwas von dem verstand, was die Pose vorzutäuschen suchte.

»Wieviel?« fragte er und klimperte mit Kleingeld in seiner Handfläche.

»Fünfzehn für die Karte«, sagte Mrs. Goodenough verdrossen. »Sechs, wenn Sie eine Briefmarke wollen.«

Er legte einen Quarter oben auf die Schachtel.

»Möchten Sie eine Sondermarke?« fragte sie und vergaß, daß sie enttäuscht war, und fummelte in einer anderen, verborgenen Schachtel herum. »Ich habe hier eine A&P-Jubiläumsmarke und eine Financial-Patriots-Marke.«

»Ist mir egal«, sagte er.

Er nahm die A&P-Jubiläumsmarke, die sie ihm herüberreichte, und klebte sie auf und steckte die Karte in die Hemdtasche.

»Wollen Sie sie denn nicht schreiben?« fragte sie, gab ihm vier Cents zurück und sah wieder enttäuscht aus.

»Ich schreibe sie morgen«, sagte er.

Sie legte ihre Hände auf den glatten Tresen und lächelte und sagte nichts, als wäre gerade etwas zu Ende gegangen.

Er kam in dem Moment heraus, als der Bus mit der beleuchteten Memphis-Anzeige vorbeifuhr. Der Fahrer hupte, und durchs Fenster konnte er sehen, wie Mrs. Goodenough ihre Hand vom Tresen hob und winkte, im Düstern immer noch dünn vor sich hin lächelnd, während der Bus durch die Felder verschwand.

2 Die Jungen warfen ihm einen mißtrauischen Blick zu, als er die Straße wieder zurück zum Lager fuhr, als wäre ihnen schließlich aus dem Nebel ihrer Vergangenheit wieder aufgestiegen, wer er war, und als wären sie nun nicht gerade begeistert darüber, daß er sich immer noch in der Gegend herumtrieb.

Der Himmel war zu einer konturlosen graublauen Fläche zerlaufen, die sich nach Mississippi hin verlor. Hoch oben hinter ihm hingen schwere weiße Wolken wie Säcke um die Sonne, als stürzten sie mit ihr zusammen auf den Horizont zu. Er dachte, daß es jetzt wohl keinen Regen geben würde und daß das Wetter vielleicht umschlüge und das Wasser in den Feldern rechtzeitig versickern würde, damit sie gepflügt werden konnten.

Als er an Gaspareaus Hütte vorbeifuhr, stapfte der alte Mann in seinem breitrandigen Hut mit der grünen Sonnenblende aus der zerbrochenen Fliegentür und stand da und beobachtete ihn, während er rückwärts neben Mr. Lambs Lincoln parkte, hinunterging und ins Boot kletterte und lärmend auf den See hinausfuhr. Die Luft auf dem See war kühler als die im Lager, und der Wind kam von Westen her, und das Wasser kräuselte sich zu kleinen Wellen, die das Boot noch schneller in die Richtung trieben, die er einschlug. Auf halber Strecke schaute er zurück, aber Gaspareau stand nicht mehr auf der Haustreppe, und das Lager verlor sich langsam zwischen den Bäumen.

Er zog das Boot auf das Ufer, drehte es um und schlang die Kette um den Stumpf, den Mr. Lamb zu diesem Zweck rot angemalt hatte. Der alte Mann weigerte sich, irgend etwas abzuschließen, damit er überall mit seinem Jeep herumkutschieren und an alles herankommen konnte, ohne einen Haufen Schlüssel mit sich herumtragen zu müssen.

Er kroch das Ufer bis dorthin hoch, wo die Weiden das Licht, das auf den Pfad fiel, jadegrün gefärbt hatten. Neben dem

Jeep entdeckte er Newels Kopf, der an einem der Reifen lehnte, und seine Schuhe, die er weggeschleudert hatte. Ein Goldspecht stieß aus einer der Weiden herab und schoß den Pfad, der durch die Lichtung führte, fünfzig Meter weit hinunter und erreichte den Wald.

»Der Alte ist vorbeigekommen«, sagte Newel. »Ich hab ihm erzählt, Sie machten gerade Ihre Kaffeepause. Und er sagte, er fände es gut, daß Sie sich freinehmen, wo immer Sie können, weil Sie sich ja sowieso totarbeiten.«

Er schabte mit seinem Spann am Trittbrett des Jeeps entlang. »Dann ist ja gut«, sagte er. Er wischte den Schlamm mit dem Finger vom Trittbrett ab und setzte sich und schaute zurück in die Weiden, hinter denen der See lag, der immer noch von der Brise leicht bewegt wurde.

»Haben Sie schon jemanden verjagt?« fragte Newel. Newel schaute in die gleiche Richtung, als hätten sie beide etwas im Wasser entdeckt.

»Nicht mal annähernd.«

»Mr. Lamb sagte, es käme niemand«, sagte Newel.

»Das überrascht mich nicht«, sagte er. »Ich hab immer noch keinen Truthahn gesehen.« Er machte es sich auf dem Trittbrett bequem. »Ich bin fünfundzwanzig Mal rumgefahren, und ab und zu habe ich angehalten und so'n leichtes Kollern losgelassen und gehorcht, weil man sie sonst immer hören kann, wie sie herumstolzieren und versuchen, sich was anzulachen. Aber bis jetzt habe ich nie was gehört. Hier *sind* keine Truthähne, oder sie sind inzwischen furchtbar schlau geworden und haben sich versteckt und sind ganz leise gewesen, was aber ziemlich unwahrscheinlich ist.«

»Das ist aber traurig«, sagte Newel. »Wenn er glaubt, er hätte Truthähne, und er hat gar keine.«

»Kann einem aber auch keiner was wildern, was man nicht hat«, sagte er und lächelte. »Mit 'nem Waschbär, der nicht da ist, kann man nicht rummachen.«

Newel starrte eine Weile auf den See und legte seine Stirn in Falten. »Erklären Sie mir mal was«, sagte er und seufzte.
Er konnte das *Kii-uu* des Goldspechts drüben in den Wassereichen hören.
»Und was wäre das?« fragte er.
Newel rückte ein bißchen näher. »Wenn Sie so verdammt viel Wert darauf legen, daß Sie die Dinge im Griff haben, was machen Sie dann eigentlich hier unten?«
Der Vogel ließ nicht ab von seinem Gezeter. Er hörte, wie er in den hohen, blättrigen Zweigen mit seinen Flügeln flatterte. »Wenn ich's Ihnen sagen wollte, hätt ich's Ihnen schon erzählt, meinen Sie nicht?«
Newels Augen sahen aus, als wären sie kleiner geworden. »Irgendwas stimmt hier aber nicht«, sagte er, »oder Sie wären nicht wieder hier unten. Sie wären da oben in Kalifornien mit Ihrer Frau, oder wo immer Sie wohnen, und hätten alles im Griff. Statt dessen sehen Sie aus wie einer, der zu 'nem Begräbnis von jemandem geht, den er gar nicht gekannt hat.«
Allmählich wurde er ärgerlich. Er rutschte bis zur Kante des Kotflügels vor, so daß er direkt auf Newel hinunter sah. »Vielleicht würde ich nicht so aussehen, wenn Sie mir nicht so auf die Nerven gingen.« Er griff nach der Sicke und drückte sie kräftig zusammen.
Newel stand auf, klopfte den Staub von seiner Hose und ging ein paar Schritte vor, um auf den See hinauszuschauen, als erwarte er, etwas zu erblicken, das von der Wasseroberfläche aufstieg. Die Sonne war kaum noch sichtbar hinter dem Bootslager, eine orangene, formlose Flüssigkeit an der Neigung des Damms.
»Ich seh nicht ein, warum ich mit Ihnen meine Zeit verschwenden soll, wenn ich mich statt dessen damit amüsieren könnte, auf der Insel im Kreis zu fahren.« Er kletterte vom Kotflügel herunter und setzte sich auf den Fahrersitz.

»Sie haben doch irgend 'ne Frau in Helena oder wo immer das ist, die Sie bumsen und die Sie verrückt macht«, sagte Newel laut, drehte sich um und starrte ihn an. »Jedesmal, wenn ich Sie sehe, sehen Sie wie'n Krimineller aus, also ist es doch bestimmt irgendso'n Flittchen.«

Er trommelte mit den Fingern auf das Steuerrad, holte tief Luft, ließ sie dann langsam wieder entweichen und starrte auf seine Füße, als schaute er in die Büchse der Pandora. »Also gut«, sagte er und legte seine Hände in den Schoß, so daß seine Ellbogen leicht seine Rippen berührten. »Das beweist doch gar nichts. Ich wette, daß von zehn Dingen, die ein Mann abseits vom Normalen tut, neun zu einer Frau führen, die er irgendwo versteckt hat oder gern verstecken würde.«

»Ist doch egal«, sagte Newel und schaute weg, als wäre er wütend. »Wenn Sie bloß 'ne Nummer abreißen wollen, dann müssen Sie nicht fünftausend Kilometer fahren. Sie bräuchten bloß *nach Hause* zu gehen, oder die Straße runter, oder nach nebenan. Sie müßten nicht irgendwohin fahren, wo's Ihnen nicht mal gefällt. Und wenn Sie bloß Angst haben, daß man Sie mit nacktem Schwanz erwischt, dann würden Sie nicht so gucken, *wie* Sie gucken, nämlich wie einer, der sich über etwas grämt.«

»Ich hab's jetzt langsam satt, Newel«, sagte er.

»Nur damit Sie Bescheid wissen«, sagte Newel wütend, schaute noch einmal zum See hinaus und drehte sich wieder um.

Er startete den Jeep, holte seine Pistole unter dem Sitz vor und schob sie sich, immer noch ins Taschentuch eingewickelt, in den Gürtel. Der Wald begann sich in diesem Augenblick braun zu verfärben. »Wieso kümmert Sie das überhaupt?« fragte er leise ins Leere.

»Das tut es gar nicht«, sagte Newel, kletterte in den Jeep und rieb sich die Arme, als wäre eine Kälte in seine Knochen ein-

gedrungen. »Ich will bloß, daß Sie wissen, daß ich nicht vollkommen bescheuert bin.«
»Ich denke, dabei werden wir's wohl erst mal belassen müssen«, sagte er und fuhr los.

3 Mr. Lamb saß wie ein Sack am Kopfende des Tisches und blickte stirnrunzelnd auf ein Sammelsurium von Arzneimitteln und schielte zwischen den Fläschchen und Dosen durch, als bildeten sie eine Stadt, in deren Straßen er sich nicht auskannte. Landrieu schnaufte in der Küche herum, stellte Töpfe auf die Herdplatten und nahm andere wieder weg und schaute jeden, der ins Haus kam, mit finsterem Ernst an.
Der alte Mann blickte neugierig zu ihnen auf. Mrs. Lamb saß im Wohnzimmer und hörte mit ihren Kopfhörern Radio. Er setzte sich still Newel gegenüber und versuchte dabei, jegliche Störung zu vermeiden, während der alte Mann, ganz offenbar in giftiger Laune, drohend die Ansammlung von Flaschen musterte, die vor ihm auf der Tischplatte aufgebaut war.
Der alte Mann hatte eine große blaßblaue Flasche Philipps Magnesium vor sich, ein winziges Fläschchen mit Leberpillen, eine Flasche »Hadacol«, in der sich die Flüssigkeit zu einer bernsteinfarbenen und einer schwarzen Schicht abgesetzt hatte, eine schwarze Flasche Hämorrhoidenpillen, ein Döschen mit Kopfschmerzpulver, eine Flasche Dulcolax-Abführmittel, zwei verschieden geformte Flaschen mit einer Kalaminlösung, jede mit einem Etikett des Drogisten versehen, eine durchsichtige Flasche mit einer braunen Flüssigkeit und einem handgeschriebenen Etikett, auf dem »Gordona Specific« stand, und hinter diesen ganzen Fläschchen eine kleine Papierschachtel »d-Con«.
Mr. Lamb warf Newel einen unfreundlichen Blick zu,

wandte dann seinen Kopf zu ihm um, so daß ihm gleichzeitig heiß und kalt im Gesicht wurde.
Der alte Mann stützte sich auf einen seiner dürren Ellbogen und starrte in verschiedene Richtungen gleichzeitig. »Wollen Sie mich umbringen, Hewes?« fragte er.
Er warf einen schnellen Blick auf das »d-Con« und versuchte zu ermessen, ob der alte Mann seinen Namen irgendwie mit dem Kakerlakengift in Zusammenhang gebracht hatte.
»Nein«, sagte er und schaute Newel sonderbar an.
»Sind Sie sicher?« fragte der alte Mann und beugte sich über das winzige Flaschenmeer vor, bis sich seine Halswirbel abzeichneten.
»Ja, Sir«, sagte er nervös.
»Wieso kommen Sie dann mit einer Pistole zum Abendessen?« krächzte der alte Mann.
Er schaute nach unten und sah den schwarzen Gummiknauf vom Revolver des alten Mannes, der, immer noch ins Taschentuch eingewickelt, oben aus seiner Hose ragte wie eine Schlange, die erst halb in ihrem Loch verschwunden war. Der alte Mann schaute finster zu ihm hin, und seine Augen blitzten, als wollte er sein Gesicht und den Waffenknauf gleichzeitig im Auge behalten, damit er nichts verpaßte, was mit dem einen oder anderen geschah.
Er griff nach dem Taschentuch, packte statt dessen die Waffe und zerrte sie aus seiner Hose, wobei das Taschentuch daran hängen blieb. Er stand auf und wedelte mit der Waffe vor ihm herum.
»Paß auf, Newel«, kreischte der alte Mann und taumelte in seinem Stuhl zurück, das Gesicht zu einer Grimasse verzerrt und die Hände zur Decke gestreckt. »Der will uns umpusten.« Newels Gesicht war in einem seltsamen Lächeln erstarrt, und er schien vollkommen gelähmt.
»O Gott, o Gott«, gurgelte der alte Mann und spitzte seinen Mund, als würde er gleich einen furchtbaren Schlag abbe-

kommen. Mr. Lamb riß plötzlich den Kopf herum und schaute verzweifelt auf Mrs. Lamb, die immer noch ganz hingegeben ihrem Radio lauschte und schweigend dem Rest des Hauses den Rücken zuwandte.

Er stieß sich vom Tisch weg, warf seinen Stuhl um, senkte die Mündung zum Fußboden, stürzte hinaus und lief, die Waffe vor sich in der Hand wie eine Wünschelrute, die Treppe hinunter und durch den Hof.

Er lief in die Gin Den, drehte das Deckenlicht an und schob die Waffe unter die Matratze. Sein Atem ging schnell, und sein Herz drückte ihm den Ausgang der Luftröhre zu. Es schien ganz unerklärlich, dachte er, wie das Leben einen zu etwas brachte, woran man auch nicht im Traum gedacht hatte und was man nie gewollt, noch überhaupt für möglich gehalten hatte. Ihm wurde schwindelig, und er fühlte, daß er sich nicht mehr unter Kontrolle hatte. Er hatte es für Freitag geplant und dann abhauen wollen, aber offenbar konnte man so etwas nicht planen. Auf einmal begriff er das alles. Man konnte sich ruhig einen Plan machen, aber man mußte auch bereit sein, früher oder später den Wegen des Schicksals zu folgen, und durfte nicht überrascht sein, wenn die Dinge einen überraschten.

Er knipste das Licht aus und stand in der Tür und schaute zum Haus hinüber, das dunkler geworden war als der Himmel dahinter, die Fensterscheiben waren orange getönt und glänzten schwach. Landrieus Silhouette tauchte im Fenster auf, wie ein Grashüpfer oder ein Kessel, der an einer Stange hing, und einen Augenblick später verschwand er mit seiner Kochmütze im Hinterzimmer, den Arm voller Schüsseln. Er zündete sich eine Zigarette an und blies den Rauch in die Luft und fröstelte im Abendtau. Er dachte daran, wie er auf der Veranda in Cane Hill gesessen hatte, als der Himmel violett und samtig gewesen war, bevor die Sonne vollkommen versank, und wie er die Katze seines Vaters beobachtet hatte,

die sich auf der Eingangsstufe lümmelte, mit schläfrigen zitronengelben Augen, und deren Schwanz auf- und abschlug. Sein Vater war herausgekommen und hatte hinter ihm gestanden und auf die Katze gestarrt, als ob er ihre Gedanken lesen könnte, und ganz plötzlich hatte er sich runtergebeugt und die Katze an ihrem Hinterfell gepackt und sie herumgedreht, so daß nun alles genau andersherum war und der fette Schwanz der Katze von dem andern Ende der Stufe ins Eisenkraut herabschlug. Und sein Vater hatte sich wieder aufgerichtet und die Katze seltsam angeschaut, als könnte er ihre Gedanken nun nicht mehr lesen. Und das Herz der Katze setzte kein einziges Mal aus, ihre Augen waren genauso schläfrig wie vorher, und ihre Pfoten haschten nach unsichtbaren Tieren in ihrem Traum.
»Ist das nicht komisch«, sagte sein Vater und zog ein Taschentuch aus der Hosentasche und polierte sich kräftig die Nase und schnaubte. »Ich hab unsre alte Mine einmal ganz rumgedreht, und sie hat nicht mal geblinzelt.«
»Ich glaube, Mine ist das egal«, sagte er.
Und sein Vater hatte ihn angeguckt, als wäre er irgendwie ein Teil der Katze, über die sie beide nachdachten, und hatte sein Taschentuch in die Hosentasche gestopft und war wieder nach drinnen gegangen.
Er schaute zu, wie sich das Haus in der Nacht immer deutlicher abzeichnete, und ihm gefiel die Erinnerung an seinen alten Herrn, weil sein Vater immer vorausplante und alles mögliche manipulierte und meinte, daß alles genauso laufen sollte, wie er sich das gedacht hatte, auch wenn das ganz falsch war. Das Verandalicht brannte immer noch nicht, und die Nacht war nun süß und wie Samt. Er griff in seine Hemdtasche und nahm die Karte heraus, die er am Nachmittag gekauft hatte, und versuchte, sie im schwachen Mondlicht zu erkennen, und konnte es nicht und ging zurück in die Gin Den, um zu schlafen.

Teil VI
Sam Newel

1 Mr. Lamb saß da und durchforschte das Flaschenmeer, als wäre er völlig überraschend darauf gestoßen und nun verwirrt, weil er nicht wußte, wie er auf die andere Seite kommen sollte. Er hielt das »Hadacol« hoch, damit er im Licht das Etikett lesen konnte, und grunzte, als er verdaut hatte, was die Flasche ihm mitteilen wollte, setzte sie ab und unterwarf die übrigen einer Neueinschätzung. Plötzlich schob er seinen Arm vor, schnappte sich die »d-Con«-Schachtel und hielt sie sich direkt vor die Nase. Er brütete über dem Etikett, drehte die Schachtel herum und blinzelte auf den winzigen roten Aufdruck, bis er langsam die Stirn runzelte und sich sein ganzes Gesicht zu einer finsteren Grimasse absoluter Ablehnung zusammenzog.

»Was ist denn das hier, Scheiße noch mal?« fragte der alte Mann. Bei diesen Worten lehnte sich Mrs. Lamb in ihrem Stuhl zurück, wandte ihren Kopf, um Mr. Lamb anzuschauen, und widmete sich dann wieder ihrem Radio. Die Kopfhörerkabel stießen aus ihrem Ohr direkt in die hintere, schwarze Verkleidung des Kastens. »Jemand versucht, ein Attentat auf mich auszuüben!« brüllte Mr. Lamb. Er schob die Schachtel »d-Con« von seinem Gesicht weg, als wäre sie ein verzerrender Spiegel. »Was zum Teufel steht denn da?« fragte der alte Mann hastig und schob ihm die Schachtel hin. Die Seite, auf die es ankam, hatte er ihm bereits hingedreht. Mr. Lambs rosa Mund öffnete sich, als ob er vorhätte, sich diese wichtige Information oral einzuführen.

Er musterte die Schachtel und begann dann, den Aufdruck laut vorzulesen. »›Warnung: Nicht schlucken. Die Einnahme kann zu schweren Schäden führen. Für Kinder unzugänglich aufbewahren. Bei eventueller Einnahme sofort einen Arzt verständigen.‹«

»Das reicht«, sagte der alte Mann entschieden, hämmerte mit seinen Knöcheln auf den Tisch, so daß alle Flaschen ein wenig zur Seite rutschten und das Fläschchen mit den Leberpillen umkippte und vom Tisch rollte. »Lan-druu!« schrie er.

Landrieu schob seinen Kopf um den Pfosten herum und blickte mißtrauisch herein.

Mr. Lambs Ingrimm verwandelte sich auf der Stelle in einen Ton kriecherischer Leutseligkeit. »Versuchst du, mich umzubringen, mein Sohn?« Er zeigte mit seinem Daumen freundlich auf die Schachtel.

»Nein, Sar«, sagte Landrieu, als wäre das eine Idee, auf die er einfach noch nie gekommen war, und verschwand wieder aus dem Türrahmen, und seine Stimme verklang auf dem Weg zur Küche, wo er offenbar emsig in irgendeiner Pfanne rührte. »Ich hab heute nich' versucht, Sie umzubringen«, sagte er.

Mr. Lamb redete weiter mit dem Türrahmen, als wäre Landrieus Kopf immer noch da. »Nun gut, aber *irgend jemand* hat dieses Kakerlakenpulver zwischen meine Mittelchen gepackt«, sagte er nachdenklich und musterte die Schachtel von vorne bis hinten.

»Ich weiß gar nichts von irgend 'nem ›d-Con‹«, sagte Landrieu, für alle unsichtbar.

Mr. Lamb seufzte und ließ wieder sorgfältig seine Daumen umeinander kreisen. Zunächst bewegte er sie langsam, bis sie den richtigen Rhythmus hatten, und dann ließ er sie mit hoher Geschwindigkeit umeinander rotieren. »Also, da steht doch, daß man das auf keinen Fall einnehmen darf, und irgend jemand muß doch gedacht haben, daß ich vorhab, eins von diesen Mittelchen einzunehmen, als er sie mir hierher gestellt hat.«

Landrieu gab darauf keine Antwort.
Mrs. Lamb beugte sich vor, zog die Kopfhörer heraus, und aus ihrem Radio brach eine laute Stimme hervor, die mit schrecklicher Geschwindigkeit Spanisch sprach. Sie schaute sie beide keck an, als wollte sie zum Ausdruck bringen, daß sie es so gut wie jeder Mexikaner verstand. Der Mann schrie ununterbrochen: *»E-u-ro-pa in-cre-i-ble! E-u-ro-pa in-cre-ible!«*, und Mrs. Lamb begleitete das Ganze mit einem triumphierenden Lächeln.
»Ich hab dich nicht gebeten, mir irgendein Kakerlakengift mitzubringen«, murmelte Mr. Lamb, vom Radiolärm übertönt, und seine Daumen sausten mit immer größerer Geschwindigkeit umeinander.
»Ich hab bloß das gebracht, was Sie gesagt haben«, sagte Landrieu gereizt durch die offene Tür. »Was immer auf dem Fensterbrett liegt, ist das, was Sie gesagt haben. Das hab ich gebracht. Ich hab nich' auf irgend 'ne Kakerlakenmedizin geachtet.«
»Das sind schon zwei Leute innerhalb von fünf Minuten, die versucht haben, mich umzubringen«, sagte Mr. Lamb klagend.
»Ich hab nich' versucht, irgendwen umzubringen«, murmelte Landrieu.
Mrs. Lambs Radio begann, brüchig zu klingen, und das Geräusch drang bis in die letzte Ecke des Hauses. Der alte Mann wirbelte plötzlich in seinem Stuhl herum und schleuderte einen halb haßerfüllten, halb flehentlichen Blick auf Mrs. Lamb, der es offenbar Vergnügen bereitete, daß alle ihrem voll aufgedrehten Radio lauschen mußten. Er fragte sich verstohlen, ob Mrs. Lamb nicht vielleicht katalanischer Herkunft war.
»Würdest du das bitte leiser machen, Fidelia«, sagte Mr. Lamb geduldig, aber nur er konnte ihn hören. Dennoch stöpselte Mrs. Lamb den Stecker wieder in die Buchse, und das

Geräusch verschwand, als hätte sich ein unsichtbarer Vorhang im Raum gesenkt, und hinterließ eine unbehagliche Stille. Landrieu brutzelte Schinkenstreifen in der Bratpfanne, und der heiße Schinken verpestete das Zimmer mit einem stechenden Geruch.

Mr. Lamb taxierte geistesabwesend das Heer von Flaschen und Tablettenfläschchen.

»Sind Sie krank?« fragte er den alten Mann, aber er wollte nur das Gefühl der Übelkeit in seinem Magen unterdrükken.

Mr. Lamb schaute ihn seltsam an und preßte die Hände zusammen, so daß seine Daumen aufhören mußten, umeinander zu kreisen. »Das goldene Zeitalter ist vorüber«, sagte er grimmig und drückte, als eine kleine Geste der Frustration, seine Knöchel.

»Vielleicht haben Sie bloß nicht gut geschlafen?« sagte er, lächelte und hoffte, daß der alte Mann nicht vorhatte, ihn erneut zum Anstifter eines Komplotts zu machen.

»Böse Menschen finden nie Ruhe, Newel«, sagte der alte Mann mit einem schwachen diebischen Leuchten in seinen Augen.

»Warum gehen Sie nicht zum Arzt?«

Der alte Mann hob den Kopf, um sein Ohr wieder auf den Ton auszurichten. »Was war das?« fragte er.

»Zum Arzt gehen?« fragte er und war nicht mehr so zuversichtlich.

Mr. Lamb starrte ihn scharf an, als ob ihm gerade eine Beleidigung zugefügt worden wäre, die er um keinen Preis ignorieren wollte. »Weil ich, verdammt noch mal, nicht will, deshalb«, sagte er, und seine Augen zogen sich zu harten, kleinen Strichen zusammen. »Die Scheißkerle fallen über einen her wie Ameisen über einen Kuchen«, sagte er entrüstet. »Wenn sie mit ihrem Stochern und Schnippeln fertig sind, ist nichts mehr da, was man noch mit nach Hause nehmen

kann. Deshalb, Himmel, Arsch und Zwirn.« Der alte Mann biß die Zähne zusammen und preßte seine Fäuste auf den Tisch, als habe er vor, sich in die Luft zu erheben.
»Das finde ich auch«, sagte er.
»Was war das?« Mr. Lamb gab dem defekten Ohr einen ordentlichen Schlag mit seiner Handkante.
Er schüttelte den Kopf. »Ich mag auch keine Ärzte.« Sein Magen fühlte sich ein wenig besser an.
Der alte Mann funkelte ihn an, als ob er den Verdacht hegte, daß ein Komplott geschmiedet würde und er das dazu ausersehene Opfer wäre. »Ach nein?«
»Nein.«
»Warum nicht?« Der alte Mann senkte seinen Kopf fast bis auf seine Schulter, als glaubte er, daß er so erheblich besser hören könnte.
»Die sehen immer nur Krankheiten«, sagte er, »und deshalb nehmen sie auch nichts anderes mehr wahr.« Er nahm die Hände aus dem Schoß und legte sie so auf den Tisch, wie der alte Mann seine hingelegt hatte. »Wenn sie nicht gleich was finden, suchen sie weiter. Sie haben es nicht gelernt, Gesundheit zu erkennen, und deshalb mag ich sie nicht.«
Die Zähne des alten Mannes schlenkerten leicht in seinem Mund herum, und er stieß sie mit der Zunge wieder hoch. »Ach, meinen Sie?«
»Ja.«
Mr. Lamb ließ seinen Blick langsam auf das Heer der Flaschen sinken, als erwartete er, daß sie etwas sagten, und als sie's nicht taten, fegte er sie alle mit einer achtlosen Armbewegung vom Tisch herunter auf den Fußboden. Und das Scheppern war ungeheuer. Landrieu sprang in das Zimmer, und Mr. Lamb warf ihm einen gequälten Blick zu.
»Warum haben Sie das gemacht?« schrie Landrieu.
»Was?«
»Sie runtergeschmissen und mich so erschreckt?« Landrieu

machte eine ruckartige Handbewegung, um auf die Flaschen hinzuweisen, die gerade auf den Boden gefallen waren.
Mr. Lambs Ausdruck reiner Unschuld verwandelte sich in den blanker Böswilligkeit, was bedeutete, daß Landrieu gerade unvorsichtigerweise sein Konto überzogen hatte. Er drehte sich langsam im Stuhl um und ließ seinen Blick auf Mrs. Lamb fallen, die auf das Geschepper überhaupt nicht reagiert hatte. Sie saß da, hatte ihnen den Rücken zugedreht, schaute aus dem Fenster hinaus in die Dunkelheit und lauschte immer noch, wie er annahm, mexikanischen Werbespots für Auslandsreisen. Mr. Lamb wandte seinen Blick wieder zurück, als hätte er gerade mit Mrs. Lamb gesprochen und Landrieus Namen im Zusammenhang mit einer unanständigen Lüge gehört. »Sie hat nichts gehört«, sagte er verächtlich. »Ich auch nicht. Der Kerl hier auch nicht.« Er zwinkerte heftig. »Du bist der einzige, der irgendwas gehört hat.«
Landrieus Gesicht wurde bedeutend härter. »Ich werde bestimmt nichts aufsammeln, was keiner gehört hat«, sagte er und verschwand.
Der alte Mann fummelte an seiner Serviette herum, kniff die eine Ecke zu einem festen Geschoß zusammen und rammte es in sein gutes Ohr und verpaßte dem Ohr eine großzügige Bohrung. Er zog seinen Mundwinkel hoch zu einem idiotischen Grinsen und vergaß Landrieu vollkommen. »Sie mögen diese Blinddarmschnippler auch nicht, häh?« sagte er, zuckte heftig und zog die Lippe noch höher, als versuchte er durch die Bohrgeräusche, die in seinem Kopf dröhnten, hindurch zu hören.
»Nein, Sir«, sagte er und empfand leichte Schuldgefühle gegenüber Landrieu.
»Ich auch nicht«, sagte der alte Mann und zog die Serviette mit ihrem wächsernen Zipfel wieder heraus, als wäre sie ein Goldstück. »Ich fühl mich jedesmal automatisch schlechter, wenn ich in ihre Nähe komme.«

Mr. Lamb rutschte auf seinem Stuhl herum und beugte sich vor, bis er fast an sein Gesicht stieß. Dabei scheuchten die Füße des alten Mannes versehentlich einige der Flaschen auf und ließen sie übers Parkett rollen, und er verzog den Mund schnell zu einem dunklen, verschwörerischen Gesichtsausdruck, so daß seine Augenbrauen schwer über den kleinen, ausgebrannten Augen lagen. »Ich sag Ihnen mal was«, sagte Mr. Lamb und packte sein Handgelenk. Er witterte den aufdringlichen, antiseptischen Geruch, der aus dem Mund des alten Mannes kam. »Ich wäre nicht gern Arzt, weil die immer soviel mit dem Tod zu tun haben«, flüsterte er, als hätte er ein Thema angeschnitten, über das nicht gesprochen werden durfte. »Ich denke, wenn *die* alt werden, dann kommen ihnen diese ganzen Todesfälle wieder hoch, und sie können an gar nichts anderes mehr denken als ans Sterben und an verrottende und auseinanderfallende Körper, so wie sie's ihr ganzes Leben an anderen Leuten gesehen haben.« Er lächelte schlau.

»Ja, Sir«, sagte er und wünschte, er könnte ihm sein Handgelenk wieder entreißen. Mr. Lambs Schädel war unterhalb des Kieferknochens sichtbar, und aus diesem Blickwinkel sah er aus wie ein beseeltes Skelett.

»Mrs. Lambs Neffe, der kleine Bertrand«, sagte Mr. Lamb vertraulich und drehte sich zur Seite, so daß er zu seiner Frau hinüberschauen konnte, bevor er fortfuhr, »hatte einen Job in Washington D.C., wo er nur Titten untersucht hat und nichts anderes, soweit ich das beurteilen kann.« Die Augen des alten Mannes bekamen einen feurigen Schimmer, und er schob sich noch näher heran, damit er ihm noch mehr antiseptischen Atem direkt ins Gesicht hauchen konnte. »Er hat in der Gesundheitsbehörde gearbeitet. Na, also das wär'n Arztjob, den ich auch noch machen würde. Ha ha ha ha.« Mr. Lambs Gesicht färbte sich radieschenrot, und die Adern an seinen Schläfen wurden so dick wie Wurzeln.

Landrieu stolzierte, den Arm voller Geschirr, in seiner Schürze und mit der Kochmütze auf dem Kopf in das Zimmer, aber mit einem Blick, der Empörung über alles, was ihm vor die Augen kam, ausdrückte.

Mrs. Lamb erspähte ihn, knipste das Radio aus und bahnte sich einen Weg zwischen den Flaschen hindurch ins Zimmer, gerade als Landrieu das Hauptgericht auf den Tisch brachte. Er rauschte zurück in die Küche und kehrte mit einem Krug Tee wieder und trat vorwurfsvoll zurück, während Mrs. Lamb den Tisch prüfte und nickte, und dann verschwand er und ließ die Vorraumtür hinter sich zuschwingen.

»Ich und Newel gehen morgen angeln«, verkündete Mr. Lamb und schaufelte sich, so schnell wie er den Löffel schwingen konnte, gebutterten Mais in den Mund.

Mrs. Lamb betrachtete ihn streng, als ob sie die Tatsache betonen wollte, daß schließlich doch noch etwas gefunden worden war, was er tun könnte.

»Ist das nicht was, Newel?« fragte der alte Mann und kaute wild.

»Hört sich großartig an«, sagte er, da es sich besser anhörte, als den ganzen Vormittag zu streiten und dann den Rest des Tages damit zu verbringen, in der Gin Den zu schmollen, wo keiner ihn sehen konnte.

»Gut«, jubelte Mr. Lamb, schnitt ein Stück Schinken ab und ließ es direkt in den Mais fallen. Mrs. Lamb aß ein Brötchen mit Bratfett und ein zweites mit Sirup, den sie in einer großen Pfütze auf ihren Teller gegossen und mit Butter verrührt hatte, so daß das Gemisch einen dicken, gelblichen Brei ergab. Mr. Lamb barg seinen Schinken und überhäufte auch den Rest seines Tellers mit gebuttertem Mais.

»Mrs. Lamb ißt ja nicht viel«, sagte der alte Mann kauend. »Aber sobald es hell wird, fängt sie schon mal an.«

Mrs. Lamb stützte einen Ellbogen auf den Tisch und musterte den alten Mann, während sie kaute, mit einem Blick, als wäre er ein alter Clown, der sie nicht länger amüsierte. Was den alten Mann dazu brachte, in seinem Stuhl herumzuzappeln und seinen Blick über alle Wände schweifen zu lassen.

Er dachte, er könnte ja einfach das Thema wechseln und den alten Mann auf andere Gedanken bringen. »Woher kommt denn der verbrannte Fleck hinter dem Haus?« Er schielte gleichzeitig zu beiden hin.

»Hah!« johlte der alte Mann und wirkte überaus erfreut darüber, daß dieses Thema nun zur Sprache kam.

Mrs. Lamb warf ihrem Ehemann einen giftigen Blick zu und beugte sich über ihren Teller vor, als wäre sie grimmig entschlossen, die hinterhältige Bemerkung, die sie von Mr. Lamb erwartete, zu unterbinden.

Er dachte sofort daran, das Thema fallenzulassen und auf etwas weniger Kontroverses auszuweichen, aber irgendwie war ihm die ganze Sache aus der Hand geglitten, und so mußte er ganz einfach sitzen bleiben, während derjenige, der sie in der Hand hatte, beschloß, was er daraus machen wollte. Der alte Mann hatte schon etwas Merkwürdiges an sich, fand er, wie er sofort, als der verbrannte Fleck erwähnt wurde, loswieherte, als sei das Thema für Mrs. Lamb äußerst anstößig und deshalb absolut spaßig für ihn.

Mr. Lamb preßte sich fest an die Rückenlehne, scharrte laut mit seinen Schuhen an den Tischfüßen und stemmte die Arme noch fester an die Zarge, als hätte er vor, sich mit Hilfe einer unsichtbaren Sprungfeder, die an seinem Stuhl befestigt war, auf die Tischplatte zu katapultieren. »Dieser verbrannte Fleck«, schnaubte er, *»war ein Haus.«* Er äugte vorsichtig zu Mrs. Lamb hinüber, und seine Augen beobachteten sie scharf. Er lockerte die Arme und sank in seinem Stuhl zurück.

»Mein Cousin hat hier gewohnt«, sagte Mrs. Lamb hochmütig, als wäre sie unter Druck gesetzt worden, um dieses Geständnis abzulegen. Sie legte ganz vorsichtig ihre Gabel ab, schob die Hände hinter ihren Teller und betrachtete Mr. Lamb kühl.

»Ihr Cousin, John«, verkündete Mr. Lamb und lächelte schurkisch, »war ein ulkiger Schwachkopf, gelinde gesagt.« Er schnüffelte mit seiner Nase wie jemand, der versucht, ein Niesen zu unterdrücken. »Er hatte ein paar seltsame Angewohnheiten.«

Er wünschte, irgend jemand würde ein anderes Thema aufs Tapet bringen.

Mrs. Lamb war damit beschäftigt, Mr. Lamb ein Loch in die Stirn zu starren, aber der alte Mann schien sich nach und nach von allen äußeren Einflüssen freizumachen und lächelte und schob seine Zähne am Zahnfleisch rauf und runter.

»Der alte John hatte so 'n kleinen Holzkahn draußen auf der Leeseite liegen – der Satansbraten hat hier fünfundvierzig Jahre gelebt«, unterbrach sich der alte Mann. »Und bevor die ganze Niggerscheiße anfing, hat er sich, wenn das Wasser niedriger stand, in sein Boot gesetzt und ist nach Mississippi getuckert und hat sich Baseball angeguckt. Die Nigger hatten ihr'n eigenen Sandplatz drüben bei Stovall. Landrieu war übrigens einer ihrer großen Stars, bis er zu scheißalt wurde.« Der alte Mann ließ seine Augen zum Küchenvorraum wandern, warf Mrs. Lamb noch einen höhnischen Blick zu und kräuselte die Oberlippe noch ein wenig mehr, während seine Wimpern flatterten. »Wie auch immer, er fuhr abends rüber und setzte sich auf die Tribüne und schrie ihnen die widerlichsten und schlimmsten Beleidigungen zu, die man sich vorstellen kann, jedem einzelnen, der auf dem Platz war. Er machte ihnen allen die Hölle heiß und war schon im ersten Inning stinkbesoffen. Und jedesmal, wenn einer von den Teufeln loslegte, um den Ball zu werfen, schrie er ›Pfuuu-iiii, du stinkst‹ und fing an, sich mit seiner kleinen Schiedsrichterkappe Luft zuzufächern, als würde irgendwas da, wo er saß, ganz übel riechen. Und manchmal mußten sie einfach aufhören, weil John da oben so ein Höllenspektakel machte. Er hatte ein Holzbein, müssen Sie wissen, und wann immer sie einen ihrer großen kräftigen Gummibäume da hochschickten, damit er ihn zum Schweigen brachte, holte er sein altes Schweinemesser raus und stieß es mitten in das Bein und grinste, als würde er so ungestüm zustechen, daß er sich genausogut selber abstechen könnte, und die Nigger hatten danach alle Schiß vor ihm. Und ich kann ihnen das auch wirklich nicht verdenken. Sie fanden jemanden, der rumlief und sich selber abstach, halt nicht so vertrauenerweckend. Sie fanden nicht, daß das so völlig normal wäre.« Mr. Lamb strahlte und fing sofort an, mit seinen Fingern zu trommeln, als hoffte er, daß ihm jemand noch so eine Frage stellen würde, auf die er eine ebenso fesselnde Antwort geben könnte.

Mrs. Lamb erhob sich still und ging zurück in die Küche und begann, gedämpft mit Landrieu zu reden, der am nächsten Tag für sie nach Helena fahren sollte.

»Hör'n Sie, ich erzähl's Ihnen«, flüsterte der alte Mann, grinste ihn boshaft an, sobald Mrs. Lamb die Tür hinter sich hatte zufallen lassen, reckte sich über den Tisch vor wie ein feiger Verschwörer, grabschte nach irgendeinem Teil seiner erreichbaren Anatomie und schnappte sich sein Handgelenk, bevor er es wegziehen konnte. »Johnny Carter war ein Halbidiot«, sagte Mr. Lamb in einem Bühnenflüstern, das Mrs. Lamb gewiß noch durch zwanzig Türen hindurch hören konnte, weshalb er auf seinem Platz ziemlich nervös wurde. »Ein anderer seiner schwachsinnigen Tricks war's, in irgendeinen Laden zu gehen, einen kleinen Ochsenfrosch aus der Tasche zu holen und ihn aufzuessen. Direkt vor den Augen der Damen und kleinen Mädchen steckte er sich den Frosch in den Mund, als wär's ein Zaubermittel, kaute drauf rum und fing dann wie wild an zu lachen. Und natürlich«, sagte der alte Mann hochfahrend, »haben alle diese Frauen ihren Ärger an *mir* ausgelassen, weil sie wußten, daß er mit Fidelia verwandt war und hier draußen lebte, obwohl das auch alles war, was sie wußten. Aber ich konnte da überhaupt nichts machen, weil er nicht so verrückt war, daß man ihn nach Whitfield hätte schicken können, und ich glaube, wenn ich's je versucht hätte, hätte er mich umgebracht und jeden anderen, den er hätte erwischen können, genauso, wie er's mit den Choctaws gemacht hat.« Der alte Mann ließ sein Handgelenk los und versank in ein ernstes Brüten, als ob hinter all diesen Albernheiten nach wie vor etwas ganz und gar Rätselhaftes und Unbegreifliches liege. Mr. Lambs Mund öffnete sich ein wenig, und sein Blick war für einen Augenblick ganz abwesend.

»Wieso ist er so lange geblieben?« fragte er und hoffte, der alte Mann würde etwas zu den Choctaws sagen, ohne daß er direkt fragen müßte.

Die Augen des alten Mannes starrten weiterhin auf einen Punkt an der weißen Vorraumtür, als ob er gerade etwas vor sich sähe, mit dem er absolut nicht zurechtkam.

»Also«, sagte der alte Mann klagend. »Er steckte ganz schön in der Klemme. Er hatte 1925 ein kleines Choctawmädchen im Pontotoc County geheiratet, und das Mädel starb bei der Geburt ihres Kindes. Und bevor er auch nur einen Finger rühren konnte, kamen schon ein Haufen ihrer Leute und schnappten sich das Baby, das gesund war, und hauten damit ab und nahmen es mit nach Rough Edge, Mississippi, wo sie unter lauter Pennern lebten, und ließen ausrichten, daß sie's nicht rausgeben würden, weil sie nicht allzuviel von John hielten und ihm die Schuld an dem Tod des Mädchens gaben. Also ist er da hingefahren, wo sie wohnten, mitten in Rough Edge, und stellte sich auf die Eingangstreppe und sagte, er wär gekommen, um sein Baby zu holen, weil es schließlich seins war. Und sie sagten, daß er sich verpissen sollte und daß er das Baby nicht mal zu sehen bekäme. Und ich nehme an« – Mr. Lambs Augen schienen zurück in die Vergangenheit schauen zu wollen – »daß er völlig durchgedreht ist, jedenfalls ist er zurück nach Pontotoc gefahren und hat sich seine Schrotflinte geholt und ist wiedergekommen und hat vier von denen mitten auf der Veranda so tot geschossen, wie 'n Indianer nur sein kann, hat sein Baby genommen und es bei seinem Vater in Pontotoc abgeliefert, und als nächstes stand er hier draußen auf der Veranda. Und ich ließ ihn einfach bleiben, weil er sowieso keine andere Wahl hatte. Ich dachte mir, er wär wohl nicht gemeingefährlich, solange er nicht in die Nähe von Indianern käme. Und er ist fünfundvierzig Jahre geblieben, genau in dem kleinen Haus da.«

»Und was war mit der Polizei?« fragte er und dachte, daß man ihm nicht vorwerfen könne, er wolle Klienten sammeln, wenn der alte John schon tot war. »Ist denn keiner gekommen und hat nach ihm gesucht?«

Mr. Lamb schaute ihn seltsam an, als hätte er noch nie daran gedacht. Er preßte seine kleinen Hände vor der Brust zusammen, schob seinen Teller zurück und schien sich wieder in Gedanken zu verlieren. »Tja«, sagte er abwesend, »ich weiß es nicht. Ist nie jemand gekommen und hat nach ihm gesucht. Er hat mir gleich erzählt, was passiert war, und ich dachte ›Scheiße, ich hätte das gleiche getan‹, und er schien vollkommen zufrieden zu sein, daß er hierbleiben durfte und dafür mit anpackte. Er hat die Hütte gebaut, und ich hab nie nach der Polizei gefragt. Ich nehme an, sie haben ihn oben in Pontotoc gesucht, aber über das Thema hab ich mich nie so vertraulich mit ihm unterhalten.«

»Er hat aber vier Leute umgebracht«, sagte er und versuchte, flüsternd weiter zu streiten, ohne Mrs. Lamb wieder aus der Küche zurückzuholen. »Hat er das nicht gestanden?«

»Doch«, sagte der alte Mann ungehalten.
»Er hätte sein Baby ja auch auf anderem Wege kriegen können«, sagte er. »Ein Gericht in Mississippi würde niemals einem Haufen Choctaws ein Baby überlassen, wenn der eine Elternteil weiß ist.«
»Wir haben uns nicht den Kopf über irgendwelche Gerichte zerbrochen«, sagte der alte Mann und versuchte sich im Zaum zu halten, während sich seine Wangen leicht rosa färbten.
Vor seinem Geist tauchte das flüchtige Bild von Hollis auf, der auf dem Beton aufschlug. »Warum denn, zum Teufel, nicht?« fragte er. »Vier Leute werden umgelegt, bloß weil ein psychopathischer Cousin will, daß sein Alter sein Baby in Pflege nimmt, und Sie verhindern, daß ein Gericht die Möglichkeit erhält, nach Recht und Gesetz mit ihm abzurechnen.«
»Jetzt hör'n Sie mir mal zu«, sagte der alte Mann geduldig. »Hätten Sie denn nicht den Cousin Ihrer eigenen Frau aufgenommen, wenn er das getan hätte und es Ihnen überhaupt keine Umstände gemacht hätte?«
»Nein!« sagte er.
»Also verdammt noch mal, Newel«, flüsterte der alte Mann wütend. »Das *sollten* Sie aber. Hier geht's schließlich um die Familie!« Mr. Lamb warf ihm einen stechenden Blick zu und preßte seine knotigen, kleinen Fäuste auf die Tischplatte, als ob er vorhätte, einen Kopfstand zu machen.
»Aber es ist Unrecht«, sagte er.
»Ich scheiße auf die Gesetze, verdammt noch mal.« Der alte Mann erstickte fast, weil er den Schall seiner Stimme innerhalb des halben Meters zwischen ihnen halten wollte. Seine Brille rutschte auf seine Nasenspitze herunter, und er rüttelte so heftig an dem Tisch, daß das ganze Zimmer vibrierte. »Ich mochte den Scheißkerl kein bißchen lieber, als Sie es getan hätten. Er hat drei meiner Welpen mit Thermometer-

Quecksilber vergiftet und jede Flasche Sprit, die ich jemals hier draußen stehen hatte, geklaut und sie durch ein Brötchen gefiltert, damit er sich einen antütern konnte. Er war verrückter als ein kleiner Waschbär, aber ich hab ihn nicht der Polizei übergeben, bei Gott! Er war Mrs. Lambs Cousin.«

Mrs. Lambs Gesicht erschien unerwartet im Spalt der Vorraumtür, und sie warf beiden drohende Blicke zu. Sie hatte die Oberlippe zu einer straffen, kleinen Falte der Verachtung gekräuselt. Plötzlich ließ sie die Tür wieder ins Schloß fallen, und der alte Mann war hin- und hergerissen zwischen seiner Wut und seinen Schuldgefühlen.

»Fidelia«, brüllte der alte Mann und hämmerte mit den Fäusten auf die Tischplatte.

In der Küche rührte sich nichts. Er sah Mrs. Lamb und Landrieu vor sich, wie sie schweigend in der abkühlenden Dunkelheit saßen, während sie beide in ihrer eigenen verschwörerischen Niedertracht zappelten.

Der alte Mann schnellte zu ihm vor, bereit zum nächsten Angriff.

»Was *hätten* Sie denn gemacht?« fragte er und hörte auf zu flüstern.

Er seufzte und erkannte, daß er der Bösartigkeit des alten Mannes einfach nicht gewachsen war. Was der alte Mann in unerschöpflichem Überfluß besaß, war genau das, was ihm fehlte. Und er fragte sich, wann seine eigene Bissigkeit eigentlich abgesaugt worden war, oder ob er sie überhaupt je besessen hatte, und wenn er sie besessen hatte, wohin sie verschwunden war. Und wenn er sie tatsächlich besaß, dachte er plötzlich, dann war sie jetzt mit Sicherheit vollkommen nach innen gerichtet, während die ganze Wut des alten Mannes wie Artillerie nach außen gerichtet war auf das Heer von Verstößen und Verrat, das ihn unter dauernder Belagerung hielt. »Ich hätte ihm einen guten Rechtsanwalt besorgt, wenn es einen gegeben hätte«, sagte er nüchtern, »hätte ihn auf Dementia Praecox plädieren lassen und ihm gesagt, daß er sich vor die Anklagebank stellen und sich wie ein Irrer aufführen soll.«

»Und wo liegt da nun der Unterschied zu dem, was ich getan habe, zum Teufel?« fragte der alte Mann. »Ich habe mir eine Lüge gespart, indem ich eine erzählt habe.« Der alte Mann schaute ihn an, als hätte er in seinem ganzen Leben nie etwas klarer gesagt, und als sollte er die Weisheit begreifen, die darin lag, und endlich klein beigeben. »Sie müssen erst Ihren Rechtsanwalt fragen, bevor Sie einen fahren lassen, was, Newel?«

»Vier Leute sind umgebracht worden«, sagte er müde.

»Choctaws«, sagte der alte Mann verächtlich. »Sie sind mit seinem Baby getürmt und haben ihn verjagt, als er gekommen ist, um es sich wieder zu holen.«

»Ich weiß«, sagte er.

»Teufel noch mal«, sagte Mr. Lamb. »Sie sind ein Fisch, Newel, bei Gott. Sie gehören oben in den Lake Michigan, wo es kalt und feucht ist, und nicht hier unten hin, wo die Menschen Blut haben.« Er warf sich in seinem Stuhl zurück, als hätte ihm jemand einen Kinnhaken verpaßt.

»Was ist aus ihm geworden?« fragte er.

Mr. Lamb blinzelte, als wäre er überrascht, daß er immer noch sprechen konnte. »Wer?« fragte er.

»John.«

»Er ist gestorben, das ist aus ihm geworden.«

»Ist das Haus von allein abgebrannt?«

Der alte Mann kniff mit Daumen und Zeigefinger in die Tischkante, als versuchte er, ein Stück abzubrechen. »Ich habe es abgebrannt«, sagte er laut. »Ich bin reingegangen, habe seinen ganzen Müll mitten auf dem Fußboden auf einen Haufen gepackt, einschließlich seiner Schiedsrichterkappe, und habe die Fackel drangehalten, bei Gott. Und daher stammt der kahle Fleck.« Seine Augen schnellten nicht mehr hin und her, und er schien auf einmal seine ganze Energie einzubüßen, als ob bei der Erinnerung daran, wie das Haus in Flammen aufgegangen war, auch sein ganzer Zorn verraucht sei. »Wissen Sie was?« fragte der alte Mann mit glasigem Blick.

»Nein.«

»Mrs. Lamb und er haben die Mississippi-Hymne geschrieben.« Der alte Mann leckte sich die Lippen und schmatzte, als könnte er diese Meisterleistung würdigen. »Mrs. Lamb hat die Verse geschrieben und John Carter die Musik. Sie haben es 1938 beim Wettbewerb in Jackson eingeschickt und fünfhundert Dollar und ein Bild von Senator Bilbo und J. K. Vardaman gewonnen, wie sie vorm U.S. Capitol stehen mit den Noten in der Hand. Ich habe ihnen gesagt, sie sollten das Bild von Bilbo zurückschicken, weil dieses kleine Schwein ein Diktator wäre, aber er hat sie beide in seiner Hütte an die Wand gehängt und gesagt, daß er überlegte, was der alte J. K. Vardaman und Bilbo wohl gedacht hätten, wenn sie gewußt hätten, daß er ihre Bilder an der Wand hatte und sich seit dreizehn Jahren vor der Polizei versteckte. Und ich habe gesagt: ›Die beiden verstecken sich schon länger als du.‹ Ich werde Mrs. Lamb bitten, hereinzukommen und Ihnen die Hymne vorzusingen, wenn Sie möchten.«

»Sie müssen wirklich keine Umstände machen«, sagte er.

»Nein, nein. Fidelia.« Der alte Mann redete nun mit sanfter Stimme.

Die Vorraumtür schwang auf, und Mrs. Lamb erschien wieder auf der Schwelle und blickte sie voller Verachtung an. Die Küche war pechschwarz. »Was ist, Mark?« fragte sie.

»Newel hier würde gern hören, wie du ›The Magnolia State‹ singst, a cappella.« Der alte Mann hatte sein strahlendstes

Lächeln aufgesetzt und sich, in der Erwartung, daß diese Idee Erfolg hätte, ganz aufgerichtet.

»Nun, das werde ich nicht tun«, schnauzte sie zurück. »Du hast eine entzückende Stimme – du kannst es ihm selber vorsingen.« Sie schlenderte auf der anderen Seite des Tisches an den Flaschen vorbei und verschwand im Schlafzimmer.

»Das ist schon okay«, sagte er.

Mr. Lamb ließ niedergeschlagen den Kopf hängen. »Ich würde es ja singen, aber ich weiß die Melodie nicht«, sagte er.

Im Schlafzimmer quietschte der Fußboden. Draußen war es nun stockdunkel, und das Licht des Kronleuchters schimmerte in den dünnen Fenstern.

»Und was ist mit den fünfhundert Dollar passiert?«

»Sie hat sie ihm gegeben. Sie hoffte, er würde sie nehmen und nach Kalifornien abhauen und dort ein neues Leben anfangen. Aber der Scheißkerl ist einfach hier in seinem Haus geblieben, und als ich da reingegangen bin, um seine ganzen Sachen auf einen Haufen zu schmeißen, habe ich vier Hundert-Dollar-Scheine gefunden. Ich weiß nicht, was er mit dem andern gemacht hat. Alles, was er gegessen hat, hat er selbst geschossen. Ich hab nie gesehen, daß er auch nur einen Nickel ausgegeben hätte. Ich habe die vierhundert an das Blindenhilfswerk nach Jackson geschickt mit seinem Namen drauf. Was soll's. Für ihn war's das Paradies hier unten, und er hätte das nicht gehabt, wenn er nicht diese Indianer umgebracht hätte. Was hätte es denn gebracht, wenn ich ihn nach Parchman geschickt hätte?«

»Ich verstehe«, sagte er. Er hatte das Gefühl, daß er am liebsten ins Bett gehen würde, aber er wollte den alten Mann, der tiefer und tiefer sank, nicht hängenlassen.

»Wissen Sie«, sagte Mr. Lamb sanft, und seine Augen glänzten, »ich bin immer auf der Insel umhergestreift, Tag und Nacht, und es war ganz egal, wann ich losging und wohin, immer hab ich ihn gesehen. Entweder war er unten am toten See oder hockte auf der Straße, oder er verschwand gerade zwischen den Bäumen, und ich sah das kleine Grubenlicht, das er oben auf seiner Kappe hatte, wenn er dahinten im Sumachwäldchen herumzappelte und ich weiß nicht was machte. Und es machte mich immer stocksauer, daß ich nirgendwo hingehen konnte, ohne daß er mich, wo ich ging und stand, mit seiner Anwesenheit gequält hätte. Aber nach einer Weile hab ich mich an diesen alten Schwachkopf gewöhnt, und manchmal sah ich ihn unten am Fluß stehen und Ausschau halten und zur Mississippiseite hinüberstarren, als versuchte er, irgendwas zu erkennen, und dann drehte er sich wieder um und rannte zurück, ohne daß er mich gesehen hätte, und lachte wie ein Verrückter. Und bei Gott, als er starb« – der alte Mann schüttelte seinen Kopf, als wäre es ein Rätsel von unergründlicher Komplexität – »bekam ich plötzlich Angst davor, in den Wald zu gehen, nachdem es dunkel geworden war. Ich wußte, ich würde ihn nicht sehen. Und ich mochte diesen Scheißkerl überhaupt nicht, und ich und Mrs. Lamb haben nächtelang wach gesessen und Komplotte gegen ihn geschmiedet und darüber geredet, wie verrückt er war, daß er diese Frösche aß. Ich muß doch ein Trottel sein, nicht wahr, Newel, wenn ich Angst im Dunkeln habe?« Der alte Mann schielte zu ihm herüber, als hoffte er, zu erfahren, daß er überhaupt kein Trottel sei, und das anschließend auch Mrs. Lamb erklären und ihre Zuneigung zurückgewinnen zu können, bevor sie einschlief.

»Ich glaube nicht«, sagte er.

Mr. Lamb schob laut scharrend seinen Stuhl zurück und stand auf. »Und morgen gehen wir angeln?« fragte er, und seine Augen leuchteten wieder.

»Ja, Sir«, sagte er.

Mr. Lamb ging schon aus dem Zimmer, bevor er antworten konnte, bewegte sich mit eingeknickten Beinen durch die

Korridortüren, ohne sich umzudrehen. »Ich kann angeln und Sie können rudern«, sagte er. Er knipste das Licht im Wohnzimmer aus, wo Mrs. Lamb es angelassen hatte, und verschwand wie sie in der Dunkelheit.

Er saß am Tisch, der Kronleuchter schimmerte im schäbigen Fenster, das seine eigenen Züge zerdehnt und verzerrt wiedergab, seine Schultern konkav erscheinen ließ, als hätte der Wind sie angeweht und sie auf seine Brust heruntergedrückt. Er konnte den alten Mann im Schlafzimmer schlurfen hören und seine Stimme, die leise und einnehmend war. Das Geschirr war nicht weggetragen worden. Er bückte sich und begann, die Flaschen des alten Mannes aufzusammeln und sie wieder so auf den Tisch zu stellen, wie sie dagestanden hatten. Auf Mr. Lambs Gesicht hatte ein Ausdruck gelegen, als fühlte er gerade, wie der Ballast seines Lebens von ihm abfiel und daß er das nicht mehr aufhalten könnte, und als hätte ihn zum ersten Mal in seinem Leben eine Art Entrücktheit ergriffen und ihm angst gemacht und ihn dazu gebracht, sich die Medikamente zu besorgen, von denen er schon vorher wußte, daß sie ihm nicht helfen würden, weil er wußte, daß er das jetzt durch kein noch so gutes Mittel mehr aufhalten könnte. Weil alles, für das man einsam war, fort war, und alles, wovor man sich fürchtete, einen eingeholt hatte.

Der alte Mann, dachte er, hatte fünfzig Jahre Vorsprung, und erst jetzt fiel er auseinander und kämpfte um jeden Zentimeter. Er dagegen hatte das Gefühl, daß er einen solchen Kampf nicht führen könnte, weil ihm die verbissene Wut dazu fehlte, denn die Frage, ob er ihn gewinnen oder verlieren würde, stellte sich gar nicht erst. Er kam sich vor wie ein Mann, der ohne Geld und ohne Interesse an irgendwelchen ausgelegten Waren in einem Kaufhaus entlangwanderte, aber mit dem Drang des Unerfahrenen, unbedingt etwas kaufen zu wollen. Und es machte ihm angst. Und tief aus irgendeinem Teil seines Geistes, der immer wachte, kam der dringende Appell, abzuhauen und schleunigst den Zug zu nehmen und zurückzufahren, bevor sein eigenes Leben von ihm wich und er für immer in der Klemme saß.

2 *In dem Jahr, in dem sein Vater starb, fuhr er mit einem Jungen namens Roscoe Sampson, der gerne tanzte, mit einem Wagen nach Vicksburg. In Vicksburg fuhren sie schnell durch die Straßen mit den roten Backsteinhäusern zum Fuß des Hügels, den die Konföderierten monatelang verteidigt hatten, und am Flußufer entlang und an den Schwarzbrennern vorbei und starrten in der Dunkelheit hinaus über den Fluß nach Louisiana, wo die kleinen Pünktchen der Hausbootlampen gemütlich vor dem andern Ufer hin- und herschaukelten. Und als sie genug hatten vom Autofahren, sagte Roscoe Sampson, er wollte tanzen, und sie kauften eine Flasche Whiskey und eine Limonade und fuhren zu einem Tanz in einem Freimaurersaal, wo die Lampen hoch oben an der gewölbten Decke hingen und in Rückstrahler eingelassen waren, deren Öffnungen mit Maschendraht abgedeckt waren. Roscoe fand ein Mädchen und zog mit ihr ab und tanzte mit ihr, bis sein Hemdkragen patschnaß und seine Wangen hochrot waren und er völlig überdreht aussah. Er kam zu ihm und erzählte ihm, daß sie beide mit dem Mädchen eine Tour im Auto machen würden, hinüber nach Louisiana in die Baumwollfelder, und daß das Mädchen es mit beiden machen würde, weil sie ein typisches Vicksburgmädchen wäre und nichts lieber täte. Aber als Roscoe das Mädchen fragte, ob das so in Ordnung wäre, sagte sie nein und drohte ihm ernsthaft, und Roscoe kam und sagte, von ihm aus könnten sie abhauen. Sie fuhren mit dem Wagen wieder zum Fluß hinunter und durch die dunklen, backsteinroten, von Murmeln erfüllten Straßen bis zum Fuß des Hügels. Und als sie zweimal um denselben Block gefahren waren, ließ Roscoe den Wagen langsam an einem Haus vorbeirollen, in dessen Fenster ein Weihnachtsbaum stand, an dem bloß winzige blaue Lämpchen blinkten, und er pfiff in die Nacht hinein und hielt an. Sofort kam ein Neger an die Fliegentür und pfiff, und sie parkten den Wagen und gingen hinein. Im Haus roch es nach Desinfek-*

tionsmitteln, und es war heiß, obwohl es in den Straßen kühl war. Roscoe sagte, daß sie beide zusammen einen Dollar und achtundsechzig Cents hätten und gern wissen wollten, was dem Mann dabei wohl in den Sinn komme. Der Mann zeigte ihnen ein mieses Lächeln, und sagte, sie hätten Glück, daß sie noch am Leben wären, wo sie doch so viel Geld dabei hätten, und daß sie sich, wenn's nach ihm ginge, damit nicht mal den sicheren Abgang durch die Haustür kaufen könnten, aber sie sollten sich ruhig mit der Frau in dem Zimmer anfreunden. Als sie in das Zimmer kamen, gab es dort Jesusbilder, die hinter einen Schminkspiegel gesteckt waren, und ein schmales Bett mit einer Chenille-Tagesdecke, und es war heiß. Die Frau, die nett war und ihn stark an Damen erinnerte, die er an der Northwest Street auf Busse hatte warten sehen, sagte, daß ein Dollar achtundsechzig nicht gerade viel sei, aber sie habe gerade nichts zu tun, also zog sie ganz einfach ihr Kleid hoch und legte das Kleingeld auf den Nachttisch, und zuerst tat er es und setzte sich dann in den Stuhl am Fußende des Bettes, während Roscoe Sampson es tat und seine Hoden gegen den Körper der Frau sprangen wie Erbsen in einem Sieb. Und danach stand die Frau auf und ging in die Ecke hinter der Tür und hockte sich über eine Waschschüssel und säuberte sich mit einem starken, nach Kiefern duftenden Desinfektionsmittel und einem gelben Schwamm, der wie die Dielen roch, und sagte, es sei das Beste, was es gebe, wenn man sich an das Stechen gewöhnte und an das komische Gefühl, das es einem weit oben im Bauch gab.

3 Der Morgen barst von Schrotflintenschüssen, die zwei Meter von der Tür der Gin Den entfernt abgefeuert wurden. Robard war vor Sonnenaufgang aufgestanden, hatte sich angezogen und war in der Dunkelheit verschwunden. Er war vom Anspringen und Stottern von Robards Jeep aufgewacht, und für eine Stunde war es dann ganz still im Haus. Dann feuerte plötzlich jemand eine Schrotflinte vor der Tür ab und stieß ein fürchterliches Geheul aus und machte Ge-

räusche, als wär's der Nationalfeiertag. Er setzte sich auf, hielt seine Decke fest und schaute hinaus, indem er sich an den Türpfosten lehnte. Die Sonne schmerzte in seinen Augen. Sie warf ihre Strahlen von unten durch die niedrigen Äste, so daß es peinigend war, wenn man mehr als einen halben Meter weit sehen wollte. Hinter den Bäumen war die Landebahn gelb und leuchtend wie Weizen. Ein Dunststreifen hing einen halben Meter über den Yuccablüten. Die Fahrradreflektoren blitzten und zuckten bis hin zur fernen Baumreihe, und das alles machte das Sehen zu einer Qual.

Mr. Lamb war zwanzig Meter von der Tür entfernt, blickte in die andere Richtung auf das Buschwerk zwischen den größeren Bäumen und der Landebahn und stapfte hinunter in das Gestrüpp der Apfelbeeren, eine Schrotflinte im Arm. Er trug seinen alten Segeltuchmantel und eine Holzfällermütze mit roten Ohrenschützern, die oben auf der Mütze zusammengebunden waren. Vor Mr. Lamb entdeckte er Elinors dünnen Schwanz, hoch aufgerichtet und zur Seite gebogen, der über dem Unkrautdickicht zitterte, aber sonst war von ihrem Körper nichts zu sehen. Hinter dem alten Mann, der ehrfürchtig und besorgt auf Elinor einredete, als erwartete er, daß gleich ein Kaffernbüffel schaukelnd aus dem Dickicht bräche, stand Landrieu, offenbar wieder versöhnt, der sich lässig in einem Overall aufgepflanzt hatte und eine schlaff herunterbaumelnde Zigarette rauchte und eine große, stahlgraue, doppelläufige Schrotflinte so balancierte, daß die Mündung des Laufes auf seinem Fußrücken ruhte.

Er fragte sich, wieso der alte Mann und Landrieu sich so schnell wieder vertragen hatten, und meinte, daß es deshalb so schnell dazu gekommen war, weil jeder dachte, der andere hätte die ganzen Flaschen aufgesammelt, aber keiner irgend etwas darüber zu sagen wagte.

Mr. Lamb begann zu summen: »Ruuhig, ruuhig jetzt,

El'nr«, als ob er den Boden vor sich in Bann schlagen wollte. Elinor wurde immer zappeliger, während sich der alte Mann von hinten mit seiner Schrotflinte näherte, bewachte wahrscheinlich, wie er annahm, was immer sie bewachen sollte, und suchte sich gleichzeitig schon einmal eine Stelle aus, wohin sie sich ganz schnell verziehen könnte, wenn die Schießerei losging.

Landrieu nahm einen letzten Zug von der Zigarette, schnippte den Stummel ins Gras, spuckte, und dann ging auf einmal alles ganz schnell. Zwei Vögel flatterten aus den Apfelbeeren auf, Schwinge an Schwinge, und flogen direkt in einen Lichtstrahl hinein und schossen ungehindert mit surrenden Flügeln an dem Gesicht des alten Mannes vorbei. Der alte Mann hatte überhaupt keine Chance und wirbelte seine Waffe nur hoch, um sich vor den Vögeln zu schützen, die sich erst in letzter Sekunde trennten und an ihm vorbei in verschiedene Richtungen davonschossen, während der alte Mann dem Hund, der angefangen hatte zu bellen, ein »Wuuuup, wuuuup« zuschrie. Dann stiegen sechs weitere Vögel auf und stießen vor dem alten Mann in einer Reihe durch die Bäume hoch, und ihm gelang es, den Griff an die Schulter zu reißen und zwei Schüsse abzugeben, die den Vögeln keine einzige Feder krümmten. Landrieu nahm vorsichtig seine große doppelläufige Flinte an die Schulter, falls noch ein Tier aus dem Schwarm aufsteigen und auf ihn zusteuern sollte, und prompt geschah das auch, und ein Vogel stieg hinter Mr. Lambs Füßen auf und flog in die entgegengesetzte Richtung, und Landrieu feuerte, ohne zu zögern, ab und traf den Vogel in einer Weise, die ihn an Atomschläge gegen solide Backsteinhäuser denken ließ. Erst flog der Vogel noch, braun und schwarz und weiß und mit gestutzten Flügeln und eifrig auf das Gelingen seiner Flucht bedacht, und dann veränderte sich seine ganze Physiognomie und keiner seiner ursprünglichen Züge war mehr unversehrt. Es war, als

hätte Landrieu einen fleckigen Geschirrlappen in die Luft geworfen und einen Knoten reingeschossen.
»Ver-darrmt«, sagte Landrieu, senkte den Lauf und schaute auf das Chaos von Federn, das in der Luft hing und sich gar nicht zu rühren schien.
Mr. Lamb sah ihn trübselig an und wandte sich mit einem prüfenden Blick wieder Elinor zu, die ohne Zweifel glaubte, daß noch mehr Wachteln im Gebüsch waren, und sich nicht von der Stelle gerührt, aber einige Male gebellt hatte, während die ersten Vögel aufgestiegen waren, was Mr. Lamb sehr verärgert hatte. Er begann wieder zu summen und Elinor böse anzustarren, als dächte er, sie würde die Vögel anstupsen und sie ermutigen, die Flucht zu ergreifen, bevor er sich in Schußposition gebracht hatte. Er stellte sich wieder hinter sie und beugte sich fast bis auf ihren Kopf hinunter und begann dann, das Gebüsch mit seinem Fuß zu durchkämmen, und hielt seine Waffe so, daß der Lauf von seiner Taille aus hochragte und in die Richtung zeigte, die die Vögel beim Auffliegen einschlagen sollten. Und auf einmal stieg eine einzelne Wachtel aus der Deckung auf und stieß zur Landebahn vor. Sie hatte den Hals gestreckt und griff mit den Flügeln in der leeren Luft so weit aus, wie sie nur irgend konnte. Der Vogel hatte die ideale Flugbahn gewählt, und mit unermeßlicher Gelassenheit hob der alte Mann die Mündung in einer einzigen ruhigen, flüssigen Bewegung, blickte am Lauf entlang und hielt eine Sekunde inne, während er die ideale Entfernung einschätzte, und feuerte dann einen Schuß ab, der den Vogel erwischte, ohne daß der auch nur eine Feder verlor, und ihn an der Ecke der Landebahn niederstürzen ließ. Der alte Mann kümmerte sich überhaupt nicht darum, ob Landrieu von dem Schuß Notiz genommen hatte. Er rückte mit geübten Bewegungen bis dahin vor, wo der Vogel aufgeschlagen war, und rief Elinor »tot« zu, die vor ihm herlief, den Kopf im Unkraut hoch erhoben, bis sie die abge-

mähte Wiese erreichte und sich mit ihren Vorderpfoten auf die Wachtel stürzte und sie von den Flügeln bis zum Hals aufzureißen begann, indem sie sie mit ihren Pfoten festhielt und das Fleisch mit ihren starken Zähnen abzog. Der alte Mann beeilte sich, erreichte den Vogel zwei Sekunden nach Elinor und verpaßte ihr einen gewaltigen Tritt in die Rippen, so daß sie kopfüber ins Gras kullerte und den Vogel loslassen mußte, und sie versuchte, ein Jaulen herauszubringen und gleichzeitig wieder genug Luft in ihre Lungen zu pumpen, um nicht zu ersticken.

»Miststück«, grummelte der alte Mann und inspizierte kurz den Vogel, der von seiner Hand herabbaumelte, bevor er ihn in seinen Mantel stopfte und zurückging. »Hat versucht, meinen Vogel zu zerreißen«, sagte er zwischen den Bäumen hindurch und bahnte sich den Weg zu Landrieu hinüber, der kläglich befingerte, was von dem Vogel, den er zerfetzt hatte, noch übrig war.

»Ja, Sar«, sagte Landrieu mißmutig. »Dieser hier is' auch'n bißchen ramponiert.«

»Du benutzt ja auch dieses verdammte Peter-Stuyvesant-Gewehr«, meckerte der alte Mann, kam heran und stellte sich neben Landrieu, als warteten sie darauf, daß man ein Foto von ihnen machte. Das Licht hatte sich nun gleichmäßiger verteilt, und der Hof hatte ein wächsernes Aussehen angenommen. Elinor kroch bedrückt aus den Büschen heran und machte einen Bogen um die Jäger und schlich sich zu ihrem Platz unter der Treppe zurück, wo sie sich sonst immer hinlümmelte. Sie warf dem alten Mann einen bekümmerten Blick zu und entschwand aus seinem Gesichtskreis. »Wenn du dir so 'ne kleine Zwanziger besorgen würdest wie diese Waffe«, fuhr Mr. Lamb in seiner väterlichen Manier fort und schaute auf Landrieus Vogel, hob dann seine kleine Remington und warf einen achtunggebietenden Blick darauf, »dann würdest du deine Vögel nicht so zerballern, wie du's getan

hast, und du würdest dich auch nicht zu Tode schleppen.«
Landrieus Waffe lag vor den beiden auf der Erde, und Mr. Lamb stieß sie mit dem Fuß an, als wäre sie eine Schlange, die er persönlich bezwungen hatte.
»Ja, Sar«, stimmte Landrieu zu und schaute immer noch jammervoll auf den Klumpen von Federn in seiner Hand.
Mr. Lamb starrte noch einen Augenblick auf den zerfetzten Vogel hinunter und ging dann zurück zum Haus, wobei er weiter mit Landrieu redete, als stünde der immer noch neben ihm.
Er ging wieder in die Gin Den und setzte sich locker auf die Kante seines Feldbetts und horchte auf die beiden Männer, die die Treppe zum Haus hochstapften und laut redeten. Die Tür fiel zu, und er war allein in der kühlen Hütte, starrte auf seine Zehen und überlegte, wie er diesen Tag bloß verbringen sollte. Es war ohne Zweifel der Tag, um abzureisen. Er sollte den Bus nach Memphis nehmen und den Nachtzug erwischen und sich morgen irgendwann einen Platz zum Übernachten suchen, weil Beebe nicht zu Hause wäre und er keinen Schlüssel hatte. Und später könnte er die Stadtbahn zur Universität nehmen und sich für den Examenskurs eintragen und endgültig den Weg einschlagen, zu dem er sich verurteilt fühlte, auch wenn der einzige Grund für dieses Gefühl sein mochte, daß ihm sowieso nichts anderes übrigblieb. Es lag etwas Ungutes in der Gelassenheit, mit der man das wählte, was als einziges übrigblieb, wenn jede andere Möglichkeit ausgeschlossen war, und zwar nicht aufgrund irgendeiner Entscheidung, sondern allein durch den Lauf der Zeit und die Willkür der Umstände. Es war wie die zwiespältige Befriedigung, die jemand empfindet, dachte er, der an den Strand irgendeines Landes gespült wird, nachdem er wochenlang auf einem Baumstamm durchs Meer getrieben ist, und nun viel zu weit von der Heimat entfernt ist, um je hoffen zu können, daß es ihn wieder dorthin verschlagen könnte,

und der doch froh ist, an Land zu sein, gleichgültig, welches Land es am Ende ist. Das einzige, was seiner Abreise entgegenstand, war das Angeln. Er fühlte sich verpflichtet, Mr. Lamb zur Hand zu gehen, aber die Vorstellung, das Risiko einer Bootsfahrt mit ihm einzugehen, schien ihm wenig Gutes zu verheißen, da der alte Mann gern herumbramarbasierte und aufsprang, wenn ihm etwas nicht paßte, und sich in einem Boot wahrscheinlich ganz genauso seinen Launen überlassen würde wie sonst auch.

Er zog sich an und schlüpfte hinaus und schlug die Richtung zum benachbarten Wäldchen ein, wobei er darauf achtete, daß der Rumpf der Gin Den immer zwischen ihm und der Veranda lag.

Am Waldrand angelangt, ging er noch zwanzig Meter in den Wald hinein, so daß er das Haus weiterhin sehen konnte, selber aber vom Haus aus nicht mehr zu sehen war. Er beobachtete, wie Landrieu an das Geländer der Veranda trat, Wasser aus einer Pfanne in den Hof schüttete und wieder verschwand. Er dachte, daß der alte Mann vielleicht beschlossen hätte, ein Nickerchen zu machen, und das Angeln vergessen hätte und daß er nach einer Weile einfach reinkommen und auf Wiedersehen sagen und sich wieder übersetzen lassen könnte, um dann den Bus zu nehmen.

Er ging parallel zur Straße, hielt sich bis zum Rand des Flugplatzes im Dunkel des Waldes, kehrte, da er nun vom Haus aus nicht mehr zu sehen war, wieder zur Straße zurück und hielt auf den See zu. Die Sonne verbarg sich nun hinter einigen fleckigen, dunkelbäuchigen Wolken, und die Schatten glitten über die Straße hin, enthüllten die Sonne, so daß ihr Licht direkt auf den Weg fiel, verdeckten sie aber sogleich wieder. Hinter dem Wald lag ein weiteres kleines Grundstück, das von Bäumen gesäumt war, und das struppige Gras war übersät von violetten Disteln, die über das Unkraut hinwegragten und geräuschvoll hin- und herschwankten, obwohl scheinbar gar keine Brise wehte. Er dachte, er hätte Robards Jeep gehört, und lauschte, aber das Geräusch war verklungen, und er konnte bloß ein stilles Zischen im Wald hören. Er schaute zum Haus hinüber, entdeckte nichts auf der Straße und ging weiter. Im nächsten Wäldchen war ein rosa Salzblock an eine hölzerne Futterkrippe gebunden. Im Umkreis war alles niedergetrampelt, und die Borke war wie Schorf von den Bäumen gelöst, und die niedrigen Äste waren angeknabbert und abgekaut, aber es war kein Tier zu sehen.

Er ging weiter, bis er den warmen, fischigen Geruch des Sees wahrnehmen konnte und den Aussichtshügel erreichte, wo der Jeep gestanden hatte, und fand eine sandige Stelle und setzte sich. Er war gewillt, so lange zu bleiben, wie er es aushalten konnte.

Er schaute verträumt über den See und auf das Lager, das fünfhundert Meter entfernt hinter einer Reihe von Weiden lag, die der Baumreihe neben ihm vollkommen glich, nur spärlicher war. Er konnte erkennen, daß sich dort drüben etwas bewegte, zwei Gestalten, die drei Viertel des Weges zwischen dem Anleger und Gaspareaus Arbeitshütte zurückgelegt hatten. Er nahm an, daß einer von beiden Gaspareau war, und versuchte zu erraten, welcher es war, und meinte, daß es wohl die breitere Gestalt in dem hellen Hemd wäre, die sich dem anderen Mann zugewandt hatte und zur Insel zeigte, mehr oder weniger auf die Stelle, wo er saß, was in ihm ein prickelndes Gefühl auslöste, als ob die beiden Gestalten gerade besprächen, was sie mit ihm tun würden, wenn sie ihn je zu fassen kriegten. Er dachte an Gaspareaus kleines, rotverschorftes Sprechloch, das Geräusche hervorrülpste, wenn er auf den kleinen, metallenen Rettungsring drückte, und fragte sich, was er wohl sagte und zu wem und ob die Freunde vom alten Mr. Lamb nun doch noch mit einem Tag Verspätung angekommen waren. Dic zwei Gestal-

ten kamen hinunter auf den Anleger und liefen vor, als wollten sie in eines der Boote steigen. Er erkannte, daß der eine, den er für Gaspareau gehalten hatte, wirklich Gaspareau war. Er zeigte zum Anlegeplatz im Schlick hinüber, wedelte mit seinem Stock wie mit einem Zeigestock und zeigte dem anderen, der größer und leicht gebeugt war, ganz genau, wie er fahren müßte, wenn er auf die Insel wollte. Er überlegte daraufhin, ob Gaspareau einen Wilderer auf die Insel schickte, wie Mr. Lamb es die ganze Zeit immer argwöhnte, und damit all die ausdrücklichen Anweisungen und Drohungen von Mr. Lamb arrogant mißachtete. Und es war komisch, sich vorzustellen, daß der alte Mann einen Mann einstellen mußte, um einen anderen überwachen zu lassen, der besser bezahlt wurde. Kurze Zeit später gingen die beiden Gestalten wieder vom Anleger herunter und verschwanden in Richtung von Gaspareaus Hütte, wo er sie im Geflecht der Weiden aus den Augen verlor.
Nach einer Weile sah er ein dunkles Auto, das über den Damm zurückfuhr und eine Staubwolke hinter sich herzog und in den Feldern verschwand. Im Lager rührte sich nichts mehr. Der Halbkreis der Hütten und die verstreuten, auf das Ufer gezogenen Ruderboote lagen in der Sonne, und im Netzwerk trüber Schatten wirkte alles wie ausgestorben, und die Möglichkeit, daß sich noch einmal etwas regte, schien gering. Er fragte sich, was für schmutzige Geschäfte Gaspareau wohl vom Bootscamp aus führte, Gaspareau, der mit einer großen Nickelpistole herumstapfte, die er vor seinen Bauch geschnallt hatte, und irgendeinen finsteren Jugendlichen für sich arbeiten ließ.
Zwei Wildenten flatterten auf und jagten aus den Niederungen unterhalb des Lagers heraus, flogen schnell hinaus aufs offene Wasser und suchten im Flug die blitzende Oberfläche ab, und jede wachte über ihr eigenes Flugfeld. Als sie auf den Korridor des Sees einbogen, schienen sie immer mehr

an Höhe zu verlieren, als ob sie etwas Bestimmtes suchten, das im Umkreis der Weiden lag. Und als sie sich auf der Höhe der Anlegestelle befanden, drehten sie plötzlich, immer noch in Formation, scharf ab, als hätten sie entdeckt, wo sie hinwollten, und beabsichtigten, in einer Schleife zurückzukommen und direkt zwischen den Stümpfen und abgeholzten Bäumen niederzugehen. Aber beim unerwarteten Anblick seines Gesichts, das einsam und ruhig, weiß und bezaubert zu ihnen hochblickte, zogen sie einen Kreis und stiegen auf und drehten nach rechts ab und fielen zurück, als versuchten sie, seine Sichtweite zu übertreffen, verdreifachten den Abstand zwischen sich und ihm innerhalb von Mikrosekunden und nahmen Reißaus, jede in entgegengesetzter Richtung, zurück übers offene Wasser, wobei das harte Schwirren ihrer Flügel kaum die Stille durchbrach, und er hatte das Gefühl, er sollte sich in den Wald zurückziehen und sich verbergen.

Robard holperte vom Haus her die Straße herunter, eine Zigarette in den Mundwinkel geklemmt, und sah matt aus. Er lenkte den Jeep aus den Furchen und über die Wurzeln der Weiden und hielt an und ließ den Motor weiterlaufen. »Ich habe gerade beobachtet, wie Gaspareau jemandem gezeigt hat, wo wir sind«, sagte er.

Robard schaute zum Anleger hinüber, einem Strich auf der Wasserlinie. »Bestimmt einer von diesen Footballtrainern«, sagte er und schaute auf seine Zigarette, um zu sehen, ob sie brannte. »Wie sah er aus?«

»Größer als Gaspareau«, sagte er.

»Na, das ist ja nicht allzu schwer.«

»Jedenfalls ist der, wer immer das war, wieder über den Damm zurückgefahren«, sagte er und warf einen Blick auf die lange Futtermauer des Damms.

Der Motor des Jeeps soff ab, und Robard schaute auf den

See, der zwischen den Weiden hindurch Lichttupfer hochsandte. »Ich wollte *Sie* mal was fragen, Newel«, sagte er. Er schnippte seine Zigarette ins Gras, holte eine neue heraus, klopfte sie am Steuerrad fest und hielt sie sich neben den Mund. »Was machen *Sie* eigentlich hier unten?« Robard schob sich den Daumenknöchel in die Augenhöhle und knetete ordentlich auf seinem Auge herum.

»Ich weiß das selber schon nicht mehr«, sagte er und stand auf und stellte sich vor den Jeep und wollte am liebsten zurückfahren.

»*So* schwierig ist das Leben doch nun auch wieder nicht.« Robard griff nach einem Streichholz, das er sich hinters Ohr gesteckt hatte, und riß es an seinem Hosenschlitz an.

»Ich muß mir endlich eine einfachere Sicht der Dinge zulegen«, sagte er.

»So wie ich.« Robard paffte genüßlich.

»Ich hatte 'ne Menge Vorstellungen, mit denen ich nicht mehr klarkam.« Er kam näher und schlüpfte an ihm vorbei auf die Rückbank des Jeeps und ließ seine Beine herunterbaumeln. »Namen von Leuten, ein Haufen zufälliges Zeug.«

»Aber ist das nicht bloß Ihr Gedächtnis?« fragte Robard.

»Ja, aber es hat angefangen, mich das kalte Grausen zu lehren! Ich konnte mich nur noch an das erinnern, was am vorigen Tag gewesen war, und an irgendwelchen Kram aus dem Jura-Studium. Ist Ihnen das nicht auch schon mal so gegangen?«

»Nein«, sagte Robard und stupste mit dem Nagel seines kleinen Fingers an die Asche. »Ich hab nicht Jura studiert.«

Er warf Robard einen mißbilligenden Blick zu, der seine Zigarette betrachtete. »Egal, verdammt noch mal, ich bin jedenfalls gar nicht mehr davon losgekommen, was ich zum Teufel eigentlich wüßte, und alles, was ich wußte, waren eben solche Sachen – irgendwelche Phasen meines Lebens, Erinnerungen an Leute, unbedeutende Orte, mein Alter. An einen solchen Haufen Scheiße kann man ja wohl schwer sein Herz hängen. Ich habe einen ganzen Monat in meiner Wohnung gesessen und versucht, wenigstens einen klaren Gedanken daraus zu ziehen, aber es ging überhaupt nicht.«

»Wieso?« fragte Robard und drehte sich um, als wollte er wirklich die Antwort hören.

»Ich weiß es nicht.«

»Wieso sind Sie überhaupt weggegangen?« Robard streckte die Beine über den Sitz neben sich aus. Die Luft, die vom See herwehte, trug einen schwachen fischigen Geruch zu ihnen hoch, der vom Bootscamp herzukommen schien.

»In Mississippi habe ich mich zu Tode gelangweilt. Sonst wäre ich geblieben.«

»Aber lebte denn nicht Ihre Mutter noch dort?«

»An sie hab ich nicht gedacht«, sagte er und starrte weg. »Sie ist eines Tages gestorben. Das war das einzige Mal, daß ich wieder dagewesen bin.«

Robard seufzte, als nehme er einen philosophischen Standpunkt ein. »Also gut«, sagte er.

»Ich bin da oben einfach durchgedreht, als ich klären wollte, ob das Chaos so groß wäre, daß ich besser zurückgehe und noch mal von vorne anfange.«

»Aber jetzt gefällt Ihnen Chicago doch besser, oder?«

»Es ist mir gleich«, sagte er.

»Sie kommen den ganzen langen Weg bis hierher, und dann fahren Sie wieder zurück, ohne daß Sie das Geringste geklärt haben?«

Er klopfte die Absätze seiner Schuhe aneinander und beobachtete, wie der Staub auf die Wiese sank. »Eins habe ich geklärt«, sagte er.

»Und was soll das sein – vielleicht meine Psyche?« fragte Robard.

»Es ist mir jetzt scheißegal«, sagte er und betonte jede Silbe. Er horchte auf den Wind, der in den Weiden aufkam. »Der alte Mann macht sich mehr Gedanken, als ich es tue. Das steht ihm ja die ganze Zeit ins Gesicht geschrieben.«

»Und er steht schon mit beiden Beinen in der Grube«, sagte Robard und stützte das Kinn auf seine Knöchel. Ein Windstoß blies sein Haar am Scheitel hoch. »Was hatten Sie sich denn überhaupt dabei gedacht, hierherzukommen?« Seine Augen schienen sich zu weiten.

»Es ist so wie der Süden in meiner Erinnerung«, sagte er. »Es schien ein guter Ort zu sein.«

»Aber sind Sie da oben nicht genauso, wie Sie hier sind?«

»Ja, aber ich war völlig am Ende.« Er wurde grimmig. »Ich dachte, wenn ich hierher kommen könnte und mitten im Geschehen wäre und nicht bloß in meinen Erinnerungen lebte, würde mir das vielleicht helfen.«

Robard starrte ihn an, als hätte er die Grenze geistiger Gesundheit überschritten. »Was haben Sie denn erwartet?«

»Alles! Verdammt! Ich dachte, der alte Mann würde mir was beibringen, aber der ist einfach bloß verrückt. Ich dachte, ich würde vielleicht rauskriegen, ob ich das alles irgendwie umsetzen könnte.«

»Und was ist passiert?« fragte Robard.

»Ich habe es satt«, sagte er betrübt. »Und ich haue wieder ab. Jeden Tag finde ich etwas Neues, das exakt gleichgeblieben ist. Wenn ich jetzt übern See fliegen könnte, würde ich das auf der Stelle tun.«

Robard räusperte sich, als wollte er etwas sagen, schaute dann aber auf den See hinaus.

»Ich dachte, Sie wären vielleicht in der gleichen Klemme«, sagte er.

Robard wiegte langsam seinen Kopf. »Ich bin in gar keiner Klemme«, sagte er langsam, »obwohl ich, wenn ich versuchen würde, meine Vergangenheit zusammenzuflicken und daraus etwas Vernünftiges zu machen, verdammt sicher auch in der Klemme wäre. Ich würde mich entweder tödlich langweilen oder hätte höllischen Schiß.« Er schaute bedeutungsvoll auf, als nehme er an, daß er etwas gesagt hätte, das man auch noch ein zweites Mal wiederholen konnte. Er kniff seinen Mund zusammen. »Aber soweit ich es sehe, geschehen Dinge einfach nur. Ein Moment hat für den nächsten nicht die geringste Bedeutung.«

»Das gefällt mir gar nicht«, sagte er verdrossen.

»Quatsch! Wenn Sie's nur noch ertragen können, zu diesem kleinen Häufchen Scheiße zurückzukehren, dann sollte Ihnen wohl mal jemand die Meinung sagen.« Robard hob seine Augenbrauen, um zu demonstrieren, daß er derjenige sei, der das jetzt tun würde. »Wenn Sie wirklich hergekommen wären, um hier irgendwo zu leben, dann hätten Sie nicht gerade diesen Ort gewählt, weil das hier ein einziges Gefängnis ist, und Sie hätten das bestimmt auch nicht anders gesehen. Unten in Jackson gibt's bloß ein paar unbebaute Grundstücke und Leute, die in ihren Piper-Comanches durch die Gegend fliegen und nach irgendeiner Chance suchen, wie sie reich werden können. Es würde *Sie* an gar nichts mehr erinnern. Bloß weil Sie sich irgendwelche Fragen ausdenken, heißt das noch lange nicht, daß es darauf auch Antworten gibt.«

»Das habe ich schon mal gehört«, sagte er und versuchte, sich aus dem Jeep zu wuchten.

»Dann hätten Sie besser drauf hören sollen«, sagte Robard und griff nach seinem Arm und drückte ihn hoch und hinaus.

»Die Enkelin vom alten Mann sagt, ich soll sie bumsen und der Rest ist egal.« Er ging ein paar Meter zum See hinunter.

»Darüber mach ich mir auch keine Illusionen«, sagte Robard und schnalzte mit den Lippen. »Vielleicht gewöhnen

Sie sich ja dran. Aber so schlecht hab ich's eigentlich auch nie gefunden.«
»Und Verluste erleben Sie gar nicht?«
»Ich weiß nicht«, sagte Robard. »Ich lasse eben das aus, was nicht möglich ist, und nehme mir das, was möglich ist.« Er holte noch ein Streichholz hinter seinem Ohr hervor und warf ihm, während er den Zündkopf abschnippte, einen fragenden Blick zu.
»Und folgen Sie auch Ihren eigenen guten Ratschlägen?« fragte er.
Robard zog an seinem Ohr und stocherte mit dem Streichholz darin herum und warf den Stummel weg. »Das tu ich immer«, sagte er und lächelte. »Und ich habe jemanden, dem ich einen Tritt geben kann, wenn alles schiefgeht.« Robard trat auf den Anlasserknopf, und der Jeep machte einen Satz und scherte ächzend aus, und Robard gab ihm ein Zeichen, daß er wieder reinklettern sollte.

4 *Im Sommer waren sie am Lake Charles, und in der Halle des Bentley Hotels nahm seine Mutter ihn mit zum Fischteich und erzählte ihm, daß 1923 General Pershing gekommen sei und eine Rede gehalten habe, wobei er auf dem goldenen Mosaikrand des Beckens gestanden habe, und in der Halle habe es von Männern gewimmelt, die dunkle Zigarren rauchten. Und auf der Straße hätten sich Kavalleristen von Camp Polk in Reih und Glied aufgestellt, um ihm zuzuhören und um anschließend von ihm den Highway hinunter zum Lagerbereich zurückgeführt zu werden. Der General sprach sehr lange, seine Worte wurden von einem Lautsprecher nach draußen übertragen, und als er hinausging unter das Schutzdach, um sein Kommando zu übernehmen, waren die meisten Männer in der Hitze ohnmächtig geworden, und einige saßen auf dem heißen Asphalt und weinten, weil sie ihn enttäuscht hatten und weil sie krank waren vor Heimweh.*

5 *Es gab ein Foto von ihm auf den Wallanlagen am Meer bei New Orleans, das sein Vater gemacht hatte. Er saß mit seiner Mutter zusammen auf der weißen Betonmauer, und hinter ihnen lag Lake Pontchartrain. Und als das Bild geknipst war, kam sein Vater zu ihnen, und sie saßen zusammen auf der Mole und schauten aufs Wasser hinaus und aßen Nußtaler. Er hatte seine braunen Tennisschuhe angehabt, und als er begann, sie auszuziehen, um im Wasser zu waten, fiel einer hinein und versank augenblicklich. Und seine Mutter hatte ihn genommen und ihn in der heißen Sonne so festgehalten, daß er dachte, er würde keine Luft mehr kriegen.*

6 Als sie das Haus erreichten, wollte Landrieu gerade auf den alten Drugstore-Stuhl mit Drahtlehne steigen, den er unter einen der Betonpfeiler, die das Haus stützten, gerückt hatte. Er umklammerte mit der einen Hand eine zusammengedrehte *Commercial Appeal* und mit der anderen etwas, das wie ein silbernes Feuerzeug aussah. Mr. Lamb beobachtete das ganze Unternehmen aus einer beachtlichen Entfernung und stand hinter der Haube des kleinen Willys, so daß es eine Menge Stahl und Platz gab zwischen ihm und dem, was Landrieu da machte.

Als er Robards Jeep bemerkte, begann der alte Mann, wild mit seinen Händen zu gestikulieren. Robard stellte den Motor ab, und sie stiegen aus und gingen um den Wagen herum, bis sie Landrieu sehen konnten, der mit einem Ausdruck tiefster Unsicherheit, die große Furchen mitten auf seine Stirn grub, langsam zu ihnen aufblickte. Mr. Lamb, der sich hinter dem kleinen Willys verbarrikadiert hatte, richtete seine ganze Aufmerksamkeit auf Landrieu und murmelte etwas Unverständliches, ja praktisch Unhörbares. Elinor saß auf dem Sitz des Willys und beobachtete Landrieu schweigend.

Plötzlich richtete sich Landrieu auf dem Stuhlsitz voll auf,

drehte nervös an dem Rädchen seines Feuerzeugs und erzeugte eine große, gelbe Flamme, die er auf die Zeitungsspindel richtete, und rammte die schnell entflammte Fackel sofort in das Kreuz zwischen dem Haus und dem Pfeiler, der es trug.
Und auf einmal entwickelte sich eine große Hektik im Umkreis der Fackel. Als er seinen Stock so rücksichtslos in das Loch, das niemand genau erkennen konnte, hineinstieß, verlor Landrieu sein Gleichgewicht und fiel rückwärts von dem Stuhl herunter und direkt auf den Boden, wobei er ein häßliches dumpfes Geräusch machte, wie ein Bündel Zeitungen, das aus der Ladeluke eines Lastwagens abgeworfen wird. Und ebenso schnell füllte sich die Luft um die Fuge herum mit fliegenden Insekten, die aus verschiedenen Nebenlöchern herausschlüpften und wütend summten und nach dem Grund für diese ganze Hitze suchten. Mr. Lamb brüllte, daß Landrieu sich davonmachen sollte, bevor die Insekten ihn mit dem Feuer in Verbindung brächten und sich voll Rachsucht auf ihn stürzten, aber Landrieu war zeitweilig außer Gefecht gesetzt. Er war auf sein Steißbein gefallen und lag mit ausgestreckten Armen und nach unten gedrehten Handflächen auf dem Boden und starrte direkt in den Himmel, als wartete er darauf, daß jemand ihn fragte, wie er sich fühle. Beinahe ebenso viele Wespen fielen aus dem Umkreis der Flammen herab, wie in der Luft summten, und es sah so aus, als fielen große Wespenklumpen direkt auf Landrieus Bauch. Eine dicke, rostfarbene Wespe flog ganz dicht an seinem Gesicht vorbei, aber Landrieu schien sie nicht zu bemerken, und die Wespe flog wieder höher in die Luft.
Mr. Lamb brüllte jetzt und schrie Landrieu Flüche und Drohungen zu, als nehme er an, daß Landrieu dadurch schneller wieder auf die Beine käme. Über ihm steckte die brennende Papierfackel immer noch in der Spalte zwischen dem Haus

und dem Pfeiler. Kleine Flammen züngelten an der Holzverkleidung, und mehrere kleine Rauchwölkchen quollen kräuselnd aus den Wurmlöchern, und erneut fielen Wespen herab.
Offensichtlich entdeckte Landrieu die Wespen auf seinem Bauch im gleichen Augenblick, in dem er auch einen Teil seiner Sinne wiedererlangte, und er rappelte sich auf und begann, sich auf die Brust zu schlagen und nach seinem Nakken zu schnappen und auf seine Haare zu dreschen, als hätte er überall stechende Wespen entdeckt und könnte keine erwischen.
»Schau mal her, mein Sohn«, sagte Mr. Lamb, wandte seine Aufmerksamkeit von Landrieu ab und zeigte auf die kleine Rauchspirale. »Du hast ja mein Haus in Brand gesetzt.«
Landrieu hörte auf, sich selbst zu schlagen, und starrte zu dem betroffenen Teil des Hauses hoch, als wüßte er, daß es ganz unmöglich war, daß das Haus brannte.
Mr. Lamb jedoch war zufrieden. Er lehnte am Kotflügel des Willys, spielte mit dem Griff auf der Haube herum und beobachtete, wie das Feuer sich ausbreitete.
Plötzlich erschien Robard, sprintete die Haustreppe hinunter, wobei er Landrieus Blecheimer schleppte und Wasser in dicken Tropfen verschüttete. Er hetzte an ihnen vorbei, die Augen fest auf den Rauch gerichtet, erreichte den Fuß des Pfeilers, holte mit dem Eimer aus und schleuderte ihn mitten in die Flammen und hüllte alles in eine große, zischende Wolke von grünem Rauch. Sofort begann Wasser hinabzulaufen, und Tropfen regneten von der Unterseite des Hauses herab, und Robard trat zurück und musterte die Rauchflechten nach irgendwelchen Flammen, die überlebt hätten, und für einen Augenblick waren alle wie gebannt.
Und ganz plötzlich wurde ihre Aufmerksamkeit von dem geschwärzten Segment der Verkleidung abgelenkt und unwiderstehlich von dem quadratischen Fenster darüber angezo-

gen, wo Mrs. Lamb stand und die Stirn runzelte. Sie musterte sie alle einen Augenblick lang, wobei ihr Kopfhörer wie ein mittelalterlicher Zirkel an ihrem Kopf festgeklemmt war, und konzentrierte ihr immenses, persönliches Mißvergnügen direkt auf Mr. Lamb, der vollkommen fassungslos war. Und dann war sie – so plötzlich, wie sie aufgetaucht war – wieder fort, und das Fenster nahm wieder das stumpfe, trübe Grün an, das eine brüchige, verschwommene Spiegelung der Bäume zeigte.
»Verdammt soll ich sein«, bemerkte Mr. Lamb mit einem kindischen Lächeln, und sein Gesicht wurde breiter. »Wir hätten beinahe *Mrs. Lamb* verbrannt.«
Robard machte sich auf den Weg ums Haus herum und sah übellaunig aus. Er setzte den Eimer auf der unteren Stufe ab und ging zur Gin Den. Landrieu begann, seinen Stuhl zu dem kleinen Haus zu schleppen, und ging mit einem ruckartigen Hinken, das die Folge seines Sturzes sein sollte, wobei er das eine Bein zur Seite warf. Mr. Lamb stand neben dem Jeep und beobachtete alles. Er hatte seine kleinen Hände auf dem Kotflügel zusammengelegt und das gleiche einfältige Lächeln auf den Lippen, als würde gerade etwas überaus Komisches geschehen, er aber nicht genau sagen können, was es eigentlich war.
Mr. Lamb drehte sich mit diesem kleinen Lächeln im Gesicht um, und er wußte, daß der alte Mann ihn demnächst auf die Angeltour ansprechen würde. Er warf einen schnellen Blick zur Gin Den hinüber, aber Robard war verschwunden, und der alte Mann hatte ihn in der Falle. Er wollte diesen Augenblick einfach verstreichen lassen. Er ging hinüber zu Elinor, die auf dem Beifahrersitz saß, gab ihr einen Klaps auf den Kopf und schaute auf die still vor sich hinqualmende kleine Fläche auf den äußeren Wandbrettern.
»Landruu, wissen Sie«, sagte Mr. Lamb nachdenklich, blickte auf die ruinierte Bretterwand und seufzte. »Landruu

ist der Typ, der sich mit 'nem Teelöffel in den Sturm stellt, um einen Schluck Wasser aufzufangen.«
»Wespen mag ich eigentlich auch nicht«, sagte er und blickte irgendwo anders hin.
»Scheiße, nein«, hielt der alte Mann dagegen. »Das tut doch keiner, der noch bei Trost ist. Aber die meisten von uns können es doch vermeiden, gestochen zu werden, ohne sich einen Bruch zu holen.«
Mr. Lamb betrachtete Landrieus Mißgeschick als ein unschätzbares Vergnügen und hegte eine mit ihm alt gewordene, knorrige Bewunderung für Landrieu, dem es in all den Jahren der Verleumdungen und Drohungen gelungen war, sich nicht unterkriegen zu lassen. Es war ein Zeichen für seine Intelligenz, daß er immer noch da war, um sich mißbrauchen zu lassen, wobei es gar nicht so sehr Mißbrauch war als vielmehr eine ins Gegenteil verkehrte Form der Zuneigung, die Landrieu klug genug war zu erkennen. Und er selber war sich keineswegs sicher, ob er auch nur halb soviel Intelligenz besaß.
»Hören Sie mal«, sagte Mr. Lamb sehr geschäftstüchtig. »Wollten Sie und ich nicht angeln gehen?« Sein Gesicht war äußerst munter und strahlte lauter Absichten aus, die alle etwas mit dem Geschäft des Angelns zu tun hatten.
Es erwischte ihn, ohne daß er irgendwie darauf vorbereitet gewesen wäre. Der alte Mann wußte ganz genau, daß er nicht mitkommen wollte, und hatte ihn ausgetrickst und ihn genau in dem Augenblick überrumpelt, wo er gedacht hatte, er müßte nicht mitkommen.
»Wollten wir wohl«, sagte er und drehte sich wieder zum Willys um.
»Dann wuchten Sie mal Ihren dicken Arsch rein. Wenn Sie keine Truthähne jagen können, dann können Sie dafür vielleicht 'nen Fisch fangen.«
Der alte Mann begann, mit dem Fuß auf den Anlasserknopf

zu treten, bis der Motor erzitterte und der Jeep abrupt einen Satz nach vorn machte, ohne daß er wirklich angesprungen zu sein schien, sondern als wäre er einfach spontan in Bewegung geraten.
Er legte den Arm um Elinor, die hinauskletterte, und zwängte sich selbst, während der Jeep schon fuhr, in den mickrigen kleinen Eisensitz und stopfte seine Beine in den Fußraum. »Was ist mit den Angelruten?« fragte er und schaute unglücklich zur Unterseite des Hauses, wo die Angelruten hingen.
»Mit den was?« brüllte der alte Mann, während der Motor gewaltig dröhnte.
»Angelruten!«
»Ich scheiß auf Angelruten«, schrie der alte Mann, fuhr schwankend auf das Klohäuschen zu, packte eine Seite des Steuerrads jeweils mit beiden Händen und schien die Kontrolle über den Wagen zu verlieren. Er griff nach der Einfassung der Windschutzscheibe, um nicht herausgerüttelt zu werden.
»Ich telefonier lieber mit den Fischen«, sagte der alte Mann listig und zeigte mit seinem Daumen zum Heck des Jeeps und auf einen kleinen, schwarzen Metallkasten, der eine glatte Kurbel mit Holzgriff und zwei lange, halb entblößte Kupferkabel besaß, die jeweils am Ende an goldenen Flügelschrauben befestigt waren.
»Was ist das?« fragte er. Die Straße hatte die Eschenreihe erreicht und führte schnell die Böschung hinunter und über eine Reihe von langen, schmalen Regenrinnen, die von einem Hügel in eine Talsohle liefen. Der Jeep sprang wild hin und her, und die Augen des alten Mannes waren wachsam.
»Das da ist mein Telefon«, schrie der alte Mann und brach in ein heiseres Gelächter aus, und der Jeep kippte beinahe um, und er konnte tatsächlich schon spüren, wie die Räder vom

Boden abhoben. Der alte Mann schaute ihn mit aufgerissenen Augen an und lachte wieder.
Der Jeep tauchte unter den Rand der Böschung, und er schaute verzweifelt zum Haus zurück und sah Robard, der draußen im Eingang zur Gin Den kniete, sich umgezogen hatte und jetzt seine grüne Kordsamthose und sein Seidenhemd mit den schrägen Taschen trug, Elinors Kopf an sich drückte und ihr Halsband festhielt, um sie daran zu hindern, hinter dem Jeep herzurennen. Er hatte das Gefühl, daß Robard, wenn er von dort zurückkehrte, wo er jetzt hinfuhr – irgendein unbeschreiblicher Ort, wo man Fische mit dem Telefon fing –, schon lange fort wäre, und es vermittelte ihm ein komisches Gefühl, ja es machte ihn beinahe wütend. Und er spürte plötzlich den flüchtigen Drang, ihm irgendwie ein Zeichen zu machen, mit der Hand zu winken, aber der Jeep holperte hinab unter den flachen, mergeligen Rand des Hügels, Robard war verschwunden, und er hatte nicht einmal mehr Zeit, seine Hand von dem Fensterrahmen zu nehmen und in die Luft zu heben.
Am Fuße des Hügels führte die Straße weiter durch ein tiefes schattiges Tal, in dem die meisten Bäume abgestorben oder bis auf vereinzelte grüne Zweige in den kahlen Baumkronen, die dort vom Sonnenlicht am Leben erhalten wurden, in einem Stadium des Verfalls waren. Die Wurzeln hatten sich durch den knorrigen Boden gebohrt, und die Stämme hatten einen blassen, bräunlichen Glanz, der die Borke einen Meter über dem Boden überzog, und an den größeren Bäumen saßen erst in zehn Meter Höhe die ersten Zweige.
Im Talgrund wechselte auch unerwartet die Luft, und es herrschte, wie er fühlte, eine kühle Abgeschlossenheit, geradezu Feierlichkeit, da die toten Zweige hoch oben ineinandergriffen und das Blätterwerk darüber sich verknäuelte und verflocht, und so das, was darunter lag, geschützt und von der Insel völlig abgeschieden war.

Die Straße, die der alte Mann nahm, war nur insofern eine Straße zu nennen, als bereits mehrere Sätze von Kettenreifen den Boden überquert und dreieckige Profilfurchen in den Lehm gegraben hatten, und führte direkt durch den Wald und verlor sich unsichtbar in der Ferne.

Der Jeep stieß große Abgaswolken aus und machte schreckliche, würgende Geräusche, die das Tal erfüllten, und Mr. Lamb hatte sich in das Getöse geflüchtet und sah nun etwas entkräftet aus. In dem moosigen Licht wirkte seine Haut blaß, und das Blut hämmerte gegen die Arterie auf seiner Stirn und zirkulierte heiß in sein Gehirn zurück. Sein Körper war über das Steuerrad gebeugt, und die Hosenträger hingen vor seiner Brust, als hätten sie nichts, woran sie festhalten konnten.

Auf einmal hustete der alte Mann eine Menge Schleim hoch, spuckte ihn aus und warf ihm einen durchtriebenen Blick zu, als ob ihn irgend etwas zum Reden reizte, er aber entschlossen wäre, es für sich zu behalten, bis der absolut richtige Moment gekommen wäre, wo er es eröffnen und damit alle unangenehm überraschen würde.

Ein Specht stieß aus einer der Eichen herab und flatterte torkelnd den schimmernden Pfad hinunter, wobei er nur mühsam seinen dicken Körper in der Luft zu halten vermochte. Mr. Lamb beobachtete den Vogel interessiert, als notiere er im Geiste etwas über ihn, und schaute ihn dann wieder schlau an, als habe in der Art und Weise, wie der Vogel geflogen war, etwas Bedeutsames gelegen, das man nicht übersehen durfte. Er schaute wieder auf die Fahrspur, als er keine Antwort erhielt.

»Haben Sie schon mal die Geschichte von dem Ziegenbock im Schlachthaus gehört?« fragte Mr. Lamb, als wäre er seiner eigenen Verdrossenheit müde und wollte sie mit irgendeiner Skurrilität verdrängen.

»Nein«, sagte er und fragte sich, ob in der bevorstehenden

Erzählung des alten Mannes wohl irgendeine Demütigung lauerte, die ihm zugefügt werden sollte.
Der alte Mann schaute ihn mißtrauisch an, um zu sehen, ob er eine Spur von Unernst in seiner Haltung der Geschichte gegenüber entdecken könnte, die er nun vor ihm aufrollen wollte. Er lächelte mit der größten Ernsthaftigkeit, die er aufbringen konnte, zurück, und der alte Mann lehnte sich lässig vor und schien zufrieden zu sein.
»Dies ist eine wahre Geschichte«, versicherte ihm der alte Mann über das Gurgeln des Jeeps hinweg. Er brachte noch eine Frachtladung von Speichel hoch und löschte sie an der Seite. »Also da war dieser Ziegenbock, wissen Sie, ein schöner, großer Oschi mit 'nem dicken, weißen Ziegenbart am Kinn.« Der alte Mann zeigte auf sein eigenes Kinn. »Und die hielten sich diesen alten Bock im Schlachthof, wissen Sie, damit er die Schafe und Kühe die Schrägen runterführte, wo sie so'n großen, strammen Nigger mit 'nem Vorschlaghammer hingestellt hatten, der ihnen eins über'n Kopf geben und ihnen gewaltig was verpassen sollte.« Er schaute ihn wieder lebhaft an, während seine alten, feuchten Augen im aufflakkernden Sonnenlicht glitzerten, um zu sehen, ob er alles auch so zu würdigen wußte, wie er sollte. »Manchmal, wissen Sie«, sagte er, »wurde ein altes Schaf plötzlich mißtrauisch, wenn es die Schräge runterging, und wollte auf einmal nicht weitergehen. Vielleicht hatte es eine Ahnung, was es da erwartete. Und sofort war die ganze Schräge vollgestopft mit 'nem Haufen blökender Schafe oder Hereford-Rindern, und es war ein einziges Chaos, und irgend jemand mußte da rein und sich zwischen sie drängen, um sie wieder ordentlich aufzureihen und in Gang zu bringen. Aber wenn sie diesen Ziegenbock hatten, der die Tiere führte, dann lief alles so glatt wie Scheiße durch 'nen Blechtrichter, und die Schafe fielen um wie Enten an 'nem Schießstand, und alle waren zufrieden, einschließlich des Ziegenbocks, weil sich, kurz bevor er

an die Stelle kam, wo der Nigger die Schädel knackte, ein kleines Klapptürchen an der Seite öffnete, und der Ziegenbock trottete in dieser Richtung davon, und das Tor schloß sich ganz schnell wieder, und die Schafe machten noch ein paar Schritte, und *bumm!* gingen in der ganzen Stadt die Lichter aus. Und der Ziegenbock ging wieder zurück zum Abfall und genehmigte sich erst mal 'n paar Suppendosen, bevor er wieder an die Arbeit gehen mußte. Und er war ein aufdringlicher Ziegenbock, wissen Sie«, sagte der alte Mann. »Er zog sich auf seinen Hinterbeinen hoch und fraß das Telefonbuch direkt vom Tisch des Meisters, fraß seine Füllfederhalter und seine Diktaphonkabel, seine Büroklammern und einfach alles. Und dann drehte er sich wieder um und führte wieder einen neuen Haufen Schafe die Schräge hinab, damit sie einen über den Schädel kriegten.«

Der Charakter des Waldes hatte allmählich begonnen, sich zu wandeln, die Bäume waren niedriger und gestatteten, daß sich einige Flecken direkt einfallenden Sonnenlichts sammelten. Die abgestorbenen Bäume verschwanden allmählich, und junge Wassereichen standen in Gruppen zusammen und verengten den Pfad. Er roch das Aroma stehender Luft, allerdings aus keiner bestimmten Richtung, sondern von irgendwo vor ihnen, wohin er aber durch das Geflecht der Zweige nicht sehen konnte.

»Also«, sagte der alte Mann, »das ging so lange, bis einige im Schlachthof den Ziegenbock nicht mehr so gerne mochten, der zufälligerweise *Newel* hieß.« Mr. Lamb warf ihm verstohlen einen rebellischen Blick zu und richtete die Augen schnell wieder auf die Straße. »Einige dachten, daß der alte Newel ein bißchen zu groß für seine Hosen wäre, wenn man bedachte, wie er sich benahm, einfach alles auffraß und zerkaute, auf das sein Blick fiel, sich anschließend seelenruhig umdrehte und eine ganze Herde von freundlichen Schafen –

die in Gottes Augen ja irgendwo seiner Art waren – zu ihrem Untergang durch die Hände dieses treffsicheren Niggers führte. Also kamen sie auf den Gedanken, ihn eines Tages die Schräge hinabzuschicken und zuzuschauen, wie der farbige Gentleman ihn zusammen mit dem Rest des vorhandenen Viehbestands abschlachtete, weil sie meinten, daß ihm das eine Lektion erteilen würde, die er sein Lebtag nicht vergessen würde. Nur daß sie um die Tatsache nicht herumkamen, daß sie den alten Scheißkerl unbedingt brauchten und sich nicht noch mal die ganze Mühe machen wollten, einen anderen Ziegenbock abzurichten, damit er das tat, was dieser Ziegenbock schon so gut machte – wenn er bloß nicht so widerlich gewesen wäre.« Zwei winzige Speicheltropfen hatten angefangen, einen Kampf um den Platz in den Mundwinkeln des alten Mannes zu führen und störten nun irgendwie, sobald der seinen Mund aufmachte. »Also«, sagte er, »beschlossen sie, dem alten Newel einen Streich zu spielen, und dachten, das würde ihn davon heilen, so hochnäsig zu sein. Sie gingen los und holten ihn und stellten ihn an der Schräge vor eine ganze, große Herde von Schafen und öffneten das Tor, und natürlich, da ging der alte Newel los, wie Moses, der die Juden führte. Nur als sie das kleine Klapptürchen erreichten, das normalerweise aufging, so daß der alte Newel in letzter Minute entschlüpfen konnte, blieb das kleine Tor zu, und durch den Druck der Schafe, die die Neigung runterkamen, wurde der alte Newel genau vor diesen großen, schwitzenden Nigger mit seinem blutigen Vorschlaghammer geschoben. Und blitzschnell hob der den Hammer und tat so, als wollte er Newel abschlachten, so wie er's mit jedem andern Schaf tat, und, was glauben Sie, ist dann passiert?« Die Stimme des alten Mannes war heiser vom Schreien, und er spähte mit aufgeworfenen Lippen voraus, und seine Augen leuchteten, während der Jeep weiter und hinaus ins strahlende Sonnenlicht schlingerte.

»Ich weiß es nicht«, sagte er und versuchte, nicht über das Ganze nachzudenken, weil er schon wußte, daß er am Ende wieder alles abkriegen würde.
Der alte Mann schaute ihn aufmerksam an, und Schaum formte zwei auffällige weiße Anker in seinen Mundwinkeln. »Er bekam einen Herzschlag und starb«, schrie er, und auf seinem Gesicht erschien ein großes, breites Grinsen und stellte sein Gebiß zur Schau, das wie ein angebrochener Verandabalken bedenklich an seinem Zahnfleisch wackelte. »Ha ha ha ha.« Der alte Mann konnte nicht länger an sich halten.
Der Jeep war plötzlich aus den jungen Wassereichen ins Freie gerumpelt, und der alte Mann mußte sich geradezu auf die Bremse stellen, damit sie nicht direkt ins Wasser hineinfuhren, das sich plötzlich in beide Richtungen einen halben Kilometer weit öffnete und sich zweihundert Meter weit erstreckte, bis zu einer Ebene von toten Bäumen, wo sich der Fluß einfach im Wald und zwischen gelben Teichrosen verlief, statt am Rand einer erkennbaren Böschung zu enden.
Mr. Lamb sah vollkommen verwirrt aus. Er atmete schwer und starrte über die geneigte Schnauze seines Willys hinweg, hatte seine dünnen Brauen zusammengezogen und versuchte zu analysieren, wie es dazu hatte kommen können, daß er mit seinem Jeep beinahe in seinen eigenen Fluß gefahren wäre und sich dabei ertränkt hätte. Aus irgendeinem Grund hatte Mr. Lamb, als er losgefahren war, seine Brille abgenommen, und seine Augen sahen nun dumpf und wäßrig aus, und die kleinen Blasen an den Stellen, wo die Nasenstege gesessen hatten, sahen scharlachrot und bösartig aus, als hätte er die Brille schließlich auf Geheiß eines grauenhaften Schmerzes hin absetzen müssen.
Er schaute ihn an und konnte sehen, wie der Verstand des alten Mannes systematisch zurückverfolgte, was er bloß so eifrig nacherzählt hatte, bevor sie beide beinahe kopfüber ins Wasser gestürzt und ertrunken wären.

»Ach ja«, sagte der alte Mann, und das Lächeln überzog wieder sein Gesicht. »Also, was, meinen Sie, ist die Moral von der Geschichte über den Ziegenbock namens Newel?«
»Ich weiß es nicht«, sagte er betrübt und nahm dem alten Mann jetzt die ganze Geschichte übel.
»Die Moral ist«, sagte Mr. Lamb, und seine Augen verwandelten sich in winzige Sehschlitze, die die unvergleichliche Bedeutsamkeit seiner Worte verkündeten, »daß ein schlauer Ziegenbock immer schneller ist als ein toter Ziegenbock.«
Die Augen des alten Mannes öffneten sich plötzlich weit, als imitiere er die Reaktion, die er zu sehen erwartete, aber nicht sah. Er starrte den alten Mann bloß ausdruckslos an, um seine Mißbilligung zu demonstrieren, und Mr. Lamb begann, ihn mißtrauisch anzusehen und wütend seine Nasenlöcher aufzublähen, weil es ihn ärgerte, daß man ihm nicht dazu gratulierte, seine Geschichte zu einem so lehrreichen Ende gebracht zu haben.
»Nehmen Sie den Kasten«, fauchte der alte Mann plötzlich, kletterte mühsam auf seiner Seite aus dem Jeep und marschierte den Strandkies hinunter, wo ein grüner Traveler auf die ausgedörrte Erde hochgezogen und an einen weiteren rot markierten Baumstumpf oberhalb der Wasserkante angebunden worden war. Die Sonne, die gerade unter einen dikken Wolkenhöcker sank, faßte die Oberfläche des Sees ein, und ihr Licht fing sich in den dünnen Spinnweben, die über dem Wasser jenseits der Stelle, auf die der alte Mann zusteuerte, aufgespannt waren. Der See roch heiß und süß, und auf dem Wasser rührte sich überhaupt nichts. Nur das Geräusch eines Spechtes auf dem Weg hinter ihnen war zu hören, ein hohles *plock*, das über den See hallte und sich in dem überschwemmten Wald dahinter verlor.
Er stieg aus dem Jeep und hob den schwarzen Kasten heraus, den Mr. Lamb irgendwie als Telefon zu benutzen plante, und merkte, daß er so schwer war, als enthielte er rei-

nes Blei. Er stellte ihn ab, wickelte die baumelnden Kupferkabel einmal um ihn herum, nahm ihn wieder hoch und schlurfte zum Boot hinüber, das Mr. Lamb auf die Seite gewippt hatte, damit das Wasser in den See ablief. Der Geruch des Wassers schien am stärksten zu sein, wenn der Wind schwach war, dann kam jedesmal die Sonne hinter der Wolke hervor und brannte auf die Wasseroberfläche herab. Der See war langgestreckt und geformt wie eine Zigarre, und das Wasser war leberbraun und sah dickflüssig und sahnig aus. Schon das bloße Herumstehen machte ihn benommen.

»Hilf mir mal, mein Sohn«, sagte der alte Mann, ließ die hochkant gestellte Bootswand hinunterschaukeln und begann, das Boot kräftig zum Wasser zu zerren. Sein Gesicht lief sofort violett an, und die Arterie auf seiner Stirn schwoll an wie eine Schlange. Auf der Stelle überkam ihn Panik, daß der alte Mann einfach explodieren würde, wenn irgendwas nicht schnell genug in Gang käme.

»Lassen Sie mich mal«, sagte er, setzte den Kasten im Schlamm ab und verpaßte der Bootswand schnell einen drohenden Ruck, der das Boot aus dem Schlamm riß und es dem Griff des alten Mannes entwand und halb ins Wasser schleuderte.

Mr. Lamb stand einfach daneben und schaute auf das Boot und maß die Entfernung, die es in seinem kurzen Flug zurückgelegt hatte, und murmelte: »Sie haben noch 'ne Familie zu ernähren, mein Sohn«, und hastete umher und griff sich den schwarzen Kasten und strebte auf das Boot zu. »Also, ich steige jetzt ein, und Sie schieben uns an«, sagte der alte Mann und trippelte auf Zehenspitzen über die Sitze hinweg und ließ sich rückwärts auf der Bugspitze nieder, so daß seine Hosenaufschläge zwanzig Zentimeter über seinen dürren Knöcheln klafften, während er über die Wirkung seines Gerangels mit dem Boot nachdachte. »Steigen Sie ein, steigen Sie ein, Newel, verdammt noch mal!« schrie er.

Er schmiß die Fangleine in den Hohlraum hinter dem Sitz, verpaßte dem Boot einen weiteren, weniger verdächtigen Ruck, und der Traveler trieb zwischen dem Ufergras und den Stümpfen im Flachwasser hindurch und trudelte gelassen auf das offene Wasser hinaus, wo der Widerschein der Sonne die Wasseroberfläche stumpf machte und die Lichtquelle irgendwo im Wasser selbst zu lokalisieren schien.
Mr. Lamb rutschte breitbeinig auf seinem Sitz herum und begann mit einer peinlich genauen Inspektion des westlichen Seitenarms des Sees, eine Hand auf seinem schwarzen Kasten, während er mit der anderen seine Augen gegen die Sonne schützte. Er machte sich allmählich Gedanken darüber, was der alte Mann eigentlich genau tun wollte, wenn er einmal das entdeckt hatte, was er suchte, und er fragte sich, ob es wohl zu erneuten Tiraden und Hektik führen würde. Er ließ sich schweigend in das beschwerte Heck des Bootes zurückfallen, spielte an dem Schaft des Paddels herum und wartete darauf, daß der alte Mann ihm sagte, was er tun sollte.
Mr. Lamb saß noch einen Moment so da und schützte seine Augen, ohne etwas zu sagen, und suchte das Ufer ab, als wartete er darauf, daß sich dort etwas zu erkennen gab und ein eindeutiges Signal sendete.
Vor ihnen im verträumten Seichtwasser am nördlichen Rande des Sees konnte er eine Familie von Klappschildkröten erkennen, die sich, ungestört von dem Tumult auf dem Wasser, auf dem oberen Rand eines halb im See versunkenen Eichenstammes sonnte. Jenseits der Stelle, an der das Boot festgezurrt gewesen war, klopfte der Specht noch ein *plock*, und er saß bewegungslos in der Sonne, spielte an dem warmen Griff des Paddels herum, beobachtete, wie die Augen des alten Mannes über den Sumpf hin- und herschossen. Das Boot wurde von einer Brise abgestandener Luft, die aus dem Wald kam, vorangetrieben und driftete ziellos nach Westen.

Mr. Lamb saß noch einen Moment so da und beobachtete, soweit er es beurteilen konnte, gar nichts. Der alte Mann hatte seine Brille aufgesetzt und starrte gebannt auf das buschige Ufer des Sees, bis er auf einmal mit einem giftigen und boshaften Grinsen seinen Kopf herumdrehte und auf eine Stelle zeigte, wo ein kleiner Buckel aus Lehm und Zweigen im Wasser aufgehäuft worden war, der einen dicken, klebrigen Erdhügel bildete. »Rudern Sie mich da rüber«, sagte er laut flüsternd.
»Zu dem Hügel da?« fragte er und versuchte, mit dem Ruderblatt auf den Hügel zu zeigen.
Der alte Mann schaute ihn ungeduldig an. »Das ist eine Biberhütte«, flüsterte er und begann, die Kupferdrähte, die um den Kasten herumgewickelt waren, abzuwickeln, und schraubte die kleinen, goldenen Flügelschrauben an den Polen noch fester.
Während er das Boot nach drüben auf den Biberhügel zutrieb, versuchte er herauszukriegen, welche Laune des geologischen Abschnürungsprozesses diese Formation des Sees verursacht hatte, der wahrscheinlich, dachte er, ein Zwölftel der Größe des Sees besaß, über den sie mit Gaspareau herübergekommen waren, und der anscheinend ein stehendes Gewässer war. Aus dem Erscheinungsbild des Wassers schloß er, daß der Sumpf ausschließlich vom Regen und den Überschwemmungen feucht gehalten wurde, die einmal im Jahr das Gebiet überfluteten, dann wieder abliefen und den See mit Wasser aufgefüllt zurückließen. Er versuchte sich zu erinnern, ob er einen Hinweis auf einen See auf der Luftbildkarte bemerkt hatte, konnte sich aber nur den Umriß der Insel ins Gedächtnis rufen, einen großen, tränenförmigen Klecks, der vom Fluß eingeschlossen wurde, aber sonst nichts. Möglicherweise war das Bild aufgenommen worden, als der See ausgetrocknet und der Boden ganz vermoost gewesen war, obwohl es genauso möglich erschien, daß der alte

Mann es durch Taktieren und gutes Zureden erreicht hatte, daß der See absichtlich von der Karte entfernt wurde, genauso wie er die gesamte Insel durch seine Bestrafungsmethode von der offiziellen Karte des Ingenieurcorps hatte streichen lassen.

Ein paar Meter oberhalb der Biberhütte konnte er eine Anzahl von weißen Plastikkanistern erkennen, die gewöhnlich Frostschutzmittel enthielten und umgestülpt um einen weiteren Kanister im Wasser trieben, der anscheinend auf einem kleinen Pfahl aufgespießt war und fünfzig Zentimeter aus dem Wasser ragte. Die ganze Anordnung war fünfzehn Meter von dem sumpfigen Waldrand entfernt.

»Dahin«, flüsterte der alte Mann und zeigte auf den aufgespießten Kanister und die vier anderen, die ihn umkreisten. »Rudern Sie mich zu diesem Dings da.«

Mr. Lamb nahm den Kasten hoch und stellte ihn in die Vertiefung zwischen seine Füße und lächelte ihn über die Schulter an.

»Was ist das?« fragte er und schwang das Paddel, bis er spüren konnte, wie es den Grund streifte.

»Häh?« fragte der alte Mann, der ihn nicht richtig hören konnte, und wandte ihm das gute Ohr zu, um seine Stimme besser verstehen zu können.

»Was ist das eigentlich?« fragte er.

»Das ist Landruus Fischfutterautomat«, sagte der alte Mann und schnaubte, als ob die bloße Idee eines Fischfutterautomaten schon absolut lächerlich wäre.

»Wozu ist das da?« fragte er, zupfte mit seinen Fingern etwas kalten Schlick vom Ruderblatt und wurde vom Gestank des Seegrundes überwältigt, der faulig war und dampfte und ihm auf den Magen schlug. Schnell schob er das Paddel zurück und badete seine Finger in den Strudeln.

»Wissen Sie«, flüsterte Mr. Lamb, »Landruu ist so'n richtiger Angler, wie man's von jedem aufrechten Nigger erwarten kann. Und hinter sein kleines Haus hat er sich so was hingebaut, was wie ein Werkzeugkasten aussieht, mit 'nem Deckel an Scharnieren obendrauf. Aber es ist überhaupt kein Werkzeugkasten.« Er hielt inne und musterte die weißen Kanister, während sie auf ihn zuglitten, als meinte er, er hätte den Futterautomaten nun hinreichend erklärt.

»Aber was zum Teufel ist es denn nun?« fragte er und zog einen weiteren abscheulichen Kloß von bläulichem, dampfendem, schmierigem Schlick hoch und schmetterte ihn mit aller Kraft zurück ins Wasser.

»Was?« fragte der alte Mann, runzelte die Stirn und hatte das Gespräch schon vollkommen vergessen und war wieder ganz davon gefesselt, wie sie verstohlen auf die Kanister zusteuerten.

»Der Kasten«, sagte er und hob seine Stimme. »Der Kasten mit den Scharnieren an Landrieus Haus.«

»Ach, das Ding«, sagte der alte Mann, als wäre es ein stehender Witz.

»Das ist seine Würmerzucht und seine Grillenzucht und seine Kakerlakenzucht und seine Wasimmerduwillst-Zucht.« Er schnaubte. »Das ist einer der Gründe, warum Landruu Johnny Carter nie besonders mochte, wegen der Sache und all des Radaus, den Johnny da drüben in Stovall bei ihren Baseballspielen gemacht hat. John hat sich immer Landruus Grillen geholt und sie ins Feuer geworfen, und Landruu mochte das nicht, weil er die Grillen in Helena kaufte und Geld für die Viecher ausgab, und dann tauchte der Johnny da auf und schmiß 'nen Haufen davon ins Feuer und setzte sich daneben und hörte zu, wie sie zerplatzten, und das bedeutete schlicht, daß da Landruus Geld verballert wurde. Und Landruu wurde stocksauer, das können Sie mir glauben.« Der alte Mann begann mit dem Kasten zu hantieren, als plane er, ihn jeden Augenblick zum Einsatz zu bringen, wofür er ihn bereithalten wollte. Das Boot zog nun majestätisch seine Bahn und näherte sich dabei stärker dem Ufer als den Kanistern oder dem Biberbau. »Wie auch immer«, sagte Mr. Lamb, der für einen Augenblick von seinem Kasten abgelenkt wurde, an dessen hölzernem Griff an der Seite er vorsichtig gekurbelt hatte. »Naja, wie auch immer, Landruu angelt gern mit seinen ganzen Würmern und Kakerlaken und Dingsdas, aber er verbringt nicht so gern den ganzen Tag draußen in der Hitze. Also ist er los und hat sich 'ne normale Pfirsichkiste aus Holz besorgt und mit süßem Heu aufgefüllt und mit 'ner Schnur zugebunden und hat sich das Ganze geschnappt und ein paar Gewichte drangebunden und es da rausgeschleppt und da, wo das mittlere Ding ist, ins Wasser geworfen und hat Schwimmer aus diesen Prestone-Kanistern drangehängt und 'nen Haufen Würmer und Kakerlaken und Grillen auf 'nen Dreierhaken gesteckt und einen davon an jeden Kanister gebunden und sie neben seinem Heuballen ausgelegt, und die Fische können's kaum erwarten, anzubeißen. Und alle zwei, drei Tage kommt er hierher und paddelt da rüber und guckt nach seinen ›Langleinen‹ – so nennt er die, obwohl das überhaupt keine echten Langleinen sind.«

Er überlegte, warum es überhaupt nötig wäre, noch irgendwas zu tun, wenn da schon die Fische angebissen hatten und nur darauf warteten, aus Landrieus Fischfalle hochgeholt zu werden. Sie brauchten sie bloß rauszuholen und konnten wieder nach Hause fahren und sich das mit diesem Telefonieren aus dem Kopf schlagen, was immer das auch sein sollte. Er schaute eine ganze Weile auf den Hinterkopf des alten Mannes.

»Warum können wir uns nicht einfach ein paar von Landrieus Fischen besorgen?« fragte er und sah stirnrunzelnd auf die im Wasser treibenden Kanister.

»Weil's nicht unsre sind«, schnauzte der alte Mann zurück, wandte seinen Kopf zu ihm um und blickte ihn überrascht an. »Aber ich will Ihnen mal was erzählen«, sagte er und lächelte seltsam, »Landruu ist ein ulkiger, alter Nigger. Wenn er hier rauskommt, dann rudert er nicht gleich rüber zu diesen ganzen Kanistern. Er bastelt sich so 'ne Angelrute aus Rohr zusammen und schnappt sich 'n Haufen von seinem Tagesmenü, Würmer oder Kakerlaken, oder was er gerade ›züchtet‹, fängt da unten bei den umgestürzten Baumstämmen an und niggert sich den ganzen Weg hoch bis hier rauf.« Der alte Mann grinste ihn verwundert an, als wäre Landrieu ein lebendes Rätsel, das es mit jedem andern Rätsel aufnehmen konnte. Er konnte sich wohl überhaupt nicht vorstellen, daß Landrieu sich mit großem Vergnügen der angenehmen Zerstreuung des Angelns überließ, bevor er sich der eigentlichen Aufgabe zuwandte, die Fische herauszuholen. »Er kommt gern hierher und setzt sich stundenlang hier hin und guckt sich die Teichrosen an«, sagte der alte Mann und grinste, um zu zeigen, daß er Landrieu aufrichtig mochte, aber das Recht hatte, als Landrieus Hauptkritiker und -berater über ihn Gericht zu halten. Er drehte sich beinahe ganz herum, und seine Augen waren groß und rund und sein Gesicht gerötet. »Und dann erzählt er mir: ›Und auf einmal, Mr. Lamb, sind die Barsche so richtig aus'm Wasser gezischt und haben die kleinen Moskitos von den Blättern geschnappt und lauter komische Geräusche gemacht, ah-scha-scha-scha-ah-scha-scha-scha, und das Wasser zum Kochen gebracht wie zwei Schweine in 'nem Schlammloch.‹ Und dann fragte ich ihn: ›Na, und was hast du dann gemacht, Landruu?‹ Und er sagte, so richtig verlegen: ›Oh, Mr. Mark, ich bin da ganz vorsichtig mit meinem Boot rangefahren und hab meinen kleinen Haufen Würmer auf eins von den Blättern gelegt, und dann hat sich einer von den großen Oschis den Haken da weggeholt, wie der Herrgott ein gelähmtes Baby wieder in den Himmel holt.‹« Dem alten Mann gefiel seine eigene Geschichte überaus gut. »Aber ich sage Ihnen«, sagte er keuchend, »Landruu ist vielleicht so'n richtiger Angler, aber eines Abends mußte ich ihn nach Helena bringen, mit 'nem Dreierhaken in der Stirn, der ihm schon fast im Gehirn stak. Einer von den großen Barschen hatte mal 'nen Vorstoß nach seinem Wurm auf einem der Seerosenblätter gewagt, und Landruu wurde ganz aufgeregt und zerrte das Ding viel zu schnell zurück, und der Haken hat sich ihm in den Kopf gebohrt wie'n Dachdeckernagel. Und ich durfte den Blödmann nicht anfassen. Ich sagte: ›Landruu, ich hol 'ne ganz feine Zange, und mit zwei Drehungen hab ich das wieder draußen.‹ Und er sagte: ›Nein, Sar, bringen Sie mich zur Notaufnahme, das is' doch'n Notfall.‹« Mr. Lamb blickte ihn an und stellte Landrieus sehr weitgefaßte Vorstellung von einem Notfall ernsthaft in Frage. Der alte Mann drehte sich wieder um und musterte die Biberhütte, während sie am Boot vorüberglitt.

Als das Boot an der Biberhütte vorbeigetrieben war, hielt Mr. Lamb sofort den Finger vor den Mund und winkte mit der anderen Hand, um ihm zu signalisieren, daß er jetzt aufhören sollte zu paddeln und das Boot von allein auf die Kanister zutreiben lassen sollte.

Er schaute zu, wie die Biberhütte vorbeizog, und fragte sich, ob da drinnen jetzt wohl irgendwelche Biber hockten, oder ob sie ihr Gebrüll und Geschrei gehört und sich ganz schnell verzogen hatten. Er ließ seinen Blick über die Rudimente der überschwemmten Böschung wandern und dachte, er könnte vielleicht einen großen Biber sehen, der hastig tiefer in den Wald hinein verschwand, aber er sah bloß einen dicken Spatz, der in einem Dschungel von abgestorbenen Teebeerensträuchern zwitscherte und herumspritzte und einen solchen Krawall mit den Flügeln machte, als sei er durch ein reines Mißgeschick in den Busch geraten und könnte es nun beim besten Willen nicht mehr begreifen, wie er da wieder herauskommen sollte.

Mr. Lamb warf dem Spatz einen bekümmerten Blick zu, drehte sich auf seinem Sitz herum und zog die schwarze Schachtel zwischen seinen Beinen näher heran, hielt beide Leitungskabel in einer Hand und begann, bedächtig am Griff zu kurbeln. Das Boot begann, sich leicht seitwärts zu drehen und dahinzuschlängeln, und näherte sich den Kanistern mehr mit der Breitseite als mit der Bugspitze. Alle Schildkröten, die in einer Reihe auf dem umgestürzten Baumstamm lagen, drehten die Hälse, um herauszufinden, was da vor sich ging, obwohl keine von ihnen das Spektakel für so gravierend hielt, um ihren Platz zu verlassen. Eine wurde schließlich doch unruhig und wackelte zum anderen Ende des Baumstammes, aber Mr. Lamb bemerkte das nicht, und keine der Schildkröten schien jetzt schon hinabtauchen zu wollen. Er hielt sich hinten im Boot so ruhig, wie er nur konnte, die Sonne schien ihm auf den Schädel, und er legte das Paddel quer über seine Schenkel, und das Wasser troff vom Ruderblatt zurück in den Sumpf.
Mr. Lamb drehte noch mehrere Male rigoros an der Kurbel, nahm dann je eines der beiden identischen Kabel in eine Hand und hielt sie an den Gummimänteln fest, die bis dreißig Zentimeter unterhalb der Kabelenden abgeschält waren.
Als das Boot schließlich an den ersten der im Kreis treibenden Kanister heranglitt und in die Mitte zwischen sie abschwenkte, drehte sich Mr. Lamb um, warf ihm einen aufgeregten Blick zu und sagte mit einem lauten Bühnenflüstern, auf das hin die eine nervöse Schildkröte abtauchte: »Ich mach mal eben ein Ortsgespräch.« Der alte Mann kniff seine Augen zusammen, als könnte er kaum die Feuchtigkeit zurückhalten, und stieß prompt beide Kabelenden über die Bootswand und ins Wasser, wie ein alter Pikador, der einem regungslosen Stier die Lanze verabreicht.
Aber es geschah überhaupt nichts.

Sie schielten beide aufs Wasser, als rechneten sie damit, daß sich etwas Unvorhergesehenes ereignen würde, aber es rührte sich nichts. Er erwartete, daß der Strom, der die Plus- und Minuspole durchlief, sich durch das Boot kurzschließen und ihnen beiden einen ziemlichen Schlag versetzen würde. Aber statt dessen merkte er nichts, obwohl er, als er die Augen des alten Mannes sah, eine seltsame Erregung verspürte und seine Pobacken für den Fall zusammengekniffen hatte, daß der Kasten ein ganzes Stück mehr aufgeladen war, als er dachte.
Mr. Lamb jedoch hatte ganz offensichtlich mit einer ganz erstaunlichen Wirkung gerechnet. Er starrte finster ins Wasser, während die beiden entladenen Kabel in seinen Händen baumelten, und suchte die Wasseroberfläche angestrengt ab, als erwarte er, daß sie plötzlich von betäubten Fischen überquelle.
Aber im Wasser veränderte sich nichts. Die Schildkröte kam wieder langsam herausgeklettert, kroch mühevoll den Rükken des Baumstammes hinunter und fand ein passendes Plätzchen und begann, aufmerksam zu beobachten, was noch alles passierte.
Der alte Mann drehte sich um und schaute ihn böse an, als sei er höchstpersönlich schuld an der Sabotage, stieß die Kabel dann wieder ins Wasser und wackelte mit ihnen hin und her, als hoffte er damit die Fische anzulocken, die im Umkreis der Heukiste dicht unter der Oberfläche schwammen, um sie aufzuspießen. »Scheiße«, sagte der alte Mann, gebrauchte wieder sein Bühnenflüstern und starrte auf die Kabelenden. »Ist wohl kein guter Tag zum Angeln.« Er drehte sich wieder um, warf ihm noch einen herausfordernden Blick zu und begann erneut an dem Kasten zu kurbeln, wobei er die beiden inaktiven Kabel nebeneinander in seine linke Faust gequetscht hatte.
Dieses Mal kurbelte Mr. Lamb viel länger. Das Boot schlin-

gerte weiter, bis es sanft an den aufgespießten Kanister stieß, und lag dann unbeweglich im Seichtwasser. Er behielt das Paddel auf seinen Schenkeln, tätschelte seinen erhitzten Schädel und schaute zu, wie der alte Mann, je länger er an dem Telefon kurbelte, immer roter hinter den Ohren wurde. Mr. Lamb drehte sich um und schleuderte ihm einen gereizten Blick zu, während er die Kurbel surren ließ, und da erkannte er, daß dieser Blick einfach der Ausdruck völliger Verzweiflung war, der auf dem Gesicht des alten Mannes zu einer wilden Grimasse erstarrt war, die sich nicht mehr lösen wollte. Mr. Lamb blickte ihn mit der Miene eines Menschen an, der versucht, Luft in einen Reifen zu pumpen, während er verständnislos jemandem ins Gesicht starrt, der einen Eispickel in der Hand hält. Es war, dachte er, der Ausdruck von jemandem, der nicht erkennt, daß man ihn verraten hat.

Das Boot begann, durch das immer heftigere Gekurbel des alten Mannes ins Schwanken zu geraten, gefährlich zu schwappen, und sandte klatschende Wellen aus, die unter den Kanistern hindurchrollten. Sie zerrten an ihren Schnüren, und er hielt sich an den Bootswänden fest und begann, im Wald nach einer Stelle zu suchen, wo er sich anklammern konnte, wenn das Boot schließlich vollief. Wellen schlugen an die Bäume und hoben sich unter dem umgestürzten Baumstamm, auf dem die Schildkröten still lagen und zurück zum Boot starrten. Er hatte nun das Gefühl, daß er etwas tun sollte, um sie zu retten.

Auf einmal hörte Mr. Lamb auf zu kurbeln, seine Ohren waren scharlachrot geworden, und Schweiß hatte sich am Kragen seines Flanellhemdes gesammelt. Der alte Mann drehte sich um und warf ihm einen trotzigen Blick zu und griff dann nach den Drähten in seiner anderen Hand, als würde jemand anderes sie ihm hinhalten, und zwar genau einen Zentimeter außerhalb seiner Reichweite, so daß er durch irgendeine Fehleinschätzung auf beide spitzen Enden gleichzeitig faßte und die gesamte aufgeladene Telefonelektrizität direkt in seinen Körper entlud.

»Uups«, sagte der alte Mann, offensichtlich überrascht, warf beide Hände in die Luft, ließ die Kabel ins Wasser fallen und stürzte rückwärts in die Mitte des Bootes, wobei seine knochige Wirbelsäule ein lautes, dumpfes Geräusch machte, und seine Augen waren weit geöffnet, als hätte er gerade zu einer neuen Imitation von Landrieu ansetzen wollen, wäre aber irgendwie abgelenkt worden. Er schlug nicht mit dem Kopf auf. Die Elastizität seiner Wirbelsäule verminderte den Aufprall, so daß sein Kopf nur leicht den Holzboden des Bootes berührte, wie der Kopf eines Akrobaten, der bei einem Salto flüchtig die Matte streift. Seine dürren Knöchel hingen weiterhin über die Kante des Vordersitzes auf beiden Seiten des Kastens, und seine Arme flogen wild zur Seite und ragten über die Bootswände.

Er starrte einen Augenblick auf den alten Mann, hatte das Paddel immer noch über seine Schenkel gebreitet, und erwartete, daß er aufsprang und anfing zu fluchen. Aber einmal am Boden, rührte sich der alte Mann nicht mehr.

Er beugte sich vor und ließ sich auf die Knie nieder, verlor das Paddel, und das Boot begann noch stärker hin- und herzuschwanken und sich dabei zu drehen. Er preßte beide Hände an die Wangen des alten Mannes, die sich warm und lebendig anfühlten, obwohl seine Augen geöffnet und starr waren und seine Brust schlaff. Er starrte in das Gesicht des alten Mannes, das von seinen Schenkeln umschlossen war, und brüllte ihn an, so daß sich auf der Wange des alten Mannes ein winziger Speichelkranz bildete und zu dessen Ohr hinunter zu gleiten begann.

»Mr. Lamb!« schrie er, und seine Stimme jagte durch den verwilderten Wald und verklang. »Mr. Lamb!« rief er, als befände sich der alte Mann am anderen Ende des Sees und könnte ihn nicht hören.

Die trüben Augen des Mannes wurden bleich und überzogen sich mit einem weißlichen Film, und sein Gesicht fiel ein und verlor seine Farbe und färbte sich wie der Himmel. Er lehnte sich zurück und starrte auf das Gesicht im Schatten des kompakten Schachtes seiner Schenkel, bis der reibungslose Tod des alten Mannes ihm sein Inneres gefrieren ließ und er auf einmal den sehr nüchternen Drang verspürte, umsichtig zu handeln, ohne sinnlos Kraft zu vergeuden, und sich für jeden im Umkreis von zweihundert Kilometern als so unbestritten nützlich zu erweisen, wie er nur konnte. Er preßte wieder die Hände an die Wangen des alten Mannes und fand, daß sie warm waren, aber kälter als vorher, was ihm mehr oder weniger angebracht erschien. Der Gedanke beschlich ihn, daß er vielleicht in dem Bruchteil der Sekunde zwischen dem Augenblick, wo der alte Mann den Stromkreis des Telefons geschlossen hatte, und dem, wo seine geöffneten Augen erstarrt waren und direkt in den Himmel stierten und sein Gesicht weiß wie Zucker wurde und dann grau, etwas hätte tun können, den Mund von Mr. Lamb mit seinem Mund versiegeln und sich die Seele aus dem Leib blasen und seine eingefallenen, alten Lungen mit Luft füllen und sein Herz wieder zum Schlagen hätte bringen können, allein durch die schlichte, ungestüme Kraft seiner eigenen Lungen, die sich in dem alten Mann konzentrierte. Aber dafür, da war er sich ganz sicher, war einfach keine Zeit gewesen. Vor einem Jahr hatte er in Beebes Wohnung am Astor Place gesessen und im Fernsehen verfolgt, wie ein Footballspieler, der auf der Fünfunddreißig-Meter-Linie lag, an Herzversagen starb, und später erklärten die Ansager, daß der Spieler schon tot gewesen war, bevor er aufgeschlagen war, ja vielleicht sogar schon im Umkleideraum Stunden vor dem Spiel. Wenn das so war, vermutete er, während das Boot immer noch unter ihm schwankte und der Kopf des alten Mannes vor- und zurückwippte und dabei an seine Knie stieß, dann war dieser alte Mann schon tot, bevor er überhaupt ins Boot gestiegen war, denn nichts konnte in so kurzer Zeit eine solche Verwüstung an ihm anrichten, wenn es nicht schon einige Zeit zuvor damit begonnen hatte. Und da er nicht wie ein Gott schon im voraus gewußt hatte, was geschehen würde, hatte er auch überhaupt nichts unternehmen können, um dem alten Mann beizustehen.

Sein Rücken wurde hart, und seine Knie begannen, an den Rippen der Bootswand zu scheuern. Er lehnte sich zurück, rieb sich lange die Furche auf seiner Stirn und horchte prüfend auf seinen eigenen Atem. Der alte Mann wirkte dünn wie Papier, jetzt wo seine Schläfen beträchtlich eingesunken waren, und absolut lächerlich, wie er da auf dem Boden des Bootes lag mit den Wildenten auf seinem Hemdkragen und den gelben Hosenträgern, die über seinen Schultern klafften, als wären sie für einen viel größeren Mann gemacht worden. Er langte hinunter zwischen seine Beine und drückte die Augenlider des alten Mannes nach unten und merkte, was für eine einfache und unspektakuläre Angelegenheit das war, weil die Lider sich willig schlossen und ohne die geringste Anstrengung geschlossen blieben, als machte es gar keinen Unterschied, ob sie offen oder geschlossen waren. Aber der alte Mann sah nun unmißverständlich tot aus, und der geschäftige Impuls stieg wieder in ihm auf, und er griff nach dem Pfahl, an dem Landrieu den weißen Kanister aufgespießt hatte, riß den Kanister ab und zog das Boot dahin, wo das Paddel ins Wasser gerutscht war. Mit dem Paddel steuerte er das Boot hinüber zu einem Stück schwankendem Boden, stieg aus und zog das Boot ein Stück weit hinauf, streifte sein Hemd ab und breitete es über das Gesicht des alten Mannes. Er suchte das zugewachsene Ende des Sees ab und erblickte nichts. Die Schildkröten hatten ihren Baumstamm verlassen, und der See lag öd und schläfrig da. Die Sonne stand in einem Winkel von fünfundvierzig Grad über den

Baumkronen und schien hinter einer langen, krustigen Wolkenbank hervor. Es roch nach Regen, und der Duft vermischte sich mit dem üblen Gestank des Wassers, und ohne Hemd spürte er, wie der Wind an seinem Bauch vorbei strich, und seine Haut zog sich zwischen den Rippen zusammen, und er rieb sich den Oberkörper und drehte sich zur Sonne und versuchte, sich von ihr wärmen zu lassen, aber sie wärmte ihn nicht mehr.

Er zog die Arme des alten Mannes von der Bootswand und legte sie neben seinen Körper. Er hob seine dürren Knöchel vom Bugsitz, legte seine Beine so zusammen, daß seine Knie gegen die Seiten fielen, und stellte den schwarzen Kasten als Stütze vor seine Füße. Er langte nach dem Buggriff des Bootes und schob es zurück in den See, ließ es durch das Schilf im seichten Wasser schrammen, hockte sich in dem schmalen Bug auf die Knie und stakte das Boot weiter und weiter in den See hinaus, bis er den mergeligen Grund nicht mehr mit dem Ruderblatt erreichen konnte und das Boot, mit dem alten Mann unten im breiten und flachen Heck, sich aus dem Wasser hob wie eine Gondel, die eine ruhige und ranzige Wasserstraße hinunterglitt und auf der er der dicke und tüchtige und hemdlose Gondoliere war.

7 *In Jackson, Mississippi, nahm ihn sein Vater 1953 mit ins Stadtzentrum und ließ ihn in der Halle des King Edward Hotel zurück, während er in den ersten Stock ging, um mit einem Mann über den Stärkehandel in Alabama zu reden. Seine Mutter lag zu Hause im Bett und war zu krank, um auf ihn aufzupassen, und so saß er in der Halle und beobachtete die Männer, die an den dicken Säulen standen und Zigarren rauchten und sich manchmal minutenlang die Hände schüttelten. Nach einer Weile kam ein Liliputaner in die Halle, der Cowboystiefel und einen Texashut trug und die Aufmerksamkeit aller auf sich zog, als er seinen Namen an der Rezeption eintrug und dem*

Hotelpagen schon ein Trinkgeld gab, bevor der überhaupt seine Tasche angefaßt hatte. Als er auf sein Zimmer gehen wollte, drehte sich der Liliputaner um und schaute sich in der Halle mit ihren Säulen um und in die Alkoven und Empfangsräume, als suche er nach jemandem, mit dem er verabredet war. Und als er den Jungen sah, der auf der breiten Couch saß, kam er zu ihm in seinem Liliputaneraufzug hinüber, in dem er aussah, als trüge er Windeln, und erzählte dem Jungen, daß er Tex Arkana hieß und Filmschauspieler war und den Zwerg in ›Samson und Delilah‹ gespielt hatte und einer der Philister gewesen war, die Samson mit dem Kieferknochen eines Maulesels getötet hatte. Er sagte, daß er den Film gesehen hatte und sich ganz gut an den Zwerg erinnern konnte. Der Liliputaner sagte, daß er seine ganzen Filmfotos und ein dickes Sammelalbum mit seinen ganzen Zeitungsausschnitten in seinen Taschen hätte, die er ihm gern zeigen würde, wenn er sie sehen wollte. Die meisten Männer in der Halle beobachteten, wie die beiden auf der Couch saßen und redeten, und der Liliputaner behielt sie im Auge und redete schneller. Als der Junge sagte, daß er das Sammelalbum und auch die Fotos sehen wollte, stand der Liliputaner auf, und die beiden nahmen einen Fahrstuhl mit dem Hotelpagen und gingen zum neuen Zimmer des Liliputaners, das zur Straße hin lag. Als der Hotelpage gegangen war, zog der Liliputaner sein Hemd aus und setzte sich im Unterhemd auf den Fußboden, machte den Koffer auf und durchwühlte die Kleider auf der Suche nach dem Buch, während der Junge auf seinem Stuhl saß und zuschaute. Nach einer Weile hatte der Liliputaner das große Buch mit den holzigen Seiten gefunden und sprang aufs Bett. Und während seine Cowboystiefel gegen den Saum baumelten, zeigte er dem Jungen Bilder von sich selber in ›Samson und Delilah‹ und in ›Never Too Soon‹ und in einem Film mit John Garfield und Fred Astaire. Da gab es Bilder von dem Liliputaner im Zirkus, wie er auf Elefanten ritt und oben auf Tigern saß und neben hochgewachsenen Männern im Zelt stand oder im Schoß von verschiedenen dicken Frauen saß, die alle lachten. Als sie die ganzen Bilder und die Zeitungsausschnitte angeguckt hatten, sagte der Liliputaner, daß er nach dem langen Flug von der Westküste müde sei und daß der Junge nun gehen müsse, damit er sich schlafen legen könne. Der Junge schüttelte dem Liliputaner die Hand, und der Liliputaner gab ihm ein signiertes Bild von sich, wie er mit einer langen Peitsche in der Hand auf einer juwelenverzierten Kutsche stand, die von einem Team normalgewachsener Männer gezogen wurde. Und dann ging der Junge.

Als er in die Halle zurückkam, wartete sein Vater schon auf ihn, rauchte eine Zigarre, und er zeigte ihm das Bild von dem Liliputaner in der Kutsche, und sein Vater wurde wütend und zerriß das Bild und ging zum verglasten Büro neben der Rezeption, wo er lange mit dem Manager sprach, während der Junge draußen wartete. Nach einer Weile kam sein Vater heraus, und die beiden fuhren nach Hause zu seiner kranken Mutter. Und spät in der Nacht konnte er seine Mutter und seinen Vater über das Bild und über den Liliputaner mit den Cowboystiefeln reden hören und wie sein Vater sagte, daß der Manager sich geweigert hatte, den Liliputaner aus dem Hotel zu werfen, und kurz danach hörte er seine Mutter weinen.

Teil VII
Robard Hewes

1 Er stand zwischen dem Haus und der Gin Den und betrachtete skeptisch den Himmel. Lange, violette, abgeflachte Wolken bauten sich auf, und die Luft war feucht geworden und hatte sich abgekühlt und wirkte wie elektrisch aufgeladen. Das Gewitter war schon zu spüren, auch wenn noch kein Donner zu hören war, es wühlte die Luft auf, und er hatte das Gefühl, daß er nicht mehr übersetzen könnte, bevor das alles losbrach. Auf der ganzen Insel herrschte Stille, und für eine Weile ging er zwischen der Hütte und der Haustreppe hin und her, wartete auf den alten Mann und Newel und beobachtete den Himmel.

Er mußte sie in irgendein Motel verfrachten, weil er jetzt auf gar keinen Fall mehr die Zeit hatte, mit ihr noch nach Memphis zu fahren. Bloß ins Zimmer mit ihr, dachte er, Licht aus, und dann soll sie ihm ihr Kunststückchen vorführen, und er hätte es hinter sich, ohne überhaupt aus der Stadt zu müssen. Aber es war nicht nur das. Er setzte sich auf die niedrige Stufe und beobachtete, wie die kreideweiße Sonne vom Sturm allmählich ausgewischt wurde. Die Färbung des Himmels änderte sich von Minute zu Minute, und war jedesmal violetter und verworrener, wenn er aufsah. Aber der Wind war schwach, und er dachte sich, daß der Regen noch ausbleiben und erst fallen würde, wenn der Wind aufkam.

Die Schlange, mit der er es hier zu tun hatte, besaß zwei Köpfe. Kopf Nummer eins: Wenn er noch länger so tat, als hätte er mit Beuna irgendwas im Sinn, riskierte er wirklich, sich mit Jackie alles zu verderben, so daß er bei seiner Rückkehr nur noch ein leeres Haus vorfinden würde, in dem nicht mal mehr ein Bleistift lag, der in die richtige Richtung zeigte – was schlicht und einfach verhängnisvoll wäre, obwohl er dieses Fiasko durchaus eingeplant hatte oder dachte, er hätte es, bevor er das Risiko eingegangen war, und so konnte er sich jetzt nicht beklagen, wenn es das war, was er sich eingehandelt hatte.

Kopf Nummer zwei: Ihm war nicht allzu wohl dabei, daß Newel dauernd behauptete, irgendwas mitzukriegen, auch wenn er weit und breit der einzige war, und es konnte ihm auch egal sein, aber offenbar war es das doch nicht, da es bei ihm irgendwelche bösen Vorahnungen auslöste. Es machte ihn ganz kribbelig.

Mrs. Lamb trat an den Rand der Treppe und konsultierte das Thermometer-Barometer, das an den Verandapfosten genagelt war. Sie hielt sich die Brille vor die Augen und linste hindurch, starrte dann zum Himmel hinauf, als wolle sie die Meinung der Meßgeräte bekräftigen. Er blickte auf und sah, daß ihre Haare an den Kopf gepreßt und ihre Augen müde waren. Er stand auf, um zur Gin Den zurückzugehen.

»Es ist schwül«, sagte sie, als hätte sie gerade das Zentrum des ganzen Aufruhrs am Himmel entdeckt und könnte nun nichts dagegen unternehmen.

»Ja, Ma'am«, sagte er.

»Er liebt solche drückenden Tage«, sagte sie ruhig. »Er bleibt bestimmt draußen, bis es dunkel wird, falls es nicht regnet oder der andere Mann mit dem Boot kentert.«

Er musterte seinen Jeep, als wäre er gerade angekommen, blickte dann den Fahrweg hinunter, bis dorthin, wo er im Tal verschwand. »Das tut er hoffentlich nicht«, sagte er.

»Ziehen Sie ab?« fragte sie.

»Ja, Ma'am«.

»Und wohin fahren Sie noch mal?«

»Kalifornien«, sagte er. Er stand im Gras vor dem Haus. »Da unten lebt meine Frau.«

»Was wollen Sie da machen?« fragte sie, nur um Zeit totzuschlagen.
»Wieder arbeiten«, sagte er. »Auf dem Bau. So was.«
»Sie wollen Sie nicht wieder hierherbringen?«
»Nein, Ma'am«, sagte er, stützte die Fußspitze gegen die Stufe und beobachtete sie.
Mrs. Lamb hob das Kinn, als ob sie irgendeinen Geruch in der Luft wittere, der sie vom Gespräch ablenkte. »Nun ja«, sagte sie, »Sie kommen und gehen.«
»Ja, Ma'am«, sagte er.
Sie musterte ihn einen Augenblick lang hoheitsvoll und ging dann wieder nach drinnen.
Gerade als sie die Tür hinter sich zufallen ließ, kam ihm in den Sinn, daß er sie hätte bitten können, ihn auszuzahlen. Er hätte die Insel verlassen können, solange es noch hell war und kein Regen fiel. Aber sie schloß die Tür, und es war nun nicht mehr möglich, das Geld noch einmal zur Sprache zu bringen, obwohl er wußte, daß sie für die Auszahlungen zuständig war, und wenn der alte Mann wieder da war, mußte er einfach noch mal hingehen und sich das Geld von dort holen, wo immer sie es vergraben hatte.
Er ging über den Hof zur Gin Den. Landrieu war in sein Haus gehumpelt und nicht wieder herausgekommen. Der Hund war hinter dem Jeep hergesprungen, aber nach kurzer Zeit wieder zurückgekommen und hatte sich unter der Treppe schlafen gelegt. Und seitdem hatte er nur gewartet. Er holte wieder die Postkarte heraus und betrachtete sie. Der lachende Mann im sepia schimmernden Tageslicht amüsierte ihn. Wenn er einen Bleistift hätte, dachte er, würde er schreiben, »Sei zu Haus – Robard«, und sie in den ersten Briefkasten werfen, an dem er vorbeikam. Und dann würde sie vielleicht warten, bis er nach Hause kam, eine Art Versprechen.
Der Wind begann, vom See herüberzuwehen. Er konnte den Luftsack auf der Landebahn hochflattern sehen, und der

Trichter zeigte nach Osten. Die Wolken waren schwarz und rollten schnell dahin, und die Luft wehte in verschiedenen Richtungen zwischen den Bäumen und unter dem Haus hindurch. Elinor wachte auf, wälzte sich herum und verzog sich hinter einen der Pfeiler.

Auf einmal hörte er das Stottern des Jeeps im Wald und ging hinter die Gin Den, um nach ihnen Ausschau zu halten, und der Wind blähte sein Seidenhemd auf, und sein Rücken wurde kalt.

Zuerst konnte er bloß Newels nackte Schultern erkennen, die über das Steuerrad gebeugt waren, als würde er den Willys mit seiner bloßen Armkraft vorwärts und aufs Haus zutreiben. Als sie näher kamen, bemerkte er, daß Newels Gesicht in einem seltsamen, verzweifelten Ausdruck erstarrt war, den er noch nie an ihm gesehen hatte, als hätte Newel den alten Mann verärgert stehengelassen und wäre allein zurückgekommen. Aber schließlich konnte er die Füße des alten Mannes erkennen, seine Nylonsocken waren über die Knöchel gerutscht, und die Füße ragten nebeneinander über die Heckklappe wie die beiden Ständer einer Trittleiter. Und anscheinend war überhaupt keine Eile geboten. Newel fuhr mit dem Jeep bis zu ihm hin, warf ihm denselben verzweifelten Blick zu und ließ sich zurück in den Sitz fallen.

Er schaute über die Ladekante und sah, daß Newels blaues Hemd über das Gesicht des alten Mannes gebreitet war. Mr. Lambs Körper wirkte ganz mager, und seine Handgelenke und Knöchel waren in der Zeit, die es gebraucht hatte, um ihn nach Hause zu schaffen, blau geworden. Er verspürte den heftigen Drang, einen Blick auf sein Gesicht zu werfen, sah aber statt dessen zum Fenster hinauf und bemerkte, daß das Glas jetzt dunkel und trüb wie Sumpfwasser war. Und so konnte er nicht sicher sein, daß Mrs. Lamb nicht schon hinausschaute und den alten Mann erblickte, bevor sie sich gefaßt hatte.

Der Wind fegte unter dem Jeep hindurch und stob weiter über den Hof, so daß Newel eine Grimasse schnitt und eine Gänsehaut bekam.
»Was ist denn zum Teufel mit dem passiert?« fragte er.
»Der alte Knacker hat sich selber 'nen tödlichen Stromschlag verpaßt«, sagte Newel und rieb sich unterm Steuer die Hände. »Spielt da mit seinem verdammten Kasten rum, und als nächstes greift er sich die Kabel und fällt auf die Schnauze. Er sagte noch ›uups‹.«
»Was hat er gesagt?«
»Uups.« Newel lächelte kläglich.
Er schaute unglücklich zum Fenster hoch. »Ich hol den Nigger. Bring ihn hinter die Hütte.«
Er trottete mit dem Wind im Rücken zu Landrieus Haus und ging geradewegs hinein. Landrieu kauerte auf der Bettkante, starrte in einen riesigen Fernseher und warf ihm einen Blick vollkommener Entrüstung zu, so als wäre es Landrieu absolut unbegreiflich, wie jemand sein einziges gutes, sicheres Versteck betreten konnte.
»Waswollnsie?« sagte Landrieu und umklammerte die Zipfel seiner Bettdecke, als wollte er sich das Bettzeug über den Kopf ziehen. Über dem Bett hing ein großes Foto von Landrieu, auf dem er viel jünger war, eine Baseballuniform trug und lächelte.
»Er ist tot«, sagte er laut, trat aus dem Wind heraus, und der Geruch von Landrieus Zimmer, das warm war und nach ranzigem Speckfett roch, stieg ihm in die Nase. Der Fernseher lief viel zu laut.
»Wer?« Landrieu war aufgestanden und versuchte, an ihm vorbei durch die Tür zu sehen.
»Mr. Lamb«, sagte er über den Lärm des Fernsehers hinweg und atmete die ungesunde Luft ein. »Sie müssen zu der alten Lady hin, bevor sie'n Koller kriegt.« Der Wind schlug ihm die Tür aus der Hand und knallte sie gegen die Wand.

Landrieu wurde ganz ernst. Sein linkes Auge schloß sich, und seine Wangen schwollen an. »Wo ist er?« fragte er und versuchte immer noch, sich aus der Tür zu beugen.
»In dem verdammten Jeep.« Er trat zur Seite, so daß Landrieu sehen konnte, wo Newel den Jeep hinter die Gin Den gefahren hatte. Landrieu machte einen vorsichtigen Schritt zur Tür hin, schaute hinaus, sah nichts, marschierte dann direkt in den Hof hinaus, stopfte sein Hemd in den Overall und schniefte. Er ging hinüber zum Heck des Jeeps, griff hinein und riß das Hemd von Mr. Lambs Kopf weg, als ob er erwartete, daß der alte Mann brüllend hochgeschossen käme und bloß bei einem albernen Scherz mitmachte. Aber in dem Augenblick, als er das Gesicht des alten Mannes erblickte, weiteten sich seine Nasenflügel, und er trat zurück und wurde grau.
Der Wind wurde immer heftiger. Landrieus Haar rutschte auf die Seite seines Kopfes wie ein Stück Schwamm, und er machte noch einen Schritt zurück und stolperte dabei fast über seine eigenen Füße.
»Was ist denn mit ihm passiert?« Landrieu lächelte sonderbar, als wäre er sich immer noch nicht ganz sicher, daß alles nicht bloß ein Scherz war. Sein riesiger Fernseher schallte in den Hof hinaus.
»Er hat ein R-Gespräch geführt«, sagte Newel gereizt, riß Landrieu das Hemd aus der Hand und legte es wieder über das Gesicht des alten Mannes. »Geh rein und sag's Mrs. Lamb. Wir tragen ihn dann sofort ins Haus.«
Landrieu musterte sie beide, dann den alten Mann und den schwarzen Kasten, den Newel hinten neben ihn gestellt hatte, und versuchte zu begreifen, wie die Pflichten hier eigentlich genau verteilt wurden. »*Wer* soll's ihr sagen?«
»Du«, sagte er und wünschte sich, Landrieu würde endlich losziehen. »*Wir* können's ihr ja wohl nicht sagen.«
Landrieu starrte ihn finster an, zog seinen Overall hoch und

lief, ohne noch ein Wort zu verlieren, aufs Haus zu, wobei er mit dem rechten Bein stark hinkte. Auf halber Treppe hielt er inne, blickte zu ihnen zurück und verschwand dann.
Newel lehnte sich an den Jeep, verschränkte die Arme über seiner nackten Brust und rieb sich die Augen. Seine Haut zog sich im Wind zusammen.
Über der Landebahn regnete es schon, wie Dampf, der aus dem Wald hochkroch. Dahinter fiel das grünliche Sonnenlicht in einem spitzeren Winkel als zuvor auf die Erde. Die Luft roch stark. Er überlegte, wie lange es wohl dauern würde, bis der Regen das Feld überquert und sie erreicht hätte.
Er schaute Newel an und dachte dann einen Augenblick lang nach. »Was haben Sie noch über meine Augen gesagt? Irgend etwas Dummes, das weiß ich noch.«
»Ich hab's vergessen«, sagte Newel und sah weg.
»Das haben Sie bestimmt nicht«, sagte er. Er biß auf ein winziges Stück seiner Lippe.
»Werden Sie langsam nervös?« Newel lächelte ihn an.
»Leck mich am Arsch«, sagte er, stakste in die Gin Den und ließ die Tür in den Wind aufspringen. Er setzte sich auf die Bettkante und beobachtete Newel durch die offene Tür und wünschte sich, er hätte ihn nie gesehen.
Newel kam in den Eingang, lehnte sich an den Pfosten und schaute ins Freie. »Ich sagte, Sie sehen aus, als würden Sie sich grämen.« Der Wind hatte begonnen, in den Fugen zu heulen, und das Blech schien sich zu dehnen, als ob es explodieren wollte. »Grämen ist vielleicht nicht das richtige Wort«, sagte Newel und wippte mit seinem Hinterkopf gegen den Kabelkanal. »Als wär'n Sie todunglücklich, ist vielleicht der bessere Ausdruck.«
»Ich bin überhaupt nicht unglücklich«, sagte er, starrte auf seine Stiefelspitzen und wollte, daß Newel endlich verschwand.

»Ich weiß nicht«, sagte Newel. »Sie wissen sicher mehr darüber als ich.« Er verließ den Eingang und entfernte sich.
»Da können Sie verdammt sicher sein«, sagte er laut und versuchte herauszubekommen, was ihn denn bloß todunglücklich machen könnte.

Landrieu hinkte von der Veranda herunter, die Augen so groß wie Untertassen, erreichte sie atemlos, zerrte an seinem Overall herum und blickte nervös zum Haus hinüber. »Sie kommt«, sagte er und verzog sich sofort auf die andere Seite des Jeeps und stellte sich so hin, daß er gleichzeitig die Tür und den alten Mann im Blick behalten konnte.
Mrs. Lamb trat in den Wind hinaus, eingehüllt in eine schwarze Häkeldecke, ihre Haare waren zerzaust und ihr Mund zu einem Ausdruck der Wut verzogen. Sie schritt über den Hof, beachtete keinen von ihnen und ging zum Rand des Jeeps und lugte hinein. Sie schaute Mr. Lamb von oben bis unten an, musterte ihn, als wollte sie sich vergewissern, daß seine Körperteile auch alle noch da waren. Als sie sein Gesicht sehen wollte, gab sie Landrieu einen Wink, und er zog das Hemd weg, und die alte Dame betrachtete ihren Mann sogar noch sorgfältiger, ohne ein Wort zu irgendeinem von ihnen zu sagen. Die olivgrüne Farbe schien langsam aus ihrem Gesicht zu weichen, und der Zug um ihren Mund verhärtete sich, als ob sich in ihrem Innern Wandlungen vollzögen, die sie selbst gar nicht bemerkte, die aber bereits ihre Einstellung zum Rest der Welt berichtigt hatten.
Sie trat zurück, zog die Häkeldecke fester um sich und wirkte dunkel und riesig, so daß er sich nicht mehr sicher war, ob er sie unter anderen Umständen überhaupt als Frau identifiziert hätte. Sie starrte ihn und Newel an, als ob sie einen Augenblick lang nicht mehr wüßte, wer von ihnen welcher war, und ließ dann ihren Blick auf Newel ruhen, der halbnackt im Wind stand.

»Was ist mit Mark passiert?« fragte sie mit einem Zittern in der Stimme, das, wie er dachte, mehr nach Wut als nach irgend etwas anderem klang. Der Wind blies Zweige und Büschel von den Feldern über den Hof und löste immer mehr ihre Frisur auf.
»Ich glaube«, sagte Newel, trat von einem Bein auf das andere und hielt seine nackte Brust mit den Armen bedeckt, »er hat sich selbst einen tödlichen Schlag verpaßt.« Er neigte seinen Kopf leicht zum Telefon des alten Mannes hinüber.
Sie betrachtete den Kasten entrüstet und blickte dann wieder Newel an. »Und Sie waren dabei?« fragte sie.
»Ja, Ma'am«, sagte Newel. »Im Boot, und, äh, Mr. Lamb hatte den Kasten vorn bei sich und hat einfach aus Versehen zwei Kabelenden angefaßt und ist hintenüber gefallen. Ich glaube nicht, daß er noch einen Atemzug machen konnte.« Newel senkte den Kopf und blickte unter den Augenbrauen hervor.
Mrs. Lamb kniff den Mund zusammen und überdachte das erst einmal eine Weile. »Und er hat nichts mehr gesagt?«
»Nein, Ma'am«, sagte Newel. »Dazu hat er gar keine Zeit mehr gehabt.« Er schnippte sanft mit den Fingern.
Die Amberbäume des Waldgürtels, in dem der alte Mann gejagt hatte, hatten sich ineinander verhakt und bogen sich zum Haus hinüber. Äste brachen ab und wurden über den Hof geschleift. Der schweflige Geruch von Regen stieg ihm in die Nase, und er konnte den Donner hören, so laut, als stürzten Häuser ein.
»Und er hat überhaupt nichts mehr gesagt?«
»Nein, Ma'am«, sagte Newel und rieb sich die Arme.
Landrieu legte heimlich das Hemd wieder über Mr. Lambs Gesicht und stopfte es unter seinen Kopf und wich wieder zurück.
»T.V.A.«, sagte Mrs. Lamb und fixierte ihn, bevor er sich überhaupt wieder gefaßt hatte. »Trag Mr. Lamb hinein, und

dann geh und ruf Rupert Knox in Helena an, sag ihm, daß Mr. Lamb plötzlich verschieden ist, und dann komm wieder zu mir.«

Sie wandte sich ab, hielt inne und betrachtete sie beide, dann die Gin Den, die im Wind knarrte und sich bog. »Ihr Männer könnt jetzt gehen«, sagte sie gebieterisch und war schon auf dem Wege, wickelte ihre Schultern wieder in die Zipfel der Häkeldecke und neigte ihren Kopf in den Sturm.

Landrieu betrachtete stirnrunzelnd die kalten Überreste von Mr. Lamb und taxierte dann ebenso stirnrunzelnd die Entfernung zwischen sich und dem ersten Dickicht von Trompetenbäumen, das er durchqueren mußte, um an den See zu gelangen, und strengte seinen Verstand an, um herauszufinden, wie er um diese Aufträge herumkommen könnte.

Landrieu sah hinter Mrs. Lamb her, bis sie im Haus verschwunden war, und richtete dann seine Aufmerksamkeit auf ihn und Newel. »Wie soll ich ihn denn in das Haus kriegen und dann mich über'n See bei dem Wetter?« sagte Landrieu, ließ seinen Blick betrübt über das Unwetter schweifen und richtete ihn dann wieder erwartungsvoll auf die beiden.

»Los, komm«, sagte er, schnappte sich Mr. Lambs Hacken und wartete, daß Landrieu seine Schultern packte. Newel vergrub seine Hände unter dem Rücken des alten Mannes, und dann hoben sie ihn zu dritt heraus und rannten mit ihm über den Hof und die Treppe hoch, gerade, als die ersten Tropfen ins Gras fielen und aufs Dach der Gin Den knallten.

Sie manövrierten den alten Mann durch die Küche und trugen ihn direkt bis nach hinten durch, wo das Zimmer jetzt dunkel und warm war. Mrs. Lamb hatte sich zur Totenwache in einem Sessel neben dem Himmelbett niedergelassen und über dem Bett ihre Häkeldecke gebreitet, auf dem der alte Mann liegen sollte.

Als sie ihn richtig hingelegt hatten, gab es einen Augenblick, in dem sie alle nur still im Zimmer standen und auf Mr.

Lamb schauten, als wären sie überrascht, ihn in diesem Zustand anzutreffen, und wünschten sich um alles in der Welt, daß er sich erbarmen und aufstehen würde. Er hatte das Gefühl, als würden sie zu dritt das Zimmer mit ihrem Atem und dem Quietschen des Parketts bis in den letzten Winkel ausfüllen und selbst noch den Verputz an den Wänden rissig machen. Und er wollte bloß raus.

»Landrieu«, sagte Mrs. Lamb und schloß ihre Augen.

Landrieu sperrte den Mund auf, als würde es ihn schon in Verruf bringen, wenn man ihn auch nur in der Nähe dieses Ortes antraf. »Ja, Ma'am«, sagte er, warf einen bösen Blick auf ihn und auf Newel und einen schnellen auf den alten Mann.

»Ruf jetzt Rupert Knox an.«

»Ja'm«, grunzte Landrieu. Er machte einen großen Schritt rückwärts und war verschwunden und Newel gleich hinter ihm her.

»Mr. Hewes«, sagte sie mit der gleichen, unerschütterlichen Geduld. Ihr Gesicht war wieder im Dunkeln.

Mr. Lambs Mund klappte auf und kam nach einigen Zentimetern wieder zur Ruhe.

»Ma'am«, sagte er.

»Ich habe Ihr Geld auf den Eßtisch gelegt. Mark wäre Ihnen für Ihre Treue dankbar gewesen. Seine Pistole lassen Sie bitte in der Gin Den.«

»Ja, Ma'am«, flüsterte er und konnte dann auf einmal ihr Gesicht in der Dunkelheit erkennen. »Mrs. Lamb, es tut mir leid um ihn«, sagte er. Er konnte hören, wie Newel und Landrieu die Vordertreppe hinuntertrampelten, mitten in den Sturm hinein.

»Er hat die letzte Nacht am richtigen Ende des Bettes geschlafen«, sagte sie gedankenverloren.

»Ja, Ma'am.«

»Wenn es Frühling wurde, hat Mark immer mit dem Kopf

am Fußende geschlafen. Er dachte, das würde seinen Kreislauf stabilisieren. Und als ich heute morgen aufgewacht bin, schlief er mit seinem Kopf neben meinem, und ich sagte: ›Mark, warum schläfst du denn am Kopfende bei mir?‹ Und er sagte: ›Weil ich, als ich ins Bett gegangen bin, gedacht habe, daß ich sterben werde, und ich wollte nicht wie ein Idiot falsch herum daliegen. Ich hatte so ein Gefühl, als würde mein Herz stehenbleiben.‹ Und das hat es dann wohl getan, nehme ich an. Ich habe mich schon den ganzen Tag darauf vorbereitet, und nun bin ich's.«

»Ja, Ma'am«, sagte er, schaute suchend im Dunkeln herum und war nicht imstande, die Tapete zu erkennen. »Es tut mir leid um ihn«, sagte er.

»Nicht so sehr wie mir, Mr. Hewes«, sagte sie.

Und das war der Augenblick, in dem er gehen mußte. Er ging kurz ins Eßzimmer, schnappte sich seinen Geldumschlag, der zugeklammert und säuberlich mit Bleistift beschriftet war, und eilte in den Regen hinaus und dachte über Situationen nach, in die man hineingezogen wird und die einen wie einen Lappen auswringen und einen in den Regen hinausschicken, wenn man nicht mehr gebraucht wird und zu nichts mehr taugt.

2

Landrieu humpelte zur Gin Den und trug seinen gelben Regenmantel, in dem sein Gesicht kalt wie die Nacht wirkte. Er steckte den Kopf in den Eingang und sagte, er sei soweit. Er holte seine Waffe unter dem Sitz hervor, legte sie mitten aufs Bett, zog seine Regenjacke an und stand in der Tür, während Newel eine alte Malerplane hervorzerrte und sich über die Schultern breitete, und dann fuhren sie zu dritt im Jeep davon, und Landrieu steuerte, während Newel mit finsterem Gesichtsausdruck vorn kauerte.

Als sie den Hügel erreichten, warf Landrieu dem See einen

drohenden Blick zu. Das Wasser stieg an, und das Lager war nicht zu sehen, und er konnte durch den Regen hindurch nur die Schemen der Uferweiden erkennen.
Landrieu band den Traveler los, und sie beide schleiften das Boot ins Wasser. Landrieu zog den kleinen All-State-Motor aus dem Gebüsch unter einem wasserdichten Kunstdüngersack hervor und schraubte ihn aufs Heckwerk. Dann begann er, auf den Gaskolben zu drücken und an der Kurbel zu drehen, und starrte dabei auf den See hinaus, als sehe er die Vision seines eigenen Untergangs.
»Dann schiebt ma' los«, schrie Landrieu gehässig und pflanzte sich im Bug auf. Und sie wuchteten das Boot hoch, bis es aus dem Schlamm herausglitt und Fahrt aufnehmen konnte. Newel kauerte sich mitten im Boot unter seiner Segeltuchplane zusammen, und der Regen lief an seinen Wangen herab und tropfte auf seine Hose. Sie saßen beide Landrieu gegenüber, der sie weiterhin böse anblickte, als würden sie seine Fähigkeit, das Boot zu steuern, schon durch ihre bloße Anwesenheit in Zweifel ziehen, und als der Bug zwischen den Bäumen ins Freie hinausglitt, drehte er das Ruder blitzschnell zur Seite und steuerte das Boot in den Wind, und Newel stürzte zu Boden.
»Was machen wir mit der alten Dame?« schrie Newel, als er wieder auf der Bank saß. Das Wasser schlug immer heftiger gegen das Boot, als würde an der Unterseite Metall entlangschrappen.
»Ich laß lieber sie im Stich als mich!« schrie er, und Newel machte ein wütendes Gesicht und verschwand unter seiner Segeltuchplane.
Als der Anleger schließlich in Sicht kam, stand das Wasser schon fünf Zentimeter hoch im Boot und schwappte hin und her. Der Traveler lag so niedrig in der Fahrrinne, daß der Motor am Grund entlangscheuerte und plötzlich mit einem Knall hochschlug, der Landrieu einen Schreck versetzte und

ihn fast von seinem Sitz schleuderte. Er sah einen Augenblick lang ganz verwirrt aus, machte dann aber Newel ein Zeichen, daß er aus dem Boot klettern und loswaten sollte. Newel kauerte sich nur noch mehr zusammen, schüttelte den Kopf und zeigte auf den Anleger. Landrieu machte ein Gesicht, als hätte man ihn beschimpft, und schoß noch einmal sechzig Meter auf den See hinaus, drehte, fuhr wieder heran und näherte sich dem Anleger von oben, ließ das Boot gekonnt gegen den Schweller gleiten, stieß dumpf gegen die Autoreifen und stellte den Motor ab.

Er stieg aus, band die Fangleine fest und machte sich, während Landrieu schon voraushumpelte, auf den Weg zu Gaspareaus Hütte, in deren vorderem Zimmer Licht brannte.

Er ließ dann aber Landrieu allein weitergehen, der sich mühsam vorwärtskämpfte, während er in den Pickup schlüpfte und sich eine Zigarette herausholte. Newel stieg auf der anderen Seite ein und ließ die Plane im Regen liegen.

»Wo wollen Sie hinfahren?« fragte Newel, rubbelte sich das Gesicht ab und wischte dann seine Hände an seiner Tweedjacke ab.

Er blies den Rauch gegen die Windschutzscheibe und beobachtete, wie er sich am Glas niederschlug. »So'n Motel«, sagte er.

»Ach, wollen Sie Ihren Schatz treffen?« fragte Newel mit einem anzüglichen Grinsen.

»Mann.« Er ließ die Zigarette von seiner Lippe baumeln, während er sich aus der Regenjacke wand und sie hinter den Sitz stopfte. »Warum lassen Sie mich nicht endlich in Ruhe?«

Er fühlte in seiner Tasche nach, um sich zu vergewissern, daß die Karte nicht durchweicht war, lehnte sich dann zurück und klemmte seine Knie gegen das Armaturenbrett.

»Ich habe das Gefühl, daß Sie Mist bauen werden«, sagte Newel und riß die Augen auf, um besser zu sehen.

»Wo wollen Sie hin?« fragte er.

»Chicago.«
»So weit fahr ich nicht. Ich setz Sie am Laden ab.«
Newel nickte und sah unglücklich aus.
»Wollen Sie einer von diesen großkotzigen Rechtsverdrehern werden, die 'ne Menge Kohle machen?« Er fischte seinen Schlüssel heraus und steckte ihn in die Zündung.
»Ja, so ungefähr.«
»Wenn ich das Geld hätte, würde ich mir ja 'nen neuen Pickup kaufen.«
»Schrauben Sie denn auch Ihr Nummernschild wieder an?« fragte Newel.
»Eins wird erst mal reichen.«
»Geht mich ja auch nichts an«, sagte Newel.
»Vielleicht kommen wir ja bis zum Highway, ohne daß Sie sich das noch mal anders überlegen.« Er warf den Pickup an und schaute zu, wie die Zeiger am Armaturenbrett hochkletterten.
»Aber eins noch«, sagte Newel ernst. »Sie glauben doch nicht wirklich, daß man ein Problem am besten dadurch löst, daß man's einfach vergißt, oder?« Newel starrte ihn an. Sein Gesicht glänzte, und die Haut war ganz weich.
Regen prasselte auf den Pickup. Er schaltete die Scheibenwischer an und schuf gerade soviel Sicht, daß er Gaspareau erkennen konnte, der auf die Veranda trat und sich mit Landrieu unterhielt, der in seinem gelben Zeug im Regen stand. Er sah Newel an. »Wenn Sie an 'nem Punkt sind, wo's nichts anderes mehr gibt, dann ja«, sagte er.
»Und bin ich an so 'nem Punkt?«
»An was für einem?«
»Am Ende mit meinem Latein?«
»Klar«, sagte er und lächelte. »Das denk ich schon lange.«
Newel kaute auf seiner Backe herum und schaute nach vorn. Er ließ den Pickup neben Mr. Lambs Continental herausrollen und bis dorthin tuckern, wo Gaspareau Landrieu zuhörte

und den Finger jedesmal auf seine Scheibe stieß, wenn er etwas sagen wollte. Als der alte Mann sah, daß der Pickup auf der Höhe seines Hauses war, wedelte er mit seinem Stock und ging los und ließ Landrieu im Regen stehen.
Gaspareau stapfte bis zu seiner Bombe vor und steckte sein Gesicht ins Fenster, wobei er Newel mit einem säuerlichen Blick bedachte. Er hatte seinen Hut mit der grünen Sonnenblende aufgesetzt, und der Regen sammelte sich darauf und tropfte hinunter.
»Hör'n Sie mal«, sagte Gaspareau mit erstickter Stimme, nachdem er Landrieu einen Blick zugeworfen hatte. »So'n Typ ist heute nachmittag vorbeigekommen und hat sich Ihr'n Laster von oben bis unten angeguckt. Ist eingestiegen und hat sich da drinnen umgesehen. Ich hab ihm gesagt, Sie wär'n drüben beim alten Mann, und ich mußte ihm dann zeigen, wo Sie war'n.«
»Der wollte sicher meinen Laster kaufen.«
»Viel-leicht«, sagte Gaspareau, und seine Augen flackerten.
»Was hat er noch gesagt?«
»Wollte wissen, wer Sie sind. Ich sagte ihm, ich wüßte nicht, wer Sie sind. Ich sagte, daß Sie auf der Insel arbeiteten und zum Atmen nicht meine Erlaubnis bräuchten.«
»Was noch?« Er starrte durch die Windschutzscheibe in den Regen.
»Das war alles. Hat sich bloß den Pickup angeguckt – bevor ich da hinkommen und ihm sagen konnte, er sollte die Finger davon lassen. Wir sind dann auf den Anleger gegangen, und ich mußte ihm zeigen, wo Sie da drüben mit dem Boot angelegt haben.«
»Haben Sie seinen Namen mitgekriegt?« Es regnete auf Newels Arm.
»Den hat er nicht erwähnt.« Das Gesicht des alten Mannes troff. Der Regen war laut.

Er tippte mit dem Fuß leicht aufs Gaspedal. »Ich hätte nichts dagegen, ihn zu verkaufen, wenn ich das wieder rauskriege, was ich reingesteckt habe.«
»Na klar«, sagte Gaspareau und lächelte breit.
»Wie sah er noch mal aus?«
»Tüchtiger Junge, lange, spiddelige Arme.«
»Ich kenne keine tüchtigen Jungen«, sagte er und drosselte laut den Motor. »Außer Newel hier.«
»Und was höre ich da über den alten Mr. Lamb?« fragte Gaspareau und lächelte, als finde er irgend etwas ausgesprochen komisch, während der Regen von seinen Ohren tropfte.
»Er ist gestorben. Das ist aber komisch, was?« sagte Newel Gaspareau ins Gesicht.
Gaspareau trat einen Schritt zurück und machte ein böses Gesicht, wobei er seine Wangen hochzog. Ein paar Tropfen rannen rings um seinen Hals hinunter, über die silberne Scheibe, die in seine Kehle eingepaßt war, und verschwanden in dem Loch. Newel legte die Hand auf die Fensterkurbel, blickte ihn an und dann auf seine Beine, die immer nasser wurden.
»Die Polizei möchte vielleicht mal mit Ihnen reden«, sagte Gaspareau und schaukelte auf seinem Stock hin und her. »Wo soll ich ihnen sagen, daß sie Sie finden?«
»In Chicago, Illinois«, schnauzte Newel zurück und kurbelte das Fenster zur Hälfte hoch.
»Irgendwo werd ich auch sein«, sagte er und ließ seinen Blick umherschweifen. »Ich werd mich mit denen schon einigen.«
»Und was ist, wenn der Typ noch mal wegen Ihnen vorbeikommt?« fragte Gaspareau und blickte wieder zu Landrieu hinüber, der sich unter der Dachtraufe in Sicherheit gebracht hatte und niedergeschlagen wirkte.
»Sagen Sie ihm, es täte mir leid, daß ich ihn verpaßt habe«, sagte er.

»Es wird ihm leid tun, daß er Sie verpaßt hat«, sagte Gaspareau. Er trat zurück und schaute auf seine nassen Füße und löste dabei einen Schwall Wasser, der von seinem Hutrand schoß und seine Schuhe überschwemmte. Gaspareau grinste, als hätte er das absichtlich getan, und plötzlich ließ er den Pickup durchstarten und den alten Mann da stehen und ins Leere grinsen.

Der Pickup polterte den Weg hinunter, über den Hundekadaver und den Damm hinauf. Dahinter regnete es heftig, und die Felder, die sich bis Helena erstreckten, waren wie ausgewischt. Goodenough's war nur zur Hälfte sichtbar, und sowohl der Traktor als auch der Mähdrescher, die im Schlamm steckengeblieben waren, standen bis über die Hauben in glitzerndem Wasser. Bloß ein einzelner Zipfel blauen Himmels war eben zu erkennen, wo der Regen schon vorbeigezogen war und den Himmel reingewaschen hatte. Die Sonne war schon unter die Horizontlinie der Felder gesunken, und ihr Licht brach sich hinter der Regenwand in einem leuchtenden pfirsichfarbenen Ton. Er fuhr schwankend mit dem Pickup den Damm hinunter, in die Felder hinein und auf den Sandweg, von dessen erhöhtem Mittelstreifen das Wasser ablief.

»Wer war das, der da nach Ihnen gesucht hat?« fragte Newel.

Er hielt seinen Blick auf die Straße gerichtet. »Das kann ich Ihnen auch nicht sagen.«

»Aber machen Sie sich denn keine Gedanken darüber?«

»Nicht allzu viele.«

»Sie sagten doch, Sie würden nicht gern allzuviel Reklame machen, oder?« sagte Newel.

»Kann sein, daß ich das gesagt hab.«

»Wenn Sie keine Reklame machen, wer hat dann nach Ihnen gesucht? Irgendwo müssen Sie doch 'ne Anzeige aufgegeben haben.«

»Davon wüßte ich nichts«, sagte er. Er versuchte, den Umriß des Ladens im Regen auszumachen, und konnte bloß seinen Schatten erkennen, der über den klobigen Konturen der Ebene aufragte. Er wollte sich das einfach aus dem Kopf schlagen, was Newel da aufzurühren versuchte, und sich auf den Moment konzentrieren, wenn alles überstanden wäre.

»Das war nicht zufällig der Ehemann von Ihrer kleinen Freundin, was?« fragte Newel.

Er hielt immer noch nach dem Laden Ausschau. »Jetzt lassen Sie mich doch endlich in Frieden, ja?« Seine Haut begann zu jucken, und er konzentrierte sich auf das dunkle, kleine Quadrat, das immer deutlicher aus dem Sturm hervortrat.

»Im Staate Arkansas ist ein Mann, der die Frau eines anderen Mannes vögelt, Freiwild, wenn er in flagranti ertappt wird«, sagte Newel.

»Sie müssen schon Klartext mit mir reden«, sagte er.

»Mein Großpapa kannte einen Mann in Little Rock namens Jimmy Scales, der seine Frau erschossen hat, als er sie im Bett mit einem anderen Mann überraschte. Der Kerl sprang auf und kletterte aus dem Fenster und rannte wie von der Tarantel gestochen die Straße runter und bei Walgreen's rein, um sich ein Taxi zu bestellen, und als das Taxi kam, ist der Mann in seiner Unterwäsche rausgekommen, und Jimmy Scales hat ihm ins Auge geschossen. Und als er vor Gericht gestellt wurde, befand die Jury ihn des Totschlags für schuldig, weil er den Mann in einem Anfall von Wut erschossen hat. Wegen der Frau haben sie nicht mal Anklage erhoben. Der Richter hat das Urteil aufgehoben und hat ihm 'nen Vortrag darüber gehalten, daß er 'n bißchen zu voreilig wäre. Der Mann ist Urintester an der Hot Springs-Pferderennbahn, und zwar immer noch, wenn er nicht wie jeder Mensch inzwischen gestorben ist.«

»Ist es das, was Sie machen wollen, wenn Sie'n großkotziger

Rechtsanwalt geworden sind – die Richter damit zu unterhalten, wie sie in Arkansas Recht sprechen? Ich finde, Sie sollten sich was Besseres ausdenken.«
Newel verschränkte die Arme hinter dem Kopf und lehnte sich in seinem Sitz zurück. »Ich dachte, es könnte Sie vielleicht interessieren.«
»Warum, verdammt noch mal, können Sie denn nicht einfach mal 'nen Punkt machen, Newel? Wenn ich hier unbedingt meine geheime Nummer abreißen will, warum lassen Sie mich das nicht tun?«
»Weil es so verdammt bescheuert von Ihnen ist, sich so lange an die Frau von jemand anders ranzumachen, bis Sie den soweit haben, daß er Jagd auf Sie macht. Wissen Sie denn nicht, daß das genau das ist, was absolut *nicht* passieren darf? Wenn man allerdings der Meinung ist, daß die ganze Welt eigentlich bloß auf irgend 'nen obskuren Fick hinausläuft, dann ist es wohl das, was garantiert passiert. Ich könnte es nicht mit ansehen, daß Ihnen irgendwas zustößt, Robard, weil Sie, bis Sie's kapiert hätten, schon längst tot wären.«
»Das werden Sie schon nicht«, sagte er und beobachtete, wie der Laden schließlich am Straßenrand auftauchte.
»Was werde ich nicht?«
»Sie werden schon nicht mit ansehen müssen, daß mir irgendwas zustößt«, sagte er, »weil Sie in Ihrem Zug sitzen und bestimmt nicht an *mich* denken werden. Und ich werd verdammt sicher auch nicht an Sie denken.« Er bog ab und tuckerte unter die Markise zwischen den Tanksäulen und dem Haus. Mrs. Goodenough stand in der Doppeltür und lächelte, als hätte sie Großes mit ihnen beiden vor. Er hielt Newel seine Hand zum Abschied hin. »Also, Newel, ich möchte, daß Sie da oben die ganze Menschheit retten, kapiert?«
Newel nahm seine Hand und nagelte ihre Hände so auf seinem Sitz fest, als wollte er sich selbst am Gehen hindern.

»Leck mich am Arsch«, sagte Newel, riß seine Hand weg, sprang unter der Markise hervor in den Regen und eilte dann in den Laden hinein, ohne sich noch einmal umzusehen.
Er langte hinüber und zog die Tür zu, atmete einmal durch und schaute zu, wie Mrs. Goodenough die Tür schloß, tukkerte dann wieder unter der Markise hervor und schwenkte zurück in den Regen auf Helena zu.

3 Bei den ersten Häusern von Helena ließ der Regen bereits nach. Unter der Markise des Drive-In, in dem er gegessen hatte, gingen die Lampen an. Autos standen unter der Markise, und ihre Lichter blinkten langsam.
Die Ungewißheit machte ihn nervös und zwang ihn, immer wieder die Straßen entlangzuspähen, als ob sich irgend etwas gleich auf ihn stürzen wollte. Und wenn es tatsächlich W. W. war, der sich da aufgemacht hatte und die ganze Gegend nach ihm durchforstete, wo, versuchte er sich klar zu machen, würde er wohl am wenigsten suchen, wenn er nicht auf die Insel fuhr, was er vielleicht wirklich vorhatte? Und wenn das der Fall war, dann konnte er W. einfach vergessen, denn der würde schließlich auf der Insel landen, ohne einen Grund dafür angeben zu können, warum er da aufgetaucht war, zwischen Scharen von Leuten, die kamen und gingen und die er allesamt nicht kannte, Leichenbestatter, Rechtsanwälte, Sheriffs, Deputies, und dann mußte er den ganzen nächsten Tag dranhängen, um denen zu erklären, warum er auf diesem Privatgrundstück ausgerechnet an dem Tag aufgetaucht war, an dem Mr. Lamb beschlossen hatte zu sterben, und dann auch noch quasi in der Truthahnsaison. Er konnte schon weit weg sein, dachte er, wenn W. endlich die Kurve gekriegt hatte.
Aber das war eben Teil der Ungewißheit, denn W. W. war ein

Mensch, der nur so lange bei einer Sache blieb, bis jemand, zum Beispiel Gaspareau, ihn von etwas anderem überzeugte. Er hatte vielleicht bloß eine Weile versunken auf die Insel gestarrt, vermutet, daß es nichts bringen würde, wenn er hinüberfuhr, hatte sich mit einer Inspektion des Pickups und all seiner Inhalte begnügt und sich den Wagen dabei so genau angesehen, daß er ihn sofort wiedererkennen würde, wenn er ihn noch einmal sah, war nach Hause gegangen und hatte sich so postiert, daß er, wenn er den Pickup aus irgendeiner Gasse herausschlüpfen sah, die gesamte Artillerie, die er zur Hand hatte, auf ihn abfeuern konnte.
Was zur Preisfrage überleitete. Wie war W. ihnen eigentlich genau auf die Schliche gekommen? Es war unwahrscheinlich, daß irgend jemand am Postamt gewesen war und gesehen hatte, was da passiert war, und es war noch unwahrscheinlicher, daß jemand in der Nähe gewesen war, als er sie zurückbrachte, denn dann hätte er inzwischen davon gehört, und zwar von Beuna selber. Und er konnte sich auch nichts vorstellen, was Gaspareau mißtrauisch gemacht haben könnte, jedenfalls so mißtrauisch, daß er auf eigene Faust Nachforschungen anstellte, auf den einzig richtigen Mann kam und ihn zum Lager brachte, sich dann die ganze Mühe machte, sich im Regen hinzustellen und ihm eine blanke Lüge über irgendeinen »Fremden«, den er erwischt hätte, aufzutischen, denn das hätte ihn ja bloß alarmiert und ihm die Möglichkeit verschafft, rechtzeitig aus der Stadt zu verschwinden. Und weil Gaspareau so ein mieser Typ war, hätte sich der Scheißkerl diese Mühe einfach nicht gemacht, und das wußte er auch.
Weshalb eigentlich nur Beuna in Frage kam. Was auch nicht besonders einleuchtend war, denn sie war's schließlich, die unbedingt mit ihm nach Memphis wollte und ins Peabody Hotel unter diese Dusche und die endlich die Gelegenheit haben wollte, ihr Kunststück vorzuführen. Und er meinte,

daß sie sich das so kurz vorm Ziel nicht selber verderben würde, weil es doch so etwas wie der Höhepunkt einer Sache zu sein schien, die von unersetzlicher Bedeutung für ihr Leben war.

Er fuhr den Hügel nach West Helena hoch. Der Hügel war von Kudzu-Lianen überwuchert. Die Straße machte einen kurzen Abstecher unter den Hügelrand, bevor sie den Hügel erreichte, und hinter sich konnte er die Stadt erkennen, die sich allmählich verdunkelte, den Regen, der die Dämmerung verwischte, und die kleinen, flimmernden Lampen, die in den Rangierbahnhöfen eingelassen waren, ein Halsband aus Gaslampen, das mitten in seinem Sichtfeld schwebte. Der Regen hing dunkel am jadegrünen Himmel über dem Schwemmland, eine schmierige Masse aus Unwetter und Gewitterwolken, die nach Mississippi hinüberfegte, und auf der Brücke in der Ferne fing sich glitzernd das niedrige Sonnenlicht. Er fuhr die düstere Kurve nach West Helena hinein und fragte sich, ob es wohl einmal wieder besser käme, als es jetzt war.

Die Stadt bestand nur aus ein paar schwach beleuchteten Straßen. Jede führte eine kurze Strecke in beide Richtungen und endete dann. Es gab ein Hutgeschäft in einem Backsteinhaus, einen Drugstore, eine Dominohalle und das Razorback-Kino, das so aussah, als könnte es sogar in Betrieb sein. Die anderen Häuser, die nicht vernagelt waren, sahen leer aus. Ein John-Deere-Laden an der Ecke war geschlossen. Er dachte, daß es außerhalb der Stadt weiter hinten am Hang ein paar Leute mit französischen Namen gegeben hatte und ein paar Häuserreihen am Stadtrand im Westen, wo die Neger wohnten, die in den Feldern Richtung Sappho arbeiteten und zur Arbeit in den Lastern mitfuhren, die von Helena aus hochkamen.

Zwei Motels lagen hinter den Baracken am Highway jenseits des Kold Freez, eines für die Farbigen, in dem viele Lichter brannten und wo eine Menge großer Schlitten mit Nummernschildern aus Illinois und New Jersey vor einigen grell angestrichenen Holzziegel-Zimmern standen. Und einen halben Kilometer weiter lagen vier Häuschen in einer Reihe abseits der Straße hinter einer blinkenden grünen Neonreklame am Straßenrand, die zwei Wildenten in drei verschiedenen Flugformationen zeigte.

Der Mann an der Rezeption war betrunken. Er kam mit einem Cocktailglas aus Plastik hinter einem Schnurvorhang hervor und begann, ohne ein Wort zu sagen, unter dem Tresen nach einer Zimmerkarte zu suchen. Schließlich schob er ihm einfach den Schlüssel hin, versuchte seine Schultern zu straffen, hauchte seinen Whiskeyatem ins Zimmer und schlenderte wieder durch den Vorhang hinaus nach hinten, wo ein Fernseher lief und eine weibliche Stimme leise sprach.

Er probierte den Schlüssel an der ersten Tür und arbeitete sich schließlich bis zur letzten Hütte vor, wo das Unkraut im Gehweg Wurzeln geschlagen hatte, und das kleine Häuschen war dunkelblau und kaum noch zu erkennen. Ziegenmelker durchschnitten auf der Jagd nach Moskitos die Luft und krächzten in der Nacht. Er konnte ihre kleinen, hauchdünnen Flügel durch das Surren der Hotelreklame hindurch flattern hören und einen Blick auf sie erhaschen, wie sie knapp über dem Boden kreisten. Als er für Rudolph gearbeitet hatte und in der Hütte am Schleusentor gewohnt und abends Radio gehört hatte, war er in der Dämmerung gern mit seiner Schrotflinte nach draußen auf die Brücke über den Materialgraben gegangen. Er hatte sich auf den Damm des alten Mannes gestellt und im orangenen Zwielicht, in dem sie wie Rasiermesser auftauchten, auf Ziegenmelker geschossen, und er hatte seine Schüsse so berechnet, daß er zwei Vögel, wenn ihre Flugbahnen sich kreuzten, gleichzeitig traf und sie wie Ulmensamen in den von Moospolstern gesäumten See trudeln ließ, wo sie mit ihren Flügeln wild auf der Wasseroberfläche herumschlugen, bis sie ertranken. Und morgens ging er dann über den Graben und den Damm hinunter, um die Pumpen zu schließen, schaute dann hinaus ins faulige Wasser und sah bloß lauter schwarze Schildkröten, die auf den umgestürzten Baumstämmen aufgereiht waren und sich im milchigen Licht sonnten, und hörte die Heuschrecken im Gras summen, und von den Ziegenmelkern war jedesmal nichts zu sehen, obwohl sie jeden Abend in noch größerer Anzahl wiederkamen.

Er stieg wieder in den Pickup und fuhr zurück zu dem Negermotel, vor dem er draußen einen Getränkeautomaten entdeckt hatte. Er kaufte sich ein Root Beer und eine Packung Kekse, stand im Licht des Automaten da und lauschte auf die Musik und die Stimmen, die aus den Zimmern drangen. Vor jeder Tür stand ein dunkles Auto mit einem fremden Nummernschild. Ihre Hecks waren unter der Last des ganzen Gepäcks in den Kofferräumen fast bis auf den Schotter gesunken. Er erinnerte sich an die schweren Limousinen auf der Straße nach Los Angeles, voll schwarzer Babies und Schwiegereltern mit bösen verzogenen Mündern auf dem Rücksitz, die in die Wüste glotzten, als wäre das alles nur Teil eines langen Traums. Und nach drei Kilometern sah man die liegengebliebenen Wagen am Straßenrand, ein Kotflügel aufgebockt, und die Ehefrauen und Schwiegereltern und Babies standen abseits der Straße und fächerten sich Luft zu, während irgendein mickriger Ehemann, das rosa Hemd schwarz von Schweiß, mit einem Autoreifen kämpfte und Radio hörte, während die anderen Autos vorbeibrausten. Es war immer wieder zum Lachen. Sie hatten genug Kredit, um sich ein Auto zu kaufen, aber für die Reifen langte es dann nicht mehr. Also ließen sie es darauf ankommen. Und überall im Land blieben diese großen Buicks und Lincolns liegen, weil ihre Reifen nicht mehr genug Profil

hatten, was eben das letzte war, woran ein Nigger noch denken wollte, wenn er erst mal auf den Gedanken gekommen war loszufahren.
Er aß den letzten Keks, beugte sich vor und befühlte an dem Wagen, der am dichtesten neben seinem Pickup stand, das Reifenprofil. Es war dick und warm und tief genug, um einen Nickel darin zu verlieren. Er nahm noch einen Schluck von seinem Root Beer, tippte mit seinem Fuß an den Reifen und ging zum Pickup zurück.

Er fuhr mit dem Pickup rückwärts vor die Tür seines Häuschens und schloß auf. Der Raum war feucht und roch stickig, wie das Zimmer, in das sie den alten Mann gelegt hatten. Die Deckenbeleuchtung warf ein körniges Licht. Er öffnete das Badezimmer, inspizierte die Dusche und schob das Fenster hoch, um eine frische Brise reinzulassen, die die moderige Luft aus dem Zimmer vertreiben sollte. Er wusch sich das Gesicht, knipste das Licht aus, stand am Fenster und ließ seine Haut vom Wind trocknen. Auf der Straße fuhren keine Autos mehr. Der Parkplatz war leer. Die Flügel der Enten summten in einem weichen grünlichen Dunstschleier, und irgend jemand hatte das rote »Belegt«-Zeichen angestellt. Er zog sein Hemd aus, legte sich auf die Bettdecke, ließ den Wind über seinen Bauch streichen und seine Beine umspielen.
Er könnte einen Pontiac mieten, dachte er. Er könnte sich ein großes Zimmer in Manhattan Beach besorgen, schwimmen gehen, sich dann einen Film ansehen und zurückkommen, solange sie noch aufgeregt war, und mit ihr schlafen, als wäre er gar nicht fort gewesen, und es vergessen machen und sagen, daß letztlich alles darauf hinausläuft, daß man eine Wahl trifft. Eines Tages denkt man, man hat nie wirklich eine Wahl getroffen, und dann muß man eine treffen, sogar eine falsche, nur um sich zu vergewissern, daß man's noch kann.

Und wenn das einmal überstanden ist, dann kann man zurückkommen und wieder so glücklich mit sich sein, wie man war, bevor man angefangen hatte, alles in Zweifel zu ziehen. Obwohl sie sagen würde, daß das alles gar nicht stimmte, dachte er, denn Frauen binden sich an Männer, wie Männer sich an die Welt binden wollen. Aber wenn er sie dazu bringen konnte, das so zu sehen, konnte er sie immer noch glücklich machen, weil er sie gewählt hatte, nachdem er sie schon *gehabt* hatte, und als es keinen Grund dafür gab, sie auch jetzt noch zu haben, obwohl er genau das nun wollte. Er zündete sich eine Zigarette an, paffte, blies den Rauch an die Decke und sah zu, wie er von der Brise davongetragen wurde. Er konnte die Neontafel mit den Enten draußen summen hören. Beuna umgab immer noch etwas Geheimnisvolles, irgendeine Macht, die ihn anzog und ihn zwang, sie zu ergründen, wie ein Mensch, der einen Ort plündert, an dem er, wie er genau weiß, nichts zu suchen hat, der aber nicht anders kann, weil er vielleicht doch etwas ganz Wichtiges finden könnte. Irgend etwas übte einen Sog auf ihn aus, etwas anderes als das Gestöhne und Gewälze, das er, wenn's nach ihm ginge, genausogut auch sein lassen konnte und auch *würde,* wenn es irgendeine andere Möglichkeit gäbe, ihr so nahe zu kommen. Nur daß sie eben nichts anderes zuließ und nichts anderes wollte, und sie würde um ihres eigenen Vergnügens willen ohne weiteres alles preisgeben, was er gerade bewahren wollte. W. W. kam ihm in den Sinn, und der Gedanke durchzuckte ihn, daß sie ihn und sich selbst abermals mit etwas bestrafen wollte, das sie nicht kriegen konnte. Dann dachte er nicht mehr daran. Seine Augen schlossen sich, und er trieb in der Brise davon, hörte noch im Dämmerschlaf einen schnellen Wagen vorbeizischen und die Straße hinunter verschwinden, und dann ließ er alles los.

4 In der Heizung begann es um drei Uhr zu ticken und zu klopfen, und als er erwachte, war es schon hell, und ihm war ganz dumpf im Kopf, als ob die Hitze eine Tablette wäre, die er zum Einschlafen genommen hatte. Er zog sich das Hemd an und ging hinaus auf den Parkplatz. Wolken hatten sich vorm Wind aufgetürmt, und der Himmel war plüschig und hatte sich in sich selbst vergraben und eine niedrige, wollige und unbewegliche Nebeldecke entstehen lassen. Er dachte, daß es regnen würde.

Er ging zur Rezeption hinüber, um nach der Uhrzeit zu fragen. Das Gesicht des Mannes am Empfang sah verschrumpelt aus. Seine Haare standen am Hinterkopf ab, und er mußte ein Auge schließen, als könnte er sie nicht beide zusammen auf ihn richten, aber als müßte er dennoch sehen können. Er sagte dem Mann, daß er für eine Weile wegfahren, aber wiederkommen wolle und auch noch eine Nacht bleiben wolle. Im Raum roch es nach heißem Kaffee.

»Wenn's letzte Nacht kühl geworden wär, dann hätten Sie nach der Heizung geschrien«, sagte der Mann, fummelte an einem Plastikbecher herum und sah traurig aus.

»Macht doch nichts«, sagte er.

»Wenn Sie so'n Wetter mögen wie jetzt, dann warten Sie noch zehn Minuten«, sagte der Mann und entblößte eine Verwundung, die einen seiner Mundwinkel erweitert hatte und ihn weit aufklaffen ließ, wenn er lächelte. »Heute wird's nämlich ordentlich regnen«, sagte er, als ob er meinte, daß es seit Wochen nicht mehr geregnet hätte.

Er sehnte sich nach einem Kaffee.

»Von wo in Kalifornien sind Sie denn?« fragte der Mann und schniefte. Sein Hemd war bis zum Bauch aufgeknöpft, und ein kleiner, verblichener Indianerhäuptling war auf seine wabbelige Brust tätowiert.

»Aus Bishop.«

»Ich bin Dezember '47 da runtergegangen, zur Navy«, sagte

der Mann und starrte ernst auf seinen Becher. »Bin bis vor« – er hielt inne, um nachzuzählen – »vier Jahren dageblieben. Dann bin ich zurückgekommen und hab mir das hier zugelegt.« Er blickte voller Bewunderung in seinem kleinen Empfangsbüro umher. Der Mann beugte sich noch ein Stück über den Tresen vor und umschloß den Becher mit beiden Händen. »Ich werde nicht reich, aber ich kriech auch niemandem in den Arsch.« Er hob bedeutungsvoll die Augenbrauen. »Hab 'ne Tussi oben in Oceanside gefunden. Aber ihr hat's in San Diego nie gefallen, wegen all den Latinos.«
Er versuchte, einen verstohlenen Blick hinter den Vorhang zu werfen und die Frau des Motelbesitzers zu erspähen, die möglicherweise Beuna kannte, und die sich vielleicht einen Sport daraus machte, Leute an ihren Hinterköpfen wiederzuerkennen, wenn sie gerade durch eine Motelzimmertür schlüpften, und die sofort nach dem Telefonhörer griff, wenn sie etwas auch nur entfernt Interessantes bemerkt hatte. »Wie gefällt's ihr denn jetzt so?« fragte er und versuchte, durch den Schnurvorhang in das Zimmer dahinter zu blicken.
Der Mann fuhr mit der Hand durch sein eingeöltes Haar. »Sie ist nach Little Rock gefahren, um ihre Schwester zu besuchen«, sagte er, versuchte mit seinem zerstörten Mund ein müdes, kleines Lächeln und ließ seine Augen über die Zimmerdecke schweifen. »Ich war in der Navy.« Sein linker Mundwinkel sah rot aus und entstellte ihn.
»Ja«, sagte er. Er holte seine Postkarte heraus, legte sie auf die Glasplatte, unter der viele andere Postkarten lagen, griff nach dem Plastikschreiber des Motels und kritzelte eine Nachricht auf die Karte, die lautete: »Sei Dienstag zu Haus.«
Der Mann zog die Schublade auf, riß eine Briefmarke ab und schob sie über den Tresen. »Die da drunter sind alle von Leuten, die hier gewohnt haben«, sagte er stolz. »Sie kom-

men her, bleiben eine Nacht, und ein paar Wochen später krieg ich 'ne Karte aus Delray Beach, auf der steht, wie nett es im Two Ducks war.« Er trank seinen Kaffee aus, schlenkerte mit dem Becher in der Hand und blickte kumpelhaft auf. »Ich bin ein geborener Optimist«, sagte er.
»Ja«, sagte er. Er klebte die zusätzliche Briefmarke auf die Karte und dachte, daß sie ankommen würde, bevor er selber wieder zu Hause sein konnte, und stopfte sie in die Tasche. »Wie spät haben Sie's?«
Der Mann schaute auf seine Armbanduhr. »Vier vor.« Er lächelte, und sein Mundwinkel klappte herunter wie der Eingang zu einem verrufenen Ort.

Er fuhr vom Hügel hinunter und auf die kleinen Schotterstraßen mit ihren weißen Fertighäusern, den Veranden mit Holztreppen und rosa Hortensien, die die Wasserzähler versteckten. Die Straße mußte eine Weile noch ein paar junge, schwächliche Mimosenbäume hinnehmen, aber jenseits der Rangiergleise zu den Betrieben hatte man die Bäume gefällt und einen Red-Ball-Laden errichtet, und danach lag bis zur Main Street nur noch eine Firma neben der anderen.
Einen Block vor der Main Street bog er ab und fuhr zum südlichen Stadtrand, bis zu einer Reihe von Viehfutterlagern und der Phillips-County-Genossenschaft, wo die Straße an einem Grundstück endete, auf dem nur Unkraut wucherte. Dann bog er wieder auf die Main Street und fuhr in die Richtung zurück, aus der er gekommen war.
Die Straße machte ihn sofort nervös. Er wußte, daß die Einwohner gemerkt hatten, was sich da zusammenbraute, ihre Besorgungen erledigt hatten und nach Hause gegangen waren, und daß er wohl so ziemlich als einziger noch unterwegs war. Der Himmel hatte sich höher gewölbt, aber die Stadt wirkte eingesunken und grau, und nur kleine Lichtfäden sickerten in die Luft. Er versuchte, nicht zur Seite zu blicken,

bis er den kastanienbraunen Continental des alten Mannes entdeckte, der zwischen eine Reihe von Pickups gezwängt war und in dem Landrieu zusammengesunken auf dem Fahrersitz saß und versuchte, nicht gesehen zu werden. Der Wagen war vor einem alten, zweistöckigen Haus aus Glas und Granit geparkt, das auf mehreren Fensterscheiben die Aufschrift »R.M. Knox« trug. In dem Augenblick, als er vorbeifuhr, versuchte er hineinzusehen, konnte aber nur einen hohen Stahltisch und eine Sekretärin ausmachen, die in einem hautengen Rock herumlief und eine Blumenvase in der Hand hielt. Sie verschwand in den Räumen, die hinter getrübtem Glas lagen, und er fragte sich, was für letzte Verfügungen Mrs. Lamb wohl gerade für den alten Mann traf und ob sie ihn schon von der Insel zurück nach Mississippi hatte schaffen lassen, oder ob es Gesetze dagegen gab, Leichen über die Grenze zu bringen, weshalb sie jetzt auch R.M. Knox brauchte. Alles wirkte auf ihn wie ein Ort, an dem er noch nie gewesen, der ihm aber dennoch vertraut war, wie etwas, das jetzt ganz und gar von seinem Leben entfernt war.

Zwei Männer, die vor der Bank standen, betrachteten ihn beiläufig, und er hob die Hand, und einer von ihnen winkte und lächelte und redete dann wieder weiter.

Er begann, die andere Seite des Blocks abzusuchen, an der eine Pure-Tankstelle lag, die Red-Ball-Ladenfront und eine Baumwollhandlung. Die Straße war fast leer. Ein Neger war stehengeblieben und schaute zum Himmel hinauf, und ein schwangeres, weißes Mädchen ging in den Red-Ball und schob einen Kinderwagen vor sich her.

Und dann sah er Beuna, ein Stück jenseits der Straßenecke, wo sie vor einem Laden für Rasenmäher stand, mit einem Fuß an der Bordsteinkante und dem anderen mitten auf dem Abflußgitter, und sie sah aus wie eine weiße Päonienblüte.

Beuna trug ein weißes durchsichtiges Gazekleid mit einem weiten Ausschnitt aus Baumwollsatin, der auf ihren Brüsten tief herabfiel. Darunter bauschte sich das Kleid zu einem Gazeglockenrock mit Spitzenvolants, die bis zu ihren Knien gingen. Sie hatte rote Schuhe an und trug einen breiten, roten Gürtel, der beinahe dazu paßte und so eng geschnallt war, daß er sich fragte, ob sie überhaupt atmen konnte oder ob sie einfach den ganzen Morgen an der Bordsteinkante gestanden, die Luft angehalten und versucht hatte, dabei nicht blau anzulaufen. Ihr Kleid besaß winzige Träger, und sie hatte eine große weiße Lackhandtasche dabei. Ihr Haar fiel bis auf die Schultern und war nach innen eingeschlagen, und sie lächelte ein breites, leuchtendrotes Lächeln, als ob sie dachte, daß jemand gerade ein Foto von ihr machen wollte.

Er ließ den Pickup über die Kreuzung schleichen, schaute prüfend in den Rückspiegel und steuerte dann direkt am Rinnstein entlang auf die Stelle zu, wo sie ihren Fuß hingesetzt hatte. Sobald er die Kreuzung passiert hatte, stieß er die Tür auf, und sie mußte zurückweichen, damit sie ihr nicht ins Gesicht schlug.

Ihr breites Gangwaygrinsen wurde süß, und er konnte sehen, daß ihre Zähne mit Lippenstift beschmiert waren.

»Wie sehe ich aus?« Sie spreizte ihre Beine, so daß er durch den Stoff hindurchsehen und alles erkennen konnte.

»Wie eine Met-ze«, sagte er und fühlte, wie die Wut in ihm hochstieg.

Sie leckte ihre Lippen. »Sehe ich nicht aus wie'n Teenager?«

»Du siehst wie eine Hure aus«, sagte er. Er warf noch einen Blick in den Spiegel.

»Sehe ich nicht aus wie ein junges Mädchen, Robard?«

»Verdammt noch mal, heb deinen Arsch hier rein, oder ich laß dich hier stehen, damit du steife Schwänze sortieren kannst.« Er sah schnell in den Spiegel und erwartete, vier oder fünf Männer die Straße hochrennen zu sehen.

Sie senkte ihren Kopf und hörte auf, ihre Handtasche hin und her zu schwenken, und er konnte sehen, wie unter ihrem Kinn eine kleine Hautfalte erschien. Sie stieg in den Pickup und zog die Tür zu. »Wie hast du noch gesagt, sehe ich aus?«

Überall roch er plötzlich den süßlichen Gardenienduft. »Wie eine Metze.« Er fuhr langsam von der Bordsteinkante weg und warf einen flüchtigen Blick auf die Zuschauer vor der Bank. Sie schienen sich nur für einen blau-weißen State-Police-Streifenwagen zu interessieren, der auf der Straße vorbeifuhr.

»Was ist eine Metze?« fragte sie.

»Eine Schlampe«, schnauzte er zurück und beobachtete gespannt den Streifenwagen, während er über die nächste Kreuzung glitt.

»Oh«, sagte sie, ließ ihre Handtasche in ihren Schoß fallen und schob ihre Hände durch den Riemen. »Ich dachte, ich säh so aus, wie ich ausgesehen hab, als wir zwei bei Willard was miteinander hatten.«

»Was ist aus Willard geworden?« fragte er. Er bog von der Main Street ab und schlug den Weg zum Steilufer ein. Der State-Police-Wagen fuhr in Richtung Memphis weiter. An der Straße lagen nun wieder Bungalows mit niedrigen Veranden, alten Chevrolets im Hof und Motoren, die an Flaschenzügen aufgehängt waren.

»Sie sind beide weg«, sagte sie, nibbelte an einem Lippenstiftpartikel herum und verschmierte noch einen Zahn. »Er hat ein Lungenemphysem gekriegt oder wie das heißt und ist nach Tucson gezogen.« Sie sah unzufrieden aus. »Denen hab ich nie geschrieben. Nur dir.« Sie schob die Unterlippe vor und verzog das Gesicht.

Er begann nach einem Briefkasten zu suchen. Er bog wieder in die Straße ein, auf der er in die Stadt gekommen war, und fuhr dann den Weg auf den Hügel zu. An der ersten

Ecke steuerte er den Pickup über die Straße, hielt direkt neben einem Briefkasten und warf die Karte in den Schlitz.

»Was zum Teufel war das denn?«

»Jackie.«

»Und was stand da drauf?«

»Daß ich mich auf den Weg mache.«

»Hah«, schnaubte sie.

Er wendete und fuhr zurück auf die Straße.

»Wir zwei beiden fahr'n heute abend nach Memphis, Tennessee, Freundchen«, sagte sie. »Ich hab mir'n paar Sachen vorgenommen, die dich heute abend genug in Anspruch nehmen werden.« Sie sah aus, als hätte sie einiges im Sinn.

»Wir werden sehen«, sagte er.

»Was soll das heißen: ›wir werden sehen‹?« fragte sie. »Ich bin heute abend im Peabody Hotel und guck aus'm Fenster auf die Union Planters Bank, oder ich werd nirgendwo sein, das schwör ich dir.«

Sie sah ihn zornig an, zupfte an ihrem Rock herum und schlug ihre Beine übereinander.

Der Pickup fuhr ein Stück an einer Kluft im Steilufer entlang, und die Baumwollfelder kamen in Sicht, die den Blick auf den Fluß im Süden freigaben. Aus der Entfernung konnte man unmöglich erkennen, daß die Felder überflutet und aufgeweicht waren, und alles sah dunkel und gepflügt aus, als könnte neu gepflanzt werden.

»Ich muß noch ein paar Sachen holen«, sagte er.

Sie schaute geradeaus, und ihre Wangen waren blaß, als hätte sie beim Blick auf den Fluß etwas gesehen, das sie unglücklich machte.

Die Straße bog über den Hügel nach West Helena hinein. Ein alter Mann, der auf einer Leiter stand, wechselte die Lettern auf der Anzeigetafel des Razorback-Kinos aus, hatte schon das Wort BLOW angebracht und forstete in einer Pappschachtel nun nach den Buchstaben irgendeines anderen Wortes. Auf der untersten Zeile stand OFFEN SA VORM.

Ein, zwei Leute waren auf der Straße und eilten zwischen der Skelley-Tankstelle hin und her. Der Himmel verlieh dem Ganzen eine Atmosphäre, die an die Nachwirkungen eines Katastrophenalarms denken ließ.

»Ich find's hier oben einfach zum Kotzen«, sagte sie, schlang ihre Handtasche um ihr Handgelenk und schaute böse aus dem Fenster. Er schwieg. »Da oben is'n Kold Freez«, sagte sie. »Fahr da mal rauf, ich will mir was holen.«

Er fuhr an dem Motel vorbei, vor dem in der vorigen Nacht die Autos gestanden hatten, und nun war alles verlassen, die Beleuchtung des Getränkeautomaten war abgeschaltet, und das Motel sah aus, als ob es geschlossen worden wäre.

»Das da ist die Spielhölle«, sagte sie und starrte gleichgültig auf das Motel. »Die Nigger schneiden sich gegenseitig die Kehle durch und zahlen dann den Sheriff aus.«

Der Kold Freez lag links an der Straße, in der Mitte eines rechteckigen Parkplatzes, auf dem die Wagen einmal ganz herum fahren konnten.

»Gib mir'n Quarter«, sagte sie und stieß die Tür auf.

Er fischte einen Quarter heraus, und sie schlenderte zum Schalter hinüber. Auf einem Schild über dem Schalter stand HOT DOGS. BANANA SPLITS. EISGETRÄNKE. Eines der Mädchen schob das Fenster hoch und steckte den Kopf heraus. Beuna sagte etwas, und das Mädchen richtete sich auf und starrte ihn durch die beiden breiten Fensterscheiben hindurch an, drehte sich dann um und füllte einen Pappbecher an einer großen silbernen Maschine und reichte ihn Beuna, die an dem Schalter lehnte, die Straße hochstarrte und sich mit der Hand Luft zufächelte. Das Mädchen stand da und schaute ihn wieder an, wobei es sich eine Strähne rotblonden Haares aus den Augen wischte, und verschwand dann hinter den Geräten in den Privaträumen des Gebäudes.

Beuna vergrub sich in ihrem Sitz, hatte die Knie ans Armaturenbrett gelegt und trank irgend etwas mit einem gestreiften Strohhalm aus einem Becher. »Es gab kein Wechselgeld mehr«, sagte sie.
Er steuerte das Motel an, fuhr rückwärts an das letzte Häuschen heran und stellte den Motor ab.
»Is' das die Absteige, in der du wohnst?« fragte Beuna, musterte über die Fensterleiste hinweg den Parkplatz und sog noch einmal an ihrem Strohhalm.
»Komm mal'n Moment mit rein.«
»Du kannst mich mal.« Sie warf den Becher mit dem zerstampften Eis aus dem Fenster.
»Ich will nicht, daß uns irgendwer sieht«, sagte er.
»Das hier is'n verdammter Puff«, sagte sie laut und stieß ihre Lippe vor. »Brashears ist das scheißegal, selbst wenn du mit'm verdammten Schaf hier reingehst. Er weiß Bescheid. Du hast sowieso für'n Doppelzimmer bezahlt.«
»Das hab ich nicht«, sagte er leise und schaute zur Rezeption hinüber.
Ein Lastwagen mit Negern fuhr vorbei, der auf dem Weg nach Marvell war, und die Männer standen auf der Ladefläche an die Latten gelehnt und starrten hinaus wie Sträflinge. Einer von ihnen schrie dem Fahrer etwas zu und schwenkte seinen Hut, und er hörte, wie alle anderen lachten, der Fahrer drückte auf die Hupe, und ein paar von ihnen fingen an zu johlen.
Beuna schaute aus dem Seitenfenster, und sie hatte ihren Kopf so zur Seite gedreht, daß ihr Kinn wie ein Teil ihrer Brüste wirkte. Er griff plötzlich nach ihrem Arm und zog sie zu sich herüber und küßte sie auf den Mund, aber sie beugte die Arme nicht und hielt den Nacken steif, und als er zu ihr aufschaute, starrte sie ihn an, und auf ihren Lippen lag der Anflug eines Lächelns. Er fuhr mit der Zunge hinter seinen Zähnen entlang. »Was ist denn mit dir los, zum Teufel?«

fragte er. Er packte erneut ihren Arm, bis er sah, wie seine Knöchel weiß wurden.
Ihre Augen weiteten sich, und ihre Pupillen wurden flach und füllten sich mit Wasser, und sie begann zu zittern und zu stöhnen. »Ich kenne dich nicht«, sagte sie, bekam keine Luft mehr, Tränen liefen an ihrem Gesicht herunter und verschwanden zwischen ihren Brüsten.
»Doch, das tust du«, sagte er. »Du kennst mich, Süße.«
Sie schluckte. »Ich dachte, wir fahren, und jetzt fahren wir gar nicht«, sagte sie und bedeckte ihr Gesicht mit den Händen. »Jetzt gehen wir bloß in das Zimmer da.«
Er rieb sich die Augenbrauen mit seinem Daumen und starrte auf den Boden. »Es hat eben nicht alles geklappt.«
»Warum können wir denn nicht fahren?« stöhnte sie.
»Ich kann jetzt einfach nicht nach Memphis«, sagte er.
»Aber ich«, heulte sie, und wieder brach ein Schwall Tränen los und überströmte ihre Wangen.
»Ich möchte auch fahren, Schatz, aber manche Dinge gehen einfach nicht.«
»Du kleiner Scheißkerl«, sagte sie. »Du machst mir alles kaputt, du zerstörst meine ganzen Hoffnungen.«
»Komm rein«, sagte er sanft und schaute noch einmal zu Brashears Rezeption zurück, während er hinter sich den Türknauf drehte.
Er führte sie in das kühle Zimmer, das in grünliche Schatten getaucht war. Das Bett war zerwühlt, und seine Kleidertüte lag achtlos hingeworfen auf dem Stuhl. Das Licht im Badezimmer war an, und Beuna ging hinein und schloß die Tür.
Er zog seine Stiefel aus und hörte, wie sie mit irgendwelchen Sachen im Waschbecken herumklapperte und die Toilettenspülung zog. Er sah sich nach einem Radio um, aber in dem Zimmer gab es keins. Er sehnte sich nach einem Kaffee und einem Sandwich und beschloß, daß sie nach einer Weile nach

Marvell fahren und Lebensmittel kaufen und sie wieder herbringen konnten. Er spähte durch den Vorhang hinaus und sah bloß seinen Pickup allein in der kühlen, Regen verheißenden Brise stehen. Der Himmel war dunstig, und die Sonne war höher in die Wolken geklettert. Ein schwarzer Cadillac fuhr in Richtung Stadt vorbei und verschwand hinter den beiden Enten.

Beuna kam aus dem Bad, ihre Lippen waren vom Weinen geschwollen, und ihr Kleid schlackerte im Rücken. Sie hatte das Licht angelassen und blieb stehen, so daß es von hinten auf sie fiel und er die Umrisse ihres Körpers erkennen konnte.

»Ich bin nicht wütend auf dich«, sagte sie und schniefte. »Auf das Peabody kommt's gar nicht an. Ich wollte bloß wie'n junges Mädchen aussehen, das du mit nach Memphis nimmst. Aber es ist nicht so wichtig.«

Er beobachtete, wie ihre Beine sich hinter dem Gazekleid bewegten und zuckten, und spürte, wie ihm alles davonschwamm. »Komm her«, sagte sie. Sie zog eine Hand hinter ihrem Rücken hervor und hielt einen kleinen Plastikbeutel zwischen den Fingern.

Er ging zu ihr hin, und sie umklammerte seinen Kopf mit ihren Händen und küßte ihn auf den Mund und preßte seine Lippen gegen seine Zähne, so daß ihm die Ohren dröhnten. Er griff ihr mit einer Hand unten an den Hintern und spreizte ihre Beine, und sie hielt seinen Kopf und preßte ihn.

»Komm mit rein«, sagte sie und atmete heftig. Sie führte ihn ins fluoreszierende Badezimmerlicht und drehte die Dusche an und hielt ihre Hand darunter, bis das Wasser warm war und Dampf sich im Bad ausbreitete.

»Und was nun?« fragte er und blickte umher auf den feuchten Verputz.

»Zieh dich aus«, sagte sie und ließ ihr Kleid vorn von ihren Brüsten gleiten.

Er schnallte seine Hose auf und ließ sie runter, während sie sein Hemd aufknöpfte und es von seinen Schultern schob. Das Badezimmer war nun voll warmem Dampf, der aus der Duschwanne bis zu seinem Kinn hochquoll, aber die Fliesen waren kalt und hart. Es machte ihn schwindelig. Er wischte den Spiegel ab und sah, daß Schweiß auf seiner Stirn stand und seine Augen blaß und verschwommen waren, und er wollte bloß wieder raus.

Beuna war in der Duschwanne und kniete auf dem Porzellan, während das Wasser von ihrem Kopf wegspritzte, ihr Haar durchnäßte und sich um ihre Knie sammelte.

»Komm her«, sagte sie mit einer Stimme, die an den Fliesen widerhallte.

Er machte einen Schritt zu ihr vor, wo sie den Plastik-Sandwichbeutel hielt und den Arm nach ihm ausstreckte. »Was soll das Ganze?« fragte er und versuchte zu lächeln.

»... das steck ich in den Mund«, sagte sie und schwenkte den Beutel im fließenden Wasser. »Und dann möchte ich, daß du loslegst.«

»Womit?« fragte er und versuchte angestrengt, sie durch den Dampf zu erkennen, und begriff einfach nicht, was sie da eigentlich vorbereitete.

»Du weißt schon«, sagte sie und ließ das Wasser wieder aus dem weichen Beutel rinnen.

Er machte einen Schritt zurück und griff nach der Kante des Waschbeckens, um nicht hintenüber zu fallen. »Was ist denn in dich gefahren?« fragte er.

»Ich will aber, Robard!« schrie sie.

»Du willst, du willst, Scheiße!« Er machte noch einen Schritt zurück, so daß sein nackter Hintern plötzlich in die kühle Luft ragte, die vom Schlafzimmer hereinwehte, und er sich fast wieder umgedreht hätte.

»Doch, doch, doch!« schrie sie. »Du mußt jetzt einfach!« Sie schüttelte ihre Haare und schloß die Augen.

Er drehte sich um und war aus der Tür, während sie etwas zu tun begann, das er um keinen Preis mit ansehen wollte.

5 Er lag da und starrte auf die bernsteinfarbene Lampe an der Decke und überlegte, wie er wegkommen konnte.

Beuna stand im Zimmer und zwängte sich wieder in ihr weißes Kleid. »Manchmal saß ich da und hab mir vorgestellt, ich hätt dich geheiratet und nicht ihn«, sagte sie angestrengt, während sie den Reißverschluß hochzerrte. »Er ist so *gottbeschissen* lahm, weißt du. Ich dachte, wenn ich ihn einfach nicht geheiratet hätte, könnten ich und Robard wer weiß wo wohnen. Vielleicht oben in Memphis. Oklahoma City, überall – bloß nicht in so 'nem verdammten Wohnwagen.« Sie schüttelte ihr Haar aus. »Also da hab ich mich schon mal geirrt. Ich wär draußen in irgend so 'nem beschissenen kleinen Wüstenkaff gelandet und würde in 'nem miesen kleinen Haus wohnen, das zu gar nichts taugt. Weil du ein Nichts bist, Robard.« Sie sah ihn verächtlich an, bekam wieder ihren Reißverschluß zu fassen und zog ihn hoch.

Er lag da, starrte auf den Lampenschirm und versuchte, sie zu ignorieren.

»Ich hab ihm gesagt, daß du hier bist.« Sie zog das Riemchen ihres Schuhs über die Ferse.

Er fuhr vom Kissen hoch. »Was war das?«

»Ich hab ihm gesagt, daß du in Elaine bist«, sagte sie geistesabwesend. »Ich hab gesagt, daß du in Elaine arbeitest und daß ich dich getroffen hab und daß du grüßen läßt.«

Er stand auf, ging ans Fenster und warf einen Blick hinaus, wo er den Pickup sehen konnte, auf dessen Motorhaube gerade die ersten dicken Regentropfen klatschten. Er starrte sie zwischen niedrigen Schatten an. »Scheiße, warum hast du das gemacht?«

Sie spielte immer noch an dem Schuhriemchen herum. »Damit er sich ordentlich ärgert«, sagte sie, »und Angst kriegt, daß ich was für mich hab, wogegen er nichts tun kann. Ich dachte sowieso, daß wir nach Memphis fahr'n.«

Er spähte wieder aus dem Fenster und erwartete, W.W. draußen im Regen stehen zu sehen. »Und was hat er dann gemacht?«

Sie ging bis zum Rand des fluoreszierenden Lichts. »Nichts«, sagte sie, »außer mich zu zwingen, mit ihm zu dieser Bierbar zu fahren, um sich da zu besaufen und sich wie'n Schwein zu benehmen. Ich kann das nicht ausstehen.«

»Zieh dir deine verdammten Sachen an«, sagte er.

»Ich hab sie schon an.« Sie griff nach ihrer Handtasche und stellte sich neben das Badezimmer.

»Dann komm.« Er schnappte sich die Kleidertüte, öffnete die Tür und steckte seinen Kopf in den Regen hinaus.

Als sie im Pickup saßen, knallten große graue Tropfen auf das Dach. Er warf einen Blick die Straße hinauf und ließ die Augen nach beiden Seiten über den Parkplatz wandern. Er sah mißtrauisch in Brashears Rezeption hinein. »Spielt er jetzt Baseball?« fragte er.

Sie schaute auf ihre Fingernägel und kämmte sich mit den Händen die Wasserkristalle aus ihrem Haar. »Wenn sie nicht wegen Regen aufhör'n mußten«, sagte sie.

Er wendete rückwärts mit dem Pickup, fuhr auf den Highway und machte sich auf den Weg. Er fand es nicht richtig, daß so etwas überhaupt passieren konnte, daß er so kurz vorm Abhauen immer noch Angst haben mußte, erwischt zu werden. Es hätten ein paar nette Stunden werden sollen, und das wär's dann gewesen. Er wünschte, sie hätten Zeit gehabt, etwas zu essen.

»Weißt du, was dieser Dreckskerl gestern abend mit mir gemacht hat?« sagte Beuna und vergaß alles andere.

Er hielt seinen Blick auf die Straße gerichtet, die im Regen glitschig und schwarz war. Die Reihe mit den rosa Holzziegelhäuschen flitzte vorbei, und an der Ecke des letzten Häuschens hielt er lauernd Ausschau, aber es war niemand zu sehen, und er beschleunigte etwas, während die ersten schäbigen Häuser näherkamen.

Beuna zog ihren Rock über die Knie und schlug die Beine seitlich übereinander. »Er hat mich gezwungen, mit ihm zu dieser beschissenen ›Blue Goose‹ zu fahren, da draußen, wo er arbeitet, und ich mußte da rumsitzen und Falstaff-Bier trinken, während er mit seinen schwachsinnigen Freunden bis Mitternacht rumgelungert hat. Und weißt du, was noch?«

Er konnte nicht mehr mit ihr reden. Der Mann an der Kinoanzeige hatte im Regen aufgegeben und die westliche Seite leer gelassen, bis auf das OFFEN SA VORM in der rechten Ecke draußen über der Straße.

»Was für'n Wagen habt ihr?«

»'nen scheißalten Plymouth«, sagte sie. »Den haben sie ihm geschenkt, als er Baseball gespielt hat. Ich wollte 'nen Impala, aber er hat natürlich nichts gesagt.«

»Welche Farbe?« Die Straße wand sich am Hügel hinab, führte eine Weile geradeaus und schlängelte sich dann nach Süden am Hang entlang. Die Kudzu-Lianen sahen im düsteren Licht beinahe schwarz aus.

»Dunkelgrün. Kotzgrün. Aber laß mich mal weitererzählen, was dieser Scheißer mit mir gemacht hat. Er und sein Busenfreund Ronald hab'n angefangen, Pool zu spielen, während ich in der Ecke saß und mich um meinen eigenen Kram gekümmert hab und so getan hab, als würd ich diese Pisse trinken. Und natürlich hab'n sich die beiden total besoffen und die Kugeln nicht mehr getroffen und gelacht und sich dauernd auf die Schultern geklopft und furchtbar dick miteinander getan. Dann hab'n sie auf ei'mal noch einen von ihr'n Freunden entdeckt, der Tooky Dyre heißt, und der ist

reingekommen und hat sich an die Bar gesetzt und ihnen zugeguckt, als wär'n sie zwei Affen. Und W. ist zu ihm hingegangen und hat ihm was ins Ohr geflüstert. Und nach 'ner Weile kommt Tookey zu mir rüber, und ich kenne den nich' mal, weil er'n ganzes Stück jünger ist als ich. Der baut sich vor mir auf und greift in seine Tasche und holt 'nen Quarter raus und legt ihn genau vor meine Nase, schaut bloß zu W. rüber und sagt: ›Also der nächste an diesem Tisch bin ich.‹ Und die hab'n sich einfach totgelacht, als wär ich'n verdammter Pooltisch, an dem sie alle spielen könnten.« Sie sah empört aus. »Findest du, daß ich'n Pooltisch bin, Robard?«
»Ich weiß nicht, was du bist.«
»Das ist ja reizend«, sagte sie. Sie klappte ihre Handtasche auf, holte ein Buch heraus und begann zu lesen. Auf dem Umschlag war ein Foto von einem nackten Mädchen, das auf einem Trapez über einem Haufen Männer in Clownskostümen hin und her schaukelte.
Er wollte sie nur noch irgendwo absetzen, wo keiner zuguckte, und dann so schnell, wie er konnte, aus der Stadt verschwinden. Die Straße wand sich hinunter auf die gleichen schlammigen Straßen mit kleinen briefmarkengroßen Grundstücken und niedrigen Veranden, die an der ganzen Strecke bis zurück zur Stadtmitte lagen. An der Kreuzung blickte er die Straße hinunter, um zu sehen, ob er W.s Plymouth entdecken konnte, aber es war nie irgend etwas Verdächtiges zu sehen. Das Bild von W. kam ihm wieder in den Sinn, wie er in seiner weiß-orangenen Baseballuniform in dem kleinen rosa Bungalow in Tulare von einem Zimmer ins andere gewandert war, als hätte er in eine Quitte gebissen und kriegte sie nun nicht mehr aus dem Mund. Er war mitten in der Nacht aus der Hintertür geschlüpft und nach Bishop zurückgefahren, ohne eine Minute geschlafen zu haben.

»Wo soll ich dich absetzen?«
»Bieg rechts ab«, sagte sie.
»Wo fahr'n wir denn hin?«
»Das zeig ich dir dann schon«, sagte sie, schlug eine Seite in ihrem Buch um und biß ein Stück von ihrem Fingernagel ab.
Er fuhr einen Block hinunter und stieß auf eine Straße, die sich von der, auf der sie gerade gewesen waren, durch nichts unterschied – Holzhäuser mit niedrigen Dächern und Autos auf dem Hof – und die in die Stadt führte. Er konnte die Laderampen am Piggly-Wiggly-Supermarkt sehen und nichts Ungewöhnliches entdecken, aber er spürte eine leichte Beklommenheit in der Brust, wie ein Geräusch, das er nicht hören konnte, das aber in verschiedenen seiner Organe Schwingungen auslöste. Sein Herz begann, heftig gegen seine Rippen zu pochen. Er wünschte nun, er hätte die Pistole des alten Mannes behalten, statt sie in die Gin Den zu legen, weil sie ihm vielleicht von Nutzen sein konnte, wenn die Dinge auf einmal allzu brenzlig wurden.
Im nächsten Block wurde die Straße schlecht, und die alten Häuser wurden zu kleinen Farmhäusern mit stoppeligen Bermudagraswiesen, die am Wald endeten, und Hühnern und Ziegen, die in kleinen Drahtverschlägen eingepfercht waren. Der Regen hatte die kleinen Tiere in ihre Ställe gescheucht. Ein Ziegenbock stand im Regen, graste unbekümmert und starrte ins Nichts. Die Straße schlüpfte in eine Gruppe von Amberbäumen, und er konnte noch sehen, wo rechts die erste Auffahrt abzweigte, konnte aber wegen der Amberbäume keine anderen Häuser mehr ausmachen.
»Wo fahren wir denn hin?« fragte er, schaute prüfend in den Rückspiegel und sah nichts als weiche, wattige Wolken, die das Licht verdeckten.
»Nach Hause«, sagte sie, klappte das Buch zu, warf es in ihre Handtasche und grinste ihn mit ihren roten Lippen breit an.

Der Pickup fuhr auf das Ende eines Fahrwegs aus roter Erde zu, und er konnte weiter oben zwischen den Stümpfen der Amberbäume einen Wohnwagen erkennen, der auf Holzziegeln aufgebockt war und an dessen einer Seite ein Propantank lag. W.W.s leerer Plymouth parkte an der Ecke, die zum Wald hin lag. Der Boden schien mit Sägemehl von gefällten Bäumen bedeckt zu sein.
Es machte ihn fuchsteufelswild. »Steig sofort aus, Scheiße noch mal!« schrie er, langte an ihr vorbei, schubste die Tür auf und ließ es hereinregnen.
»Ich wollte nicht im Regen nach Hause gehen«, sagte sie und griff nach dem roten Pumps, den sie von ihrem Zeh hatte baumeln lassen. Er hob den Fuß über den Sitz, trat ihr in die Schulter und stieß sie mit voller Wucht hinaus, und sie fiel der Länge nach auf den feuchten Lehm. Der Inhalt ihrer Handtasche war über den Sitz verstreut und fiel auf die Erde. Ihr roter Schuh lag immer noch im Pickup, und er packte ihn und warf ihn hinaus, wo sie sich gerade im Dreck umdrehte. Das Haar war an ihrer Stirn festgeklebt und ihr Gazerock bis über die Taille hochgerutscht, und sie präsentierte dem Regen ihren nackten Hintern.
Er brachte den Motor auf Touren. Sie hatte eine Hand in ihrer Handtasche und preßte sie in den Schlamm, und die andere verhedderte sich in mehreren Plastik-Sandwichbeuteln, die herausgefallen waren. Schmutz klebte an ihren Augenbrauen und unter ihrem Kinn. »Du fiese Drecksau!«
»Ich doch nicht!« brüllte er. »*Du* bist es, verdammt noch mal, die Scheiße gebaut hat.« Er gab noch einmal Gas.
Aus dem Trailer trat W., in einem leuchtend orangeblauen Baseballdress, das Haar so kurz geschnitten, daß sein Kopf wie eine Zwiebel wirkte, und in seinen langen Armen hielt er ein kurzes, kleines Gewehr, das nur halb so groß wie alle anderen Gewehre wirkte, die er je gesehen hatte.
Er musterte das Gewehr durch die offene Tür, während W.

fuchtelnd näherkam, und versuchte zu erkennen, was das nun genau für eine Waffe war, und kam zu dem Schluß, daß es ein Luftgewehr sein mußte. Er warf W. einen interessierten Blick zu und schaltete langsam in den ersten Gang hinunter. W.W. ließ sich plötzlich auf sein Knie fallen, legte die Waffe an die Schulter und feuerte dröhnend eine Kugel ab, die durch das Lüftungsfenster auf der Beifahrerseite krachte, aus seinem Fenster wieder herausschoß und die Fahrerkabine mit einem feinen Sprühregen von Glassplittern füllte. Beide Fenster hatten nun häßliche, runzlige Löcher, aber die übrigen Scheiben waren unversehrt geblieben. Beuna kreischte: »Knall ihn ab, knall ihn ab«, und er ließ die Kupplung unter seinem Schuh hochschnappen und drückte auf das Gaspedal, bis das Bodenblech unter seinen Füßen nachgab und der Pickup ruckhaft und bucklig wie ein Büffel lospreschte, und er vergrub sich in der Ecke, um sich vor einem weiteren Schuß zu schützen, und Glas sproß aus seiner Wange wie winzige Bäume in einem Wald.

Ein Dutzend Meter hinter dem Wohnwagen bot ihm die Straße eine Alternative zum Umkehren, und er drehte nach links ab und fuhr torkelnd zurück auf die Stadt zu. Er warf schnell einen Blick zurück und sah W.W.s grünen Plymouth, der aus dem Fahrweg schlingerte, Abgase überzogen den Boden wie ein Fellteppich, und der Gewehrlauf ragte an der Fahrerseite schräg aus dem Fenster. Er konnte gerade noch Beuna im Rückspiegel sehen, die einfach, um den Wagen vorbeizulassen, an eine Seite der Zufahrt gekrochen war, sich immer noch in ihrem ruinierten weißen Kleid auf dem Boden wälzte, und aussah, als ob sie genau an der Stelle vom Himmel gefallen war.

Die Schotterstraße führte wieder durch ein Wäldchen von Amberbäumen und an einem zweiten Abschnitt mit Feldern und verregneten Häusern vorbei, die ursprünglich nicht als Farmhäuser gedacht waren, und wo die Ziegen- und Hühner-

ställe mit ihren niedrigen Dächern verloren auf den kleinen kümmerlichen Grundstücken standen.
Im Rückspiegel kam W.W. angeschlittert, der Plymouth schlug im feuchten Lehm nach allen Seiten aus, und der Abstand wurde bereits geringer.
Er versuchte, einen kühlen Kopf zu bewahren und ruhig zu überlegen, was er jetzt tun sollte. Ein Gefühl sagte ihm, daß die Straße in südlicher Richtung in die River Road einmündete und daß es gefährlich war, in die Stadt zurückzufahren und das Risiko einzugehen, vom Sheriff gestoppt und lange genug festgehalten zu werden, daß W. wieder losfeuern konnte und diesmal aus so kurzer Entfernung, daß er sich schon anstrengen mußte, um an etwas, das sich nicht bewegte, vorbeizuschießen. Die kleinen Stichwunden an seiner Wange begannen zu bluten, und er richtete sich auf, bis er sein Gesicht im Spiegel erkennen und sehen konnte, wo das Blut aus mehreren kleinen Schlitzen an seinem Kinn hervortrat. Sein Hals war mit Splittern gespickt, aber es lief noch kein Blut, obwohl das noch kommen würde, dachte er.
Er raste an der Reihe von geduckten Farmhäusern vorbei, während der Wind zwischen den beiden Einschußlöchern durchpfiff, und direkt in die vom Nieselregen verhangene Ferne. Ein Diesellaster keuchte aus Helena heraus und fuhr auf die Abkürzung über die Brücke zu, und eine Rauchfahne wehte in einem langen, grauen Banner hinter ihm her.
Er ärgerte sich darüber, nicht bedacht zu haben, daß jeder solide Bursche eine 30-06-Kaliber hinter der Tür für den Fall stehen hatte, daß ein alter Rehbock seine Orientierung verlor und im Vorgarten zu äsen beschloß, wobei man ausdrücklich zu einem Schuß berechtigt war, einfach um den eigenen Grund und Boden vor Flurschäden zu schützen. Er zupfte eine kleine Scherbe aus seiner Wange, drückte sie durch das runzlige Loch in der Scheibe und warf noch einen Blick auf den Plymouth, der nichts als ein Hügel in einer Dreck-

wolke war. Das Wasser war nun über die Furchen vom letzten Jahr angestiegen, und bloß die holzigen Pflanzen ragten über die Oberfläche.
Als er die Kreuzung erreichte, konnte er eben noch sehen, wie W. zwei Kilometer hinter ihm die gerade Wegstrecke durch die Felder entlangbrauste.
Er bog ab und fuhr mitten in den niederstürzenden Regen hinein, trat voll auf das Gaspedal, und der Pickup zischte an den Telefonleitungen entlang zurück nach Elaine.
Von der Landkarte des alten Mannes wußte er bereits, daß die 185 einfach aufhörte, sich in einem Wirrwarr von Feldwegen und Schweinepfaden verlor, in denen er sich überhaupt nicht auskannte und wo W. vermutlich besser Bescheid wußte und deshalb im Vorteil war. Er überlegte, daß er weiter nach Mississippi fahren könnte, aber da lief er einfach Gefahr, daß jemand auf der anderen Seite die Baumwollkapselkäfer-Quarantäne geltend machte und man ihn wegen seiner Nummernschilder festhielt und daß W. aus der Ausfahrt gerast kam und in der Gegend herumballerte und Leute umlegte. Und außerdem, selbst wenn er rüberkam, gab es einfach keinen Ort, wo er hinfahren konnte, weil er da überhaupt nichts kannte. Es wäre das beste, meinte er daher, wenn er bloß genügend Abstand zwischen sich und W. schaffen könnte, um zurück auf die Insel zu kommen, ihn mit der Pistole des alten Mannes vom Ufer fernzuhalten und zu hoffen, daß er's nach einer Weile einfach aufgeben und wieder nach Hause fahren würde.
Er konnte W. sehen, der zurücklag und immer noch den Feldweg in einem Schlammwirbel hinunterkeuchte, wie ein Tornado mit Auspuff. Bei hundertvierzig begann das Chassis zu vibrieren, und der Wind fing sich in den Löchern und wirbelte noch mehr Glassplitter auf, und er ging wieder runter auf hundertdreißig, da er überlegte, daß es wohl nicht so viel brachte, wenn er in den Graben rutschte, weil W.W. ihn

dann abknallen konnte wie einen Spatz in einem Vogelbad. Was ihn zum ersten Mal darauf stieß, wie groß und ernst die Gefahr war, daß er genauso endete wie sein Vater, den es einfach hinweggefegt hatte. Und das, nachdem er schon beschlossen hatte, daß er davongekommen war, indem er dem Unheil aus dem Weg ging – dem Unheil, in das Beuna ihn hatte hineinziehen wollen, als sie ihn auf ihre Weise davon zu überzeugen suchte, daß sie, wenn sie schon einmal in dasselbe schlechte Fahrwasser geraten waren, es gemeinsam genießen konnten. Denn er hatte die Falle schon erkannt. Wenn er sich dem, was ihr kleiner Plastikbeutel bedeutete, verweigerte, dann weigerte er sich auch anzuerkennen, daß sie beide im selben Boot saßen. Und genau das war es auch, was sie dazu gebracht hatte, ihn W. direkt in die Arme zu führen, der Wunsch, den Zwist dadurch zu beenden, daß sie den Knoten durchschlug. Sie war ganz einfach entschlossen – wenn sie schon mit sich selbst leben mußte –, auch alle anderen zur Einsicht zu zwingen, daß ihr Leben genauso auf den Hund gekommen war. Und in seinem Fall hatte sie es darauf angelegt, ihm genau in dem Augenblick zu dieser Einsicht zu verhelfen, in dem er seinen letzten Atemzug tat und sie kreischend im Dreck danebensaß.
Er zündete sich eine Zigarette an. Das Blut trocknete auf seinen Schläfen, und er spürte, wie es auf seiner Haut verkrustete. Als er an der Abzweigung nach Mississippi vorbeifuhr, konnte er W.W. nicht mehr sehen. Der Highway folgte dem kurvigen Verlauf des alten Flusses, wand sich dann zurück nach Westen, nahm ihm die Sicht auf die Straße und machte ihm angst, weil er die Entfernung nicht einschätzen und nicht abschätzen konnte, ob er rechtzeitig hinüber kam, bevor W. den See unter Beschuß nehmen konnte.
Die Straße krümmte sich wieder zurück nach Osten, überquerte einen sumpfigen, mit Zypressen bewachsenen Nebenarm und fiel dann allmählich ab auf der geraden offenen

Highwaystrecke nach Elaine, wo er den Laden sehen konnte, der wie ein Hubbel knapp über den Baumwollfeldern aufragte.

Er schmiß die Zigarette weg, warf einen Blick auf die Straße hinter sich und sah nichts im Nieselregen. Im Westen, hinter dem Sturm, der den Himmel immer noch kilometerweit grau tönte, zeigten sich lange, breite Sprenkel wächsernen Lichts. Er dachte, daß der Tag warm werden und der Himmel bei Einbruch der Nacht klar sein würde.

Bei Goodenough's bog er vom Highway ab und warf einen kurzen Blick zum Fenster hinüber, wo die alte Dame gewöhnlich stand und die Veränderungen am Himmel beobachtete, aber diesmal war niemand zu sehen, und er hielt direkt auf den Damm zu.

Die Sache mit Newel wurmte ihn jetzt, und er wünschte, ihm wäre das nicht wieder eingefallen, vor allem, weil da ja eigentlich gar nichts gewesen war. Es hatte vielleicht einen Punkt gegeben, an dem Beuna es gewesen war, obwohl sie nie wirklich Macht über ihn gehabt hatte und gar nicht so an ihm gezehrt haben konnte, um ihn wirklich todunglücklich zu machen und sein Herz zu brechen.

Er fuhr an den beiden im Feld steckengebliebenen Fahrzeugen vorbei. Ein Wagen war gerade zwischen den Zypressen hervorgekommen und zog eine Regensäule hinter sich her, aber er konnte nicht erkennen, wer es war. Er wischte die Scheibe, konnte aber nichts sehen.

Er fuhr die Leeseite des Dammes hinunter und wurde ein wenig nervös beim Gedanken, ein Boot zu nehmen, ohne zu fragen. Die Straße flachte zwischen den Ahornbäumen ab und durchquerte die Schneise, die sich zum Lager hin öffnete. In Gaspareaus kleinem Haus war kein Licht, und keiner der Hunde war draußen, und die Reihe der Hütten schien so verlassen wie immer. Er fuhr unter die Weiden und starrte schnell zur letzten Hütte hinüber, in der er irgendeine

Bewegung und Verfärbung hinter einem der zerfetzten Fliegengitter zu sehen glaubte, obwohl sich dann nichts zeigte.
Mr. Lambs Traveler war am Ende des Anlegers festgebunden, und der All-State-Motor war immer noch am Heckwerk befestigt, und das Boot dümpelte im Regen. Er zog seine Jacke an, stopfte seine Kleider hinter den Sitz und stieg aus.
Er horchte auf das Keuchen von W.s Plymouth, konnte aber bloß das Rauschen des Regens hören und die Wasserperlen, die von den Ahornblättern tropften.
Er ging hinunter, musterte den Boden des Travelers und entschied, daß er losfahren mußte, ohne das Wasser auszuschöpfen. Er band die Fangleine los, kletterte ins Boot und stieß sich vom Anleger ab auf den See hinaus. Das Boot begann, im Wind rückwärts zu treiben, und er balancierte im Heck, gab dem Motor einen Ruck und ließ ihn absaufen. Er schaute zurück auf die Reihe der Hütten, zog noch einmal an der Starterschnur, und der Motor heulte auf, stieß eine Benzinwolke aus, schaufelte Seegrund hoch und hob sich ein Stück aus dem Wasser, bevor er den Choke erwischen und die Motorhaube herunterdrücken konnte.
Er drehte und nahm den Weg auf den See hinaus, auf dem sich Landrieu zwischen den Untiefen hindurch dem Ufer genähert hatte und der soviel mehr Raum zwischen ihm und W. bot, falls W. auftauchte, während er schon halb über den See war, und beschloß, sofort loszulegen und auf ihn zu schießen.
Er warf noch einen Blick zurück und rechnete damit, durch die Weiden hindurch bis zur Dammhöhe sehen zu können, und sah statt dessen jemanden, der nicht W.W. war und auch nicht Gaspareau und der überhaupt niemand zu sein schien, den er je in seinem Leben gesehen hatte. Er ließ die Untiefen hinter sich, steuerte auf die Mitte des Sees hinaus und drehte den Choke auf. Es hatte wieder begonnen, in Strömen zu reg-

nen, und das Boot glitt über die winzigen, weißen Wellen davon, die auf das Ufer zurollten, das vierhundert Meter entfernt war.

Er musterte die Gestalt auf dem Anleger. Der Mann war groß, schmal gebaut und trug nur T-Shirt und Hose und nichts, was ihn gegen das Wetter schützte. Er hielt ein langes, schlankes Gewehr, das er gerade an seiner Schulter anlegte, mit einem dicken, wulstförmigen Zielfernrohr, das am Schaft angeschraubt war. Er starrte den Mann an und fragte sich, was der da wohl tat und wer er war, und plötzlich ging ihm auf, daß es der Junge von dem Verkaufsstand an der Straße war, der Junge, den Gaspareau für den Wächterjob zum alten Mann hinübergeschickt hatte. Es schien ganz offensichtlich, daß er hier geblieben war, um das Lager zu bewachen, und daß er in diesem Augenblick wahrscheinlich glaubte, er hätte das Boot gestohlen, um überzusetzen, da die Insel so verlassen war, wie das Lager zu sein schien, und jedem offenstand, der hinübergelangen konnte, um da Chaos anzurichten.

Der Junge stand lange da, das Gewehr an der Schulter, und sah durch das Zielfernrohr, während das Boot weiter und weiter auf den See hinausglitt. Er sah finster zu dem Jungen hinüber und überlegte, welche Maßnahmen er ergreifen konnte, ohne wieder drehen und zurückfahren zu müssen und das Risiko einzugehen, von W. gestellt zu werden, bevor er klarstellen konnte, daß er nichts entwendete, und wieder auf den See hinauskommen konnte.

Das Boot hatte ein Viertel der Strecke auf dem See zurückgelegt, und der Junge wurde kleiner, was ihn aufatmen ließ. Obwohl er ihn noch ganz deutlich sehen konnte, wie er durchs Zielfernrohr blickte, immer wieder den Lauf senkte und mit bloßen Augen auf den See hinausschaute, als ob er einschätzen wollte, wie weit das, was er gerade im Fernrohr gesehen hatte, in Wirklichkeit entfernt war.

Er schaute zum Damm hinauf, konnte aber nichts ausmachen, und er fühlte sich wieder beklommen.
Auf einmal drehte er mit dem Boot seitwärts ab, so daß es mit der Spitze auf die lange Biegung des Sees zeigte, stellte den Motor ab und bot dem Jungen die Breitseite. Er richtete sich auf, drehte sich zum Anleger hin und breitete die Arme aus, damit ihn der Junge im Prisma seines Fernrohrs klar sehen konnte, sein Gesicht sehen und ihn als den Angestellten des alten Mannes wiedererkennen konnte, der hinüberfuhr, um sich seiner Arbeit zu widmen.
Aber statt dessen drückte der Junge ab.
Irgendwo zwischen den Rippen und dem Schlüsselbein fühlte er einen gewaltigen Aufruhr, einen Tumult von Molekülen, die sich in rasender Folge neu anordneten und wieder lösten, und inmitten von alldem ein Gefühl, wie wenn man seinen Daumen so hart mit dem Hammer trifft, daß der Schmerz sich verzögert und einige Sekunden lang unwirksam im Daumen verharrt, bevor er aufwallt, so daß man sich hinlegen muß, um schon mal vorbereitet zu sein. Das ging ihm durch den Kopf, bis er auf dem Wasser aufschlug. Dann tat es weh und fühlte sich gleichzeitig kalt an, und die Wasseroberfläche war wie eine Linie, die vor seinen Augen hoch und zur Seite und wieder nach unten tanzte, wie ein Lasso, das sich schlängelt und wirbelt und sich dabei selbst überschlägt. Und er konnte ein lautes und ungeheures Donnern hören und sich selbst, wie er »Oh, oh« sagte, und er versuchte, aus dem Wasser zu sehen und an dem Boot vorbei, das neben ihm schaukelte, konnte es aber nicht.

Epilog

Im Roosevelt Hotel in New Orleans ging er mit seinem Vater aus dem Zimmer und in den dunklen, schattigen Korridor zu den Fahrstühlen, um Austern in der Sazerac Bar zu essen. Und im Korridor standen Männer in Trauben um einen Eingang, drängelten und starrten auf etwas, das er nicht sehen konnte, aber das das Objekt der Blitzlichtkamera von jemandem im Zimmer war. Und als sein Vater bei den Männern angelangt war, sah er über ihre Schultern hinweg in das Zimmer und sagte: »Schau mal.« Und die Männer gaben den Eingang frei, und er trat bis zur Tür vor und sah um den lackierten Türpfosten und erblickte einen jungen Mann um die Dreißig mit kurzem, blondem Haar und einem kantigen, fleischigen Gesicht, der mit dem Gesicht nach unten halb auf dem Bett, halb auf dem Boden lag, dessen Füße wie Fahnenstangen gerade in die Luft ragten und der in einer Hand eine Pistole hielt. Das Zimmer war kühl und roch nach billiger Seife, und der Mann sah merkwürdig aus, weil er so komisch dalag. Und er fragte seinen Vater: »Was ist das?« Und auf einmal griff der dunkle Mann mit der Kamera nach dem jungen Mann, der halb im Bett, halb davor lag, um ihn anders hinzulegen, und sein Vater sagte: »Hör mal, hör mal, dann kannst du hören, wie's in seiner Kehle rasselt.« Und er horchte, und als der Mann mit der Kamera den Mann mit seinen Füßen so aufs Bett legte, daß er nicht mehr auf der Nase lag, kam von irgendwoher ein schwaches Geräusch, als ob jemand im Zimmer eine Fliege verschluckt hätte und nun versuchte, sie wieder hochzuhusten, ohne laut zu werden, und sein Vater fragte: »Siehst du? Siehst du? Hast du's gehört?« Und er konnte sich niemals entscheiden, ob er es nun eigentlich gehört hatte oder nicht.

Glossar

Amoco Amerikanische Ölgesellschaft und Tankstellenkette.

AWOL »Absent without Leave« (unerlaubte Entfernung von der Truppe).

Batter Schlagmann beim Baseball.

Columbia Berühmte New Yorker Universität, im Nordwesten der Stadt gelegen.

Doughnut Krapfenähnliches Gebäck; ein Doughnut mit einer Tasse Kaffee ist ein typisches amerikanisches Frühstück.

Evan Williams, Ezra Brooks Bourbon-Marken.

Farmer's Almanac Populärer, jährlich erscheinender Almanach, in dem Wetterprognosen, Gartentips, Rezepte usw. stehen.

First Base Erstes Mal des Baseballfelds.

Gin Den Die heruntergekommene Jagdhütte auf Mr. Lambs Insel, in der, wie der Name schon sagt, in besseren Tagen auch viel getrunken wurde. (*den* – Höhle).

ICC Interstate Commerce Commission.

Industrial League Baseball-Liga für Amateure, von Firmen organisiert.

Inning Spielrunde beim Baseball.

Kold Freez Amerikanische Imbiß-Kette, in der es vor allem Eiskrem und Eisgetränke gibt.

Kudzu Aus Japan importierte Schlingpflanze (Pueraria thunbergiana), die sich inzwischen im ganzen Südosten der Vereinigten Staaten ausgebreitet und große Flächen überwuchert hat.

Labor Day Amerikanischer Feiertag (Tag der Arbeit), immer der erste Montag im September.

Labor-Progress-Brücke Eine der vielen großen Bauprojekte, im Rahmen von Roosevelts »New Deal«.

Liberty Bell Freiheitsglocke; hängt in Philadelphia.

M-80er Feuerwerkskörper, ähnlich lautstark wie »Kanonenschläge«.

Missouri-Pacific (Railroad) Große amerikanische Eisenbahngesellschaft, deren Streckennetz durch 12 süd- und mittelwestliche Staaten verläuft, u.a. Colorado, Nebraska, Arkansas, Texas, Louisiana.

NLRB »National Labor Relations Board« – Schlichtungsausschuß bei Arbeitskonflikten auf Bundesebene.

Ole Mississippi (Ole Miss) Universität im Staat Mississippi.

Pitcher Werfer beim Baseball.

Red Ball Kleine Supermarktkette.

Root Beer Würziges, alkoholfreies Getränk, das vor allem auf dem Land sehr beliebt ist.

Sar Aussprache von »Sir« im schwarzen Südstaaten-Dialekt.

Traveller Kleines, flaches Motorboot aus Aluminium.

TVA »Tennessee Valley Authority«. Von Roosevelt errichtete Behörde für die wirtschaftliche und soziale Förderung im Gebiet des Tennessee-River; hier Mr. Lambs Spitzname für Landrieu, seinen schwarzen Hausangestellten.

Walgreen's Drugstore-Kette.

Wheat-Chex Amerikanisches Frühstücksgericht, ähnlich wie Cornflakes.

Willys Bekannte amerikanische Jeep-Marke.

»*Rock Springs* ist seit Jerome D. Salingers *Nine Stories* (1953) und seit Bernard Malamuds *The Magic Barrel* (1958) die vielleicht faszinierendste amerikanische Kurzgeschichtensammlung überhaupt.«
Frankfurter Allgemeine Zeitung

Richard Ford
Rock Springs

Erzählungen

Männer, die gerade aus dem Gefängnis entlassen sind oder ihre Strafe antreten müssen, Frauen, die ihre Familien verlassen, Kinder und Heranwachsende, die das Zerbrechen der Ehen ihrer Eltern erleben – das sind die Gestalten in Richard Fords *Rock Springs*. Es sind Menschen, die versuchen, die Scherben ihres Lebens zusammenzukitten, einen Rest von Sinn und Sicherheit zu finden, immer am Rande des Verbrechens, der Heimatlosigkeit, und am schlimmsten, der Einsamkeit. In Richard Fords Geschichten gibt es stets ein Geschehen, eine Spannung, die aus der Handlung entsteht.

Seine Erzählungssammlung *Rock Springs* wurde von der *New York Times* und anderen Zeitungen als ein Werk anerkannt, in dem sich ein großes Talent der jüngeren amerikanischen Literatur ankündigt. Kaum ein Schriftsteller hat in den letzten Jahren in den USA soviel Aufsehen erregt wie Richard Ford. Raymond Carver schrieb bereits 1976 über ihn: »Richard Ford ist ein meisterhafter Erzähler.«

Band 10701

Jayne Anne Phillips

Das himmlische Tier
Short-Stories, 255 Seiten, geb. und als Fischer Taschenbuch Band 5169

»Jayne Anne Phillips' Sprachgebrauch ist äußerst sinnlich. Bei ihr wird die Gassensprache zur Poesie, an der Grenze zum Surrealismus schwebend ...
Ob sie ein Kind beschreibt, das dem Wind zuhört oder Liebende, die im Drogenrausch gemeinsam baden, immer hat sie die Fähigkeit, uns zur tiefsten körperlichen Empfindung zu bringen. Sie kann schreiben: mit der größten Schlichtheit und mit metaphorischer Könnerschaft.
Diese Prosa geht unter die Haut.«
Times Literary Supplement

Maschinenträume
Roman. 504 Seiten, geb. und als Fischer Taschenbuch Band 9199

Ein Familienroman von großer Intensität, der den Einfluß zweier Kriege, des Zweiten Weltkrieges und des Vietnamkrieges, auf das Leben in einer amerikanischen Kleinstadt wiedergibt.

Überholspur
Short-Stories, 192 Seiten, geb. und als Fischer Taschenbuch Band 10172

Mit der Erzählungssammlung *Black Tickets* wurde Jayne Anne Phillips in den USA berühmt. Die Literaturkritik bescheinigte ihr bereits bei diesem Debüt, eine Meisterin dieser amerikanischsten aller Kunstformen zu sein: der Short-Story.

»Alles dörrt, siedet, zischt, grölt, lärmt, trompetet, hupt, pfeift, rötet, schwitzt, kotzt und arbeitet.«

Georg Grosz, ›New York‹

New York erzählt

23 Erzählungen

Ausgewählt und mit einer Nachbemerkung von Stefana Sabin

Band 10174

New York ist die heimliche Hauptstadt der USA, die Welthauptstadt des zwanzigsten Jahrhunderts: die Hauptstadt des Geldes und der Ideen, Schmelztiegel von Rassen und Kulturen – Großstadtdschungel und Großstadtromantik. Immer schon Schauplatz von Fiktionen, wurde New York in den letzten Jahren auch von den jüngeren amerikanischen Autoren entdeckt, die eine neue Welle urbaner Literatur angeregt haben. Sie setzen eine Tradition fort, die dieser Band widerspiegelt, indem er mehrere Erzählergenerationen vereinigt. Die Erzählungen, darunter drei als deutsche Erstveröffentlichung, handeln von Geschäft und Erfolg, von Künstlerleben und bürgerlichen Existenzen, von Rassismus und Gewalt, von Liebe und Einsamkeit. Jede zeugt auf ganz eigene Weise von der Faszination der Stadt New York und gibt damit auch den Eindruck von der Vielfalt der amerikanischen Erzählliteratur dieses Jahrhunderts.

Fischer Taschenbuch Verlag

fi 1382/1

»Was Margaret Atwood – in jedem Genre – so glaubwürdig macht, ist ihre entscheidende Sensibilität, ihre unerschrockene Einsicht – auch in die eigenen Ängste und Obsessionen; ihr Witz, der dem Schrecken immer sehr nahe ist.«
Süddeutsche Zeitung

Margaret Atwood

Katzenauge
Roman, 492 Seiten, geb. S. Fischer und als Fischer Taschenbuch Band 11175

Tips für die Wildnis
Short Stories. 272 Seiten, geb. S. Fischer

Die Giftmischer
Horror-Trips und Happy-Ends
Eine Sammlung literarisch hochkarätiger Prosa. Band 5985

Lady Orakel
Roman. Band 5463

Der lange Traum
Roman. Band 10291

Der Report der Magd
Roman. Band 5987

Unter Glas
Erzählungen. Band 5986

Die eßbare Frau
Roman. Band 5984

Die Unmöglichkeit der Nähe
Roman. Band 10292

Verletzungen
Roman. Band 10293

Wahre Geschichten
Gedichte. Band 5983

Fischer Taschenbuch Verlag

fi 602 / 11

»Diese Publikation war lange überfällig«.
Frankfurter Allgemeine Zeitung

Sylvia Plath
Die Bibel der Träume

Erzählungen, Prosa aus den Tagebüchern

»Nichts fällt mir wohl schwerer im Leben, als zu akzeptieren, daß ich nicht auf irgendeine Weise 'vollkommen bin', sondern auf verschiedenen Gebieten nur um Ausdruck ringe: im Leben (mit Menschen, und auf der Welt überhaupt), und im Schreiben.«
Die wahnsinnige Spannung und die latente Bedrohung, unter der das kurze Leben der Sylvia Plath, einer der wichtigsten Schriftstellerinnen dieses Jahrhunderts, stand, ist auch in ihrem erzählerischen Werk stets spürbar.
Die »Bibel der Träume« enthält Erzählungen aus den Jahren 1958 bis 1963 – Geschichten ihres Lebens in Devon/England, ihrer Arbeit am Massachusetts General Hospital, Erinnerungen an ihre frühe Kindheit im Haus der Großeltern, Skizzen der Enge und Borniertheit der englischen Provinz.

Band 9515

Die fünfzehn Erzählungen und Tagebuchauszüge dieses Bandes variieren in poetisch eindringlicher Weise Grundmotive von Sylvia Plath: Traum, Angst und Tod, und was sie, wie sie schrieb, wohl am meisten fürchtete, den Tod der Phantasie.

Fischer Taschenbuch Verlag

fi 1004/1